深圳市南山区文学艺术界联合会指导
深圳市南山区文艺评论家协会执行编辑

逐潮听浪

ZHU CHAO TING LANG

黄永健　安裴智

主编

光明日报出版社

图书在版编目（CIP）数据

逐潮听浪 ／ 黄永健，安裴智主编 . -- 北京：光明
日报出版社，2021.9

ISBN 978 - 7 - 5194 - 6308 - 3

Ⅰ . ①逐… Ⅱ . ①黄…②安… Ⅲ . ①文艺评论一中
国一当代一文集 Ⅳ . ①I206.7 - 53

中国版本图书馆 CIP 数据核字（2021）第 178402 号

逐潮听浪
ZHUCHAO TINGLANG

主　　编：黄永健　安裴智

责任编辑：李　倩　　　　　　　责任校对：郭嘉欣
封面设计：中联华文　　　　　　责任印制：曹　净

出版发行：光明日报出版社
地　　址：北京市西城区永安路 106 号，100050
电　　话：010 - 63169890（咨询），010 - 63131930（邮购）
传　　真：010 - 63131930
网　　址：http：// book. gmw. cn
E - mail：gmrbcbs@ gmw. cn
法律顾问：北京市兰台律师事务所龚柳方律师

印　　刷：三河市华东印刷有限公司
装　　订：三河市华东印刷有限公司
本书如有破损、缺页、装订错误，请与本社联系调换，电话：010 - 63131930

开　　本：170mm×240mm
字　　数：404 千字　　　　　　印　　张：22.5
版　　次：2022 年 6 月第 1 版　　印　　次：2022 年 6 月第 1 次印刷
书　　号：ISBN 978 - 7 - 5194 - 6308 - 3
定　　价：99.00 元

前　言

2019 年 8 月 18 日《中共中央国务院关于支持深圳建设中国特色社会主义先行示范区的意见》正式发布，在中国特色社会主义进入新时代的话语背景下，支持深圳高举新时代改革开放旗帜、建设中国特色社会主义先行示范区有利于在更高起点、更高层次、更高目标上推进改革开放，形成全面深化改革、全面扩大开放新格局。有利于更好实施粤港澳大湾区战略，丰富"一国两制"事业发展新实践。有利于率先探索全面建设社会主义现代化强国新路径，为实现中华民族伟大复兴的中国梦提供有力支撑。省委、省政府印发《关于认真学习宣传贯彻〈中共中央国务院关于支持深圳建设中国特色社会主义先行示范区的意见〉的通知》，通知强调，要牢牢抓住"五大战略定位"和"五个率先"重点任务，创造条件、全力支持深圳建设先行示范区。"五个率先"其三：要全力支持深圳率先塑造展现社会主义文化繁荣兴盛的现代城市文明。准确把握城市文明典范的定位，支持深圳全面推进城市精神文明建设，加快建设区域文化中心城市和彰显国家文化软实力的现代文明之城，推动深圳成为新时代举旗帜、聚民心、育新人、兴文化、展形象的引领者。《逐潮听浪》正是通过南山区文艺成就的学术展示，推动深圳市的文化软实力建设，具有典型的文化引领和理论导向作用。

南山区作为深圳改革开放的策源地，曾经在深圳以至全国的改革开放大业中占有举足轻重的历史地位，南山区早期很多成功经验已经凝聚为深圳经验和深圳精神，如"时间就是金钱，效率就是生命""空谈误国、实干兴邦"等，南山区在取得巨大的经济建设成就的同时，文化艺术事业齐头并进，也取得了令人振奋的成绩，文学、音乐、戏曲、舞蹈、电影、动漫、美术、书法、曲艺等获得各级各类大奖，《南山文艺》在深圳区级文艺期刊中独树一帜，早期的《街道》杂志也产生过全国性的影响，适值深圳改革开放 40 年和中央要求深圳建设中国特色社会主义先行示范区的历史节点，由南山区文艺评论家协会组织编撰《逐潮听浪》，对南山的文艺创作成就进行学术梳理，其意义表现为：

一、总结历史，为后人留下历史的记录。

二、提炼南山文艺精品，作为南山、深圳以至改革开放文化建设成就的证据。

三、树立标杆和理论导向，激励后来者继往开来，取得南山文艺创作的更大成就。

四、《逐潮听浪》作为《深圳文艺40年》的重要补充，彰显南山区文艺评论的实力。

五、《逐潮听浪》可以作为一项文化成果向深圳改革开放40年献礼。

本评论集收集改革开放40年来评论南山区文学艺术的代表性论著，涉及文学、戏曲、影视、美术、书法、曲艺等。

文艺评论要为文艺攀登高峰保驾护航

（代序）

周思明

考察文艺评论和文艺高峰这两个彼此区别又关系密切的命题，本体论应该是一个有效的视角。本体论分为存在本体论和关系本体论，前者主要研究事物本身的内容价值意义，后者则研究事物与事物之间的关系，并从这种关系中推演出新的结论。从存在本体论角度看，文艺评论亦称文艺批评，是评论者在文艺欣赏的基础上、文艺理论的指导下，对文艺创作、文艺思潮等文艺现象、文艺实践活动进行科学理性的评判与阐述，是评论者科学理性认识的体现；而文艺高峰，则只是一个比喻的说法，如果置换成一个学理性的说法，文艺高峰其实就是文艺经典。比如，鲁迅堪称中国现代文学史上的一座文学高峰。再从关系本体论角度说，文艺评论与文艺创作历来被视为鸟之双翼、车之两轮，伟大文艺作品诞生的同时，必然有伟大文艺评论的现身。可以说，今天，我们讨论文艺批评与文艺高峰的话题，首先要端正和深化对文艺评论与文艺高峰的认识。这样，才能在科学理性的认知下，进一步加强文艺评论工作，努力推动当代文艺经典化进程，从而使我们的文艺创作从高原迈向高峰。

一、关于文艺评论

毋庸讳言，我们的文艺评论存在着诸多薄弱环节。最要害者，是一些评论家缺乏真诚。这个时代不缺有理论评论实力的评论家。但不得不说，缺乏起码的真诚之心和批评勇气是其最难治愈的病灶，评论之于一些评论家已然疏离真正意义上的良知写作，他们更像是专事发射"空对空炮弹"的射击手，除了炫技，别无他用。这样的评论家，已经失去对文学的虔敬、对批评的诚意。随着讲课费、评审费、研讨费等的价码攀升，随着文坛"生杀予夺"大权在握的自我感觉日渐良好，一些人作为评论家也已经完全没有了刚出道时的锋芒，甚至将自己过去的文艺批评彻底否定，向世人宣告"今是而昨非"，从而也彻底告别了昨天的自己。事实上，文艺批评定义非常明确：就是对"文艺"的"批评"。批评最基本的要义就是鲁迅所说的"有真意，去粉饰，勿做作，少卖弄""坏处说坏，好处说好"，尤其要勇于"剜烂苹果"。视野所及，许多有建树的批评家，对于成长中的无名作者视若无物。在他们看来，评他们的作品，收获不大，费劲不小，又何苦来呢？而名利已经成为不少批评家追求的目标。如果参加一次文艺活动有名有利，他们甚至愿意充当文艺作品商业炒作的吹鼓手或唢呐王。

现在，一些头顶评论家桂冠的评论家，却在私底下偷偷拿自己与某些能赚钱的作家、艺术家比较，艳羡后者的获利速度与赚钱方式，懊恼批评的薄利与清苦……比来比去，比高了别人，矮化了自己；异化了人格，矮化了文格。这些人写评论文章，或为广告，重在推广；或为表扬稿，偏于溢美；或掉书袋，堆砌玄之又玄的理论概念，陶醉于新名词爆炸，忽视受众心理感受和接受效果。更令人失望的是，有的评论家为了金钱、地位，以"帮忙""帮闲"为己任，不惜毁坏文艺评论的声誉。在利益面前，渐渐偏离知识分子的立场，默认"靠山吃山"理念，他们偶尔也"批评"一下某些远离权力的文坛"恐龙"，这样做不仅胜算在握，且可借此扬名。自古名利一家，有了名，何愁不能获利？有些"做稳了"的评论家，为既得利益所圈，满足于隔靴搔痒，自得于盲人摸象，对文艺现象、思潮、作品缺乏批判力量，对新生文艺力量冷漠隔膜。相对创作成果迭出的创作界，无所作为，发不出声，但自我辩解时倒是振振有词：没有好作品，所以没有批评。面对创作界的相对活跃，这种司马昭之心路人皆知的辩解，显得如此苍白和乏力。

造成批评的公信力丧失的原因，分析起来，无非是一些批评者心存杂念，或碍于人情只写些捧脚式批评。有些搞批评的人，只是瞄准那些有全国影响的名家进行肯定性"研究"，还有的人专搞绝对正确的批评（官样文章），提出所谓"奥斯维辛之后"有无写作的问题。有些人忙于写一些口水文字，以期在媒体面前既混个脸熟又捞足稿费。有的为了加强评论的"针对性"，也勉强提上一笔作家作品的名字，以"六经注我"的方式，制造出一张张貌似高深的"普洛克路斯忒斯之床"。这种评论只能是对自身反讽的佐证。一些评论家更愿意做的事情是像美国电影里的那个超人，忙于在各种各样、各省各地的大小会议之间飞来飞去，乐此不疲地做人情评论家、风头评论家、鉴定评论家、上镜评论家、红包评论家，等等。评论家又名批评家。批评家的天职就是说真话，求真务实乃是基本职业道德所系。即便面对一些影响很大的作家、艺术家，批评家也不能取仰视姿态，不能只说好话不提缺点。可是，看看那些充斥于大报小刊的评论文章，很少有真正意义上的批评，多是表扬的文章。这点，我们的评论家真该向欧洲同行学习。欧洲的评论家搞起评论来往往一针见血不留情面，他们是不会顾忌作家面子的，也从不加入出版社的包装工程中去。甚至欧洲的作家也呼吁："请讨论我们，请批评我们，必要的话，请得罪我们。但是保持沉默，是你们放弃了责任。"遗憾的是，在我们的文艺作品研讨现场，很难见到如此真诚坦率的评论家和作家。

现在文艺评论之所以饱受诟病，很大程度上归咎于评论家自我的怯懦，顾忌太多，太讲面子。正如习近平总书记2014年在文艺座谈会上的讲话中所批评的，"一点批评精神都没有，都是表扬和自我表扬、吹捧和自我吹捧、造势和自我造势相结合"。如此弊端的形成，某种意义上也跟评论对象有关。从心理学角度看，创作者都喜欢听"美言"，都希望评论家能"力挺"自己。这样的声音，笔者就曾听到，有位已成名的作家，在一次文学研讨会上公开讲，他之所以"拨冗"来参加这种在他看来毫无意义的研讨会，原因无他，就是冲着某评论家来的，因为当年在他最需要有人出来"挺"他的时候，某评论家写了肯定他的作品的评论文章，他来参加研讨会，就是来向这位评论家致敬的。听到这样的感激之词，笔者内心真是五味杂陈。正是在这样的语境下，逐渐造成了评论家乐得甜言蜜语的谀评习性。现在，不少评论家囿于各种主观因素或外部压力，往往不敢或不愿说真话，有的为了表现自己的"良知"，也只能"人前唱盛，人后唱衰"，耍弄两面派、阴阳脸的文字游戏。

文艺评论因为必须针对具体作家艺术家的作品，往往会涉及创作者个人的影响、地位、脸面、感情、关系，对作品的批评经常被作者认为是对他们个人的创作水准、地位等的贬损或否定，因而甚至还会招来官司缠身。一些作家艺术家也承认评论的使命乃去伪存真，臧优否劣，然而一旦批评的声音落到自己身上，便难以承受，一触即跳，老虎屁股摸不得。这从客观上也成为评论家言不由衷、假话连篇的推助器。世纪之交以来，文艺评论甚至出现了"整体性的叛变"，这种叛变的重要表征，就是媚俗、媚钱、媚官、媚权。文艺评论公信力的丧失，自由精神的丧失，以及评论方式的呆板，使得貌似繁荣的文艺评论事业更像是一场场文艺表扬的狂欢，最终导致评论背离了它的初心。这样的文艺评论，我们如何能指望它们对文艺高峰的筑造起到提供强大动能的作用？

可以说，价值标准的混乱和丧失，是新世纪以来中国文艺评论的突出症候。据北京一所高校学生的调查结果显示，近八成的人认为，当下中国的文艺批评没有呈现出应有的价值标准。换言之，价值立场的退却是21世纪中国文艺批评的核心病症与问题要害。因此，许多学者都认为，文艺评论的价值标准问题必须加以重申和强调，人性的、美学的和历史的价值标准，应该为我们的文艺评论实践所坚守。这种标准，其实就源自人类恒定的价值标准，坚持和坚守之，既是文艺评论家所应有的基本素质，也是评价文艺评论好坏的根本尺度。文艺评论家无疑属于知识分子。而知识分子，尤其是人文学科的知识分子，最重要的学术品格就是有独立思考的能力，这个能力不仅仅是你占有大量的史料，更重要的是你对研究的对象有无怀疑和批判的勇气和力量，知识分子只有在对社会不断的怀疑和批判中才能获得其存在的价值感，否则，你还不如一个可以检索的机器人，人只有在思考中才能获得历史的进步，知识分子只有在不断对现实世界的否定中才能获得推动历史和社会进步的动力。可是，因为我们太多人都失位了，所以我们成了庸众，我们对社会的判断，我们对文学的评断，我们对真善美的认知，都出现了严重的失误，不管是有意的还是无意的，在价值立场上出了问题，我们就不可能在文学的批评过程中获得真正的审美体验。所以，我认为知识分子在整个70年的中国文学研究中处于清醒与迷糊交替轮换的过程中，当然，清醒的时间少，糊涂的时间多。① 这也正是当代文艺产生精品、经典或高峰的情况不尽如人意的原因之一。对此，广大文艺评论家和文艺评论工作者应该认真反思与检讨。

二、关于文艺高峰

要筑造文艺高峰，首先要对何为文艺高峰有一个理性的认识。此前笔者对何为文艺高峰做出简要诠释。一个时代的文艺，只有出现了精品云集的态势，经典才有望诞生，高峰也才有望现身。我们知道，经典是一个并不简单的话题。事实上，经典总是通过如下两种方式予以确立：从实在本体论角度来看待经典，经典总是那些因其内部固有的极为优秀的特质而呈现出的第一流的、公认的、堪称楷模的文艺作品，是对本国和世界文化具有永恒价值的一种文本实体。而从关系论角度看，经典常常被视为一种随着时间变迁而逐渐被确认的优质作品，是一种在不断阐释中获得生命价值的存在。就今天的眼光看，经典的阐释往往是二者并重的"结合体"。经典并非固定不变的永恒事物，它可以招致类似相对主义的质疑；同时，随着时间的推移，新的经典也会逐步进入人们的视野。如此说来，经典可谓一个动态变化的样本。将经典置于不同的视野下，一定会产生不尽相同的鉴定标准。从文本内涵上分析，经典具有"思、诗、史"融合的特征。在精神意蕴上，经典闪耀着思想的光芒。它们既植根于时代，展示出鲜

---

① 丁帆. 人性、历史、审美是文学史的不二选择［EB/OL］. 党建网，2019 - 09 - 27.

明的时代精神，具有历史的与现实的品格；又概括、揭示了深远丰厚的文化内涵和人性意蕴，具有超越的开放的品格。而从艺术审美来看，文艺经典也有着"诗性"的内涵。它是在作家艺术家个人独特的世界观渗透下不可重复的艺术原创，能够提供某种前人未曾提供过的审美经验。再从历史的角度看，文学经典往往在国家文学史乃至世界文学史上翻开新的篇章，因而还具有"史"的价值。

中国当代文艺史上究竟有无出现过经典或高峰？这是多年来困惑当代文艺界和学术界的一个命题。具体到文学，早在 20 世纪 80 年代初期，便有论者提出，1949 年以后 30 年间的文学成就，远不及 1949 年以前的 30 年（鲁迅、郭沫若、茅盾、巴金、老舍、曹禺、沈从文等人堪称那个时代的文艺高峰）。尽管文学史是一个遗忘率最高的领域，在若干年之后，能够被人们记住的作家作品将会越来越少，但可以肯定的是，在 200 年、500 年之后，鲁迅与阿 Q 的形象还是会被人们深深地刻在脑海中。事实上，并非一个鲁迅能被历史铭记，在中国现当代文艺发展长河中，还有沈从文、老舍、曹禺、沙汀、赵树理、钱锺书、柳青、路遥、陈忠实……所谓江山代有人才出。那种中国现当代文艺无经典论，是不切实际的悲观论。我们要历史地辩证地看待与甄别文艺高峰即文艺精品、经典，应当将之放置在一定的历史坐标系中，而不能形而上学、主观武断地认定何为文艺高峰或精品、经典。这种依情而非依理来宣判文艺高峰、经典之有无的做法，其实是一种愚昧之举。事实上，文艺高峰或文艺经典是一个与时空相对应的概念，只有经过时空涤荡与淘洗的文本，才有资格谈论高峰、经典。作家艺术家在进行创作时，无法预知自己的作品是否能够成为高峰、经典，如艾略特所说："他们唯独不能指望自己写一部经典作品，或者知道自己正在做的就是写一部经典作品，经典作品只是在事后在历史的视角才被看作经典作品的。"但是伟大的作家艺术家应具备使命感，只有具备了这种使命感，才有可能创作出可以被称为伟大的经典作品，构筑一个时代的文艺高峰。文艺经典或文艺高峰是一个民族乃至整个世界极其宝贵的精神财富。文艺高峰或文艺经典的典律构建，注定是一个复杂的变动不居的过程，它并不是一个凝固不变的绝对化、终极化概念，而应该是一个开放性的、多元性的体系。因此需要我们以开阔的视野、多重的视角、历史辩证的眼光对之进行甄别与发现、审视与阐释。

文艺经典或文艺高峰，其实正是马克思主义经典作家所说的，运用美学的、历史的原则与典型化的创作方法，创作出的具有较大思想深度、意识到的历史内容和故事情节的丰富生动、源于生活高于生活的文艺作品。习近平总书记在文艺工作座谈会上强调的努力创作生产更多传播当代中国价值观念、体现中华文化精神、反映中国人审美追求，思想性、艺术性、观赏性相统一的优秀作品。

这些都是对何为文艺高峰、文艺经典的问题的最权威、最科学的阐释。

首先，具有文艺经典或文艺高峰性质的作品，应具备鲜明的思想性。文艺作品的思想性，是社会主义核心价值观的艺术传达，中国梦、强国梦理念的审美诠释。习近平在中国文联十大、作协九大开幕式上的讲话中指出："思想和价值观念是灵魂，一切表现形式都是表达一定思想和价值观念的载体。离开了一定思想和价值观念，再丰富多样的表现形式也是苍白无力的。"社会主义核心价值观是当代中国精神的集中体现，是凝聚中国力量的思想道德基础。曲艺工作者要把培育和弘扬社会主义核心价值观作为根本任务，坚定不移地用中国人独特的思想、情感、审美去创作属于这个时代又有鲜明中国风格的优秀作品。人民性是文艺作品思想性的基本特征和突出要求，表现"人"与"民"的心"性"之根、之本，表现人民大众的审美情趣。文艺的人民性体现在其自身包蕴着丰富多样攸关民众利益及情感诉求的社会历史内容上，体现在文艺家丰富多彩的创作实践上，也体现在他们自觉深入人民群众之中，不断为之代言和发声的行动上。现实主义精神是文艺创作的基本立场。具有现实主义精神的作品，关切人民群众的喜怒哀乐、生老病死、柴米油盐，或凄美悲壮，或曲折幽婉，或慷慨激昂，或粗犷张扬，或柔情缱绻，或泼辣尖锐……它们千姿百态，各有特色，但有一个共同点，即对世相刻画得真实生动，对人性刻画得鞭辟入里，对人心体察得细致深入，进而凸显出对生命的尊重，对人性的透视，对精神的追索，对灵魂的揭秘。

其次，文艺经典或文艺高峰性质的作品，也要具备突出的艺术性。文艺精品乃至经典，通过语言艺术以及各种其他艺术，交代故事情节，描绘人物，介绍环境，渲染气氛。因此，要写得鲜明生动，说得亲切清晰，唱得动听醉人，演得恰如其分。特别是小说、戏剧、影视、曲艺等艺术品种，都有曲折的、生动的故事情节，有的情节还出乎意料，又在情理之中。讲故事、重情节，是文艺作品的重要特征。文艺的抒情类文体比如诗歌、散文，要求是非鲜明，得乎人心，体现中华民族不同历史时期的思想崇尚、道德观念和欣赏爱好。经典文艺作品一定要有意境，要做到以少胜多、以一当十，这就需要典型化原则的运用。要力戒杂、碎、乱，而要求准、精、深。原创、独创、创新是衡量文艺作品艺术性乃至是否精品、经典的基本要求。文艺创作要坚持百花齐放的方针，发扬艺术民主，营造积极健康、宽松和谐的氛围，提倡不同观点和流派的良性竞争。创新要在继承传统的基础上，根据变化了的时代审美需求，对文艺创作内容与形式进行必要的拓展和创造。因此，要不断解放思想，融汇各种艺术形式。在保留传统精髓的基础上，转益多师，实现文艺创作的凤凰涅槃，推动文艺创作不断从高原迈向高峰。

检视中国当代文艺发展历程，不能否认，改革开放以来，中国文艺创作迎来新的春天，产生了大量脍炙人口的优秀作品。但不必讳言的是，也存在着习近平总书记批评的有数量缺质量、有"高原"缺"高峰"的现象，存在着抄袭模仿、千篇一律的问题，存在着机械化生产、快餐式消费的问题。大量的作家作品和文学批评与研究的繁殖孵化，造成了70年来，尤其是这40年来浩如烟海的'文学产品'堆积，长时间不加清理，垃圾与精品共存，泥沙俱下，可谓乱象丛生。无疑，我们的文学史不可能照单全收这些不经筛选的'产品'，这就需要我们做好两个方面的工作：一是削减以往被文学史收纳过的，但显然是不该入史的作家作品、文学社团流派、文学现象与文学思潮，这种二次筛选，既要有眼光，又要有胆识；二是新入史的作品价值标准怎么定，显然，第二个问题是第一个问题的延伸，但它是问题的关键。[①] 即时性的文学批评和文学评论作为文学史的第一次筛选，就需要我们说出真话，以知识分子的良知作为保证，尽量以符合历史的标准进行工作，给未来的文学一些希望，也给知识分子这个名分留一些尊严。[②]

正如雷达尖锐指出的："与世界上许多公认的大作品相比，与庄严的文学目标相比，当下的中国文学，包括某些口碑不错的作品，总觉缺少了一些什么。""一直以来，总有人不断提出这样的问题：为什么在今天，我们还出现不了伟大的作家，出现不了我们时代的莎士比亚、托尔斯泰、陀思妥耶夫斯基？出现不了新的曹雪芹？出现不了新的鲁迅或者胡适式的大家？尽管有人抱着良好的愿望，一直断言，说这是个应该而且必将出现文学巨匠的时代，可巨匠似乎迟迟不肯露面。诚然，我们拥有不少优秀的富于才华的作家，有的作品也已呈现出若干大手笔气象，看不到这一点，总是妄自菲薄也不对；可是，与我们心目中'伟大'的目标相较，距离还是显而易见的。"雷达所说的大作家大作品，其实指的就是经典，就是高峰。雷达之问，堪称时代之问，至今没有过时，值得人们深思！

三、关于文艺评论与文艺高峰

从关系本体论出发，可以说文艺评论与文艺高峰是彼此扭结、相互依存、你观照我、我支持你的关系。这种关系的基本内涵，本文在开头已经做了简要明确的阐释。需要强调的是，要想推动中国文艺攀登文艺高峰，势必要加强文

---

① 丁帆. 人性、历史、审美是文学史的不二选择［EB/OL］. 党建网，2019 - 09 - 27.
② 丁帆. 人性、历史、审美是文学史的不二选择［EB/OL］. 党建网，2019 - 09 - 27.

艺评论工作；而加强文艺评论工作，使之真正发挥自身的监督、矫正、提升、推进作用，就一定会对中国文艺构筑文艺高峰起到"画龙点睛"或"指点迷津"的重要作用。

加强文艺评论工作，构筑新时代文艺高峰，是新时代党和人民对文艺事业的期望与要求。文艺高峰的筑造是一个艰难的过程，需要文艺家和评论家殚精竭虑地努力，呕心沥血地探索。需要创作者与评论者双方都打破传统思维，勇于标新立异，积极大胆创新。我们的文艺作品虽然层出不穷，经典的创造却如滚石上山极其艰难。这就需要文艺评论家为之提供强大动能，真正成为文艺经典化的强大推动力量。在此过程中，文艺评论要力排不公正因素，尤其要严肃整饬评奖活动，使之成为文艺经典化的有效推手。当然，文学作品能否成为经典或高峰，从根本上看，是否获奖不是关键。中国古典四大名著并没有获奖，却流传至今，成为人们心目中的真正经典和高峰。《红楼梦》一书甚至作者在世时尚未写完，经后人续补才臻于完善。但这些小说与我们的民族、与我们的文化紧紧地焊接在一起。诺贝尔文学奖设立110年来，获奖作品大多都经受住了读者和时间的考验，成为永恒的文学经典。在文艺经典化的过程中，我以为其源头因素仍在创作者本身，在于作品本身。在中国现代文学史上，鲁迅先生是一位广受肯定和欢迎的文学家。鲁迅是中国现代文学的开创者和奠基人，同时又是一座难以逾越的高峰。在"鲁、郭、茅、巴、老、曹"的经典作家系列中，鲁迅被排在首位，当之无愧是中国文化的旗手和领军人物。鲁迅的经典地位是由他的总体价值决定的。他不仅仅是为文学而创作，列是为改造国民劣根性、重塑和振兴民族精神、推进中华民族现代化历史进程而创作，他将文学作为改造中国社会的根本途径，他的创作是真正的"为人生的艺术"。因此，鲁迅绝不只是一个文学家，从根本上更是一个思想家，他的作品的思想深度、艺术精度远超他人，至今无人能够超越。值得指出的是，鲁迅经典、高峰定位的形成，固然是鲁迅本人天才加勤勉的结果，同时也与各个不同时代文艺评论所起的经典化作用是分不开的。

加强文艺评论工作，构筑新时代文艺高峰，必须重建文学评论的公信力。这种公信力来自评论家真诚的态度。面对作家艺术家的作品，评论家要有敢说真话、褒优贬劣的理论勇气。作为评判文艺的文艺评论家，"倘若也随波逐流，放弃了怀疑态度和批判精神，也充当起文学思想史上的跳蚤，这就不仅仅是对文学和文学批评的亵渎，更是对自身职业操守的玷污"。[①] "作为启蒙主义的一

---

① 丁帆. 人性、历史、审美是文学史的不二选择 [EB/OL]. 党建网, 2019 – 09 – 27.

支重要力量，新兴的知识精英应该如何选择自己的价值观念呢？我想还是回到康德的理论原点上去，这才是最经得起历史考验的价值观念：'我们的时代是真正的批判时代，一切都必须经受批判。'"① 评论家建构起道德底线与美学准则之日，就是评论面对文艺发出主体声音之时。法国剧作家博马舍尝云："若批评不自由，则赞美无意义。"话虽简要，但言简意赅，真正做到并非易事。砍柴必须先磨刀，打铁还需自身硬。文艺评论要摆脱尴尬、走出迷茫，就要做好评论本身，就要把文艺评论文章写好。不发空论，不立虚言，体现出求真、向善、寻美的初心，彰显评论家的锐利与风骨。要带着"问题意识"和"问题导向"，破除迷信，敢于怀疑，勇于批判。这是评论家进入文艺现场的牢靠抓手和有效路径。身为文艺评论家，必须具备四个意识：一是主体意识，即文学批评集成要素及范式建构要服从批评家主体论述问题的需要；二是跨界意识，不局限于文学学科本身，而涉及更多学科，如历史、美学、文化学、地理学、心理学等，开放批评的思想学术空间和批评范式建构，使得文艺评论的力度更大；三是方法意识，即善于围绕文学创作、文学现象、文学思潮各种问题，借助各种批评方法的支援，形成交叉火力，造成更强的气势；四是超验意识，即通过审思文艺创作的各种问题，提出批评者的价值观念，以预测和把控文学创作发展的未来，给创作者以明确的价值引领。

加强文艺评论工作，构筑新时代文艺高峰，文艺评论家要利用好理论资源，为文艺高峰的构筑添砖加瓦。不能是八股当道，概念壮胆，生僻名词开路，而应当以鲜活通俗的语言，如"鲜花着锦，烈火烹油"，活力四射，感化人心。评论要带着情感。按照别林斯基的观点，批评的情感投入是重要的和必要的。批评的情感表现在作者的爱憎分明，笔调要带着感情。文艺评论与科学研究并非同一件事。鲁迅的杂感旁征博引，形象深邃；瞿秋白的批评文字郁勃峭拔，力透纸背。著名红学家蒋和森先生才气横溢，其《红楼梦论稿》可谓妙语迭出："宝钗，宝钗，如果得到'好风'的'借力'，又何尝不能成为一把宝剑！这是一把以黄金为外壳并镂刻着美丽花纹的宝剑；一把适于佩挂在蟒袍玉带上的宝剑；然而这又是一把终未出鞘而锈掉的宝剑！是的，冷酷的时代，终于把这个少女葬身于白茫茫的大雪！"感兴式的思考，抒情散文的笔调，华丽芬芳的文字，为文艺评论做出了典范。更重要的是，文艺评论家要有担当的勇气。在我们这个表面上看来价值多元实则混乱的时代，文艺评论的价值坚守有着非常重要的价值启蒙意义。评论家要敢于挺身而出，去勇敢地做这样的事情，需要到

---

① 丁帆. 人性、历史、审美是文学史的不二选择［EB/OL］. 党建网, 2019 - 09 - 27.

文艺现场上去，用文艺理论与独立见解，去引领读者、观众，使他们形成科学正确的审美观，从而形成专家、民众、历史、时间等多元立体评论态势，共同推动中国文艺经典化进程，为构筑中国文艺高峰提供坚实牢固的理论支柱。

　　加强文艺评论工作，构筑新时代文艺高峰，文艺评论要激发更大活力和魅力。党的十八大以来，习近平总书记在一系列重要讲话中为文艺发展指明方向，他指出："衡量一个时代的文艺成就最终要看作品，推动文艺繁荣发展，最根本的是要创作生产出无愧于我们这个伟大民族、伟大时代的优秀作品。"在中国文联第十次全国代表大会、中国作协第九次全国代表大会开幕式上，他强调："广大文艺工作者要坚持以人民为中心的创作导向，坚持为人民服务、为社会主义服务，坚持百花齐放、百家争鸣，坚持创造性转化、创新性发展，高擎民族精神火炬，吹响时代前进号角，把艺术理想融入党和人民事业之中，做到胸中有大义、心里有人民、肩头有责任、笔下有乾坤，推出更多反映时代呼声、展现人民奋斗、振奋民族精神、陶冶高尚情操的优秀作品，努力筑就中华民族伟大复兴时代的文艺高峰。"这些指示，将构筑文艺高峰的光荣与神圣赋予了广大文艺家。鉴于文艺评论对于文艺创作的重要作用，习近平同志明确指出当前文艺批评存在弊病，透辟地提出党和人民对文艺批评的期望和要求，他说，"文艺批评要的就是批评""文艺批评就要褒优贬劣、激浊扬清""文艺批评褒贬甄别功能弱化，缺乏战斗力、说服力，不利于文艺健康发展"。广大文艺家和评论家要认真思考与领会习近平同志的讲话精神，在创作思想、创作观念、创作方法和批评思想、批评观念、批评方法等方面，要有新的文化自觉，不断推出新的文艺精品和文艺批评力作，为彻底扭转"有数量缺质量，有'高原'缺'高峰'"的局面做出切实的努力。在新的历史条件和时代机遇中，作家、艺术家要不断深化对"高峰意识"的认识。应该看到，当前文艺创作的主要问题仍然是"浮躁"和"焦虑"，因此要鼓励文艺家深入生活，扎根人民，走出"小自我"，投身"大时代"。文艺评论家作为文艺高峰的推动力量和理论支持者，要着力帮助文艺家营造一种远离功利影响、鼓励沉潜钻研的创作氛围，帮助文艺创作工作者克服焦躁，使他们真正沉下心来，练功磨剑，创作出饱满而丰厚的"慢工细活"，要在充分占有创作资源的基础上，写出作品的生命力和情感的感染力，打造更多文艺精品，努力创造文艺经典，以"高峰意识"引领，自觉迈向"高峰目标"。

目 录
CONTENTS

第七篇　其他

第一篇　南山文学评论

改革开放 40 年与深圳文学发展

周思明

改革开放 40 多年来，深圳作为中国改革开放的窗口与试验地，创造了世界工业化城市化现代化发展的奇迹，与中华人民共和国一道实现了"伟大的变革"。习近平总书记强调："文化自信是更基础、更广泛、更深厚的自信，是更基本、更深沉、更持久的力量。"

对深圳而言，文化不仅是城市发展的有机组成，更是引领和支撑。深圳，不仅是经济特区，也是移民城市、青春都会，她的先锋观念、包容精神、创新气质、文明活力、丰富内涵等都为其独特而先锋的特区文化之形成准备了良好而充分的条件。作为深圳文化的重要组成部分，深圳文学一路走来取得巨大成就，留下丰富的文学艺术作品和理论研究成果。回眸改革开放 40 年以来的探索实践，一个令人欣喜的景象有目共睹，那就是深圳文学已然呈现出了一个多元共生、姹紫嫣红的发展态势，"移民文学""学院文学""白领文学""商战文学""打工文学""青春文学""校园文学""儿童文学"以及独具特色的深圳文艺批评等，形成了生态繁杂的特区文学气象。作家、评论家们从自发到自觉，从小我到大我、从叙事到意义、从自发无序到自觉有为、从集体无意识到趋于文化自觉，呈现出巨大的生机与活力。对深圳文学进行理性的反思与科学的梳理，无疑是一项颇具价值和意义的工作。

一、凸显南方立场的深圳文学

20 世纪 80 年代的中国文坛，出现了一批烙印着南方立场、深圳标记的文学作品。所谓南方立场，非指地理意义，乃是前卫、先锋、现代、实验意义上的南方立场。刘西鸿、乔雪竹、王小妮、张黎明、黎珍宇、林坚、张伟明等的作品可为代表，他们对改革开放的"新的人物、新的世界"的独特叙事，勾画出早期深圳文学的独异雏形。刘西鸿小说《你不可改变我》是 20 世纪 80 年代特区文学最具影响力的小说代表作，获全国短篇小说奖，首发 1986 年的《人民文学》，被评价为"新锐的实验文本小说"。《你不可改变我》带有很强的先锋性，它的出现给当代文坛一个革命性的震撼。

世纪之交尤其21世纪以来，寂寞的深圳文学再度发力，出现了一些为文坛侧目的作家。他们的写作个性、风格各不相同，但基本属于现实主义写作。杨黎光的报告文学，紧扣时代脉搏，善于在颇具时代特征的都市大案叙事中糅进自己的思考，从而使他的报告文学写作产生了较大影响。南翔的小说写作既有社会广度，也有思想深度，涉及大学、民间、机关等多个领域，有反思，也有批判。邓一光对于深圳人的书写，带有哲学层面的描述。曹征路发表于新世纪的长篇小说《问苍茫》以及中篇小说《那儿》等，反响不俗。彭名燕创作了长篇小说《世纪贵族》《杨门家风》以及报告文学、散文、影视剧等，再现深圳独特生活，受到评论界的好评。李兰妮长篇小说《旷野无人——一个抑郁症患者的精神档案》，写出一个抑郁症患者的精神档案，提供了一份形象生动的当代中国社会的现代化进程的人文档案。

吴君的小说反映了挣扎于都市底层的农民工的一种猥琐、灰暗的生活，以曲折含蓄的笔法，将我们带进城市底层生活的真实境况。根据她的小说改编的电影也已上映，产生一定的影响。吴亚丁的城市小说凸显了现代性的光色，呈现了深圳书写的别样风格。丁力的多部商战长篇小说和中短篇小说系列，是对深圳企业界各种人物在商场竞争中人际矛盾关系的揭示。作家以商业竞争为题，实际上揭示的还是人性的博弈和较量。以王十月为代表的打工文学集结陈再见、郭金牛、唐诗、曾楚桥、卫鸦等打工作家，书写打工者的身心疼痛，拓展了深圳文学新的海岸线。郭金牛、唐成茂、刘虹、从容、谢湘南等人的诗歌，从不同题材、不同角度、不同手法，显示了深圳诗歌创作的风云际会、波澜激荡。

从文本形态上看，深圳文学有着强烈的"漂泊"感和"悬浮"性。异乡生活的内心焦虑、现代化生活的挤压、身份确认的恐慌、主流文化的寻找，不确定性的体现，在深圳文学中表现得相当充分。某种意义上可以说，深圳是一个孤独感很强的城市，堪称一个文学意义上的城市。先锋、传统、复杂、单纯、不确定、无禁忌、阳光、乖张、炽热、薄凉、刻薄、宽厚、愚钝、狡黠……都有可能成为贴近或者诠释深圳的审美特点。就个体文本而论，深圳文学是各逞其能、不一而足的。但总体上看，也凸显出较多有力量的和面目各异的优质作品。深圳作家为自己和这座城市保留下这样的文化足迹。

令人欣慰的是，深圳的中老年作家并不占绝大多数，她拥有一个背井离乡满怀抱负的青年作家群和更多的年轻写作者，他们在这个特殊的时代，源源不断地为这座特殊的城市输出他们特殊的文学记忆，使得烙印着深圳的文学向着新的可能与突破迈进。

二、异军突起的青年作家群

深圳青年作家群近年来异军突起，形成一个国内文坛瞩目的文学现象。这个群体具有充沛的青春元素，是深圳文学推进的重要动力，也是深圳文学的希望所在。深圳青年作家在题材和美学上具有和而不同的差异性，这与他们绝大部分是外地移民关联密切。深圳为他们提供了一个写作的平台，他们将自己的生活和命运、感悟和思索、泪水和欢笑，化作写作的资源，以此参与创造历史。深圳接纳了各种各样的人、各个地方的人，容纳了他们对生活、对世界的各种大胆想象，并向着繁多的可能性敞开。从事文学创作的作家们大都处于青春期、成长期，这是深圳的优势所在，这种优势一定会结出繁盛的文化果实。作为文学深军的主力，深圳青年作家群彼此不相像、有差异，这正反映了这座城市的内在特点，也凸显了文学写作的内部规律。资料显示：青年作家作品每年都有超过50篇见诸《人民文学》《收获》《十月》《中国作家》《民族文学》《诗刊》《上海文学》《北京文学》等名刊，每年都有近20篇作品被《新华文摘》《小说选刊》《小说月报》《中篇小说选刊》《中华文学选刊》等选刊转载。每年在省级以上文学报刊发表的作品，更是有上千篇。蔡东和毕亮是深圳青年作家群具有一定代表性的80后作家。深圳网络作家贾志刚和艾静一（猗兰霓裳）被认为能够代表广东网络文学创作水准。陈再见、寒郁、程鹏、唐诗、蒋志武、李双鱼、吕布布等，都是有代表性的80后作家。

深圳作为新兴移民城市，活跃着一支庞大的作家队伍，青年作家（45岁以下）比重占到70%以上，尤其近5年来，新增会员作家的青年人占到九成。深圳青年作家群大致由两部分组成，一是业余作家，即有相对稳定的职业，不以写作为谋生目的的作家，这是深圳作家青年队伍中最大的一个群体；二是自由撰稿人，这部分作家没有固定职业，主要以写作谋生，这是一个新兴的且日渐壮大的队伍。深圳青年作家写作风格丰富多样，成绩突出，占据广东文坛重要位置。他们为当代文坛奉献了新都市文学、移民文学、打工文学、底层写作、网络文学、阳光写作等品牌作品，他们的异军突起更成为当代文坛重要的文学现象和文学话题。正如中国作协副主席、著名评论家李敬泽所言，深圳青年作家群即使放在全国范围去看，这个群体的实力也相当突出。

深圳青年作家们置身于中国最现代化的城市里，但他们的祖籍多数在别处，他们的内在经验是断裂的、不连贯的，他们从远方一路走到这里，经历得多而且杂，他们的内心一定会有一种共通的感觉，一种自我辨认的危机：我是谁？

我的身份是什么？我安身立命的抓手在哪儿？我生命的意义与价值如何体现或者找到？在这样的文化语境中，书写个体生命的当下遭际和微妙多变的精神状况，乃是深圳青年作家们所擅长和垂青的，这也是这个以经济发达著称的沿海城市隐匿着难以计数的年轻写作者的重要缘由。

深圳青年作家群体，数量庞大，阵容可观。他们擅长青春题材，即成长和婚恋书写，而且写法往往"不一般"。这座年轻都市所承载的文字，有着独到的干脆清冽甚至冷硬的叙事气质。他们的作品与"平庸"和"守旧"无关。用吴君的话说，深圳经过30多年的发展，不仅仅获得了耀眼的勋章，也留下了内心的伤口和疤痕。作家面对的是人心和病痛。在喧嚣、浮躁、走马灯似的深圳，作家需要更用功、更坚强、更淡定。文学深军当以真诚之心、独立之笔写出大时代下小人物的内心风暴，写出他们的抗争与抉择、动荡与不安、希望与绝望。

三、城市边缘生长的"打工文学"

深圳是我国城市底层滋生的打工文学的大本营，宝安和龙华则是这大本营的两个核心性的桥头堡。蛰居宝安、龙华区域内的寂寞角落里的打工作者们早在20世纪80年代初便启动了他们"白天为老板打工，夜晚为自己打工"的文学行动。安子、林坚、张伟明、王十月、陈再见、曾楚桥、阿北、唐诗、刘永、李双鱼等人书写着打工者的喜怒哀乐与做太阳的梦想，并得到更大范围打工群体的积极响应和强烈共鸣。一些打工作者原本就有些文字基础，打工生活更促使他们的"文学梦"苏醒。

打工生活的疲惫和苦涩，让打工文学作家的写作内涵更加丰富。打工文学更多是一种对现实的思考，对生活的领悟；而在此之前，更多的是"感时花溅泪"式写作。所以，打工文学较之一般的文学书写，显得更有一种切肤之痛。打工文学的活跃与打工群体的痛苦体验，让打工作家们在乡村与城市、传统与现代、本土与外省、转型社会中的矛盾冲突与复杂现实的博弈与对撞中，激发了不可遏止的创作冲动与文学灵感。打工文学真实地反映成千上万打工一族在市场经济浪潮中的独特心路历程和酸甜苦辣。相较于北京、上海、广州这样的古老城市，深圳在文化积淀上先天不足，文学创作形势也比前者落后很多。加之深圳知名作家群体发声的分贝相对较高，打工文学作家群很难获得自己的话语权。但中外文学发展史证明，小发展为大，弱者变成强者，不是不可能的，只是需要一定的条件和气候，所谓"天时、地利、人和"。

庆幸的是，深圳将打工文学作为文化强市的重要内容之一。各级政府、文化团体多年来都伸出扶持之手，举办各种文学活动，发现打工文学新人，并投入一定的创作扶持资金，极大地促进了打工文学繁荣发展。以宝安为例，打工群体的麇集，为打工文学的发展提供了创作人才资源保证。而打工生活的辛酸、苦涩、寂寞、压抑，则为打工文学创作提供了丰富的素材资源，深圳市、区两级党委政府、宣传文化部门、文联、作协团体适时跟进，予以积极的支持与推助，使得深圳打工文学如春苗破土、茁壮成长。

打工文学创作改写了打工作家群体的命运。打工作家王十月因获得鲁迅文学奖被广东省作协纳入编制，成为正式工作人员，如今在《作品》杂志从事文学编辑工作。打工诗人郑小琼因为诗歌创作蜚声文坛，也被广东省作协相中，与王十月一样，成为一名正式工作人员，在《作品》杂志当了编辑。陈诗哥获得《儿童文学》"十大金作家奖"，其儿童文学作品《几乎什么都有国王》热卖。但与此同时，问题也随之产生：当忙碌而辛苦的流水线工人时代宣告结束，失去打工者的苦闷与压力所产生的创作冲动以后，"打工文学"的后劲何在？"后打工文学"的出路何在？

打工文学面临的问题，正如有的打工作家指出："有些打工出身的作家，有了名气之后，内心就会排斥打工文学，觉得层次太低。另外，也有作家随着收入的增长，职位提升，渐渐也写不出文章了。"尽管深圳打工文学取得了文坛瞩目的成就，但一个不争的事实是，如今打工文学的声音越来越微弱，打工文学发轫时期的那种野蛮、不羁、呼喊等，也似乎难觅踪迹了。甚至可以这样说，真正意义上的打工文学，已凤毛麟角。鉴此，有人主张，打工作家应该由政府、文联、作协等机构收编，以签约作家、合同制作家等身份予以保护。笔者认为，这建议的动机也许不错，但如果打工作家的生活境遇全然改变，打工者的痛感不再存在，"幸福指数"迅速攀升，也许以疼痛为标志的打工文学就会随风飘逝，所谓"皮之不存毛将焉附"。

"打工文学"是文学深军所看重的写作领域。打工文学曾经盛极一时，但现在这个概念出现了很不稳定的杂音，受到圈内外人们的质疑。有些研究者急于给它改名换姓，但提法变了，并不意味着内容的出新和形式的革命。如果我们轻易地抛弃了"打工文学"的称谓，得到的将是什么？也许什么也得不到。评论家吴义勤认为，深圳文学前几年被"打工文学"绑架了。某种程度上，我同意他的看法。但不管怎么说，打工文学毕竟是文学深军所凸显的一个写作亮点。"打工文学"作为深圳文学资源的一种，已经在当代文坛产生一定的影响，应该继续深化和完善之，但忙着贴标签本身值得质疑，价值也似乎不大。打工文学是我们这个时代的现代性写作，不仅在思想探索上具有现代性，而且在审美原创上也是如此。现在的问题是，打工文学原有的激情，在悄悄地流失。如何保持打工文学的后劲，积极探索打工文学的出路，乃是我们亟须思考和着手进行的一项重要工作。打工文学要得到更大发展，仍需要提高自身的思想品质和美学品位，使之真正成为一种"有思想的艺术"，这是打工文学作家们的一项长期、艰巨的任务。

四、朝气蓬勃的深圳儿童文学

长期以来，在深圳文学理论评论体系中，很少有人浓墨重彩地论及深圳儿童文学，这是不全面的，也是不正常的。事实上，深圳儿童文学是卓有建树、朝气蓬勃的。目前深圳有 30 多名创作活跃的儿童文学作家：全国儿童文学奖获得者陈诗哥；5 次冰心文学奖获得者、中国好书月度榜单入选者、"动物小说"王子、国内新生代"动物小说"领军人物袁博；出版童书 60 多本的青年作家关小敏；入选中宣部 2015 年"优秀儿童文学出版工程"的郝周等堪称代表。深圳青春校园文学发展势头喜人，可谓是全国青春文学、校园文学的高地。从年龄结构讲，深圳儿童文学作家群呈现老中青三结合的特点，老作家以苏曼华、张黎明等为代表，中年作家以杜梅、牛金瓶、严爱慈、袁晓峰等为代表，青年作家以陈诗哥、袁博、郝周、安小橙、吴依薇、麦芽、西西等为代表。近年来，随着深圳文化凝聚力的提升和儿童阅读推广的深入开展，深圳儿童文学创作队伍更呈现出以青年作家为主体，朝气蓬勃、风格多样、蔚为大观的良好势头。

经过 40 多年的发展，深圳儿童文学创作生态格局已然形成：苏曼华、张黎明、严爱慈等资深儿童文学作家以拓荒之功成为早期的标志；郁秀、陈诗哥等分获全国儿童文学奖，成为深圳儿童文学的夺目亮点；杜梅、袁博、刘克勤、关小敏、郝周、吴依薇、安小橙、西西、麦芽等创作活跃、各擅胜场；林培源、张悉妮、赵荔、韩淑娴、李墨白、谢然等从校园走向文坛，从深圳走向全国；秦锦屏、陈再见、谢宏、徐东等作家旁逸斜出，时有佳作；袁晓峰、李迪、周其星等阅读推广人对创作定位精准，时有涉猎。

陈诗哥在童话写作上有着开拓性的探索，《童话之书》《风居住的街道》《几乎什么都有国王》等作品呈现出对童话问题的全新理解与诠释，充满诗意、想象力和哲学意味。他的作品充满天马行空的想象，看似平淡有趣的故事下面涌动着哲理。

关小敏关注当下城市儿童的现实生活及心理体验，她的"心灵之书"立足于当代儿童普遍存在的各种情感问题，立足现实社会的热点问题和当代家庭生活的伦理关系。关小敏的创作立足于时代，善于用故事化解少年儿童成长的"心结"，给成长中的孩子以温暖的抚慰和妥帖的心灵关怀，让读者与书中人物一起感同身受，温暖人心又给予青少年正确的导引。

郝周以故乡为底色进行乡土题材写作，将自己的童年经验置于深厚的地域文化中，既有现实生存的艰难与欢欣，又有来自当地文化传统的独特魅力，他的《偷剧本的学徒》《弯月河》等小说是当下儿童文学乡土写作的新收获。他的小说语言流畅，故事性强，对儿童心理的描写自然而真实。小说中写到的乡村生活，对很多城市儿童来说很陌生，会产生好奇，虽然会有一些隔膜，但还是很吸引人。

袁博是一位90后作家，专注于动物小说写作。他在一座野生动物养殖基地度过童年，先后修过生物科学、人类学、文学三个专业，知识面广博，具备了动物小说创作的独特优势。凭借扎实的生物学知识，尤其在古生物领域的专业素养，开辟了动物小说的新领域。他的《火烈马》《鸵鸟家族》《豹的复仇》等小说，将动物性与哲学融为一体，让动物小说创作上升到新高度。他的小说彰显动物在自然法则之中承受的生存之重，又表现作者对于生命的平等、尊严、价值的诉求，为动物小说的繁荣增添精彩的一笔。

杜梅的长篇小说《青苔街往事》通过六指女孩登登从4岁到14岁的童年往事，在看似是淡淡的童年回忆中，提示了生命成长和生命真相，饱含令人惊心动魄的现实主义的力量。张国龙教授将之称为"非典型儿童文学"，认为是给具有一定文学素养的儿童读的。作家把写作对准这样一个儿童群体，令人敬佩，也需要作家耐得住寂寞。

郑枫崇尚"自由的、崭新的创作"，擅长将孩子的一句话、一幅画打造成一个个小而美的意境。《梦旅行·念头集》灵感源自作者记录儿子的童言和绘画并与儿子互相讲故事的生活经历，以及曾经旅居各地、放逐山野的乐趣和自由状态。这些故事往往由一个天马行空的小念头引起，因此被称为"念头集"，体现了孩童最原生态、最真实、最天真、最广阔无垠的幻想世界，具有鲜明的个人特色。

五、新锐多样的深圳文艺批评

文艺批评必须坚守马克思主义的美学立场；坚持从"美学和历史的观点"这个最高原则出发，体现其感性—人性的价值尺度，否则便不能公正判断作品的好坏优劣；文艺批评的根本使命是以其提供的思想影响艺术家观念的形成、丰满、调整与更新，而非具体地"指导创作"，有价值的批评属于当下也属于未来。与深圳文学创作相生相伴的深圳文艺评论家群体，以特区文艺现象为突破点，立足深圳，放眼全国，批评力量也从小到大，从弱到强，初步形成了相对完整的批评体系，并在全国文艺界发出文艺批评的"深圳声音"。

一段时期以来，人们由于对深圳文艺批评了解不够，觉得它与全国其他城市的文艺批评相比，似乎影响力不大，甚至是孱弱的。其实未必。经过近40年的披荆斩棘，深圳文艺批评队伍逐步成长壮大，影响日隆。深圳文艺批评队伍，门类齐全，各具特色，既有文学批评家，如于爱成、周思明、汤奇云、刘上江、张克、黄永健、王素霞、赵目珍、李云龙、刘洪霞、唐小林、廖令鹏等人；也有影视评论家，如王樽、周思明等人；还有美术雕塑批评家，如孙振华、陈向兵、刘子健等人；以及曲艺、戏曲、音乐等的批评家，如周思明、安裴智等人。在对打工文学、客家文化的研究和评论上，杨宏海先生功不可没，可谓是深圳的一员宿将。早期还有杨作魁、杨益群、斯英琦等人对深圳文艺批评做出贡献。而且，在各种文艺批评的专长分工中，深圳文艺批评家可谓各有千秋，彼此绝不雷同，有长于肯定的，也有敢于批评的；有偏重理论辨析的，也有从逻辑常识切入的；有学者专家型的，也有民间草根型的；有学院批评、媒体批评型的，也有作协批评、民间批评、草根批评型的。他们大多专注于一种批评领域，但也有一专多能、在多个门类批评中出入乃至闹出动静的，进而形成了外省其他大城市所没有的独特批评景观。可以说，深圳文艺批评已经超越了其他省市的那种相对单调的批评格局，并不局限于文学批评一个门类，而是以文学批评为引领，兼具多个文艺批评领域，用毛泽东的一句诗来形容，可谓是"风景这边独好"。

最重要的是，深圳文艺批评所独具的特区文化的开放性，与特区文艺实践的同步性，深圳人求真务实、敢于真刀真枪亮剑的先锋性，是深圳文艺批评的三个关键要素和突出亮点。顺便提一句，笔者之所以用文艺批评而非文学批评，乃是指深圳的批评囊括了文学和其他艺术门类的批评，故而如此称谓。深圳文艺评论理论建设成果丰硕，尤其是近些年，深圳文艺评论队伍中涌现了若干名勇于担当、敢于直面问题和切中时弊的批评家，他们摒弃了时下评论界多见的对理论名词摆酷炫技和廉价吹捧的"文艺谀评"，大胆指斥当代文坛艺坛的现状和问题，以尖锐批评、犀利文风著称，"勇剜烂苹果"，在国内评论界发出了深圳的声音，引起批评界和创作界的广泛关注。

面对当下文艺批评唱赞歌者无数、真批评者难寻的现状，深圳文艺评论家不想沦为"吹喇叭抬轿子"的平庸写作者。他们给自己的定位是三个关键词——在场的、批判的、建构的。现在的作家，尤其是著名的作家推出作品后，赞扬之声、溢美之声铺天盖地，很少有人批评，很少有人敢于找毛病。90%以上是表扬的，最后说一点瑕不掩瑜的小毛病，甚至说小毛病的都很少了，从头到尾都是肯定，这是不正常的。有鉴于此，深圳评论家更看重带有独特文本特点的表达。但在当下大家认同的文体状态下，如何写出真正属于自己的东西，怎样从普遍的文本中独立出来，并且如何超越自我，让文艺评论写作不仅能给读者一种新的感受，同时也对文艺创作有所助益，是深圳评论家们努力的方向。

不必讳言，在批评实践中，一些评论家在方法和理论的潮流轰炸中，也曾追求过套餐式、"开中药铺式"的表达，做过理论导向先行的框架式批评，但在看过太多的言之无物、空洞套话的评论文章以后，他们开始对自己如何从事这份事业有了深刻的自省和反思，并试图开始逆袭和突围，立志成为有立场、有良知，具备艺术理想、文化自觉的独立思考的批评家。

诚如中国传媒大学资深美学家张晶教授等学者指出的，深圳的批评家充满活力，求真务实，敢于直面现实和问题，这是批评家最可贵的品质，这种活力和批评的直接性、尖锐性，是深圳批评应该发挥的最大亮点和优势。同时，深圳还拥有以胡经之先生、彭立勋先生以及王晓华、李健等人为代表的文艺美学理论人才，学院派力量很强，学科力量在中国大学文艺学学科中也名列前茅，这些都是深圳文学事业的宝贵财富。尤其是在现在学院批评一家独大、同质化倾向非常严重，或存在严重的过度阐释、批评不及物、过度理论化的时候，深圳新锐批评家们敢于说真话的示范行为，恰恰接近了批评的真精神，非常可贵，也非常难得。深圳文艺批评具有明显的问题意识和现实关怀，注重及物性批评，具有较强的文本意识。衡量一个城市的文学事业发展如何，文艺批评是一个重要指标。事实证明，深圳之所以成长为一个文艺事业繁荣发达的城市，其文艺批评的生龙活虎、力量强劲，不能不说起到锦上添花的作用。深圳批评家们完全有理由自信、自强起来，因为我们不比其他省市的批评家逊色，完全可以达到费孝通先生所说的"各美其美，美人之美，美美与共，天下大同"。当然，这里的大同，是指美的共性，而不是说彼此趋于批评的雷同。

六、深圳文学流派形成的可能

流派是文学发展过程中，一定历史时期内出现的一批作家，由于审美观点一致和创作风格类似，自觉或不自觉地形成的文学集团和派别，通常是有一定数量和代表人物的作家群。深圳特区文学和深圳城市文化联系紧密，移民文化在深圳文学中打上了深深的烙印，移民文化变成了深圳文学中的文化精神的主要因素，因此特区文学也是深圳城市文化研究的范畴。

新世纪以来，深圳文学步入一个新的时代。具体表现为：小说创作百花齐放，诗歌活动较为频繁，打工文学作家、女性作家比例增多，多元开放的创作格局逐步形成。当下的深圳文坛，不同风格的作家共处一个文学场域，各自以不同的方式书写着个人经验和时代生活。文学创作队伍的多元性与年轻化、文学手法和创作经验的独特化、文学作品的新奇化和当代化，都使得当下深圳文学呈现出一种新的审美向度，亟待文学理论批评家们给予总结和规范，这对形成深圳文学流派或"新都市文学"显然又是有力的因素。

深圳虽然至今尚未形成百舸争流的文学流派，但已先后涌现出移民文学、商界文学、打工文学、新都市文学、校园文学的阳光写作等本土创作现象。深圳作家在新时期文学流派中，也已拥有几位代表人物。只是他们的流派归属很难在深圳这个相对狭小的地域内归类，比如刘西鸿算是先锋作家，可谓是深圳新都市文学的开山鼻祖。乔雪竹与"知青文学"有着密切的联系，邓一光某种意义上说是个"军旅作家"，杨争光则是"乡土文学"或"西部文学"的主将之一。吴君、蔡东是新移民写作的新锐作家代表，南翔凸显高校知识分子写作特征，丁力则是国内少有的商界文学的代表作家。但在深圳，他们显然是以各自为战、各美其美的方式在写作，他们的写作："其实用个性代替流派可能更合适。"

深圳是"打工文学"的滥觞地，具有特别的文学形态，打工文学表征着底层群体在深圳这座城市的生存状态，一定程度上折射出当代中国在社会、文化转型期产生的某种精神现象和心灵矛盾，展示中国城市化进程的轨迹以及城市打工群体复杂微妙的心路历程，从文化生态学角度说，给当代中国文坛增添了一个新品种，这个写作群体倒是有可能形成一个文学流派。

1994年深圳《特区文学》打出"新都市文学"的旗帜，立意是在改革开放背景下，写出城市化进程中表现文化冲突的文学。与20世纪20年代"新感觉派"的抛弃现实主义、强调意识流不同，新都市文学并未与现实主义告别，而是继承现实主义传统，有机地糅进现代主义因素，在创造性地继承我国乃至世界优秀现实主义文学传统的同时，汲取现代主义表现手法，希望创造出新的艺术格局。但经过这么多年的观察，窃以为新都市文学尚未形成明显的个性风格，不过是一个笼统的口号而已。

其实，深圳文学形成流派是最有条件的，深圳是最早创立市场经济体制的地区，深圳文学不可避免地也最早受到商品经济的冲击而蕴含了越来越多的异质成分。越来越喧嚣、越来越怪异的世俗诱惑，使得深圳文学开始打破英雄神话的围城，变得更加大众化、通俗化、个性化、市场化。但与此同时，这又是一个空前浮躁和焦虑的地带。对深圳作家而言，他们所遭遇的诱惑，远比外地作家大得多，他们在从事艰苦而清贫、寂寞而茫然的写作活动时，遭受着物质匮乏、稿费低廉、浮名无用等多重炼狱的煎熬。在此背景下，处于中国当代文学格局中的深圳文学，步履还不够稳，发声分贝尚不均衡。如果放在全国文学天平上考量，文学深军的分量有待增加，这从近40年来深圳至今没有一位作家获得茅盾文学奖、极少来深之后的作家获得鲁迅文学奖的现状中得到印证。

深圳是中国改革开放的前沿，它以文化的多样性和开放性，接纳来自五湖四海的人们，容纳了他们对生活、对世界的大胆想象，向着繁复的可能性敞开。这正是深圳文学的魅力所在，也是深圳文学流派形成的大好契机，深圳的作家们彼此不相像，各自有差异，呈多元开放、众声喧哗状态，这是深圳文学的优势，也是深圳文学的特点。但也要看到，深圳文学缺少厚重历史感和宏大叙事的整体表现。高峰性、经典性的作家作品匮乏，这个短板、缺陷与深圳特区从社会到经济到文化的"市场化""信息化""产业化"导向是分不开的。这些，显然是深圳文学形成更大影响力、冲击力的障碍。其实，在我看来，有无流派并不重要。重要的是，一个巨大型城市，一定要有10个左右代表性作家，5个左右重量级作家，一两个领军人物。如此，才能带动这个城市的文学队伍向着文学高原、高峰挺进。对于文艺评论，也是一样。毕竟，创作与评论，乃是鸟之双翼、车之两轮，不可偏废，亦不必独宠。

七、深圳文学的反思与展望

经过近40年的跋涉，深圳作家写出大量文学文本，为当代中国文学界所关注。处于浮躁、动荡、商业语境下的作家，有了比较自觉的角色意识和写作方向，为当代中国文学百花园增添了新的品种。严格地说，深圳文学发展总体上与特区在全国的形象与巨大影响力还是不够平衡的，特区的改革开放前无古人，惊心动魄，人物与故事很多，但有影响力的鸿篇巨制太少。深圳有着别的城市所没有的经济、政治、社会、地缘、人文独特资源，深圳文学对此虽有涉及，但在深度开掘和阐释力度上显得不够，方法、思路也显得单一，缺少令人眼前一亮的惊喜与变化。

陈寅恪先生1929年为王国维题写碑文时提出"独立之精神，自由之思想"。有些作家之所以能够写出在全国叫得响的拳头作品，是因为他们具有独立思考的自觉和能力。反之，由于缺乏这种思想素质，有些作家虽然时有作品发表，但只是语言和故事的独特所致，其作品尽管可圈可点，但从情感上不能打动人、感染人，缺乏文学感动的魅力。深圳文学对新时期、新世纪、新时代的中国文学已然形成一个冲击波，占据广东的半壁河山，甚至像李敬泽所说的，已经"部分地改变了中国文学的版图"。但与此同时，深圳文学从整体上在凸显深圳改革开放巨大辐射力、穿透力方面显得不够强劲，而这需要深圳的社科界、文化界与文学界来联手做出新的努力。深圳文学呼唤思想的升华、美学的升华、艺术的升华。深圳作家要把握生活和理解当下，了解人的需要、思想、心理动态，打开思想视界，突破认知局限，向社会科学包括哲学、历史、美学、心理学、社会学等学科要能源，避免同质化，追求个性化，寻求新发展、闯出新路径。

伴随着城市化历史进程，传统乡土写作式微，现代城市写作崛起，已经成为文学发展不可逆转的一个大趋势。城市是一个巨大迷宫，是作为现代社会的象征出现的。当下城市文学写作中，虽然一些作品恰到好处地传递了这种象征，但整体上看，能将这份象征说得明白和透彻的作家不多。当前我们的作家要打破思维定式，从方法探索、观念创新、人物塑造、主题开掘等方面，实现新的突破；从内容到形式、从肉身到灵魂、从批判与建设等多方面展开新的书写。尤其要鼓励方法的探索与思想的创新，使之与深圳这个现代大城市的人文环境匹配，注入大城市文学新的活力和魅力。具体说，作家应在对极端物质主义、人的异化倾向的批判，对人类在城市生活中的隔阂、城乡之间对立的反思，对城市生态环境不和谐现状的反思等当代世界城市文学共同主题诸方面，进行深度的开掘与书写。城市文学不应该只是就现代城市的特征进行描摹，而是要向纵深挺进，深入探讨人与城市的关系，因为它直指人性本身、直抵人类内心。

我们今天谈论深圳文学，不能把它限定在狭隘的题材论和方法论里面，而要放在更广阔的思想视野里去考量。正如小说《城市海蜇》中文樱所追问的："我们已经在设计未来，然后说这就是未来，可这是真正的未来吗？未来不应该是难以预测的，与现在保持着遥远距离的吗？"是的，从来没有一个时代像今天这样，科技高度介入和塑造了人们的生活和思想，也从来没有一个时代像今天这样，人们如此热衷于通过科技想象和设计未来。当传统被斩断，世界向未来无限投诚的时候，当一种未来尚未完全到来就被更多的未来所淘汰的时候，"一切坚固的都烟消云散了"才成为普遍的现实。

深圳的快速发展呼唤新思维、新观念，这些都应该包含在文学写作的范畴之中。深圳作家应该把具有现代性、当代性、先锋性、超验性的观点和旨意巧妙地糅在故事内部、诗行之间。写作最重要的还不是故事多么精彩、多么诱人，而是文本有没有提出或贡献了一种启蒙的新观点、新视野、新境界，这才是决定文学是否有价值和影响力的关键。文学不光要讲一个好故事，更要不断创造新思维、新观念、新艺术。还有一点，我觉得深圳文学比较欠缺，深圳作家在方法上过于恪守传统，现代精神、现代性严重不足，大多数人只是依照传统现实主义方法去讲故事，虽然他们的题材有时还是不乏先锋性。正如谢有顺所说，这种陈旧的写作如果被广泛肯定，那就意味着这100年先贤们的艺术探索都白忙了。写作还是要有广阔视野，任何时候都要对艺术保持不竭的探索精神。

　　深圳与我们的国家、我们的民族一样，正在经历亘古未有的深刻变革和快速发展。这个风云际会英雄辈出的时代，召唤着我们的作家去关注、去感悟、去记录、去讴歌。反映时代是作家的重要使命。新时代对文学创作和文学理论评论提出了新的要求和挑战，如何深刻地反映和展现新时代，是摆在每个文学工作者面前的重要课题。重建深圳文学的审美辉煌、艺术辉煌，需要所有的深圳新老作家集体发力。深圳文学要写出的东西很多，但写出这个城市2000万民众的人性、灵魂的挣扎、嬗变，无疑是重中之重。按照马克思的观点，不仅需要怀疑和批判，也需要按照美的规律塑造。现代大城市是最有可能产生最好的文学的场域，因为在现代化进程中，城市扮演了一个独一无二的复杂、动荡、多元、裂变的角色，它具有区别于乡镇的文化气息和现代灵魂，拥有文化多元体验的天然优势，深圳作家要写好日趋成熟的现代大城市，首先就应该具有大城市的思维、方法、视角。实际上，相比内地城市文学，深圳文学的文化意义远超地理意义。

　　整体上观察，深圳文学一向关注弱势群体的艰难处境，试图在暗沉底色中寻找一些温暖之光。文学深军的优势我们看得清楚，但她的弱势也应该指出。在我看来，文学深军还应该深刻地省思，大胆地探索，使得创作的思路和手法更加多样。深圳一些青年作家对人物心理思考得较深、较透，但还没有写出他们与这个时代联系的关节点和敏感处，没能抓住人物最疼痛、最抓人的东西。有的作者擅长写深圳以外的故土风情，但并不能像当年沈从文那样，以两地不同的文化做比较，只是为写故乡或为怀旧而写故乡、写怀旧情绪，尚未上升到思想的乃至哲学的高度，没能跳出就故乡写故乡的局限。文学深军有待于从"个人式的呐喊"走出去，共同营造一种大气象、大格局、大境界。说到底，作为一个置身深圳的文学评论者，我以为"文学深军"不仅要在文学技巧上努力提升，更需要在思想上再上一个台阶。作为中国现代化程度最高的城市的写作者，深圳作家理应有思想家的深沉、历史学家的眼光、社会学家的勤勉、经济学家的缜密、心理学家的洞察和美学家的塑造，通过对深圳这个不一般的城市的解读，让读者看到一个在迷惘动荡的社会里挣扎、呐喊、反抗、奋进的人民群体，看见那些渴望新生活、追求新进步的深圳人的心路历程。

　　每个时代都会给文学和作家打上自己的烙印，每个时代的文学和作家热爱生活的激情和不懈追求真理的勇气都是值得尊敬的。我们衷心希望，深圳这个城市的文学队伍能够继承和发扬五四时期那种追求真理、蓬勃向上的精神，保持理想与朝气，担负起时代赋予的使命与重任，深入生活，扎根人民，为共同实现中国梦、百姓梦，不断推出更多的好作品。作为读者，我们应该感谢深圳的作家们。由于他们的辛勤劳作，才没有让那些感人的深圳故事被喧嚣浮躁的声音所湮灭，才没有让与我们生活在同一座城市的 2000 万深圳人的垦荒故事被外界遗忘。

新时代的深圳文学要大发展大繁荣，就要不断创新艺术方法和表现手段，不断更新知识结构，具备新的理论视野和认识能力，要有更大幅度的思想丰富、理论充实、艺术修养提升，要站在中国和世界发展大势的高度，站在新的历史方位，把握时代脉搏，聆听时代声音；进一步扩宽视野，敞开胸怀，从中华优秀传统文化、革命文化和社会主义先进文化中汲取营养，从波澜壮阔的时代全景和丰富多彩的社会生活中获取素材和灵感，深度开掘主题，塑造全新人物；努力使笔下的文字焕发出旺盛的生命力和绚烂的美学光泽，奏响时代之声、爱国之声、人民之声；更加全面、更加真实、更加深刻地把握和书写好我们身处的这个伟大的新时代。从这个角度上说深圳作家、评论家需要思考和努力的地方还很多，前景更为光明广阔，使命尤为光荣重大。

（原载《深圳社会科学》2019 年第 2 期）

文化视野中的深圳文学

杨宏海

　　20世纪80年代，当南中国海岸的一个边陲小镇被历史赋予"经济特区"的角色，作为创改革开放风气之先的深圳，便被抛到中国社会变革的风口浪尖之上，多少人用惊疑参半的眼神注视着她的成长。14年过去了，深圳已经实实在在地变成一座现代化新城。其经济建设与文化建设均取得举世瞩目的成就。就连当年将深圳视为文化沙漠的文化人，也开始对这片神奇的土地刮目相看，作家梁晓声说："令我惊讶的是……深圳的文化和深圳的经济，几乎是以同一种速度同步发展的。如果说她十几年前是一个海边小村的时候，并没有什么所谓的文化环境可言，那么伴随着她的经济发展，她的文化骨髓也已经开始形成……这带有某种奇迹性。"（梁晓声《有文化的深圳人》，载《深圳青年》1994年第11期）是的，深圳本身就是中国人制造的一个奇迹。作为深圳文化重要组成部分的文学创作，也经过了超乎寻常的发展历程，逐步成为国内文坛关注的一个热点，亦引起来自各方迥然不同的议论。如何评估深圳14年来的文学创作并预测其发展走向，是深圳文艺发展战略的一个重要课题，本文拟从文化研究的视角做大略的探讨。

一、文化转型：深圳文学的人文背景

　　作为我国最早实行改革开放、从计划经济向市场经济过渡的深圳，实质上也是最早进行社会与文化转型的地方。对深圳所处的人文背景和"文化转型"的基本因素，笔者在1989年5月石岩湖"特区文学创作座谈会"上做了这样的表述："一、窗口式的地理环境。邻近港澳，处在改革开放的前列；二、移民式的人口结构。在特区，百分之九十二的人是移民，特区作家也大都是移民；三、混合型的经济结构。外资等三资企业已占百分之六以上，以市场经济为主；四、过渡期的社会结构。借鉴香港有关法规，按国际惯例办事。"（见《深圳特区报》1989年6月11日《特区文学创作座谈会纪要》，黎明记录整理）若从宏观的视角，我们可以对深圳的人文背景做出这样的表述：（1）改革开放的试验场；（2）"一国两制"的分界线；（3）东西方文化的连接点；（4）商品经济的大市场；（5）移民汇集的新都市。这种人文背景，势必对深圳文学创作产生重大影响。

由于上述因素，深圳成为中国文化转型最活跃的一个地带，具有地缘和人缘两方面的优势。先从地缘优势来看，评论家余秋雨把深圳放在当代世界文化的总体格局中来考察，认为："当代世界为儒家文化、基督教文化、伊斯兰教文化三大文化板块相互冲撞所困扰，而深圳却是一个难得的文化缓冲、文化和解之地，是一块三大文化板块都为之留出一定空间的'三角地'，其文化环境疏松，可塑性很强。这种时空背景适合于以开放、探索、创新为特征性的青春型文化生长。"（曾文经：《建设一个"文化集散地"——余秋雨纵论文化深圳发展战略》，载《深圳特区报》1994 年 11 月 25 日）此说颇有见地。深圳作为连接内地与香港的边缘地带，由于远离中原，既没有像内陆地区那样有博大、深厚的儒家文化的积淀，亦没有像香港那样长期承受西方文化的渗透，这种既不同于内陆又区别于香港的"松软地带"，为新质文化的生长提供了最好的条件。

从全国文化格局来看，20 世纪 90 年代中国大体形成"北方文化"与"南方文化"两种文化形态。如果说"北方文化"代表一种传统型的文化，那"南方文化"则代表一种与市场经济相适应的现代型文化。将北方的《废都》《白鹿原》《渴望》《编辑部的故事》与南方的《商界》《外来妹》《公关小姐》《情满珠江》等作品相比较，就不难看出南北文化不同的审美价值取向。毫无疑问，深圳应成为"粤军"——南方文化的"排头兵"。"春江水暖鸭先知"，由于深圳最早踏入工业文明的门槛，最先进入文化转型的实践，使特区文学创作具有特别的意义。应该说明的是，这种意义不在于它的地域性，也不仅仅是一种题材优势，重要的是它的现代性。"深圳的今天，是内地的明天。"深圳的文化转型是随着社会进行的，也就是从传统型文化向现代型文化的跨越。这种"现代型文化"包括它所反映出来的新的文学观念、新的审美方式，也包括它所表现的现代生活方式、现代新型人格等。这些富有时代色彩的东西是植根于深圳这一文化转型的大背景之中的。在这独特的人文背景中，深圳将会创造出一套新的文化语境，这就是特区文学的价值所在。再从人缘优势来看，深圳是各地移民共处、多种语言混杂、新风旧俗渗透交叉的城市，当代改革飓风刮来的知识分子和民工南下潮，使深圳成为"卧虎藏龙之地"，一批崭新的、朝气蓬勃的作家正随着特区的繁荣而渐渐崛起，有自己独特的构成特色。这里有土生土长的本土作家，如林雨纯、刘学强、黎珍宇、张黎明、廖虹雷、蓝运彰等，他们凭借对故土的挚爱和文学追求的执着、勤奋耕耘，各有成就，当之无愧地跃身深圳文坛，引起了文学界的注目。

诚如深圳的人口结构是以移民为主那样，深圳移民作家也是这里文学队伍的主体。在特区文学发展史上，人们不会忘记早期前来深圳文坛开拓（有些是到此挂职、生活）的作家，如韦丘、陈国凯、朱崇山、谭日超、陈荣光、郁茏、钟永华、戴木胜等，他们对深圳文学事业的发展做了卓有成效的工作。

大批外来作家带着中原塞外、西北江南的各种文化，投入深圳特区文化的熔炉当中，萌生着具有开放、探索、创新的文化品格，表现出深圳文学海纳百川的潇洒情怀。他们中从事小说创作的有乔雪竹、刘西鸿、彭名燕、张俊彪、星城、吴启泰、梁大平、谭甫成、张翅、张伟明、林坚、刘树德、无君、王勇刚、王小妮等；从事报告文学（含纪实文学）的有陈秉安、梁兆松、胡戈、王向同、陈锡添、王雪松、王海鸿、刘志文、黄日旭、夏萍、安子、燕子、黄毛、林晓东、蒙敬杭等；从事散文创作的有李兰妮、林祖基、郭洪义、陈浩、黄萍、崔玲、彭颂声、卢绍武、吴秋文、王笑园、曾培新等；从事诗歌创作的有赵婧、客人、费岚岚、冯永杰、关飞、程学源、晓籁、夏炎炎、刘更申等；从事文学批评的有胡经之、钱超英、斯英琦、李小甘、曾文经、胡滨、杨作魁、杨益群、吴俊忠、宫瑞华、倪鹤琴、李华、钟海帆等。

文化转型给深圳作家们展现了一个社会变革异彩纷呈的崭新世界，呼唤深圳作家在这广阔天地里大显身手！与此同时，改革开放"先走一步"的深圳特区，也向她的文学提出了一个历史的使命——为推动全国的文化转型做出自己的努力，这就是深圳文学所处的人文背景。

二、新的人文精神：深圳文学体现的文学观念

1992 年 10 月在肇庆蓝带山庄召开的"京穗部分评论家信息交流会"，是一次对南方文学具有重要历史意义的会议，是在南北文学信息交流的过程中，展开的南、北文化观念的一次正面碰撞。争论的焦点是：进入市场经济后，文学的审美取向和批评是否应该有所改变，是否要面对新的生活新的制度产生新的审美取向？会议形成两种不同的意见，颇具学术争鸣气氛。针对北方学者明显的"乡村美、都市恶"的审美趋向，笔者从广东及深圳创作的实践，提出了不同的看法参与讨论。笔者认为，探讨文学发展应站在人类文明发展的高度来观照。正如车尔尼雪夫斯基所说："每一代的美都是也应该是为那一代而存在……当美与那一代一同消逝的时候，再下一代将就会有他自己的美，新的美，谁也不会抱怨的。"（《生活与美学》）所以，从深圳的创作实践来看，建立一种与新

文明相适应的人文精神是必要的。(《纵论南北文学创作，呼唤新的人文精神》，载《深圳作家》1992 年 11 月 8 日)

在深圳这块改革开放超前的试验区里，诗人们往往最及时地传递和反馈出社会变革的最新信息。早在 1979 年春，诗人谭日超站在时代的高处，面对一河之隔的香港，立足自己正向"四化"起飞的祖国，将我们发展的速度等方面与香港进行形象对比，深刻揭示了深圳可供我们学习和借鉴的一面，大胆抒发自己的见解："香港啊，好拥挤的一隅人间竞技场！／公正地说，你的名字，未泯当日的清香，／我知道，金元口袋处处装着血盆大口，／但我指出，浊浪里，有另一种光亮；／这种光亮，只要我们一旦发现它便是能源，／可以溶解傲慢无知，焚尽夜郎思想。"(《望香港》)诗人韦丘在《边城赋》中，也以诗人的敏感，唱出了"时代卷起的暴风骤雨终于冲塌了心造的藩篱。／科学和技术渡过了界河，／东方的文明由此向西。"昔日戒备森严的政治边防不见了，今天这里变成了对外开放的窗口，引进世界先进科学技术的窗口，东西方文明交融的窗口！这些诗十几年后重新诵读，更加可体味其哲理的深邃与历史内涵的深厚，这都应归功于作者全新的文化观念。

社会、文化的转型，生产、生活的变化，势必要求建设一个与之相适应的新的现代文化体系，其核心所在便是体位。亦是马克思所说的"每个人的发展是一切人发展的前提"的文化。建立起具有独立个性的人文精神和文学品格，应该是生活在改革开放"试验场"的深圳作家们不可推卸的历史使命。综观深圳文学 14 年的创作实践，能在全国范围内有一定影响并引起"轰动效应"的，我认为大致有三次，而这三次"轰动效应"的冲击波，恰恰是来自深圳作家对新的人文精神的发扬！第一次是在 20 世纪 80 年代初期，刘学强有关特区青年更新观念的纪实体散文，着力弘扬"敢为天下先""应做就做""无功就是过"等新观念，显示出开放之初特区生机勃勃的时代风貌。在当时的历史条件下读此类作品，宛如读梁启超的《少年中国说》。这是处在文化转型期的深圳作家心灵的呼唤，在内地引起不小的反响。《中国青年报》为此专门辟专栏，组织全国青年开展对"深圳新观念"的讨论。内地许多热血青年，就是读了刘学强这类"新观念"的文章（后结集为《红尘新潮》由贵州人民出版社出版）而毅然南下投奔深圳的。尽管评论界对《红尘新潮》没有给予关注，尽管作家本人在尔后从事小说、影视等多种体裁创作并颇有收获，但我坚持认为，从文化角度看，或从深圳文学发展史的角度看，刘学强迄今为止最大的贡献，仍是他那本薄薄的《红尘新潮》。

第二次是在 20 世纪 80 年代中期，正当内地"寻根小说"风靡一时之际，刘西鸿的短篇小说《你不可改变我》，以文化观念上的陌生感与超前性，引起了文坛的惊讶与亢奋。作家把希望的目光投注到经商品经济洗礼而成长起来的一代人身上。主人公在特区较为平等、自由选择的天地中，以"你不可改变我"的自信，去追求独立的个性意识。作品以新颖的叙述语言，"一种毫无牵挂的洒脱、一种积极进取的思想主义引起了关注，揭示了一种新的人文精神的崛起，一种新的人际关系的整合、构筑。这种新的人文精神与新的人际关系，使人再不把自己仅当作政治、历史、文化的动物，而同时也关注自己的实践利益，讲求礼俗、宽容，而不太关心形式上的精神痛苦与折磨"，"崇尚一种创造性的美，而不仅仅以自然为美"（钟晓毅）。如果说，"寻根文学"体现了丰厚的民族文化传统，表达了人的某种深层的寻根愿望和怀旧的情绪，那么，《你不可改变我》则是在雕刻着未来的民族灵魂。作品发现并写出一种"及时发光"的价值观以及"不可改变"的变化着的个性，预示着整个中国的文化变革正是孕育在每一个个体的生活方式和价值观念的嬗变与骚动之中，体现了刘西鸿对特区生活敏锐的感知力。作品获全国短篇小说奖，并拍成电影《太阳雨》在省内掀起了一股"刘西鸿"热。

第三次是在20世纪80年代末90年代初期，北方兴起"新写实""新历史"小说，王朔的"新市井"文学亦风靡一时，而在百万打工者汇集的深圳，却出现了"打工文学"这一奇特的文学现象。以张伟明的小说《下一站》《我是打工仔》和安子的长篇纪实文学《青春驿站——深圳打工妹写真》为代表，前者写出打工一族"东家不打打西家，勇敢走向下一站"的"潇洒"，张扬一种开拓、冒险、自强自尊的"打工精神"；后者则着力表现打工妹在充满机遇的深圳找到自我价值的喜悦，呼唤"每个人都有做太阳的机会"。两者都以主人翁亲身体验为背景，通过"文学"去展示"打工"的社会实践，唤起人们对打工生活的关注与再认识，不仅道出打工仔的心声，张扬一种人文精神，同时还成为一个信息的窗口辐射向内地，从而在读者中形成热点，正如1992年7月29日，《文汇报》发表的《"打工文学"异军突起》一文中指出："它以短、平、快的节奏冲入中国文坛，掀起一股旋风。"

与此同时，一批热心的作家把关注的目光投向打工一族，或从打工文学中吸收素材进行创作。海天出版社不失时机地推出"打工文学系列丛书"，影视界则先后推出电影《特区打工妹》、电视连续剧《外来妹》等，客观上亦为打工文学推波助澜。深圳14年来掀起三次文学冲击波，都是由30岁以下的青年作家发起的，亦均是以新的人文精神作为内驱力，在读者中形成一股旋风。不能否认，这些作品水平参差不齐，有的还存在"思想大于形象"的不足。但同样不能否认的是，这些作品以新的审美取向，将艺术触角伸向文化转型期的社会心态，不单引起文坛关注，同时也拥有广泛读者，它昭示着市场经济条件下深圳文学的文化走向，对中国传统意义上的文学是一次挑战。如何看待这种文化现象，是摆在许多作家和研究者面前的一个新课题。

以新的人文精神震撼文坛的深圳文学，还有李兰妮的中篇小说《他们要干什么》。作品主人公在"呼唤强者"的同时，也在祈求社会营造"平等竞争"的机制；此外，彭名燕的长篇小说《世纪贵族》主人公在参与激烈的商战时仍追求一种强烈的道德感，"不管什么社会，什么年代，情和义总是美德"，渴望在争权夺利的怪圈中"潇洒地超越自己"。这些作品以现代眼光热情颂扬市场经济及其社会、文化转型的进步意义，同时也以人性、人道主义的观点呼唤真情与道义，因而具有较强的艺术魅力。

三、文学景观：从"打工文学"到"新都市文学"及其他

去年笔者在撰文评价首届"深圳青年文学奖"的获奖作品时，首次将获奖作家分为三种类型：其一是专业作家，其二是"打工文学"作者，其三是报刊编辑。"这些作家由各自人生经历和审美情趣的差异，使其创作异彩纷呈，给特区文坛带来不同的冲击波。"（《青春城市文学景观》，载《深圳作家》1993 年 7 月 28 日）时至今日，当我漫步在鹏城文学的艺术走廊，仍明显地感觉到，正是这三种类型的作家，构成了深圳文学队伍的主体，他们辛勤地劳作，描绘了特区绚丽多姿的文学景观。

（一）景观之一："打工者"构筑"新都市"

深圳，是当今中国外来劳工聚集最多的一个地区，"打工"是当今深圳使用频率最高的词。在这座新兴的城市里，"哪一座建筑，哪一样产品/没有百万打工者的指纹/就是这百万打工者/为我们撑起了摩天大厦/就是这百万打工者/为我们搭起了祖国的南天门/就是这百万打工者哟/用民族不屈的脊梁/举起了改革开放的信心/就是这百万打工者/发烫的情感/为我们谱写了新世纪的风韵……"（吕书臣《致打工者》）。生活是文学的土壤，仅以这首小诗，我们便不难以解释深圳何以成为"打工文学"发源地。深圳打工文学的代表作家是张伟明、林坚和安子。林坚的《别人的城市》和张伟明的《下一站》，两篇小说及其题目被广东评论家称为"有形式上的文化寓言意味"，在广大打工一族中引起强烈共鸣，迄今已成为深圳的"经典说法"。张伟明、林坚的小说着意刻画打工者趋向现代文明的艰难过程，敢于直面人生，表现出一种"沉重的潇洒"。而安子的作

品则以"微笑看世界"的视角，试图给打工生活涂上一层理想色彩，因而满足了众多打工者"寻梦"的审美需求。侧重点各有不同，艺术风格也迥然有别，分别先后获广东省作家协会第八、第九届"新人新作奖"。此外，还有黄秀萍《绿叶，在风中颤抖》、冰野《我想有个家》、海珠《703》、黄毛《今生有忌》等作家作品。近期值得注意的有星月，他的长篇小说《天边那一片云》被《深圳晚报》连载，在打工者中引起反响；还有一位女作者梦溺，在《特区文学》发表两部中篇《默默地拥着自己》《敬你一杯苦酒》，写文化层次较高的"白领打工族"，文笔清晰，人物鲜活，颇具艺术潜质。林坚写打工题材的长篇小说《有个地方在城外》已脱稿，近期提交广东文学参选。

今年年初，《特区文学》举起了"新都市文学"的旗帜，旨在以现代文化的角度，反映"新都市"及"新都市人"的心态、情感、生活方式及文化观念，揭示特区在城市现代化进程中出现的文化冲突，塑造一批正在成长的"新都市人"的形象，从而促进中国"新质"文化的产生。可以说，在特区倡导"新都市文学"颇有意义，其实质是社会、文化转型对深圳文学提出更新观念的要求。

广东作家张波在"新都市文学论坛"的开篇《都市人与都市文学》中指出："近年，以深圳'打工文学'的出现为代表的新都市文学已经崭露头角。"（《特区文学》1994年第2期）另一位作家何继青也在论坛中指出："城市作为一种文化凝聚点，正吸引着城市以外广大土地上生活着的人们趋向文化认同……表现'新都市文学'意义的作品在《特区文学》打出这面旗帜之前已经大量涌现，并且不乏优秀之作。"（《其实是一种文学精神》，载《特区文学》1994年第3期）这两位作家提出了一个饶有趣味的话题，引发我们对"打工文学"与"新都市文学"关系的思考。我认为，进入市场经济的深圳特区，其社会转型的主要特征有二，其一是"农民市民化、农村城市化"，原有本地农民"洗脚上田"；其二是大量吸引劳务工，引来百万民工潮，参与都市商品经济建设。"打工文学"与"新都市文学"有一个共同的指向，就是都要展示工业文明对农业文明、城市文化对乡村文化的吸引，都要写出文化转型期的"都市人"（含"都市边缘人"）的生态与心态。可以说，是"打工者"构筑"新都市"，亦是"新都市"在洗礼"打工者"。"打工文学"是"新都市文学"的初级阶段。大量的"打工文学"都写都市，但是否达到"新都市文学"文化内涵，关键问题在于是否具有"都市意识"，是否具有与现代文明相适应的新的人文精神。比如，林坚与张伟明两人都在写都市。林坚的《别人的城市》，塑造了齐欢这个既能适应现代文明、发挥个人才智，又能取悦他人、保护自己的新人形象，表现出她与"都市"的亲和力，揭示了特区新城所具有的强大的不可逆转的历史趋向性，堪称具有"都市意识"的佳作。而张伟明的《我们INT》《现在打盹》等作品，却表现出对现代文明的疏离与拒绝和对传统的田园风光及传统文化心理的眷恋。他的小说从审美角度看，起点颇高，但若以新的人文精神标准来衡量，他那"现代都市恶"的倾向表明了一种文化观念上的滞后。近期对"新都市文学"进行创作尝试的有王小妮《热的时候》、张波《特区不浪漫》等。我们期待有更多能展现"新都市"文化内涵的文学作品问世。

（二）景观之二：从专业作家谈"阴盛阳衰"

专业作家是深圳文学的主干，在为数不多的深圳专业作家中，女性同胞又占绝大多数，都是"巾帼不让须眉"。若说文学界"阴盛阳衰"，深圳尤为突出。究其原因，据说是特区给男性同胞提供了更多机会，于是男女学古代分工，男的做生意，女的"爬格子"。

黎珍宇与张黎明是深圳土生土长的专业作家，她们有许多移民作家没有的对深圳乡土独特的体验，都擅长写女性题材，文笔泼辣，各有特色，并一直保持良好的创作状态。相对而言，黎珍宇更是高产作家，她完成长篇三部曲《再见，船长》《生命的湖》《无土流浪》，中篇小说集《女子公寓》等作品后，又将完成长篇《界河正在消失》的创作，成为广东省有实力的女作家之一。她的中篇代表作《你我相逢在香港》，透视深圳人眼中的香港世界，写得惟妙惟肖。

张黎明从处女作《朗·策史葛舅舅》起步，到发表长篇小说《我的眼睛没有流泪》，至今已有12年的创作实践，展示出她在小说艺术把握方面不断走向成熟。1993年在《中国作家》发表中篇小说《猴年七月》后，今年4月又在《作品》发表中篇《被季节困扰的女人》，旋即被《作品与争鸣》选登并引起京华评论界关注。两部中篇均以深圳股市为背景，刻画转型期都市中人浮躁、骚动的复杂心态，抨击"金钱拜物教"给人类带来的心灵困扰。作品时常使用讽喻、调侃的笔锋，透出一种冷峻的幽默。主人公"笑里藏哭"的心态，表现出作家本人具有的忧患意识。

乔雪竹曾以长篇小说《无碑年代》在广东省获奖，另一篇长篇小说《诚与夜》也即将出版，近期她正在进行《深圳的先民》影视创作。李兰妮是以中、短篇小说引起文坛注目的，近年来却主要从事散文创作。她似乎想远离俗世的喧嚣，去寻找一种心境的闲适与恬淡，但又常常掩盖不住内心的激情，其散文集《一份缘》大都为淡笔浓情之作，在深圳散文界独树一帜。

与上述几位相比，彭名燕是深圳文坛的一匹"黑马"。她调进特区不到两年，写出由中国青年出版社出版的18万字的长篇小说《世纪贵族》。作品以深圳特区的国有大企业改革为聚焦点，真实地描画了一批时代弄潮儿从艰苦创业到挺进国际市场的征程，其视野广阔、纵横捭阖，展示了现代都市风情和大潮中的都市人群像，是近年深圳长篇创作不可多得的佳作。

从事专业的文坛娘子军有一个共同的特点，就是保持执着的文学追求，固守"作家是人类良知的代表"这一信念，在不断寻找精神家园的道路中张扬人性人道与精神价值，尽管她们必然走向寂寞的旅程。

（三）景观之三：严肃文学通俗化

随着市场经济的发展，大众文化应运而生。迪斯科、摇滚乐、流行歌曲、卡拉 OK 的兴起，激发了个人参与娱乐的民主意识，使个人的情感、意愿、欲望得到了充分、自由的宣泄和表达，因而得到大众的认同与热衷。与此同时，市场机制也介入了文学形态，促使相当部分文学作品进入流通领域，增长了许多作家的"大众文化"心态。于是，"严肃文学通俗化"便成了鹏城又一文学景观。主要有三种表现：

1. 纪实体报告文学兴起

深圳较早从事纪实文学创作的是来自公安和边检的作家刘志文与黄日旭，他们的作品并没有引起评论界的关注，但一直在市场悄悄流行。在描写特区创办之初新人新事新气象的报告文学退潮之后，由市委宣传部写作组采写的长篇纪实体报告文学《深圳的斯芬克思之谜》（策划与审定：倪元辂；执笔：陈秉安、梁兆松、胡戈）熔思想与艺术、史实与理论为一炉，大跨度、全景式俯视，展现特区发展进程，形成一种"雄强博大"的艺术风格（同时也带着思辨报告有余、文学色彩不足的遗憾），在深圳报告文学领域开风气之先，这在报告文学越来越"广告化"的流风之中，起到了提升报告文学层次与品位的作用。尔后属这类风格的报告文学有《深圳的维纳斯之谜》（策划与审定：倪元辂；执笔：陈秉安、赵尉杰、文炼中、安子）、《深圳传奇》（倪振良）、《中国魂在深圳震荡》（蒙敬杭、朱子春）以及正在组队撰写的长篇报告文学《深圳纵横》。朱崇山描写宝安风貌的报告文学也属于此类型，在纪实文学和人物传记方面近期较有影响的有《李嘉诚传》（夏萍）、《深圳的一百个女人》（苏灵）、《白领、蓝领》（王日旭）、《新鸳鸯蝴蝶梦》（燕子）等。

2. 期刊推出"消费文学"

深圳有文学期刊 3 家：《特区文学》《大鹏湾》《罗湖》。而综合性期刊则有十余家，如《深圳青年》《深圳风采》《女报》《深圳人》《特区窗口报》等。为迎合市场的需要，近期各综合性刊物均推出诸如"社会热点""名人情史""明星逸事""黑幕佚闻""都市风流"一类的"消费文学"，颇具"快餐文化"

的品位，并大都配上美女封面，八仙过海，各显"消费"，令人目不暇接。就连正式的文学期刊，亦难免俗，由此足见大众流行文化对深圳文坛的覆盖率。

3. 作家"造市"与"随俗"倾向

市场经济是个大课堂，它告诫作家不能躺在"象牙之塔"营造"纯"而又"纯"的作品。在市场机制面前，高雅（严肃）文学也是商品，与通俗文学一样需要市场研究。二者之间的区别仅在于通俗文学要迎合读者、迎合市场，而高雅（严肃）文学要去创造读者、创造市场。于是，在深圳的土地上，一批作家开始了文学"造市"的实践。他们大都有两副笔墨，既可写严肃的或探索性的小说，亦可写出"雅俗共赏"的作品。如倪振良的《深圳传奇》、王小妮（苏灵）的《深圳的一百个女人》，就在"造市"实践中将作品推向了文稿竞价市场。吴启泰是文学、影视的"双栖作家"，曾从事探索小说（如《天出血》）的实践。近年来他开始市场研究，转换笔墨，写出《无言的结局》《美丽的谎言》等小说，展示都市风情与俗世百态，颇具娱乐性与可读性。女作家燕子也通过《新鸳鸯蝴蝶梦》来展示她的"通俗化"专长。即便是以写严肃作品为己任的彭名燕，在她的长篇小说《世纪贵族》中，也注意借鉴通俗文学的某些手法，将社会小说与言情小说的手法糅为一体，增强作品的戏剧性与可读性。由此观之，"造市"与"随俗"虽然是初露端倪，但已显示出深圳作家"严肃文学通俗化"的倾向。

诚然，深圳的文学景观毕竟是多姿多彩的。在现实主义创作方法为主潮的深圳文坛，也有一些作家进行"探索小说"的尝试。如张伟明的小说《我们INT》《都市孤独》《月亮月亮月亮》等，大胆借鉴外国创作技巧，堪称深圳的一位"先锋"作家。商界作家王勇刚的小说《即将死亡》，极力模仿存在主义哲理小说去刻画人的变态心理，并穿插一些黑色幽默。在这方面进行探索的还有梁大平的《大路上的理想者》。此类"探索小说"都有模仿的痕迹，迄今尚未有更多的读者，但在深圳文学的多元格局中仍有其应得的地位。来自四川颇有知名度的移民作家星城，擅长写改革开放的社会生活，其长篇小说《陨星》，刻画了一种"多面体"的改革者的悲剧性格，出手不凡，颇有雄豪之气，引起文坛重视。长期在企业办公室工作的田升，创作的"办公室主任三部曲"，是"以公心讽世"的长篇讽刺小说，作品寓庄于谐，文笔辛辣，在深圳文坛自成一格。

四、结语：世纪之交——建设一个文学的"集散地"和"桥头堡"

当深圳文学转过了它的 14 个年轮之时，新世纪的钟声即将敲响。14 年，在人类文化史上不过是短暂的一瞬，就是将深圳文学放在中国当代文学发展史上来审视，也是一个并不算长的历程。但是，正是源于改革开放"试验场"的历史使命，缘于社会变革、文化转型所提供的历史契机，深圳文学成为构筑中国"新质"文化的"排头兵"，从而当之无愧地在中国当代文学史上占有一席之地。面对世纪之交，深圳已确立建设国际性城市的发展战略，深圳文学应如何定位？这是深圳文艺发展理论亟待探讨的一个命题。余秋雨在谈深圳文化发展战略时指出，从未来发展的角度看，"深圳所要扮演的角色是'文化集结地'，是传播各种文明的'码头'"。此说颇具启迪性。我认为，深圳从所处的地理位置和肩负的历史使命来看，未来的文学定位有两点：其一是建设一个"文化集结地"，促成海内外文学沟通交流，形成百花齐放的文学格局；其二是建设一个"桥头堡"，使深圳成为高扬新的人文精神、加快中国文化转型的南方文化（文学）的一个窗口。这就是时代赋予深圳文学的不可推诿的责任。

（1995）

唱响中国气派的文艺主旋律

金呼哨

习近平总书记在全国文艺工作座谈会上的讲话中指出，作家艺术家要创作"更多有筋骨、有道德、有温度的文艺作品"。"三有"的谆谆告诫，语重心长。

随着经济社会的快速发展，人们的思想更加多元化。这个时候，需要广大的文艺工作者站稳立场，肩负起历史使命和责任，创作出更多有筋骨、有道德、有温度的文学作品，引领健康向上的时代风尚，铸就充满希望的民族魂魄。

一、"有筋骨"才能把握文学创作前进的方向

优秀的文艺作品都有共性，所有文学作品都应有"筋骨"。何谓"筋骨"，即作品中表现的深刻思想、非凡见地与胆识正气。文以载道，有筋骨的文章，贯穿着中华民族的精气神；文贵有筋骨，有了筋骨，文学作品就立起来了，就有了生命。没有筋骨，文学创作就没有支撑，就会迷失方向，就没有感召力。文学创作"有筋骨"才能挺立于社会，才能有正确的方向。文学应当是精神的旗帜和支柱，是旗帜就鲜明，是支柱就坚固。

文如其人，言为心声，有筋骨的人方能写出有筋骨的文字。范仲淹胸襟开阔，志向高远，以天下为己任，才能写出"先天下之忧而忧，后天下之乐而乐"那样流传千古的不朽文字；梁任公正气沛然，胆识过人，所以才写出《少年中国说》那样掷地有声、振聋发聩的文字；鲁迅铁骨铮铮，疾恶如仇，笔下文字也如匕首、似投枪，令众多魑魅魍魉现形，让那些"不是东西之流缩头"。在开展文学创作活动时，应当牢记习近平同志的告诫："文艺不能在市场大潮中迷失方向，不能在为什么人的问题上发生偏差，否则文艺就没有生命力。"文学创作，旨在弘扬社会主义核心价值观，传递正能量，拉近高雅艺术与百姓的距离。

文也需要筋骨，有筋骨可流传古今，启人心智；无筋骨则是一堆毫无价值的文字符号，写得再多也无意义。文之筋骨，可以有很多表现形式。可以表现为一段精彩议论，如保尔在战友墓前的那段著名自白"人最宝贵的是生命，生

命每人只有一次，人的一生应当这样度过：当他回忆往事的时候，不会因为虚度年华而悔恨，也不会因为碌碌无为而羞愧……"就是《钢铁是怎样炼成的》的筋骨。筋骨也可以是一个动人的情节，一个立体典型人物的成功塑造，还可以是一个闪光的思想，甚至可以是一句能传世的名言，譬如李清照的"生当作人杰，死亦为鬼雄"。

古今中外，那些能流传下来的名文，无一例外都是靠筋骨支撑的。王国维在《人间词话》中说，词有境界品自高。同理，文有筋骨气自雄。文章有了筋骨，就有了生命、魂魄、气势，有了存在的价值。诗歌有了筋骨，就有了"李杜诗篇万古传"；史论有了筋骨，就有了"班马文章勘墨铅"；散文有了筋骨，就有了前后《赤壁赋》；小说有了筋骨，就有了四大名著。时下，各种文章铺天盖地，多如恒河之沙，其中不乏精品佳作，但多数是平庸篇章，还有不少等而下之的文章，既无思想性，也无艺术性，更无观赏性，不堪卒读，形同文字垃圾。究其原因，主要是作者自己没"筋骨"，没思想高度，没境界担当，没胆识正气，亦没生活积累，指望他们写出有筋骨的作品，也实在是有些难为了。

人需要筋骨，有筋骨可顶天立地，叱咤风云，无筋骨就是行尸走肉。没筋骨的作品，软绵绵、甜腻腻的，无病呻吟，风花雪月，人云亦云，老生常谈，粗看起来也挺精致，有的还号称"美文"，但看完后毫无印象，更无裨益，很快就消失了。文学创作没有筋骨，就难以发挥引领时代风尚、鼓舞人民前进、推动社会进步的作用。阅读那些没筋骨的文章，无异于浪费时间精力，而那些没筋骨的文章，则是自我陶醉、孤芳自赏。

二、"有道德"才能释放文学创作正能量

"文章千古事，得失寸心知"，有道德，就是坚持真善美、鞭挞假恶丑。文学创作"有道德"才能站在社会意识的制高点，传递真善美的道德理念，传递向上向善的价值观，引导人们提高道德操守的判断力，从而追求遵循道德理念、遵守道德规范的社会生活。有效地弘扬社会主义核心价值观、传递正能量，"有道德"不仅体现在文学创作上，也体现在自身行为上。没有道德，文学创作就没有追求，就会丢失责任，就没有感化力。

人非圣贤，孰能无过，有过而知耻，知耻而后勇，是古今中外贤能之士的修身之道，也是行行业业成功人士的必经之途。为业不敬，待人不诚，学艺不精，做事不勤，遇难不勇等，都被那些志士仁人视为可耻之事，必知过而改，不肯苟且。陈毅元帅曾作过一首五言诗《含羞草》，诗曰："有草名含羞，人岂能无耻？鲁连不帝秦，田横刎颈死。"从含羞草对外界的特异反应说到人格操守与荣辱气节，以草讽人，言浅意深，虽然只有短短四句，却有振聋发聩之效。"知耻"是中国文化人的传统美德。管宁和华歆本是朋友，但华歆读书时三心二意，羡慕做官的华衣车仗，管宁视他为利禄之徒，耻于为伍，割席绝交；嵇康鉴于魏晋时吏治腐败，接到朋友山涛劝他出来做官的信，引以为耻，愤而书写《与山巨源绝交书》。

"文章合为时而著，歌诗合为事而作。"陈毅诗中的鲁连和田横这两位历史人物，更是令人钦佩。陈毅推崇他们敢于杀身成仁、绝不苟且偷生的英雄气概，礼赞了中华民族自古以来知耻而后勇的高风亮节。无耻并不可怕，谁也没有指望他们当"含羞草"，在民众眼里，自有法律和正义之剑在等着他们。作家、艺术家、学者教授，在民众眼里是公众人物、社会精英，但是时下，一些文化精英的耻辱感呈现淡化趋势，或争名夺利，钩心斗角；或弄虚作假，欺世盗名；或招摇撞骗，不务正业；或纸醉金迷，看起来衣冠楚楚，道貌岸然，头衔桂冠一大堆，但看其所作所为，实在是无耻之尤，愧立士林，如不及时更弦易辙，幡然醒悟，早晚会被社会抛弃。

文艺家要"为人民立标杆，为社会树形象"。草有"含羞"，人贵知耻。为敬业知耻的艺术家点赞，也盼望出现更多德艺双馨的艺术家！

三、"有温度"才能发挥文学作品的感染力

"文变染乎世情，兴废系乎时序。"文艺作品还需要有"温度"。有温度，所叙所述，都是人民的悲欢离合、人间的春夏秋冬。有温度的作品，看完后心里热乎乎的，让人领略到美好、希望、梦想。作品的温度通常与作家的美学追求和自身温度有关，一个心地光明的作家，笔下的作品也一定是温暖阳光的；而一个冷漠阴郁的作家，绝不可能写出热情如火的篇章。

"有温度"首先要求有读者的认同。文学创作"有温度"才能同群众同呼吸、共命运、心连心，才能抒发人民的感情，表达人民的心声，代表人民的意愿，为群众所了解和喜爱。没有温度，文学创作就没有情感，就会失去根基，就没有感染力。

有温度的文艺作品，能给人以信心和希望。"文革"十年，在许多青年愁闷无望之际，诗人食指一首《相信未来》，给了他们心灵的安抚，以至于这首诗不仅当时流传一时，就是今天，也不时在各种晚会上被人朗诵。普希金的诗歌《假如生活欺骗了你》，只有寥寥几句，但字里行间表达了一种积极乐观的人生态度。这首诗问世后，因它的温暖慰藉，成为人们精神疗伤、走出痛苦的"特效药"。许多人把它记在笔记本上，或当成互相的赠言，激励自己"不要悲伤，

不要忧郁，相信吧，快乐的日子将会来临"。

有温度的文艺作品，能激发人的斗志与勇气。列宁特别喜欢美国作家杰克·伦敦的小说《热爱生命》，常以书中主人公的坚强意志和不屈精神来激励自己，从而领导了伟大的十月革命，建立了世界上第一个社会主义国家。在他去世的当天，还要夫人连续两遍给他读这篇小说。

"有温度"也要求有高度。有温度的文艺作品，能鼓舞人们热爱生活、创造生活。许多优秀影视剧也都在以其自身的温度感染观众，起到了教化社会、引领风气的积极作用。《渴望》的温度在于人性之美，《士兵突击》的温度体现于奋斗之中，《亮剑》的温度凝聚于英雄主义情结，这些作品温润心灵、陶冶人生，使人如沐春风。

即便是悲剧，也不是一味的"凄凄惨惨戚戚"，天天就着眼泪下饭，其中也应有暖意与亮点，使人看到光明与希望。《悲惨世界》《安娜·卡列尼娜》《麦琪的礼物》《最后一片树叶》《老人与海》《最后一课》等名篇，虽都属悲剧，但也都从不同的角度温暖着读者，温暖着世界。人生需要温暖，也需要有温度的文艺作品。下笔要"暖"，是每个作家艺术家的义务与责任。

民无魂不立，国无魂不强。习近平总书记在去年全国文艺座谈会上的讲话中强调："我国作家艺术家应该成为时代风气的先觉者、先行者、先倡者……自觉坚守艺术理想，不断提高学养、涵养、修养，加强思想积累、知识储备、文化修养、艺术训练，认真严肃地考虑作品的社会效果，讲品位，重艺德，为历史存正气，为世人弘美德，努力以高尚的职业操守、良好的社会形象、文质兼美的优秀作品赢得人民的喜爱。"也就是说，要唤醒高尚、高雅、崇高的文化价值，让文艺作品成为群众的"精神知音""优雅的道德伙伴"。

做人讲正气，创作讲骨气，读书添底气，作品立英气。弘扬核心价值，要唱响中国精神的正气歌、唱响中国气派的进行曲、唱响中国力量的交响乐。铸英气以立形象，拒腐蚀以树正气、不媚俗以增骨气、共奋进以添底气。靠正气树新风，靠骨气增信心，靠底气发达兴旺。

花儿为什么这样红

甘利英*

　　有人说，当代青春文学、青春电影的发端，源于30年前的深圳蛇口，和一个叫郁秀的女子有关。打开百度，输入"郁秀"两个字，你会发现，这个名字与青春文学、青春之歌紧密相连。1990年，郁秀16岁，在深圳蛇口育才中学就读期间，创作出了风靡全国的长篇小说《花季·雨季》。小说出版后引起轰动，在读者中引起巨大反响，好评如潮。先后在深圳、广州、北京三地举办了大规模座谈会，成为全国第七届书市第一畅销书。报纸连载、杂志选登，从中央到地方电视台连播，拍电影、电视剧，出了连环画和卡通版。小说获得许多奖项，最重要的是中宣部"五个一工程奖"和国家图书奖提名奖。郁秀被美国《时代周刊》称为中国青春文学的开创者。花儿为什么这样红，红得像那燃烧的火？这一朵青春文学的破晓之火，至今还燃着，并未随着时光流逝而黯然失色。

"因为阅读，我家出了一个少女作家"

　　"今天，陪同我来领奖的，是我的女儿郁秀。她是一位作家，16岁时写的长篇小说《花季·雨季》在中国家喻户晓。我希望她能了解、热爱印度，将来在她笔下出现印度的形象和故事。"

　　2016年，郁秀的父亲郁龙余教授，荣获第二届"杰出印度学家"奖。同年12月1日，在印度首都新德里总统府，郁龙余上台领奖。他在领奖台发表获奖感言，骄傲地说出了以上这句话时，全场响起了雷鸣般的掌声。

---

　　* 甘利英，广东省作协会员。中级作家。出版散文集《愿生命化作那朵莲花》，报告文学集《我爱这土地》，曾获人民文学杂志社学术支持的"美丽中国·观音山杯"散文大赛佳作奖、《作品》杂志社等单位主办的第二届"大鹏生态文学奖"散文类三等奖、首届"粤港澳大湾区"网络文学大赛入围奖、睦邻文学奖等奖项。作品散见于各级报刊：《人民文学》（增刊）、《中国文化报》、《知音》、《华夏》、《南方日报》、《深圳商报》、《延安文学》、《长安学刊》、《深圳晚报》、《资阳报》等。

"与有荣焉。"此刻，台下的郁秀内心满溢幸福。她与父亲一起，互为彼此的骄傲。颁奖礼结束后，郁秀有感而发，写下一篇《看着父亲成长》的文章。

因为父亲研究的专业冷门，极少和家里人谈起，家人并不知道他的学问有多大，成就有多高，直到这次印度之行。印度总统府专门为父亲举办的颁奖典礼，仪式隆重，规模宏大，场面正式，远远超过郁秀的预期。

此次远行，郁秀既是受邀嘉宾，更是父亲的助手和翻译。她一路陪着父亲，提早到印度总统府准备，光排练什么时候起身、怎么起步，就练了好几次。典礼历时近两个小时。总统慕克吉先生、外交国务部长阿克巴先生、ICCR 主席金德尔教授，他们洋洋洒洒几千字的讲话，赞美之词发自内心，溢于言表。当郁秀把这些"溢美之词"翻译给父亲时才知道：原来，父亲竟有如此高的成就。那一刻，她为父亲骄傲，无比骄傲。

在郁秀眼中，父亲刻苦勤奋，不功利、不跟风，一辈子坚持努力。自在美国学习和工作之后，有时候她打电话回家，是母亲接的，问父亲在干什么，母亲通常回答：他在书房做作业。在学识面前，父亲永远抱着学生"做作业"时恭敬、谦逊的态度。只要身体允许，他就会永远把"作业"做下去。

从 50 岁起，父亲就告诉郁秀姐俩，千万不要给他买东西，他已经用减法生活了。一般人追求的物质享受，比如"吃喝玩乐"，在父亲看来都是受罪。比如躺在沙滩上，听着海涛的声音，一躺几个小时，在父亲看来，不仅是浪费时间，简直叫受刑。这种生活，看似无味无趣，可父亲却过得无比惬意，有滋有味。他喜欢工作，喜欢做学问。这种勤奋，已融入他的血液和日常生活。他说，这才叫享受。

每次郁秀回国探亲，总感觉家中屋子又小了，书又多了。因为爱阅读，更因为勤奋，1984 年父亲从北京大学调来深圳大学后，成功从印地语老师转成中文老师，并担任中文系主任、深大首任文学院院长。就是这种勤奋、数十载努力认真治学的精神，对郁秀影响至巨。

作为郁秀的父亲，他更为自己的女儿感到骄傲。他在一次演讲中说，读书改变人生，因为阅读，我家出了一位少女作家郁秀。

将门虎子：小荷初露尖尖角

郁秀出生在外公家：历史文化名镇——福建省永泰县嵩口古镇。嵩口镇风光秀美，百余座庄寨错落有致，古朴典雅。历代先辈多以经商和读书为主，出了不少文魁与拳师。据专家考证，这里还是宋朝爱国词人张元干的第一故乡，乡风淳厚，有深厚的文化底蕴。村边有一座古屋，名叫"大夫第"，乡间流传着某家兄弟双双考上进士的佳话。

郁秀的名字是外公取的。母亲对她说,你这名字,初一看,有点俗不可耐,仔细一琢磨,味道就出来了。"郁"同"育"同音,不是有个成语叫"钟灵毓秀"吗,你的名字就是从这里来的。母亲说,外公可不是凡人。他的家族一直以诗书传家,是名副其实的书香门第,个个能文善武,儒雅风流。外公自己写得一手遒劲的好字,经常参加镇上和县里的诗社活动。郁秀的大舅是县文化馆馆长,二舅三舅都是中学教师。母亲在教学之余,也经常创作小说、散文、民间故事,是福建省民间艺术家协会会员、福州市作协会员。

郁秀从小和母亲生活在这地灵人杰之处,而双胞胎姐姐郁英则跟着爸爸生活在北京大学,一家四口像"牛郎织女"一样,分居两地。小郁秀长得聪慧可人,水灵灵的眼睛,甜美的笑容,很讨人喜欢。那时的她,很少见到父亲。有一次,她和母亲一起,去北京看望父亲和姐姐。母亲是个电影迷,有一次一个朋友送她一张电影票,是她喜欢的片子,但要去几十里外的地方看。机会难得,母亲狠了狠心,把她丢给爸爸去看电影了。母亲一走,看着眼前陌生的父亲,郁秀号啕大哭,父亲使尽招数都拿她没辙,急得团团转。这时,一位穿着军装的阿姨走过来抱她。看着这身威严的装扮,郁秀在眼泪鼻涕涂了她一身之后,奇迹般安静了下来。这位穿军装的阿姨是父亲同事的妻子,她管郁秀叫"二妹子"。二妹子躲在阿姨怀里,停止了哭泣,忽闪着大眼睛,看着父亲无奈地摇摇头,一下子就笑了。这一笑,拉近了父女间的距离。在来深圳前,郁秀和父亲聚少离多,但父亲对她的影响是巨大的。父亲在北大一边教书,一边灯下苦读的身影牢牢地嵌入了她的脑海中。

北京校园是安静的,与福建外公家里的热闹形成了鲜明的对比。外公家是个大家族,一座房子里住着几十户人家,上百口人。这里不问年龄,只讲辈分,就像《红楼梦》中,有"拄拐杖的孙子,躺在摇篮里的爷爷"一样。母亲虽然当了老师,但在家族里"地位很低",不少孩子还直呼其名。有一回,一个小女孩跟着其他孩子喊她"麟姐",孩子的老祖母急了,连忙喝住孙女:"你不能这样叫,叫她名字就可以了。"按照当地规矩,20 岁的母亲,得管这个七八岁的小丫头叫"姑姑"。郁秀生活在这座大房子里,上有太公太婆,下有表弟表妹,从小就接触了很多人,对各种人情颇为练达。各种辈分错综复杂,让她从小就有些蒙。不过,这却为她将来解读《红楼梦》,厘清里面的人物关系埋下伏笔。

外公家的房子很别致,有正房、厢房,还有"下书院",典型的老式房子。每扇门窗都刻着精美的木雕,据说刻这些木雕要花两三年,连贯起来,恰似她手上那本小人书名——《三国演义》。这种房子有前厅后堂,是家族举行红白喜事的地方。前厅很大，摆八桌酒席还绰绰有余。最与众不同的，是厅堂上高悬着一块清代县太爷手书"五代同堂"的巨匾。原来，这座房子里有一位老祖宗，人称"百岁妈"，有107岁，在有生之年，还抱上了曾曾孙。郁秀听外公说，这块匾可是非凡之物，那字是用货真价实的金水所刷，历经百年还熠熠发光，被族人当作珍宝保存，度过了兵荒马乱的年月。郁秀从小就喜欢盯着这几个字看，拉着外公问东问西。

在这样得天独厚的环境中，她读着小人书，背着唐诗，闻着书香，看着风雅，听着故事，像一朵烂漫的太阳花，自由自在地吸收八方灵气。

"月光光，照厅堂……"最让郁秀喜欢的，莫过于每年的中秋节。当圆月升起，孩子们就急不可待地捧着堆满月饼的盘子，聚在那块巨大的牌匾之下。那个漂亮的脱胎漆盘里，由大到小，放着堆成塔状的月饼。孩子们追逐、嬉戏，大人们家长里短，月亮兀自发光。母亲说，月饼应让"月亮婆婆"先尝尝我们才能吃。于是，小郁秀就用小手端起盘子，一边摇晃，一边喊："月亮婆婆要不要吃，月亮婆婆要不要吃……"走着走着，脚下一歪，一个趔趄，郁秀差点摔倒，那盘月饼全掉地上了。这下，母亲可火了，直骂郁秀"花样多"，郁秀赶紧躲在外公身后，躲过母亲举起的巴掌。自那以后，每年过中秋，母亲都要旧事重提。在母亲的严格要求下，郁秀变得格外谨慎。

10岁那年，郁秀跟着母亲，和父亲、姐姐在深圳团聚。从古镇到大都市，仿佛小溪流进了大海。海阔天高，种子早已如饥似渴，找到了尽情伸展根须的良机。只是，那样刻骨铭心的中秋之夜，到了深圳后，再也没有了。有时候，一家人都忙着学习，忙着阅读，甚至忘记了这个日子。即使爸妈想起还有这个日子，却只是嘴上说说，既没有丰盛的晚餐，也不赏月。郁秀对此有些郁闷，感觉中秋节不是自家的，而是别人家的。因为全家都爱阅读，2003年，她的家庭被评为"首届全国学习型家庭"。

郁秀深受父亲熏陶，阅读成痴，每日往返于家、教室、图书馆之间。对文学表现出浓厚兴趣的她，在博览群书之时，不仅喜欢观察、思考、记录一些好词好句，还准备了一本袖珍记录本，随时收集素材，记下一些小感悟。为了能多看几本小说，她甚至跑到图书馆去当义工。一般同学一周只可以借两本图书，而图书馆工作人员可以借五本，这样每周她就可以比别人多借三本书了。

书读得越来越多，思想仿佛长了翅膀，总有一种想要飞翔的冲动。

初中一年级开始，郁秀就养成了写日记的习惯。在浓浓的书香氛围里，不断涌现的奇思妙想催促着她，不提笔都不行。素材就这样越来越多，为日后写作奠定了坚实的基础。

渐渐地，她变得敏感，有很强的观察力。旁人一个眼神、一个动作、一句话，她都会不失时机地记下来。有朝一日一定能派上用场，说不定日后写小说能用上呢，郁秀心里总想着。

母亲说，刚开始写作时，郁秀为了完成老师布置的日记、周记和作文，常常胡编乱造，无中生有。也许是因为"心中有鬼"，她写的东西，老师可以看，却不给家长看。她总是把日记本、作文簿锁进抽屉，钥匙也小心地带在身上。有一天因为疏忽而忘记锁了，母亲无意中"偷窥"。读完那些弄虚作假的文章，母亲哭笑不得，忍不住提笔写了批语：纯粹无病呻吟，没有真情实感永远写不出好文章。

发现母亲动过日记的痕迹，郁秀也不吭声。只是一段时间之后，让母亲惊喜的是，郁秀的"文风"变了，不再写"帮奶奶做家务活，跟表哥捉鱼捞虾"之类杜撰出来的故事了。又过了一段时间后，母亲竟发现，老师竟写下按语，建议郁秀向少儿刊物投稿。

读初一时，有一天郁秀向母亲要户口本，可就是不说拿去干什么，只说邮局的人要看。母亲很奇怪，邮局和孩子会有什么关系呢？问了半天，郁秀支支吾吾，终于说要去领稿费。母亲越发诧异，于是刨根问底，是什么文章，发在什么地方。可她就是不说，小小年纪，行事古怪。母亲当时没有过多在意，全当是个性所致，便不再追问。

还有一次，郁秀冷不丁地问母亲，"穿过你的黑发的我的手"是什么意思。母亲吃了一惊："亏你想得出来，这是人话吗？"郁秀连忙回答，这话不是她说的，是在书上看到的。母亲解释为：这是《打翻铅字架》，是台湾作家柏杨的文章，文中讲到，一首诗在印刷厂里排好版，不小心被打翻在地，于是工人匆匆捡起那些铅字胡乱摆放。印出来后，居然有人对这首文句破碎、逻辑混乱的诗拍手叫好，而且解释得头头是道。母亲直言，她不欣赏此类句子。郁秀大笑说："我也不喜欢，我还以为我智商低呢，有你和我一样这样认识，我就放心啦。"这些活灵活现的情节，都被郁秀日后用在了小说里。

面对郁秀诸多的怪异行径，母亲开始留了心。

有一天晚上，郁秀和母亲坐在沙发上，随意聊天。郁秀让母亲猜个谜，谜面是：有四只母鸡，一只叫喔，一只叫噢，一只叫哦，一只叫嘍。有一个蛋，不是哦下的，不是噢下的，也不是嘍下的，请问是谁下的？母亲随口答道，不就是"喔"下的吗。郁秀兴奋地跳起来，拍手叫道："哈哈，妈妈还会生蛋。"母亲恍然大悟，知道上当了，马上补上一句："我不仅会生蛋，还生了两个小坏蛋。"郁秀一下没声了，赶紧溜回自己房间。

就是这样一个古灵精怪的郁秀,却主张"平平淡淡才是真"。她不喜欢离奇荒谬、不可思议的东西。每当在电视里看到"英雄"腹背受敌被团团围住的时候,她一反常规,不是为"英雄"着急,却跺脚直骂"坏人"笨蛋。怎么老在一边摩拳擦掌,就是不肯出手偷袭,非得要等到英雄转身,才刀枪相见。那么多人围着他一人,完全可以置之于死地,而导演非得让"英雄"在这种场合下反败为胜。郁秀觉得这太假了!母亲说:"这是戏,要讲好看。"郁秀却坚持,都不可信,还好看吗?在她的意识里,这叫"哗众取宠",没意思!

再翻开郁秀的日记本,看看那里面又是怎样一番风景:

"晚饭时,又是一边吃饭一边'顶真'。妈打头,从'一'开始——一帆风顺,姐'顺理成章',我'张皇失措',爸'措手不及'……等妈接到'风声鹤唳'时,却不往下接了,问我们知不知道这个成语的意思。我和姐姐都说不上出处。于是妈就把这个成语的典故和来源说了一遍。"

"今天,妈不让我们看电视,说,快做功课,别明天又'戚'不出来!这话外人听了,一定莫名其妙,我们却心领神会。故事是这样的:小镇上逢年过节有戏剧演出。有个跑龙套的人不甘心总当配角,常牢骚满腹——唱主角有什么难的,给我一个机会我也会演。机会来了,有一回,演抗倭英雄戚继光的演员病了,有人就推荐他。正式演出时,一上场亮完相后,他自报家门:'本帅戚、戚、戚……'下面就再也'戚'不出来了。"

"妈的相册里,有一张发黄的老照片,推算起来至少六十年了。那是外公的祖母'六秩大庆'时的全家福。照片上,大堂张灯结彩,高悬着两个大红灯笼,上面用繁体字写着大大的'郑''荥阳',表示这个家族是源自河南荥阳的郑氏一脉,时刻慎终追远,不忘先祖。大厅悬挂着很多喜幛。最引人注目的,是高高在上,与真人一般大小且做工精致的'麻姑'。麻姑是王母娘娘的贴身使女。王母娘娘每年寿庆均由她执壶敬酒,于是民间就有麻姑献寿的传说。只见老寿星坐在正中央的太师椅上,男左女右,一溜排开,大大小小共有十三口。可是引起我兴趣的,却是相片上女人们的宽袖衣服和奇怪的小脚。尤其是那脚,尖尖的,像个粽子,美其名曰'三寸金莲'。妈听老一辈人说,这座房子里的女人,脚裹得最好的,是她的祖母,脚只有拳头那么大。可是在妈很小时,祖母就死了。"

"过去过生日,母亲总是按她小时候她妈给她过生日那样,给我们过生日:过生日的人,一碗长寿面两个太平蛋;陪过生日的人,一碗长寿面一个太平蛋。可我和姐姐从来没有吃下一个完整的蛋。母亲很泄气,就问我们是不是要像西方人那样吃生日蛋糕,开生日派对?我断然拒绝。我是中国人,搞那中不中、洋不洋的玩意儿干吗？大蛋糕上插那么多蜡烛，卫生吗？最后还要来个'吹灯拔蜡'，吉利吗？我稀奇古怪的念头和想法，常常让母亲张口结舌。"

　　……

　　每篇日记都极精彩，用语生动、自然、贴切，成语、俗语、诗词手到拈来。这些日记，不仅随处可见思想和才情的光芒，它更像一扇窗户。透过这扇窗户，我们看到了一个知识分子家庭的日常生活，气息浓厚，简约却别有洞天。家庭教育更是让普通百姓望尘莫及，学习和生活的完美融合，营造出简单而快乐、自然而亲切的氛围。那些看似平凡琐碎的情节，在郁秀笔下，经巧妙黏合与拼接之后，如精致的艺术品，生动有趣，令人神往。

　　这是一片沃土，种子落地，一切正好，仿佛带着使命，拼命吸纳着生长所需要的养分，走向茁壮，走向葳蕤。

　　这些珍贵的文字，像星星之火，为日后的燎原埋下伏笔。

《红楼梦》：从阅读到产生创作冲动的临门一脚

　　5岁那年，郁秀住在外公家，得了麻疹。按当地习俗，这病是会传染的，需要隔离一个月。房子不能让外人进去，每天还要点香驱赶邪气，而且不能吃任何荤食。否则，麻疹如果出不来或没有出透，是会死人的。当时附近就有一家，两个孩子相继得麻疹而死。母亲战战兢兢，好在郁秀出疹还算顺利。第一天发高烧，第二天浑身布满小红点，第三天麻疹就渐渐消失。接下来的日子，母亲就让她一个人待在房间里不要出来，不过门可以不关，只挂着垂帘，里面的人可看外面，外面的人却无法看清里面。

　　门外是大厅，没上学的孩子天天在那里玩耍。隔着垂帘，郁秀搬一张小凳子靠着门槛坐着，看着一大群孩子又打又闹，开心至极。不管母亲在不在，她都不会跑出去玩。

　　老奶奶考验她："秀秀，你妈走了，快出来玩一会儿吧。"郁秀回答："我在生病，不能和大家一块儿玩。"就这样，郁秀"垂帘听政"整整一个月，大房子里的人都夸她乖。郁秀长大后能耐住寂寞，有非凡的恒心和毅力，固守书斋，从此处就可见一斑了。

　　郁秀母亲郑亦麟说："我家别无长物，书倒是不少，当年从北京调到深圳时，搬家时别的东西都舍弃了，只托运了十几箱书。"

　　书香一路从北京飘到深圳。郁秀和双胞胎姐姐郁英一起，从小就置身于这种氛围中，耳濡目染父母勤奋严谨的治学精神。

　　在深圳，姐妹俩学习之余，从小就广涉中西方文学经典，不仅熟知李白、李清照、李贺等，对近代的鲁迅、林语堂、梁实秋，甚至港台作家如柏杨、三毛、琼瑶、金庸、席慕蓉等无一不晓。对中国古代四大文学名著，姐俩更是烂熟于心，尤其对《红楼梦》和一些红学论著兴趣浓厚。母亲说，她俩是读《红楼梦》长大的。一本《红楼梦》可以看好几遍，百看不厌。

姐姐郁英小时候喜欢画画，她常常翻来覆去地画金陵十二钗。郁秀为了检阅自己对《红楼梦》的熟悉程度，则兴趣盎然地在一旁编排书中人物关系表。时间一久，对荣、宁二府几百号人物盘根错节的关系了然于心。谁娶了谁，谁生了谁，谁是一等丫头，谁是二等丫头，最后，竟熟到能在里面错综复杂的人物关系中挑出好几处前后矛盾的错误来。

电视剧《红楼梦》首播时，郁秀姐妹两个在读小学六年级。常常主题歌一起，两人就从房间冲出来。有天晚上，全家都在看《红楼梦》。母亲欲对里面一个人物评判一番："这个女子……"郁秀抢先一步脱口而出："这是惜春，在元、迎、探、惜中，年纪小，辈分却不小，后来当尼姑了。"不动声色之中的"不务正业"，让母亲大为吃惊。为了让孩子们以学业为主，在写作业的时间和电视剧播出时间重叠时，母亲坚决不许她们看电视。但"精灵们"办法总是有的。快到了电视剧《红楼梦》播出时间，姐妹俩便心照不宣，借口"查资料"，溜到书房里，手里拿着书装装样子，耳朵却在倾听客厅的动静。时机一到，二人便悄悄把门打开一条缝，隔着那条小缝隙，怀着一种惊喜而忐忑的心情，"偷窥"里面精彩纷呈的繁华人间。

但"偷窥"总不过瘾，姐妹俩心系"红楼"，平时着魔似的收集《红楼梦》的音乐磁带，还抢购了一本有主要扮演者生活照和剧照的《大观园》相册，没事时就拿出来翻看，看得津津有味，其乐融融。

书看了，电视剧也看了。两相对比，郁秀心中不免生疑，书上明明写着，黛玉死于宝玉、宝钗洞房花烛之夜，电视剧却硬给改编成黛玉死于宝玉出门在外时；宝玉明明是中了举人后遁入空门的，而电视剧中却无中生有，改成宝玉被捕入狱，蒋玉菡花钱保释。待袭人唤来宝钗，欲让他们夫妻团聚时，宝玉却逃之夭夭，遁入空门，从此空对着山中高士晶莹雪，怀念世外仙姝寂寞林……编剧这般糟蹋原著，让郁秀有几分愤然。小小年纪的她，带着这些古怪的思考，迎来了人生最美丽的花季。

到高一时，郁秀就读蛇口育才中学。

对16岁的她而言，那是一个青春正要哗哗往外溢的年龄，记日记似乎已不能再满足一个少女日渐丰盈的情感和思想世界。

彼时的深圳，改革开放势如破竹，随处可听见挖土机的轰鸣。大量的外来人员拥入这座城市，空气中飞扬着拓荒者的激情和梦想，思想转变和社会改革的浪潮使这个城市日新月异，影响着这个城市的方方面面：工作、住房、户口……人们生活发生着急剧的变化。

这一切，都被平时爱看书爱思考的郁秀看在眼里，记在心里。游走在多姿多彩的校园，丰富旖旎的青春情愫萌动，再加上《红楼梦》的启发和潜移默化，她逐渐在脑海里布下一个大局。

育才中学：《花季·雨季》精神和地理上的支撑点

爱默生说，没有地理上的支撑点，就没有精神上的支撑点。

蛇口育才中学，地处深圳南头半岛东南部，在1983年由招商局蛇口工业区创办。改革开放之初，在轰轰烈烈的各种变革影响之下，这里聚集了一支国际视野开阔和教学理念先进的师资队伍，是深圳市最早的省级和市级重点中学。

这里依山傍海，与香港隔海相望。在当时"学生利益高于一切"的理念引导下，学校的学习氛围开放、民主，学习环境宽松、活泼，学生可自由发挥个性，因此兴起很多由学生自己组织的社团和兴趣小组。

平时在学校的活动，郁秀虽然不是很积极参加，但她在这些活动中用心去观察和思考，记下了在学校和同学们发生的一切，如高一时的军训、特优生评选、艺术节、科技节、体育节等，这些都被她用作了小说的素材。

杨瑞芳曾是郁秀的班主任。在她的印象中，郁秀当时坐在课室第一排，性格内向，很文静，平时在班里不引人注目。上课时，她的一双大眼睛总是盯着老师，注意力很集中，非常认真。每一次周记，她总是写得很多，很有自己的想法，对问题有自己的判断。

有一次，在班会上，杨瑞芳要求学生在周记中分析自己的实际情况，为自己选一句格言。为了启发学生，杨瑞芳举了"以诚待人"和"吃得苦中苦，方为人上人"两个例子。她告诉学生：第一，待人要诚心诚意，同学间的交往要以"诚"为本，这样的友谊才是真正的友谊。第二，为了考大学，大家拼搏得很苦。但为了明天，为了掌握更多的本领，现在必须先吃苦，必须学会吃苦。没有苦，哪有甜？

在杨瑞芳影响下，郁秀在周记中写道："我是个平凡人，很多地方都比不上成绩好的学生，但我会努力的，我坚信自己一定会成功。"郁秀不甘示弱，积极进取，不断战胜自己。

育才中学非常注重学生的素质培养，开设了内容丰富的第二课堂。郁秀在第二课堂中，最主要的活动就是阅读课外书。

　　阅览室的老师每次见到杨瑞芳，常说那句话："杨老师，你班的郁秀是全校上阅览室看书最多的学生。"在当时育才中学阅览室的登记本上，"郁秀"的名字频繁出现。图书馆里学生借书最多的，也是郁秀，她自己的书卡借满了，就借用杨瑞芳的借书证去借阅。

　　大量的阅读，不仅开阔了郁秀的视野，也为她打开了文学殿堂的大门。她不仅有着敏锐的观察力、独特的见解，还有个好习惯，就是勤于记笔记。杨瑞芳记得，她有一本厚厚的笔记本，里面密密麻麻地记满了读书心得，对人生的观点、对社会的看法等。

　　有一次语文实践课上，杨瑞芳要求学生自己去寻找对象进行采访、调查，完成一篇调查报告。郁秀跑到办公室说："杨老师，我采访你，请问：你为何放弃20世纪80年代上海优越的条件到深圳来？做老师很辛苦，听说你以前是合资企业的人事经理，为何要来当老师？请问你如何对待学生的早恋现象？"

　　问题一个接一个，就像是一个敏锐的记者在提问。她的问题使人有点招架不住。在她"逼问"之下，师生二人展开一场人生探讨。那一次谈了很多很多，而且谈得很深入。

　　为了更好地引导学生认识生活，认识自我价值，杨瑞芳用一节自习课时间，就郁秀所提的问题，对大家现身说法。她拿出手抄的文章《祝你成功》，朗读给同学们听，不仅作为老师的心得，也作为对学生毕业后选择的指导。课后，郁秀将稿子借去，回去细看咀嚼……这些细节被她巧妙地写进了小说里。

　　对于学生"早恋"倾向，杨瑞芳认为应该不回避，但注重引导，在正确的引导中进行潜移默化的教育。爱情也应该有个高起点，要看到生活的空间很大，不要自己禁锢自己，人的一生中该干什么时就应该做什么，不可以"预支"，否则会付出很高的"利息"。

　　杨瑞芳对"早恋"有意识地"淡化"处理，受到了同学们的拥护。这一点，郁秀在小说中也有提及。师生们一起，除了学习以外，做了很多有趣的事：曾一起骑自行车去合资企业参观，开展了"孩子的生日就是母亲的受难日"讨论会，课余师生学跳舞，开展了"该不该早恋"问题讨论会，毕业前同学们在最后一次周会中流下惜别之泪，小梅沙海边度过露营之夜……这一切，都被郁秀用她那清丽的笔触记了下来进行加工，写到了小说里，令杨瑞芳无比欣慰和感叹……

　　对于郁秀而言，富饶的心灵中有太多想要表达的欲望和冲动，梦想的种子刚好落在这块肥沃的土壤上，只等时机一到，破土而出。

　　而这样的时机，或许是在1990年一个不经意的夏日黄昏，远处浸润着半岛的潮水正在有节奏地起落，海风钻进教室拂动起书页和少女飘飘的长发，老师在课堂上讲的一句话——"爱因斯坦说过，一个人最大的成功首先决定于从什么程度上和在什么意义上从自我中解放出来"突然在耳边响起，引发了创作冲动；或许是在某一次体育竞赛中，男生们在球场上随着篮球奔跑跳跃，那矫健的身手引得观赛的女生们议论纷纷，少男少女们像阳光下绽开的花朵，鲜艳夺目，猛然意识到"女生在男生面前更像女生，而男生在女生面前也更像男生"的一次情窦初开；亦或许是在班上组织的一次从都市走出去，到山村小学考察体验的过程中，第一次对贫穷触目惊心，由此而生发了一次对现实和人生的思考……

于是，就像一场终究要下的雨，一触即发，势不可当。

就在那个夜深人静的夜晚，郁秀提笔疾书，酣畅淋漓。这一写就一发不可收拾，思如泉涌，犹如神助，短短三四个月的时间，完成了约30万字的书稿，平均每天要写两三千字，一气呵成而没有丝毫影响到学习，让人惊叹。

那一年，郁秀16岁，与小说人物谢欣然、萧遥是同龄人。

小说语言清新、朴实、纯净，讲述了一群充满朝气和活力、对未来无限憧憬的少年，他们中有土生土长的深圳人，也有的跟随父母从祖国四面八方而来，在这块充满神奇魅力的热土上学习、生活、奋斗。以班长谢欣然为代表的同学们，在班主任江老师带领下，一次次经受磨炼和洗礼，走出感情的旋涡，不断走向成熟，获得成长。

《红楼梦》对郁秀的影响，体现在小说里的人物和结构似乎蒙上了几分红楼色彩。书中有一个女生，多愁善感，很像林妹妹，郁秀直接将林黛玉和扮演者陈晓旭的名字结合给她取了个名字——林晓旭。书中还多处提到《红楼梦》里的人和事，如伶牙俐齿的"小红"、多愁善感的"林妹妹"，"宝玉失踪""元春省亲"之事也很自然地在文中出现。

郁秀从小到大，究竟读了多少书，创作时才16岁的她自己也许都说不上来。反正在文中，《水浒》里稳坐第一把交椅的晁盖、《封神演义》里长有风雷两翅的雷震子、《西游记》里的托塔李天王，她都手到擒来。中国四大名著，她算是烂熟于心了。

多年以后，有人问，你怎么会想到去写小说，你创作的动机是什么？这可让郁秀为难了。坦白地说，她认真反复地思考过这个问题，最好的回答是，随心所欲，无所顾忌，没有任何思想压力，用"好玩"的心态写出来的。她至今还记得，最初打草稿，是用的八开纸，有考试用的试卷那般大小。

只是，让人不可思议的是，如郁秀所言，一时轰动的《花季·雨季》居然是她偷偷摸摸、鬼鬼祟祟完成的。"偷偷地"这三个字给了读者无限遐想的空间，郁秀笑言自己像个地下工作者。她生怕父母骂她不务正业，甚至会觉得她荒唐滑稽，所以写完一段就藏起来，写完一张赶紧收起来。她和姐姐一人一张床，一人一张书桌，读书写字互不干扰，隐秘到同居一室坐在对面另一张书桌上做作业的姐姐也毫无察觉，父母当然更是蒙在鼓里。

起初，她一"不务正业"就锁门。虽装作若无其事的样子，坐在姐姐对面"做作业"，却要心思灵敏，眼观六路，耳听八方。妈妈到房间来取东西时，面对锁着的大门，会一再盘问，她们锁着门搞什么鬼。郁秀有些做贼心虚，怕心里的"鬼"被发现。为了不让父母起疑心，于是改变战术，开始不关门"做作业"。因为这样更便于知己知彼，一有"风吹草动"，就可手疾眼快，迅速将书稿藏到抽屉里。

这是多么不寻常的三个月，仿佛天工开物，惊世骇俗。几十个人物在郁秀笔下栩栩如生，彼此印证，编织成了一块青春文学永不落幕的锦绣。

父母不知，这三个月，郁秀完成了人生一次巨大的蜕变。

别的孩子总是黏着母亲，要上街买东西。郁秀总是借口说自己忙得要死，没工夫陪母亲上街，甚至没工夫陪同学们玩。他们住在深大校园里，房子对面就是大海，大海的对面是香港元朗。椰风海韵，风景极美。学校的运动场就在海边，看到别的孩子在里面跑跑跳跳，活泼可爱，母亲唉声叹气，多希望姐俩也来蹦一蹦、跳一跳。母亲苦口婆心，磨破嘴皮了，可姐俩就去过两三次。

"你别搞我。"这是郁秀的口头禅，叫她干活，叫她出去照相，她就拿这话回绝。夏天热，母亲花了 15 元，在一个展销会上为郁秀买了一顶太阳帽，小巧、大方，挺适合女孩子戴，满以为女儿会很高兴地感激她。

"你要气死我啊，这么贵你还买回来。这种帽子最多 5 元，我同学就买过。"郁秀睁大了眼，把她好一顿数落。

母亲不以为然，反唇相讥："一派胡言，你从不上街，怎么可能知道行情？"为了证明自己没有错，母亲再去市场，到处找同款帽子，终于在一个小摊上发现了，连忙问多少钱。摊主说 10 元。母亲扭头就走，摊主在后面叫："5 元，5 元要不要？"

母亲心里一惊，果然 5 元能买到。她纳闷，在她眼里，这个两耳不闻窗外事的孩子，怎么可能知道得如此清楚？

她哪里知道，那些日子，郁秀整天魂牵梦萦在小说上，对其他什么事情都没有兴趣，可那不代表她"两耳不闻窗外事"啊。

而完成了作品初稿的那个少女，心思如同被抽空了一般。当她重新阅读第一遍时，感觉还可以。再看第二遍时，则越看越不像样，心中不免茫然，甚至焦躁，于是索性将小说初稿锁进了抽屉里。

此时，家人仍然对此项大工程一无所知。等郁秀重新积蓄力量，有勇气和自信再去面对自己的作品时，已是高二了。

千里马遇伯乐：众人拾柴火焰高

是千里马，就终会与伯乐相遇。

在高二的一次作文讲解课上，郁秀的写作才华被语文老师陈重发现。作为老师，陈重敏感地意识到可能遇到了一个好苗子。

他单独找郁秀谈话，鼓励她多读书、多观察、多练笔。备受鼓舞的郁秀难抑兴奋之情，那个秘密在内心压抑得太久了。她怯生生地说，陈老师，我完成了一部30万字的"东西"。

30万字的"东西"?! 陈老师听后眼前一亮，感到不可思议，当即决定要阅读书稿。于是，小说终于迎来了第一个不同寻常的读者。陈重在繁忙的工作中挤出时间读完了书稿，带着难言的惊喜和感动与极为诚恳之心，找郁秀进行了一番推心置腹的谈话。

陈重鼓励的目光，让郁秀永远都不会忘记。他说，小说结构很不错，刻画也很典型，行文朴实活泼，感情也比较真挚，好好修改，可以考虑出版。

郁秀内心的期待和不安，终于在陈老师对小说给予了积极的肯定和提出了非常中肯的意见后，如释重负。陈重的支持和指点让她茅塞顿开，并再次点燃了她的创作激情，使她鼓足信心重新制订修改方案。

此时，是1993年。

寒假到了，家人都搬去了新居，老房子一时没有安排别人来住。郁秀心中暗喜，心中如火的热情亟待燃烧。她太需要一个安静的环境和一段完整的时间，一举突破，集中修改稿子。

她向爸妈借口补习功课，要留在老屋复习。看到孩子如此用功读书，父母求之不得，一口答应了郁秀的要求。为了让孩子吃饭方便，母亲把煤气灶留下，让她自己可以做饭吃。

有了一个完全独立的创作空间，郁秀好一阵狂喜，这回再也不用遮遮掩掩了。

但是，胆小的她，必须克服一个人独处一室的孤独和恐惧。长这么大，还没有这样独处过。可她顾不得许多了，到了晚上，将门窗紧闭即可。

寒假第一天，郁秀就开始在深大望海楼旧屋，与涛声为伴，夜以继日，埋头苦写。假期时间不多，要改三十几万字，她丝毫不敢偷懒，利用寒假 20 多天的时间，对《花季·雨季》进行了全新的修改。

根据陈老师的修改意见，不要写自己不熟悉的东西，要结合自己生活的特区背景。于是，她把自己熟悉的学校、同学、老师、家长等形象重新融入小说中。小说除了在情节上进行大变动，郁秀还结合当下时代背景，花了很多笔墨，描写教师职称评定，以及分房子等社会现实问题。

郁秀在 1984 年来深圳时，深圳刚刚起步，但在"时间就是金钱，效率就是生命"的改革理念中，深圳高楼林立，日新月异，发生着翻天覆地的变化。这一切，郁秀都看在眼里，她把自己的思考深入城市发展的内核，使小说贴合时代背景，有了更强的表现力。

小说中有一章写谢欣然去打工。郁秀想起在一个偶然的机会中，认识了一个广东梅县的打工妹。她 18 岁出来打工，24 岁回老家结婚，在深圳干了六年。她和郁秀成了好朋友，对自己的打工经历毫无保留，使郁秀对电子厂流水线上的生产情况和人与人之间的关系，有了清楚的认识，改起来如鱼得水。

这一次，郁秀大刀阔斧。她每天六点半起床，锻炼身体，吃早餐，七点半开始工作。南方的冬天，风也是冷飕飕的，没有恒心和毅力，很难坚持下去。

在寒冷的清晨，郁秀也常常躲在温暖的被窝里，做激烈的思想斗争。每当这时，心中有一个强烈的念头不时提醒她：必须在开学前改完全稿。她没有别的选择，学习任务繁重，开学后，她必须全力投入紧张的学习中，冲刺高考。

这样一想，她就能马上战胜自己，迅速投入写作中，每天写作时长不少于 12 个钟头。一天下来，在晚上睡觉前，她都要算算，当天改写了多少字。有时七八千，有时能上万，基本赶得上进度。与这一行行的文字相比，所有的辛苦疲劳根本算不了什么。相反，她感到无比的愉悦和充实。

那是一段"与世隔绝"的日子。没有干扰，在纯粹的寂寞中，她进行她伟大的修改计划。她与外界几乎没有接触，陪伴她的，只是小说里的人物。她日夜与他们交谈，与他们一起哭，一起笑，一起沉思，一起经历美好的青春，完完全全乐在其中，享受着创作的过程。

母亲心疼得很，每次来看她时，总是直奔厨房和卫生间，又是洗碗又是洗衣服，然后上街为女儿采购伙食。忙到晚上，怕打扰女儿，又离开了老屋，回到新居。

春节到了，母亲要求她必须回家。郁秀拗不过母亲，不得已回到新家，感觉自己成了客人。她身在曹营心在汉，有些失魂落魄的感觉。除夕之夜，全家人守在电视机前看春节联欢晚会。郁秀心中不安，在家里，她不敢行动，怕被发现。感觉自己荒废了宝贵的时间，她好心痛！

不时地，就有个声音在耳边呼唤她：郁秀，快回去写，不然完不成了。大年初二了，郁秀心里着急，想走，可妈不许。到了初三，她非走不可了，母亲此时拿她没有办法，只好放她走。

春节的深大校园，异常冷清。路上一个人都没有。寒风中，郁秀只看到自己呼出来的白气，随风飘着，竟有一股悲壮之感，同时又很自豪。

回到老房子里，她心里顿时欢腾起来，这才是她的天地。她强迫自己，找回丢失了的思路，恢复了年前规律的作息时间。就着白日的阳光，点燃暗夜里的星光，郁秀每日奋笔疾书，写得右手中指都起茧了。

苍天不负有心人。临近假期结束，这项巨大的工程终于完工。开学时，郁秀兴奋地跑去告诉陈重，说把书稿全部改出来了。陈重当时一怔，没有反应过来。当他听郁秀说完，这个假期是如何与众不同地度过时，眼睛睁得大大的，对郁秀的坚忍大加赞赏。

稿子改好了，就好像自己的孩子要诞生了，郁秀心中按捺不住一股激动，想出书的欲望强烈起来。

很巧的是，她当时正好认识一个正在写诗的女孩，她给了郁秀某出版社一位编辑的电话。此时的郁秀依然打算瞒着家人。直到那一天下午，郁秀来到深大中文系资料室，拨通了电话，将话筒拿到角落僻静处，和出版社的编辑约好第二天上午送书稿过去。

而这时，准备回资料室的一位老师远远地看见郁秀"偷偷摸摸"打电话。她很纳闷，这丫头平时从来不打电话，今天有点反常。于是，她想探个究竟，便躲在一旁，偷听电话内容。

这一听不要紧，这位老师大吃一惊，郁教授的丫头了不得，要出书啦！

第二天早上，郁秀准备搭深大本部到深大成教学院的校车去出版社。此时，郁秀的母亲接到了那位老师的电话："郑老师，你知不知道你女儿要出书的事，她今天早上好像要送书稿去出版社？"

母亲很惊慌，连忙赶到校车发车地点，果然看到郁秀已坐在车上。她叫郁秀下车，想把郁秀劝回去，但郁秀心意笃定，就是不肯下车。母亲赶紧打电话告诉郁秀爸爸："你女儿要出书，赶快来校车上阻拦她，别让她出什么洋相。"

郁教授迅速来到乘车地点，上车问清楚了情况。郁秀从书包里掏出26本练习册，正反两面都写满了密密麻麻的字。见到如此累累"硕果"，郁教授心里放心了一大半，便让女儿先去出版社，有进展随时沟通，不能再对父母隐瞒。

一周后，郁秀和家人终于等到了消息。出版社的审稿意见是：小说写得不错，可以出版，但需双方合作的形式，作者须出两万块钱。父母听后，想到孩子还小，自费出书对她成长不利，况且这不是一笔小数目。

郁秀不知道家里的经济状况，以为家里没钱，付不起那笔费用。有个家里很有钱的同学对她说，愿意借钱给她，可是母亲不同意。后来，郁秀的同学还介绍了一个书商，他想用两万元买断小说版权。母亲担心商人为了谋利，破坏小说内容，便一口回绝。郁秀在父母的分析中冷静下来，于是出书一事就暂时搁置一旁。

出书的事放下了，可郁秀的母亲好奇心却来了。

30万字，对一个孩子来说，别说写，光是抄，就已经不可想象了。母亲想知道这么大部头的书，孩子写的究竟是一个什么样的故事。于是，她利用一个假期的时间用四通打字机将小说稿全部打印出来，抽空阅读。

这一读不要紧，母亲惊喜地发现小说很有吸引力，赶紧告诉郁秀爸爸，让他也读一读。郁教授半信半疑，就像医生不给家里人看病一样，郁教授决定先把文稿给专家审读。

时任深大中文系副主任封祖盛教授是专门做文艺评论的，是郁秀在深大的老师，他听郁教授说起，非常感兴趣。可以说，他对《花季·雨季》的顺利出版起到功不可没的作用。

那时，郁秀正在深圳大学上大一。封祖盛一看到郁秀就问，你的小说什么时候给我看看啊？郁秀有些羞涩地告诉老师，稿子在别人手里，拿回来一定给他看。如此一天拖一天，以致很长时间都没有看到，到最后封祖盛都生气了，叫郁秀赶紧去把稿子要了回来。他利用休息时间，认真地看了《花季·雨季》后，如获至宝，四处推荐，提出了很多很重要的修改意见。

一位老教授如此认真地阅读一名学生的作品，这让郁秀格外感动。她几次和封老师一起探讨书稿内容。封老师的指导深刻，评价中肯。在中学生"拍拖"这个问题上，老教授说，这个叫法是非常有地方特色的。过去，在珠江，由于木船无力远航，就拍在汽船后面，由汽船拖着走。到了浅滩，汽船无法驶入，又由木船靠岸把人和货物载出来，搬上汽船。木船和汽船，一路拍，一路拖，互相帮助，共同前进。用"拍拖"来比喻两个人谈恋爱，恰如其分地表达出爱情的美好和它所代表的崇高意义。

郁秀茅塞顿开。

看到小说中中学生拍拖的故事写得如此生动，老教授调皮地说，在上中学时，他也喜欢上了一个女同学，每天心里都像揣着一只小兔似的，怦怦直跳，总是渴望见到她，却一句话都不敢和她讲。讲完之后，封老师哈哈一笑，把郁秀肚皮都笑痛了。

　　她同时大受启发，把封老师的话写进了小说。封祖盛很高兴，他对小说的热情，甚至超过了郁秀的父母。让郁秀难过的是，小说出版后没有多久，封老师就因为癌症晚期过世了。对于这位给予了她诸多教益的长者，她心中纵有千言万语，也难以表达丝毫谢意。

　　为确保万无一失，郁秀父母慎之又慎，电子稿给很多专家看过。大家一致认为，此书有出版价值，有人还帮着千方百计寻求免费出书渠道。

　　为了给小说取个好名字，可让郁秀颇费了一番心思。起初取名《人生十六七》，可有人告诉她，东北有家杂志社办的刊物就叫此名。取名《多思年华》，一查，发现仍有一家主题讲青少年的同名读物。以致接下来命名为《少年心事》《少年不识愁滋味》，但从年龄上不贴切，小说中，谢欣然正是从少年走向青年的花季年龄。《桃李争春》倒是简洁明了，一看就是校园生活题材，但界限太宽泛了。《高一那一年》《高一流水账》，则太白了，没有美感。

　　母亲给她建议，小说取名最多不要超过六个字，最好在四个字以内，何不叫《花季·雨季》，正好应了小说中江老师说的那句话：16岁是花季，17岁是雨季，是最美好、最活泼、最灿烂的时光。郁秀突然豁然开朗，觉得这个书名如此绝妙，让人耳目一新，没有拾人牙慧之嫌。

　　郁秀在高中毕业后，就读深圳大学与美国埃德蒙社区学院联办的学位课程。这是一个"出国班"，学生在深圳大学学习一年后，前往美国西雅图再读半年。为了能出国，郁秀学习劲头十足，拿出当年写小说的劲头，除了吃饭睡觉，几乎把所有时间都用在读书上了，把小说遗忘在一旁。在1995年9月，她终于如愿以偿，来到美国，开始人生的另一征程。

　　在西雅图的蓝天白云下，她的生活每天都是新的。有一天，她收到了妈妈的来信——

　　今年春节恰逢寒流，天气很冷。我在大年三十下午上街"抢购"年货，备足粮草后，准备十天不出门，一直在为你的小说忙碌。深圳市委市政府的领导因为没有时间看那么厚的一本小说，要求精简小说内容。我只好为你缩写，外公则为你捉错别字。外公是个很好的校对员，错别字在他眼皮底下很难逃遁。到今天为止，外公已经捉到了四个。你不要以为几个错别字无碍大局，它实际上是衡量一个人学问的天平。很难设想，一个错别字连篇的人会写出什么好文章，希望你对此事不要掉以轻心，以后在创作过程中一定要倍加小心。

　　……

　　读着妈妈的来信，郁秀眼睛湿润了。小说出版前后，母亲可谓呕心沥血。

每次来信，都是围绕着《花季·雨季》。她对小说倾注了极大的心血。在郁秀出国前，母亲就经常和她商榷书中让她别扭的地方。比如，她对小说里弟弟对姐姐叫"家姐"感到不解，广东人是这么叫的吗？普通话里常说"家父、家母、家兄"，那也是分场合的。为了核实，母亲亲自去找广东人，得到验证后才放心了。

还有一处。郁秀把过年的压岁钱写作"利是"，母亲也存疑，到底是"利是"还是"利市"？她为此翻遍词典，仍难以确认，又去找港台刊物，直至看到很多地方都用"利是"时，才彻底打消了疑虑。

其中有一个章节，写中年知识分子英年早逝的问题。那一阵子，各大报纸都在报道蒋筑英、陆健夫的先进事迹，北大还有好几位颇有成就的中青年学者相继去世的消息，加之郁秀母亲一位老同学也在个人事业如日中天之际病逝。郁秀受到影响，把这些主题都用进了小说里。母亲觉得这一章没有深度，建议郁秀删掉。这就如同割肉般让郁秀难舍，索性置之不理。

封祖盛看了这一章后，也建议郁秀删掉。郁秀二话没说，马上砍掉。事后，母亲用《红楼梦》中林黛玉对贾宝玉说的一句话来打趣她："平日里和你说的全当耳边风，怎么她一说你就听，比圣旨还快。"

母亲浓烈的爱女之心，郁秀何尝不知。对于母亲无怨无悔的付出，郁秀曾在一次答读者问中道出了自己的心声：妈妈，我会是你最优秀的作品。

作为母亲，面对这突如其来的大部头，当她弄清楚孩子为了这部书稿，如何在1993年那个寒假，废寝忘食、争分夺秒完成后，先是错愕，继而惊讶，然后是感动。在那个简陋的房子，只剩下一张床，一张桌子，一把椅子，一个煤气灶。母亲甚至无法想象她把自己关在房子里，几乎足不出户，埋头疾书。她吃得非常简单，偶尔去一次学生食堂，就买回一大袋馒头、蛋糕之类，可随时充饥。即使自己煮，也是稀粥，加上咸蛋、松花皮蛋，再配上一盒四五元的豆豉鲮鱼、凤凰鱼罐头。为了省时间，连烧青菜都嫌麻烦。就是这20多天近乎苦行僧般的日子，孩子硬是把稿子改好了，不让父母知道一丁点消息。为了制造"不鸣则已，一鸣惊人"的艺术效果，做足了保密工作，不惜让自己吃尽苦头，真是太难为孩子了。

真相大白后，作为母亲，除了欣慰，更多的是心疼。如此磨炼，即使此书不出，有这样的经历，对孩子也是一笔巨大的精神财富。她曾经和郁秀爸爸开玩笑说："我们完全可以向人家拉赞助。孩子的小说替不少厂家、公司做了广告呢。"

日子一天天过去，郁秀身在国外，丰富多彩的大学生活开始了，她的心已不在这部小说上，出不出书对她似乎已经无所谓了。

从沉寂到辉煌，《花季·雨季》赶上一个好时代

1996 年 12 月初，郁秀父母的北大校友、《人民日报》资深记者卞毓方来深。

郁秀妈妈借此机会就小说出版之事，向他请教。卞毓方看了书稿后，心中大喜，直觉告诉他，此书不凡。他对郁秀父母说："孩子能写出一本书来，非常不容易。稿子交给我处理，保证能一炮打响。"行动力超强的他，要求将书稿寄到上海，并托人和复旦大学出版社敲定了出版方案。

但真正改变《花季·雨季》命运的是一次重要的学术会议。

那时，暨南大学正在召开一个全国的文艺学博士点建设研讨会，郁龙余教授应邀前往，会后博导们观看中国民俗文化节目表演。在演出前，郁教授同正在读博士的深圳市委宣传部文艺处某领导聊天，谈到女儿的小说《花季·雨季》受到了一些专家好评。这位领导一听顿时双眼发亮，他们正到处寻找和培养中学生题材的好作品，准备申报国家"五个一工程奖"——目前深圳在青春文学这一块还是空白。

于是这位领导第二天亲自跑到深大教工宿舍——深大新村找到了封祖盛。封老师马上给郁秀妈妈打电话，请她送一套《花季·雨季》的打印稿过来。

此领导风风火火取走了小说稿，回去加班加点看完后，很震惊，一级一级往上速呈。文艺处处长徐民奇一个晚上一口气读完，宣传部副部长刘学强也在最短的时间内看完，他们看后大加赞赏，一致认为，这本出自一个 16 岁少女之手的小说，是一部不俗之作。

一切都刚刚好，就像一星火光，终于等来燎原的时机。

正当上海复旦大学出版社准备商谈出版之事时，深圳开始了大动作。为了贯彻中央"大力抓电影、长篇小说和儿童文学三大件建设"的指示，针对《花季·雨季》，深圳市委宣传部很快下了文件，内容大意是：第一，由海天出版社马上出版，首印五万册；第二，准备请名家拍成电影、电视剧；第三，书印出来后在深圳举办的全国第七届书展上隆重推出。

出版的事很快敲定，交给海天出版社，同时由《特区文学》杂志选发部分章节，在《深圳特区报》连载。就这样，一位名不见经传的小姑娘的处女作一下子被幸运之神垂青。

《花季·雨季》终于春风化雨，喜逢盛世，赶上了一个好时代。那一年是1996 年，离小说初稿诞生已有六七年的时间。此时的郁秀正安安静静地在美国一所大学念商学。

时任深圳市委宣传部长邵汉青为《花季·雨季》欣然作序，小说终于公开

出版、发行了，并在 1996 年 11 月全国第七届书展上隆重推出。

当时与《花季·雨季》同时重点推出的还有赵忠祥的《岁月随想》。展出第一天，郁教授赶到新落成的深圳书城，他惊喜地看到买小说的人排成长龙，许多中学生手里都拿着这本书。

其中，有两个女生，一边翻书一边讨论："这里面写的都是我们学校的事情呢。"郁教授很好奇，难道她们和郁秀是同一个学校的？他走上前问："两位小朋友是哪个中学的？""我们是深圳中学的。"原来和郁秀不是同一所学校。

读者的反应最能说明一部书的好坏。小说写出了那一代中学生的心声。不仅深圳的中学生能在小说中找到自己的影子，连内地的很多读者都感同身受。

此时，郁秀爸爸才意识到这部小说所蕴含的意义和价值。第二天，《花季·雨季》就上了畅销书排行榜，此后天天名列榜首。书展最后一天，排在销售榜单第一名的，竟是郁秀的《花季·雨季》。

小说面世以来，接到许许多多的读者来信。

广东惠州某所中学一位初二年级的男生来信写道："初购书时，对这本书并不在意。但一打开，书中内容就像磁石一样吸引了我。于是我一口气把它看完，直至重看了六遍，仍然回味无穷。陈明的'cool'，余发的'活力 28——沙市日化'，柳清的'尴尬'，刘夏的活泼……当这些形象一一展现在眼前的时候，我迅速在书中找到了自己的位置……"

在读者来信中，不仅是中学生，也有不少大中专学生、解放军战士和参加了工作的青年朋友。华中师大一位女硕士来信说，拿到小说后，她甚至顾不上吃饭，用六个小时一口气看完，激动得马上提笔写读后感。

有位中专生来信说："我最大的业余爱好是读书，时常也有豆腐块、火柴盒见诸报端。在《知音》杂志上看到一篇文章《十六岁的少女作家》，知道了郁秀同学的成长历程，创造了惊人的作品，文章吹得有些神，让人难以置信。我当时不以为然，作家多如牛毛，而优秀的作家却凤毛麟角。直到有一天，在《青年文摘》上看到郁秀的一篇《爱情讨论会》，为之一振，读了两三遍，我被她沉稳的文思折服，迅速买了《花季·雨季》一睹为快。"

郁秀妈妈曾经的同事陈德力说，打开《花季·雨季》，中学生读了在寻思，我像谁？萧遥、陈明、谢欣然，谁才是我最理想的偶像？江老师、白老师、兰老师，自己更喜欢哪一个？教师读了会想，自己的教学是不是跟"马列老太"一样不合时宜，自己的思想教育工作是不是跟江老师一样如鱼得水？而家长读了，可能会恍然大悟，原来代沟是双向的，对孩子除了生活上的呵护照顾、学习上的严格要求，更重要的是情感上的交流与融合。

许多报纸杂志开始刊出专家热评。

《花季·雨季》的畅销和受欢迎程度完全超出了父母、老师、出版社以及所有关注它的领导的预料。当时怕卖不出去，出版社首印才三万册，可没几天就脱销了，急得出版社赶紧加印。小说出版后，在深圳、广州、北京三地都举办了座谈会，一次比一次规模大、评价高，在读者中引起巨大反响。

在《花季·雨季》新书研讨会上，专家们给予了极高的评价，盛赞其为"90年代的青春之歌""跨世纪一代的希望之歌"，是中学生及其家长、教师和有关工作者的"必读书"。随后，它被拍成电影、电视剧，改编成卡通版、连环画、盲文版，广播小说连播。

各种殊荣接踵而来，让人备受鼓舞。

《花季·雨季》荣获中宣部"五个一工程奖"、第三届国家图书奖提名奖、宋庆龄儿童文学奖、全国优秀儿童文学奖等多个奖项；由小说改编拍摄的同名电视剧获金鹰奖，主题歌获"五个一工程奖"；由小说改编拍摄的同名电影获"五个一工程奖"、华表奖、金鸡奖、童牛奖。

一时间，《花季·雨季》成了青春文学的火种，以星火燎原之势被人们热议，一批影视明星如颜丹晨、李晨等脱颖而出。2008年，郁秀的《花季·雨季》入选"改革开放30年最具影响力的300本书"。2018年，为庆祝改革开放40周年，在深圳市社会科学院、深圳图书馆主办，《深圳商报》提供媒体支持的"40年·40本——记录深圳"评选活动中，《花季·雨季》光荣上榜……至今它的销量已逾百万册。

育才中学创校校长陈难先说，当时《花季·雨季》在育才校园也引起了极大的轰动，郁秀无疑为育才学子们起到了很好的标杆作用。小说出来后，育才中学成了与小说同名的电影《花季·雨季》的拍摄地，极大地推动了学校文学社的发展，激发了学生们对文学的爱好，同时也极大地推动了学校老师严凌君的"青春读书课"，使更多的学生爱上阅读，这些年育才中学不断涌现出一些很有作为的文艺才子。

《花季·雨季》的成功并没有对郁秀带来任何负面的影响。20多年过去了，她没有被声名所累，依然安安静静地按着自己既定的轨道有条不紊地生活着、工作着。目前，她在出版了《太阳鸟》《美国旅店》等六部作品之后，又完成了一本解读印度文化密码的散文集——《故事，在印度》，准备同时出版中英文版。

《花季·雨季》获得巨大成功，有人赞美，有人质疑。16岁成名，真了不起！不对，她爸妈那么厉害，该不会是高手策划，有人捉刀吧。甚至有人评论，小说文本有不成熟与不完美之处，比如教师形象描绘比较粗糙，文字过于苍白，对教育时弊未能一针见血。而在艺术技巧上，有许多稚嫩处。书中议论过于模式化，有说教之嫌……

瑕不掩瑜。传奇就是这样诞生的，对于一个 16 岁的中学生而言，已经相当难能可贵了。

父亲郁龙余说，郁秀在写作时收集了很多素材，具有普遍性又有特殊性，虽是凡人小事，却很典型。比如，开篇第一节就是很好的例子。很多人小时候都玩过"点指兵"，类似"击鼓传花"的一种游戏。不用任何道具，参加者握起拳头摆成一圈，领头的一边念着童谣，一边用手指点众人拳头上的"空窟眼"，童谣尾声落在谁手上，谁就按事先约定好的规则去做。这样的镜头一出现，就把读者内心的记忆唤醒了。一部小说能令老、中、青、少均为之叫好，除了思想性和艺术性外，更关键的是，它贴近生活，给人以真实感，可信度强，充满生命力。

面对小说取得的巨大成功和所获得的荣誉，镜头下的郁秀羞涩一笑，秘诀无他，是爱护后辈的恩师们点拨了我，是精益求精的亲人们提升了我，是因缘聚合的时代成就了我。

正如郁秀最怀念的封祖盛在评论中说：《花季·雨季》的成功包含着志气、灵气、福气和运气。

一个深圳土著的改革开放史

——评谢宏的长篇小说《深圳往事》

黄玉蓉

　　2008 年，正值中国改革开放 30 周年，各种以此名义出台的纪念活动、艺术作品次第登台，热闹非凡。在众多解读改革开放的宏大叙事中，谢宏的长篇小说《深圳往事》以其独特的视角传达出时代喧嚣中的个体经验，为我们呈现了一部个性化的改革开放史。

　　谢宏是一名有着 20 多年写作经验的深圳本土作家。他与深圳一同成长，不仅见证了深圳物质形态的巨变，也经历了深圳人思想观念的嬗变和精神世界的震荡。《深圳往事》延续了他一贯坚持的"写小人物、写寻常经验"的创作理念，将关注的视线投向一群与特区一起长大的年轻人——深圳中学 1985 级"农村班"学生。小说通过记述他们的读书就业、成家立业等看似平凡的人生经历，表现他们在改革开放大潮冲击下的生活变迁与精神状态，用一群人的成长见证了一座城市的崛起。作品呈现的诸多情节，貌似个人化的经历和感受，却折射出城市飞速发展的串串脚印：20 世纪 70 年代的逃港潮、1992 年的深圳股灾、1997 年的香港回归、2004 年深圳地铁的通车、新世纪以来的蛇口填海……在看似散淡随意的叙事链条中，深圳城市发展史上的这些重要事件成为小说中主要人物的活动背景，若隐若现地勾勒出一副城市发展的踉跄背影，让我们这些见识了深圳的今天却不了解深圳昨天的"深圳人"获得了一种强烈的历史现场感。

　　窃以为，本书的最大特色在于它所散发出的理想主义情怀。作品题记"我是朝着自己内心的激情与忧伤奔去"是全书最打动人心的表白之一，也是解读作品精神内涵的重要索引。深圳是一座欲望之都，深圳人每天都在以加速度朝前冲刺，重物质享受而轻精神建设，这几乎已成为国人共识。然而，这部小说中的人物大都遵循自己内心的理想和激情而活，他们放慢速度，甚至停下脚步，转身向与众人相反的方向奔去。比如：小说中的李萌并不年轻了，却放弃待遇优厚的工作，出国攻读心理学，希望将来可以疗救被快节奏的城市生活困扰的人们；"我"的辞职只为拥有从容的心态和充裕的自由时间，做点自己喜欢的事情……这些与大多数人的"期待视野"大相径庭的人和事犹如雪被下古莲的胚芽，昭示着一种令人欣喜的文化景观：今日深圳，有信仰、有理想的人越来越多，他们执着地坚守内心的信念，被理想和激情推动着试图重返伊甸园。有理想的人是健全的人，有理想的社会是美好的、令人向往的社会；而被物质至上和功利主义垄断的社会是没有发展潜力的、可怕的社会。深圳人历经了过去30年经济建设的摸爬滚打，正蓄势待发，告别过往，转而投身于下一个30年的文化复兴之中。

深圳几十年来一直领跑着中国的改革开放事业，这是众所周知的事实。但另一个被人忽视或者遗忘的事实是：在特区建立之初，深圳是在全国人民尤其是香港的大力支持下艰难起步的。在这部作品中，谢宏再一次玩转他惯用的"以小见大""伎俩"，通过一些毫不起眼的细节，以他亲历者的身份，不疾不徐地透露出一种民间视角下的时代真相。比如在第1部第1章中，作家写自己和父亲1981年春节前从韶关回到深圳，"没再带东西回来"；之前的许多年，每次都带回"一挑担的腊肉、腊肠，还有大白兔奶糖等年货"；而爸爸为动员"我"回老家，通过叔父从香港带回的"力士"香皂，向"我"描绘深圳的美好未来；叔父他们常托人带回过节费及大包大包的年货……种种细节表明，改革开放之初香港及内地对深圳的支持不仅体现在官方的关键性、决定性的决策中，也体现在民间形形色色的交往互动之中。所以当我们看见2008年的深圳满大街都是"感恩改革开放，回报全国人民"的巨幅标语时，一点都不会奇怪。奇怪的反而是，闲云野鹤般的谢宏似乎一直在回避政治，这一次，他的书写却一不留神成为一个政治命题的形象注解，这恐怕是他始料未及的吧？还是笔者一厢情愿的"过度阐释"呢？

正如小说主人公的人生选择一样，经过了近30年的左冲右突、一路疾行，深圳这座生猛鲜活的年轻城市也已经发展到了放慢步伐、检视来路的喘息期。在这种群体氛围中，怀旧和追忆似乎成为大多数深圳人的情感指向。《深圳往事》为我们提供了这样一个追忆如烟往事、怀念旧日情愫的文化样本，为我们这座文化内涵还不够丰厚的城市注入了崭新的文化血液。相信每一位深圳人通过阅读谢宏对深圳往事的深情追忆都可以找到自己的情感寄托。

好小说与什么有关

——兼评薛忆沩的小说创作

陈劲松

一

在今天这个充满喧嚣和诱惑的物质时代，我不知道还有多少人愿意静下心来，或者黄昏里，或者夜深后，或者临睡前，或者旅途中，无论开怀、欣喜还是失意、孤独、忧伤、疲倦时，读一读小说。如果有，那将是小说和作家之幸；如果读的人很多，则无疑是小说和作家之大幸。当然，那些只想将小说写给自己看的作家除外。

客观地说，当下中国小说面临的现实处境并不乐观。譬如，曾经以先锋小说风靡于当代文坛的作家马原，早些年就宣告"金盆洗手"，不写了，其理由是：小说死了。他的这一判断虽因带有个人主观性而未免过于悲观，但从一个侧面反映了小说在这个时代的生存境遇。一方面，从事小说写作的人正以前所未有的热情和激情越写越多；另一方面，耐着性子阅读小说的人却越来越少。之所以出现这样一种尴尬局面，与整个社会大环境固然关系密切，诸如拜金主义的盛行、传播媒介的多样化等，这可视为其中的客观因素。不过，其中还有一个重要原因，则是源自作家本身的主观因素。与少数坚守精神的作家相比，更多作家容易受到外在环境和出版市场的影响，内心正变得越来越脆弱和浮躁，从而导致写作耐心的极度缺乏。在他们笔下，小说写作不再是平庸与难度的角力，不再重视灵魂的救赎和思想的启蒙，仅仅与畅销和印数有关。相应地，他们如果聚在一起，谈论的话题也不是小说的优劣，而是版税的多寡、炒作手段的高低及其他各种八卦新闻旧事。此即造成今天作家和读者相互不满意的深层原因。

我不反对作家为了兴趣甚至生存而写作，我反对的是，作家以写作的名义堕落为金钱和名利的奴隶。进而言之，一个真正有抱负的小说家，应以写出好的小说为归旨。对读者来说，则以读到好的小说为快事。只是，作为一个读者，我在有限的阅读体验中，充分感觉到好小说踏破铁鞋无觅处，而味同嚼蜡、粗制滥造乃至令人气急败坏的小说比比皆是。那么，真正的好小说应该是怎样的呢？换句话说，什么样的小说才算得上好小说呢？批评家李敬泽认为："小说应该是个野孩子——不是小学里当上科代表、随时准备打小报告的孩子，也不是长大了西装革履的成功人士，是吸溜着鼻涕，有小兽一样的眼睛，上房揭瓦爬树掏鸟，恶作剧的、有纯真的善和纯真的恶的孩子，他身上有一种'摩罗诗力'，通灵，通着另外某种幽暗的、光影闪烁难以言表的意义。"透过李敬泽的形象比喻，不难看出他所看重的好小说的品格，那就是"通灵"。而在批评家李建军看来，"一个好的小说家，善良，有同情心，绝不对人物的痛苦无动于衷；他亲切，不拿架子，什么时候都把人物与读者当作自己的朋友；他把小说当作小说，当作必须写人、讲故事的一种文学样式，当作与读者沟通的一种交流方式。因此，便努力把故事讲得有趣、可信，把人物写得生动、可爱"。李建军的这段话并不长，却包含了好小说的多种品格：诚恳的、有趣的、可信的、生动的、可爱的，等等。总之，无论是李敬泽，还是李建军，尽管对好小说提出的评判标准因为角度的不同而有所差异，其根本指向却无疑有着相似性，即好小说是作家和读者的共同追求。

在本文中，我想通过对作家薛忆沩小说的粗略解读，来进一步探讨好小说与什么有关。

二

生活在"别处"。这是作家薛忆沩当下的生存状态，也可视为他的精神向度及其小说旨归。这么多年来，他以个人的文学视角和叙事经验，描摹着"别处"的风景与生活，体认着"别处"的境遇和困惑。最终，他的生命与他的写作互为实证，他的精神也在"别处"得以涅槃。与文坛的众声喧哗相比，他的自甘寂寞无异于一种特立独行：倾心于写作却超然于名利得失；钟情于小说却游离于文学中心。他对文学一如既往的兀自坚守、对小说始终如一的苦心孤诣，充分昭示了他丰富而又辽阔的内心，由此照见的，却是我们这个时代的喧嚣与平庸。

作为"人"的薛忆沩，是一个理想主义者。他总是满怀善意地打量这个世界。在他眼中，生活有着太多的不尽如人意，但他少有抱怨与愤懑。与此同时，作为小说家的薛忆伪，又是一个完美主义者——他总是心存苛求地对待自己的写作，他希望每一个词语都是深思熟虑的结晶，每一部小说都是尽善尽美的产物。他显然不是以量取胜的作家，他看重的是质，恰如他的那句口头禅：要么不做，要么做好。作为一个小说家，他实在耐得住寂寞，经得起等待。迄今为止，薛忆沩问世的作品就数量而言并不算太多，包括长篇小说《遗弃》（2012年深圳读书月"年度十大好书"）、《白求恩的孩子们》（台湾版）、《一个影子的告别》（台湾版）、《空巢》、《希拉里、密和、我》；中短篇小说集《流动的房间》《通往天堂的最后那一段路程》《不肯离去的海豚》。此外，还包括"深圳人"系列小说《出租车司机》（2013年"中国影响力图书奖"）和"战争"系列小说《首战告捷》（2013年《南方都市报》"年度好书"），以及随笔集《文学的祖国》《异域的迷宫》《一个年代的副本》，文学评论集《与马可·波罗同行——读〈看不见的城市〉》等，仅此而已。2019年8月，后浪图书公司推出了薛忆沩"文学三十年（1988—2018）"作品集，包括虚构选集《被选中的摄影师》和非虚构选集《大地的回报》。较之于著作等身者，薛忆沩显然写得很慢。在我看来，薛忆沩的慢却凸显出一种耐心："在我们这个以加速度前进的全球化时代，耐心已经成了人类生活和写作中的稀有品质。"而从薛忆沩的小说作品来看，他的耐心，其实就是语言的耐心、叙事的耐心和精神的耐心。正是借着耐心的打磨，他的小说才能在慢中散发出精美的质地。

生活在"别处"，薛忆沩体验到的是恐惧、孤独、悲伤、过去和死亡，在小说中表达出的却是温暖、信念、希望、未来和新生。他的语言节制、简约而又富有张力；情感纯粹、真挚而又超越现实；思想单纯、干净而又接近神性。先后出版的长篇小说《遗弃》《空巢》和小说集《流动的房间》《通往天堂的最后那一段路程》，见证了他在文学道路上30年来谦卑而孤僻地行走。综而观之，"个人"或者说个人忍负的"普遍人性"是薛忆沩全部作品的共同主题，无论其具体背景被乔装成爱情还是死亡，现在还是过去，战争还是和平。

薛忆沩的小说既古典又现代，这当然与他的个人气质与偏好有关。一方面，他潜心于"四书"、《庄子》、《楚辞》和李商隐诗歌等中国传统典籍；另一方面，他又沉迷于莎士比亚、马尔克斯、卡尔维诺、乔伊斯、加缪、贝克特、普鲁斯特、茨威格和卡夫卡等西方文学大家，并从中汲取古典文学与西方文学的养分。因此，他的小说，弥漫着诗人的气质，充满了哲学的语言。阅读《遗弃》，或者《空巢》，或者《流动的房间》，或者《出租车司机》，又或者《通往天堂的最后那一段路程》，我能在隐约中看到博尔赫斯、维特根斯坦、贝娄、兰波、布罗茨基等人的影子。在薛忆沩看来，好的文学作品应该揭示灵魂的秘密，而要揭示灵魂的秘密一定必须有智力和情感的高度默契。没有对个人生存困境智慧的洞察和深切的同情，一部作品就没有价值。这是薛忆沩对好的文学作品的理解，显然也是他自己的写作心得。在小说中，薛忆沩总是不遗余力地醉心于书写人类与命运、情感与婚姻、梦境与回忆、希望与绝望、爱与被爱、告别与死亡、孤独与悲伤、恐惧与苍白、欲望和激情、惶惑与焦躁、时间与虚无、天空与大地、战争与和平、黑夜与灾难，以及过去、现在和未来。飘浮于寂静的个人世界，面对平静或者疯狂的历史、冷漠或者平庸的时代，他不断追问生活的意义、张扬生命的尊严、找寻过往的温暖、体味人生的悲凉、思考命运的归宿。进而在这种书写中，反抗时代的喧嚣、发掘生命的奇迹，并使得他的精神向度及其小说旨归，回到过去，立足现在，抵达未来，指向永恒。也正是从这些阔大又形而上的词汇里，我读出了一个小说家"触及灵魂"的博爱、悲悯与宁静。所有这一切，无不都是他生活在"别处"的追求与思考。

对小说语言和思想的苛求，让薛忆沩淡化了对于故事、情节和人物的经营。因此，无论是讲述"城市里面的城市"的小说，如《乳白色的阳光》《有人将死》《那位最后到会的代表》《公共澡堂》《已经从那场噩梦中惊醒》和《流动的房间》等作品，还是讲述"历史外面的历史"的小说，如《死去的与活着的》《历史中的一个转折点》《一段被虚构掩盖的家史》和《首战告捷》等作品，都不难发现其背景模糊、故事性较弱、情节少矛盾冲突、人物身份简单的特点。在多部小说中，主人公的名字是"X"，如《一九八九年十二月三十一日》《手枪》《无关紧要的东西》等；或者"税务员"（《乳白色的阳光》）；或者"苦思冥想者"（《有人将死》）；或者"那位最后到会的代表"（《那位最后到会的代表》）；或者"年轻的哲学家"（《走进爱丁堡的黄昏》）；或者"出租车司机"（《出租车司机》）；或者"排长"（《老兵》）；或者"将军"（《首战告捷》）。那么，这些小说吸引我的地方究竟在何处呢？我以为首先是语言和思想。薛忆沩用十分考究的语言和出色的心理描写，表达出了人性的、历史的思想深度。其次是虚构与想象力。"想象力激起了欲望和虚构的狂热"，于是，薛忆沩的目光与思绪，穿过 90 年代，穿过 80 年代，穿过 70 年代，穿过 60 年代，穿过时间，回到了他生命最初和最高的意义中去。代表作《流动的房间》，通过回忆与追溯，生发出薛忆沩对于生活、历史和时间的个人思考："生活正在否定生活。""时间一开始就已经结束。"正如薛忆沩在《一九九九年十二月三十一日》里所写："不同的时代就像不同的房间。他们这些匆匆过客，处在不同的时代就像住进了不同的房间，他们最后总是要退房离去的。"透过那些堆满书的房间、没有家具的房间、没有窗户的房间、浓缩着历史的房间、充满音乐的房间，不难读出其中的隐喻。

生活在"别处"，小说即是薛忆沩的上帝。他用他那高贵的文字，传达出最为简单而普遍的真理。他的写作实践，力证了精神与信仰在文学写作领域中的弥足珍贵。犹如其中一部小说《流动的房间》所揭示的那样，生活世界永远都在流变，唯有精神，可以永恒。而他建基于此的精神向度及其小说旨归，必然会引起我们对自身所处境遇的思考与辨析，进而将我们引向一个更为高远的精神彼岸。

<h2 style="text-align:center">三</h2>

作家纳博科夫认为，文学作品首先是对个人产生重要意义，他也只愿对读者个人负责。作家池莉也有着相近的观点。她觉得好小说并不在于作家自己所声称的社会意义，也并非日后社会对于该小说的意义性评价，而仅仅在于作品本身：熟悉生活并且能够洞察生活的，用自己独特的文字功夫将自己独特的生活理解表达出来的，深入浅出、恰到好处并且色香味俱全的作品——无论什么题材。所以，她认为，小说首先是好看不好看的问题。小说与所有的艺术品一样，与花朵、舞蹈、绘画、雕塑一样，其要素便是它是否好看和迷人。好小说要动人，要拥有超越时代的风韵和魅力，要像越陈越香的好酒，任何时候开坛，都能够香得醉人。多么贴切的比喻！

回顾新时期以来的小说创作，纷繁热闹地经历了多种流派或主义的技巧性探索。在我看来，无论是先锋派的注重"怎么写"，还是现实主义的注重"写什么"，都并非评判一部小说好坏的唯一标准。事实上，我以为小说写作既没有固定套路，也没有永恒模式，谁都无法规定小说必须如此这般发展。我们也许无法给什么是好小说下一个确切的定义，但我心目中的好小说，还是有一定的标准，那就是毫无功利地关注人类的生存状态、精神命运和心灵世界。小说固然离不开故事的支撑，但小说写作不是百姓故事的复制，亦非个人隐私的贩卖，在情节和悬念之外，必定还有心灵的抚慰和思想的烛照。诚如作家南翔所说，一部好的文学作品，应该具有三大信息量：一是生活信息量，二是思想信息量，三是审美信息量。他进而指出：生活信息量是我们全力搜寻与表现的人物、情感、历史及其生活细节；思想信息量是我们要通过人物、故事传导出来的深邃、理智而清明的思考；审美信息量则是我们的话语方式、结构方式等。对南翔的这一文学主张，我们还可以做如是理解：优秀的文学作品归结于生活的广度、思想的深度和审美的高度。生活是树根，审美是树枝与树叶，思想则是树干。有思想的作品并非故弄玄虚故作深沉，而是关于生存状态、关于终极命运、关于生命意义的理性思考。对一部出色的小说而言，思想不是可有可无的点缀，它贯穿于文本的始终。经典之所以是经典，就在于它既塑造了经典的人物形象，譬如鲁迅笔下的孔乙己和祥林嫂，巴尔扎克笔下的葛朗台和高老头；又积淀了丰富的小说思想，譬如曹雪芹的《红楼梦》和福克纳的《喧哗与骚动》；还体现了独特的审美追求，譬如陀思妥耶夫斯基的复调小说，格非、苏童、余华等人的先锋写作，从而达到文学性、思想性和审美性的完美统一。

据此，我心目中的好小说应该是这样的：语言追求精雕细琢；细节注重准确传神；故事演绎引人入胜；人物塑造鲜活生动；叙事从容，想象力丰富。更重要的是如何与现实生活接轨、发现并揭示生存真相，如何从精神气质上与时代同步，如何适应现代人性并予以精神关怀，从而引领读者向善、向美、向崇高，对社会与人生进行独立思考与理性判断，进而提升整个人类的精神生活水准。

最迷人的异类，最无奈的征途
——谈先锋作家薛忆沩

廖令鹏

　　"中国文坛最迷人的异类"薛忆沩1989年出版了长篇小说《遗弃》，当时引起了较大的轰动，同时也开辟了其作为先锋小说家的征途。23年后薛忆沩再次出版了经过重写的《遗弃》，在日记中穿插短小说，叙事凌乱，大段大段的意识流、喋喋不休的呓语和西方哲学思辨糅合在一起，缠缠绕绕的，甚至连故事的逻辑也有不少值得推敲的地方。康德、萨特、维特根斯坦、罗素、乔伊斯、博尔赫斯、伍尔芙等人的幽灵，更是频繁地徘徊在这部小说当中。对此，薛亿沩的解释是："很显然，这样的一部小说，它的传统远远存在于欧洲。它是一部具有欧洲传统的中国小说。"

薛式语言宿命：充满仪式感的死亡

　　薛忆沩说《遗弃》的传统存在于欧洲，是一部具有欧洲传统的中国小说。这真是一句耐人寻味的话。如果抛开欧洲传统，我十分喜欢《一个年代的副本》《外婆的〈长恨歌〉》《异域的迷宫》这些随笔散文。相反，如果掺杂了欧洲传统，比如《与马可·波罗同行》就有点儿让人不知所措了，这部随笔集让卡尔维诺、马可·波罗和薛忆沩打起了群架，同时以不同的文化语言相互解释，企图说服彼此，绕来绕去，云里雾里，最终三个人连带读者，都落得个筋疲力尽的下场。

　　薛忆沩虽融入了西方文化，也认为自己对地理的乡土越来越淡漠了。但他不遗余力地在语言中寄存一颗赤子之心，企图以母语写作，接近那颗漂泊的赤子之心。

　　我们知道，汉语写作是一个系统，包括汉字、语法、逻辑，甚至隐藏在汉字背后源远流长的中国文化传承。而薛忆沩的书写语言，给人的感觉就像喝浓烈干呛的白兰地，或者是没有调匀的鸡尾酒。如《与马可·波罗同行》，除了城市美学、哲学意识、逻辑概念外，鲜有中国城市建筑、文化、美学的观照，那种"对母语近乎疯狂的思念"被牢牢地压制在作者心中，没有一丁点儿的"出轨"，我想这哪里有对母语疯狂的思念，完全是对英语的疯狂爱恋。另外从薛忆沩的《遗弃》来看，他不但深受西方哲学、小说、戏剧的影响，而且很可能阅读了大量风靡一时的英文小说原著，西方语言传统深深地融入了他的血液之中。因此，对于英语与汉语，厚此薄彼是不难想象的。

薛忆沩一直在做的一件事，就是用那种过分的滴水不漏的精致汉语，以诠释、说明、演绎的方式，来代理西方语言及欧洲传统。通俗一点讲，他是在活生生地解剖汉语。在他《流动的房间》这本小说集中，可以看到很多小说，故事简单，情节推动乏力，怎么办？他非常聪明地借助了语言，以自问自答的方式，缓慢地推动小说。甚至还在这样一种语言的"惯性"与"诱惑"之下，时不时地跳出来，以评论家的身份，大肆辩论道德与价值。那哪是什么小说，分明是一篇篇哲思随笔嘛。

《遗弃》当然不用多说了，翻开任何一章，都像是到了哲学小商品城，琳琅满目，应接不暇。2009 年发表的《通往天堂的最后那一段路程》，以怀特大夫写信的方式，几乎通篇赤裸裸地独白了宗教信仰、艺术美学、生命、价值、爱等形而上的主题。可想而知，薛忆沩的哲学表现欲望得到尽情释放的同时，我却不堪卒读，阅读的兴趣早已抛到九霄云外了。《有人将死》《走进爱丁堡的黄昏》《我们最终的选择》《一九八九年十二月三十一日》《一九九九年十二月三十一日》无不如此，满篇的思辨和梦幻显得格外晦涩、凌乱和压抑，那些名字叫"XYZ"的人物，那些哲学宗教的阐释者和代言人，冷冰冰地拒读者于千里之外，难怪薛忆沩自己也坦承："我的写作就像我记账一样，细心又冷漠。"（《文学的祖国》，第 25 页）说到这儿，我们似乎要怪罪"哲学"了，我不否认一个优秀的小说家同时是一个哲学家，但是他的哲学显然不是填鸭式的说教，不是文字与眼球之间的游戏，而是在语言火热滚烫的地方，在小说结束的地方，在审美开始的地方。显然，薛忆沩本末倒置了，我们点的是红烧肉，他给上的却是八分熟的煎牛排，还配上了波尔多的高档红酒。

总之，无论是散文随笔集《一个年代的副本》《异域的迷宫》，还是中短篇小说集《流动的房间》，甚至长篇小说《遗弃》，无不体现了"从语言开始，以暴力结束"那种颇为伤感的语言宿命，用他自己的话说是"充满仪式感的死亡"。汉语的文化传承与丰富感情，汉语的精气神，在薛忆沩那里被遮蔽了，成为一具具汉语博物馆里的木乃伊。他迷恋汉语，却对汉语极不信任，充满否定、怀疑和焦虑，进而用西方的语言诠释汉语。更加不幸的是，在这种矛盾当中，文化的土壤置换了，汉语的精气神逻辑化了，汉语的叙事严谨地工业化了，汉语的生命力也被英语蹂躏了，薛忆沩的先锋也就万般无奈地成为尖锋、少数、异类，背离了大多数读者，这难道不是他的宿命吗。

汉堡包与肉夹馍，欧洲传统与中国言说

薛忆沩对语言的崇拜，让故事降格为垫脚的蒲团。他的小说，几乎没有像样的故事，情节非常淡薄、模糊，可读性不强，人物形象也非常简单，甚至连人名都没有。《首战告捷》中的"将军"；《老兵》中的"排长"；《有人将死》中的"苦思冥想者"；《一九八九年十二月三十一日》《手枪》《无关紧要的东西》中的"X"；《走进爱丁堡的黄昏》中的"年轻的哲学家"；《出租车司机》里的"出租车司机"等。我真不明白，给小说人物取个名字有那么难吗？取了人名的小说就不是先锋小说了吗？在薛忆沩以技巧获得快感而沾沾自喜的同时，小说的人物成了单面人，形象模糊了、趋同了，成为作者笔下的木偶。有些先锋作家和评论家，美其名曰"时代的隐喻"，这种大而化之的说法完全可以适用于所有时代，难道先锋小说对抗时代，憋屈得只剩下"隐喻"这种武器了吗？

20世纪下半叶以来，随着西方小说大量译介到中国，我们发现，原来薛忆沩的故事形式，基本上全是老外那一套东西，不是生搬硬套，就是简单模仿。时间证明了一切，薛忆沩卖给中国的新产品———"肉夹馍"，原来就是20世纪中叶美国大街小巷非常流行的汉堡包，并无二致。过分迷恋与追逐形式，迫使读者猜谜一样阅读小说，这在中国一些先锋小说家那里愈演愈烈，仿佛先锋就是要把人搞蒙，搞糊涂，然后问："先锋小说怎么样？"说实话，我完全不认为这就是小说的先锋性，恰恰相反，我认为那是"伪先锋"，是被阉割的先锋。不管什么小说，只有在故事当中，作家才可能获得"持续"的生命力，诺贝尔文学奖获得者库切、莱辛、门罗、莫言，足以证明这一点。实际上，对于一个真正满怀抱负的小说家，如何讲故事其实是一个伪命题。

当然，不乏有人看了《流动的房间》中五个不同的故事，就认为他是一个讲故事的人。但那是我不喜欢的、无厘头式的叙述，唠叨的意识流重叠反复，无缘无故开始又忽然结束，迅速进入下一个语境，故作干练。如同结伴走路一样，走着走着就撂下一句"你先走，我去去就来"。这类小说，完全不是用来阅读、欣赏的，而比较适合用来翻译、考据及研究。引起普遍关注的短篇小说《出租车司机》，是典型的用功太过的作品。本来是一个悲伤沉痛的故事，作者一次又一次中断叙事逻辑，意识流动跳跃，设置阅读障碍。这种过于强烈的形式感与精心营造的沉闷、克制和压抑，无疑在考验读者的耐心。读者的耐心是

有限的，花招偶尔耍一下可以，耍多了就没有什么意思了。

如今，薛忆沩及其他一些仍然坚守在"先锋"岗位上的小说家，利用文字，或者说用书面语言，与少数读者玩猜谜的智力游戏，丧失了讲故事的能力，背弃了大多数读者。而读者也在巨大的阅读障碍中，迫不得已地遗弃了这样的先锋作家。我们不妨想一想，与其慕恋那些西方进口的瓷花瓶，为什么不试着倒上水，养养咱们中国的花花草草呢？可叹的是，放眼望去，多少像薛忆沩一样的中国小说作家，心甘情愿地成为博尔赫斯、米兰·昆德拉、卡夫卡、乔伊斯等西方作家的信徒？多少先锋小说家在中国文化的语境中，玩弄近于西方哲学的逻辑意味？多少先锋小说家为形式而形式，硬生生地割断了中国生活中那些富有生命力的传统，陷入了西方叙事的泥潭，却自以为是？

不回家的"先锋"让家人失望

与国内许多作家一样，薛忆沩的小说对西方小说具有强烈的模仿痕迹。不同的是，由于他精通英语，熟悉西方文化，其他人喝的是二锅头，而他喝的是头啖汤。随着他的汤锅里越来越多地添加西方哲学家和作家的汤料，这种营养滋养着他，同时日复一日地，使他形成维生素般的依赖。薛忆沩钻研马尔克斯，奉《百年孤独》为"圣经"。《百年孤独》中，由于马孔多镇百年历史沧桑，人物形象缤纷，关系异常庞杂，该怎么来统筹叙述呢？马尔克斯不愧为大师，采用了"铁匠"般的不着痕迹的"结合之术"与"转换之术"。《红楼梦》则是另一种完全不同的叙述方式。它是靠故事来推动情节的，如流水，一波推动一波。让情节自己产生力量，自己开花结果，自己生老病死，使小说好看、耐看、真实，这是中国古典小说最主要的特点。《百年孤独》是靠马尔克斯的"铁匠"功夫来推动情节的，逻辑能力、统筹安排缺一不可，而且必须整体协调。而《红楼梦》是靠曹雪芹的"篾匠"功夫来推进情节的，剖斩刨削，层层织下去，一篾拱着一篾，最终织成个大箩筐。很显然，薛忆沩不是一名中国的篾匠（Master Xue），而是一名西方的铁匠（Smith Xue）。他小说中的故事，过于形式化，采用的是沉没在欧洲传统中，却飘浮在中国传统表面的语言，进而合成了他的文学宿命：长于短小说，而短于长小说。迄今为止，作为一个曾经在文坛引起轰动的小说家，仅在中国大陆出版了《遗弃》《一个影子的告别》这两部长篇小说，另有一部《白求恩的孩子们》长篇小说，却是台湾地区版的，中国大陆的读者读不到，从这一点来看，就足以让他的粉丝们大失所望。

其实，汲取西方小说的营养来丰富小说的叙事艺术，原本是一件再正常不过的事情。但是薛忆沩的小说、随笔、散文，除了"汉字"的壳，看不到汉语的魂，汉语的魂甚至被"欧洲传统"给强行割裂了。原因是薛忆沩太过于崇拜、迷恋欧洲小说传统，甚至把西方哲学也强行拉郎配，同时最关键的，疏于汲取中国传统文化与日常生活经验的乳汁，摈弃了中国精神和中国故事的叙事方法。

　　努力书写超越国家的人类的共同情感与经验，是所有作家的心愿。但是，民族的才是世界的，离开中国这个最初的"家"，把中国日常生活中故事情节的传统生命力给阉割掉，转而穿上欧洲传统的那件漂亮的外套，先锋作家薛忆沩们，到底能走多久，能走多远呢？

曹征路小说的"新左翼文学"特质及思考

赵友龙　潘如成

2004 年，曹征路的中篇小说《那儿》在《当代》发表，引发了文学界的广泛关注和持续论争。之后他发表的《真相》《豆选事件》《霓虹》《问苍茫》等作品，呈现出关注底层的时代特点，激发了文学界对"底层写作"的大讨论。李云雷、邵燕君从曹征路作品中挖掘出鲜明的"新左翼"气质，将其作品界定为"新左翼文学"。何宏言等学者认为"新左翼文学"构成了中国文学进入 20 世纪 80 年代"无主流"之后的一个文学思潮，曹征路则被视为这一思潮的代表。

一、"新左翼文学"的叙述立场

《那儿》发表后，有学者一度将其视为"底层文学"的代表。"底层文学"与"新左翼文学"一道肩负着干预现实的历史使命。但"底层文学"与"新左翼文学"因袭了不同的文学传统。在现代文学史上，老舍、巴金、曹禺的作品中折射出"底层文学"的影子。底层文学奉行人道主义立场，没有鲜明的阶级诉求，缺乏明确的政治意识，甚至规避了文学本该具有的阶级性。如老舍、巴金书写了"双半"社会底层人民的深重苦难，却未能挖掘出苦难产生的根源，他们以逼真的笔触描写了底层小人物的诸多不幸，却只能对不幸表以同情。作家们没有赋予小人物与自身命运抗争的勇气，也没有给他们指出通往光明的抗争之路。纵观中国现代文学史，很多作家对社会问题都做了深入肌理的刻画，展示了中国社会的诸多复杂形态，昭示了中国社会面临的重重危机，却未能对社会弊病开出有效的药方。对此，曹征路有着清醒的认识。他在《被边缘，才有民间情怀》中指出，"事实上，底层也是个含混的概念，是所谓'底层出场，阶级退场'，是个带有道德色彩的美学诉求"。他所引领的"新左翼文学"则有效地继承了"左翼文学"的思想资源和创作传统。"新左翼文学"具有鲜明的政治意识和阶级立场，站在社会底层的立场上，呼唤社会公平与正义，以毫无间隔、设身处地的姿态，关注着社会底层人物的外部生活，深入这些没有"话语权"的小人物的心灵世界，表达着社会底层人物的情感诉求，以现实主义的文学姿态直面中国社会的核心问题。当然，"新左翼文学"的追求，不是简单地披露社会现实问题，而是致力于挖掘问题的根源，并积极探寻解决问题的路径。对于底层民众的现实关怀，"新左翼文学"也不仅仅停留在人道主义之上，作家试图在文学的框架内延用"阶级想象"，将苦难的"小人物"凝聚成一个特定的阶层，为他们探索摆脱现实困境的理想出路。

二、"新左翼文学"的阶级立场

曹征路小说的"新左翼文学"表征曹征路的小说具有鲜明的阶级立场，他以"阶级想象"的方式，将底层社会凝聚成不同的群体，给予他们现实关怀。他的作品聚焦社会不同层面的核心问题，总结改革开放对当代中国社会的影响，反思经济的快速发展带来的"现代性"的影响，这些构成了"新左翼文学"的独特表征。

1. 对工人命运的关注

"曹征路的《那儿》就是一部具有'左翼'精神气质和血统标识的作品。""左翼文学"直面社会现实，关注影响时代发展的大事件，从中发掘事关底层民众切身利益的变化，表达底层民众抗争的合理性。《那儿》关注的是 20 世纪 90 年代中国社会的事件，它直面国企改制后国有资产流失、下岗工人面临生存危机等问题。这些工人号称社会主义的领导阶级，具有较强的"主人翁意识"。国企改制的大潮中，他们被迫下岗，失去了赖以生存的工作，失去了精神的归属。失业之后的生计问题，工人阶级的出路问题，成为他们心头挥之不去的双重困惑。《那儿》中的下岗女工杜月梅为了生计被迫放下尊严，沦为"站街女"；《霓虹》中昔日纯洁、自尊的"厂花"也不得已沦为暗娼。她们的遭际变化博得读者的同情，激发出民众内心的愤怒，也引发了我们的思考与追问：国企的改革、社会的发展何以工人的沦落为代价？《那儿》中工会主席朱卫国面对国有企业的变化，困惑重重。朱卫国的出身，根正苗红，作为劳动模范的他吃苦耐劳，热爱集体，这些要素决定着他的血液中带有主人翁的因子。他对损害工人利益的现象深恶痛绝，他积极上访，检举领导的贪腐行为，号召工人团结抗争，试图降低国企改制对国有资本和工人利益的损害。朱卫国大公无私，刚正不阿，他的抗争面临着艰辛险阻，但他屡败屡战，矢志不渝。朱卫国是作者竭力塑造的工人领袖形象，寄托了作者对工人阶级的理想式想象。《霓虹》表现了工人阶级对现状的不满，以及渴望改变现实的诉求。一女性因为国企改制失去了工作，迫于生计做了娼妓，被公务人员欺侮。出于弱势地位和不能"见光"的身份，她打算忍气吞声。这时同为暗娼的小说主人公站了出来，召集几个"姐妹"，来到施暴者单位门前抗议，随后越来越多的工人聚集一起，他们高声唱着"英特纳雄耐尔"。最终，蛮横的施暴者不得不低下头，认错赔偿。文本的情节表达了对工人集体力量的肯定，寄寓着对工人阶级团结抗争的渴望。

2. 对基层民主的呼唤

"《豆选事件》延续了曹征路一贯关注当下中国现实的书写立场，不同的是，他的视野从城市转移到了乡村。"小说描写了处于变革期的中国农村社会，关注中国农村基层民主的问题。方家嘴子村基层政权被村主任方国栋及其家族把持，方国栋的父亲"点子叔"当了几十年的村领导，他退下来后就将位子"传"给了儿子。方家是村里的大家族，"点子叔"家人丁兴旺，几个儿子都是社会中风生水起的人物，有省里的处长、副镇长，还有海外留学的博士。所以"点子叔"退了之后将位子"传"给儿子，在村民眼中似乎是顺水推舟的事。方家嘴子作为中国农村的缩影，展现了中国基层民主的真实面貌。垄断了方家嘴子大权的方家，当然不会推行民主，方国栋利用"土地流转"政策的空子，强占了村民上千亩的土地，转租给开发商。村民们对这些问题敢怒不敢言，这更加纵容了方国栋一家，使其更加肆无忌惮。在镇上当领导的方国梁对金钱不是特别贪婪，他感兴趣的是女色。凡是方家嘴子看上的大姑娘、小媳妇，他都会想方设法得到，菊子因为被他祸害最终走上自杀的绝路。面对这些恶人、恶行，缺乏法制观念和民主意识的村民只能选择隐忍。曹征路以敏锐的观察力，提出了农村基层民主不健全、基层干部掌权不尊、农民民主意识淡薄等问题。他以敏锐的视角塑造了具有民主意识的"新人"方继武。出于对乡土的热爱，对村领导欺男霸女、贪污腐败的义愤，他坚持发动村民豆选，坦然面对威逼利诱，即使被打得半死依然不肯放弃，希望通过换届将作恶多端的方国栋驱离岗位。遗憾的是，他的行为并未获得人们的支持，家人也为他担惊受怕，甚至有村民讥笑他不动脑子，直接否定他成功的可能性。但方继武义无反顾，挺起胸膛做着无奈的抗争。曹征路塑造的方继武式的人物，呈现出强烈的悲剧性，充满了喷薄而出的力量感。曹征路的小说，展示了中国民主化进程中的基层民主现状，有如一声惊雷，惊醒了沉醉于太平盛世的大众。

3. 对改革开放的反思

曹征路小说展现了处于改革开放进程中的中国社会的深刻变化。"《问苍茫》是曹征路的一部野心之作，小说涉及了多个阶层、多种人物、多重事件，在错综复杂的事件和人际关系中，表达了他对社会现实的复杂感受，以及他对当前中国出路的思考。"深圳幸福村宝岛电子厂是中国改革开放后引进的最为典型的经济形态，是中国经济赖以发展的支柱。文本着眼于这家台企，展示了中国转型期的企业原生态。改革开放的大潮中，大批农民背井离乡来到城市务工，他们数量庞大，身份模糊。小说真实记录了农民工在深圳被压榨被剥削的"异化"生活。

柳树垭的几个打工妹为了走出大山进入工厂竟然要被"破处"，她们付出沉重的代价换来的仅仅是临时工的待遇。人力资源经理马明阳深谙劳动法，每招进一批农民工就只留用他们六个月，待试用期一满立即辞退，为公司省下一大笔人力支出。张毛妹等打工妹一开始觉得坐着干流水线工作很简单，比干农活要有趣得多，可后来她们渐渐发现自己完全被机器控制住了，机器不停她们就不停地运转，一下流水线身体仿佛就不是自己的了，繁重的工作加之营养不良，使她严重浮肿，大腿一按就是一个坑。曹征路笔下的深圳，是个"异化"的城市，在这特定的环境中，权力和资本结合催生的怪胎逐渐吞噬着人性，原本纯朴的人性荡然无存。外表柔弱善良的宝岛电子厂老板"陈太"，是"吃人不吐骨"的人物，她对工人的生死挣扎无动于衷，在她眼中工人只是她的挣钱工具。出身底层的马明阳认清"资本为王"的本质，利用劳动法的不完善，为资本家出各种各样"喝工人血"的点子。知识分子赵学尧，面对金钱完全丧失了知识分子的独立人格，在资本面前俯首帖耳，成为为文念祖摇旗呐喊的豢养文人。劳动局官员何子刚整日围着资本家转，热心钻研高升之道。常来临是赋闲在家的干部，被雇用做了宝岛电子厂的党委书记。他推翻了之前的"试用期政策"，让农民工能在公司长久地干下去，赢得了工人的信任。他摆平了宝岛电子厂的罢工风波，成为陈太得力的助手。他认为改革开放会带来大改组、大分化，一部分人上升，一部分人下降，而一部分人牺牲是理所应当的，所以他对公司剥削压榨农民工予以默认。与传统改革文学致力于改革不同，曹征路小说主要从"被改革者"的立场来观照改革开放。这些"被改革者"大都未能享受改革的福祉，相反，改革拉大了中国社会的贫富差距，使得更多的人挣扎在社会的边缘。中国社会通往现代化必须经受一定的阵痛，这些苦难大都落在了社会底层民众的身上。曹征路描绘了他们的生存图景，不遗余力地展示他们的苦难，以文学的担当对社会底层的芸芸众生投以强烈的人文关怀。曹征路通过文本引发读者对改革开放进行反思，警示中国社会不能只顾埋头前行，更要回首自己走过的路。

三、对曹征路小说的几点思考

1. 未来之路的深度困惑

"新左翼文学"这一文学思潮，继承了"左翼文学"的部分传统，力图用冷峻的现实主义态度揭示社会现实的弊病，具有强烈的批判意识。"左翼文学"与中国共产党的政治意识形态保持一致，作家们认为中国的未来与共产党领导的革命前途紧紧相连，他们坚信随着中国革命的胜利，中国社会的诸多问题都会得到行之有效的解决。这样的信念在"新左翼文学"作家的心中相对模糊，他们尚未找到解决当下社会危机的方法，对于中国的未来也未能做出乐观的展望。面对诸多不合理的社会现实，曹征路等作家只能借助于文学的笔触，加以客观的再现。针对社会的矛盾、未来的出路等问题，曹征路等作家们陷入了迷惘之中。

《那儿》中，朱卫国试图凭借一己之力抵制国企改制大潮，从一开始就注定这是一条充满荆棘之路。朱卫国执着地认为工会的力量是强大的，工会应为工人主持正义，最终他失望地发现，新盖了气派大楼的工会并没有理睬自己的上访诉求。他希望团结下岗工人一起对抗工厂的私有化，却因为自己徒有其名的工会主席身份被工人误解、疏远。工人们在改制面前表现得并不积极，甚至对现状有点逆来顺受，就连曾经对朱卫国有过纯洁感情的杜月梅，都误认为朱卫国与那些"喝工人血的"同流合污。朱卫国孤身一人的抗争以无功而返告终，下岗工人们将在一条条未知的道路上开启他们的人生。《豆选事件》中方继武的斗争也充满了悲剧性。菊子用生命为代价检举方家兄弟的恶行，才勉强改变了豆选的结果。赢得村民选票的不是方继武所宣传的民主意识，而是村民对可怜的菊子的同情。如果没有发生这个意外，鹿死谁手难以形成定论。最终方国栋落选，方家嘴子几十年来第一次产生了"民主选举"的村长。方继武放弃了村主任的位子，最终当选的是菊子的丈夫方继仁。方国栋虽然下台了，但并没有被追究责任，方国梁害死了菊子后只是被撤了副镇长，换了个地方继续当官，"点子叔"还守着私设的收费站独享一份雷打不动的"铁杆庄稼"，方家的根基没有受到实质性动摇。软弱无能的方继仁能否担当起村主任的职责？表面成功的换届能否改变方家嘴子根深蒂固的民主现状？村民的民主意识是否得到实质性的提升？

2. "阶级想象"的内在局限

曹征路虽然具有强烈的阶级意识，努力通过作品提醒人们不能忘却阶级斗争，但其对"阶级"这一范畴的掌握远不如"左翼文学"那样名正言顺。"左翼文学"存在于民主革命的历史语境中，而"新左翼文学"处于社会转型发展的历史语境下。重提"阶级"这一历史概念在当下是否符合时宜？当下社会各阶层流动相对频繁，一个家庭中父母可能是农民、下岗职工，但子女可能是公务员或公司白领。所以，"阶级"这一范畴在今天的社会难以厘清它的边界，这也注定曹征路的"阶级想象"推行的写作可能会陷入困境。另一种可能是，在当代中国重提"阶级"这一政治范畴可能会面临重蹈"十七年文学"和"文革文学"覆辙的风险。"新左翼文学"貌似具有鲜明的阶级意识，虽然有利于凝聚社会底层的力量，使文学更接地气，但是"阶级"范畴在当代中国的复杂处境，"阶级想象"存在的可能风险，都钳制了"新左翼文学"的生存空间和未来前景。

3. 贴近现实的书写路径

我们不能苛求作家给中国发展道路指明方向，这远远超出了作家的创作范畴。"如果一个作家完成了表现生活世界的任务，表达了对于人生的积极探索和深刻思考，甚至哪怕只是充分写出了人生的绝望，他就可以成为一个伟大的作家。"曹征路坚守直面现实、关怀民族命运的传统，勇敢地指陈中国社会存在的问题，发出底层的声音，为他们呼号呐喊已属难能可贵。"左翼文学"以设身处地、骨肉相连的姿态关注着处于中国社会底层人民的命运，以冷峻、客观的态度来反映社会现实。"新左翼文学"继承了"左翼文学"的文学精神，注定了它与中国社会发展的同步性，也昭示着它在新的时代潮流下进一步发展的可能性。

中国现代文学中，"左翼文学"惯用"二元对立"的阶级思维看待社会问题，致使文学趋向"概念化""教条化"。"新左翼文学"因袭了"左翼文学"的阶级意识的同时，曹征路等作家努力突破单一的阶级立场来审视现实。底层民众的爱恨情仇虽然是他的作品努力表达的重心，但他清醒地意识到底层民众自身存在的诸多问题，比如《豆选事件》中方继武的接近偏执的坚持，《问苍茫》中农民工群体的渴望公平但又极度缺乏向心力。他在运用"阶级"这一思维把握现实时，又保持着对二元对立阶级立场的警惕。"新左翼文学"因其对底层社会关怀所具有的力度，使得它拥有了坚实的现实根基，增强了"新左翼文学"的文学性，也为"新左翼文学"的发展提供了有力的保障。

书写深圳社会的焦点和热点

——丁力小说创作的意义初探

黄玉蓉

【摘要】：深圳作家丁力观照生活的视线始终紧紧锁定深圳的社会现实，他以自己在深圳商海十年沉浮起落的人生经历做背景，用稳健的文笔探访深圳企业家这些社会焦点人物的生活空间，探讨深圳社会的热点问题，为我们全方位认识处于改革开放前沿的深圳社会乃至当代中国的经济变革和社会转型提供了丰富的第一手素材。丁力创作的局限性在于他不能站在一定的审美高度运用和提炼素材，导致文本的意蕴还不够丰厚。

【关键词】 丁力 社会焦点人物 社会热点问题

对于"商情小说家""金融文学作家""老板文学领军人物"等诸多头衔，作家丁力最喜欢的是"深圳作家"这一称呼。他认为，"深圳"二字是地域名称，更是某种文化和精神的象征。深圳火热的生活给了他无穷的创作灵感，书写深圳社会的焦点和热点成为他的作品一以贯之的主旋律。在这一主旋律的统摄下，他观照生活的视线始终紧紧锁定深圳的社会现实。与当前部分作家热衷于玩弄凌空蹈虚的游戏、虚化日常生活、回避社会矛盾的做法相反，丁力以虔诚的态度面对精彩的现实生活，以高度的敏感捕捉深圳社会生活的细节，不管是大自国有企业改革这样的宏大事件，还是小至普通市民日常生活的缩微景观，无不被他一一收入笔端，他的创作体现了可贵的现实主义精神。宏观地来看，丁力的写作为我们全方位认识处于改革开放前沿的深圳社会乃至当代中国的经济变革和社会转型提供了丰富的第一手素材，他笔下呈现的文学景观是那么的鲜活、新奇，镌刻着鲜明的深圳烙印，散发着强烈的时代气息。

一、探访深圳社会焦点人物

改革开放以来，深圳频频创造的经济奇迹令世人咋舌，而那些在市场经济大潮风口浪尖搏击的企业家的传奇经历更是令世人眼热，那些群星璀璨的企业家一时间成为深圳社会的焦点人物。但令人遗憾的是，一方面做过企业尤其是大企业高层的人很少有静得下心来写小说的，另一方面为写企业或企业家而去体验生活得来的创作经验落在纸上又终觉肤浅。而像丁力这样有着丰富企业经验又对文学相当痴迷的作家的出现正好弥补了这一缺憾，他以自己在深圳商海十年沉浮起落的人生经历做背景，用稳健的文笔探访这些深圳社会焦点人物的生活空间，正好可以让渴望一窥商界风云的读者大快朵颐，因此一出道就吸引了众多读者的眼球。

丁力小说创作的意义首先体现在他开掘了这样一个鲜有作家涉足的深圳企业家题材领域，极大地满足了读者的阅读期待；而从作家自身的创作动机来看，他选择这一题材作为创作的"富矿"是他所经历的生活自然而然地选择和推动的结果。涉足文坛之前，他读到的那些"不真实的描写商业运作的小说"成为他提笔写作的触因；走上创作道路之后，逐浪特区商潮的人生经历滔滔不绝、源源不断地走入他的笔端。从《第三只眼看老板——在老板身边成熟》开始，丁力变戏法般地连续抛出《大老板小老板》《涨停板跌停板》《倾斜的天平》《造就老板的女人》《为女老板打工》《老板也是人》等以企业家为主人公的系列长篇，向读者展示了一扇解读市场经济时代风云人物生活状况的窗口，充实了一个文学创作题材上的薄弱环节。说他"充实薄弱环节"而不是"填补空白"，是因为深圳文学史上也不是没有作家写过企业家，但像丁力这样逼真展现企业运作细节，惟妙惟肖地刻画企业家心理活动的还真不常见。比如王星焰（《老板也是人》主人公）手指"不经意地"在自己的额头上轻轻一捋便在支票的关键地方留下了一点小小的汗迹，这汗迹帮助他完成了一场"空手套白狼"的商业游戏，从而掘到了后来做大做强的第一桶金。不熟悉资本市场运作程序，没有此类切身创业体验的作者很难将细节描摹得如此栩栩如生；又比如为了去听比尔·盖茨的报告，王星焰不愿花1000块钱买门票，而是花20000块钱加入总商会，然后作为特邀嘉宾隆重出席。乍一看也许觉得这个人的思维逻辑不合常规，但联系到主人公的特定身份和身处的特定情境，我们又会觉得它确实符合商业社会的运作规则。

丁力的作品通过对深圳社会焦点人物形象的塑造让我们意识到一个新的社会阶层正在崛起，他对这一社会新阶层生活状况的展示在向我们呈现了一道文学新景观的同时，更让我们切实感受到这一阶层的生活方式对整个社会生活的冲击；他叙述的企业家搏击商海的经历让我们得以窥见波澜壮阔的深圳社会经济变革浪潮；他小说中的主人公对于国家政策的敏锐领悟以及在经济领域的率先尝试从特定角度预示了深圳社会的发展走向。

二、关注深圳社会热点问题

除了书写焦点人物的叱咤风云，丁力也着力展示普通人物（如公务员、打工仔、打工妹、大学生等）的凡俗人生。如果说丁力对深圳社会焦点人物的表现体现了他选材的典型性，那么他对深圳社会热点问题的关注则表现了他创作题材的普遍性。

（一）城市凡俗人生的展示

丁力深入深圳社会体察世态人情，他从生活的汪洋大海中打捞出的都是深圳市民普遍关注的热点问题。比如深圳女多男少、性别比例严重失衡的社会现实导致深圳女性找对象成为一大难题，大龄女青年的婚姻问题一度成为社会热点。针对这一现象，作家创作了长篇小说《征婚》，揭露了非法婚介公司的骗人花招以及深圳青年的情感困境；单身女性在当代中国，尤其是在经济相对发达的大城市已成为一个受人关注的生活群落，《有这样几类单身女人》选取十个典型个案，及时地披露了深圳单身女性的感情、婚姻生活状况，将种种因商品经济的发展而催生的复杂社会现象展现在我们面前；为了实现特区的跨越式发展，深圳每年都大规模引进人才，成千上万的应聘者满怀憧憬、络绎不绝地涌向这方热土，《应聘》以这一群体中的一对应届大学毕业生作为主人公，展示了初来乍到的求职者在深圳艰难的成长历程；深圳宽松的经济环境造就了诸多商界女强人，于是《为女老板打工》应运而生；亲嘴楼是深圳的"特产"，也是外来人口聚集的场所，每一个住过亲嘴楼的外来者几乎都有一个苦涩的深圳故事，《亲嘴楼的故事》写出了外来者在深圳闯荡的多种生存形态。尽管活得委屈甚至屈辱，但他们都顽强地在这片土地上生存了下来。不需要更多的列举，丁力的作品几乎都是顺应深圳的社会现实而产生的。它们犹如一扇扇打开的窗户，让我们得以近距离地审视平时习焉不察的城市生活景观，它促使我们停下匆忙而又冷漠的脚步，开始有意识地反思关于我们和我们这个城市的生存意义。

（二）精神问题的探索

早在 2002 年 11 月，一篇《深圳，你被谁抛弃》的网文曾被广泛转载和传阅，它打碎了笼罩在特区头上神圣而美丽的光环，引爆了深圳人对城市前途的忧虑和对自我身份认同的危机。那一段时间，失落、迷惘和焦虑的阴云弥漫在城市的上空经久不散。那时候人们似乎才强烈地感觉到深圳人不仅仅满足于物质生活的丰裕，他们也有高层次精神生活的需求，他们也渴望构建丰富的精神世界。网文只是一个引爆物，其实深圳人从来都没有停止过对精神层面诸多问题的探求，只不过媒介宣传得不多或者文艺工作者表现得不够罢了。

具体到丁力的创作活动中来说，除了描摹深圳社会的凡俗人生，他还努力进行一些精神问题的探索。他直面深圳二次创业过程中出现的种种问题，如资产重组、国有资产流失、市场经济时代人的价值取向问题、身份认同问题等。社会热点问题的抓取和忧患意识的渗透使得他的作品摆脱了单纯讲故事的平面化的叙述风格，从而生成了一定的精神意蕴。丁力无疑是具有讲故事才能的，这一点从他的中篇处女作《再婚》（《芳草》2001 年第 11 期）就可以窥见一斑。该作品故事的圆融和叙述的沉稳都让人意识到这位文坛新手的出手不凡。一般来说，高明的作家总是在故事之外积极寻求通向终极意义的道路，丁力也在作品中做了一些诸如此类的探讨，显示了他作为一名作家的洞察力、责任感，以及作为一名深圳作家对深圳社会问题的密切关注。比如在《应聘》中，作者探讨了深圳人的身份认同问题。"在老家，人家说我是深圳人，但是在深圳，又说我是内地人，现在我到底算是哪里人我自己都不知道了。"老板娘对于自我身份认同的迷茫是众多深圳人的普遍心态，但最终作家通过另一个年轻人郑大宽的顿悟给了读者一个明确的答案：对于身边发生的离奇古怪的事情见怪不怪、学会深圳思维方式的人就是深圳人。这个定义能否得到广泛认可暂且不去讨论，但这种对于精神归依的追寻、对于身份认同的追问却实实在在体现了作家的一种难能可贵的精神自觉。另外，该作品中对"深圳文化是一种什么样的文化"的探讨更是展现了作家对这座城市的"知之深，爱之切"。出于一名作家的社会责任感，他以一种不怕碰硬的精神直面尖锐的现实矛盾：他以写实的笔法反映了声势浩大的"净畅宁工程"在让我们城市的面貌焕然一新的同时，也造成了3000 多寄住"十元店"的外来人员被赶到寒风中的事实；他以冷峻的笔触批判了过分追求"效益文化"而忽视暂时不能直接创造效益的纯文学活动的做法；他还委婉地陈述了归国人员创业园区在引进外资方面部分优惠政策的弊端。"为什么我的眼中常含泪水，因为我对这土地爱得深沉？"不管是力陈实情，还是冷峻批判，无不寄寓着作家的美好希望——希望深圳社会制度更健全，管理更人性化，文化氛围更浓郁，栖居其间的公民家园归属感更强烈。

三、创作优势及局限性

作为一名不太年轻的写作者，丁力丰富的人生阅历使得他的作品读起来有一种历尽沧桑、拨云见日的穿透力，这是他创作的明显优势。他作品中来自日常生活的幽默常常令人不由自主地会心一笑。比如王星焰在乡下"普通话比老师还标准",到城里却"不知什么时候学会了说乡下话";董老师在说某人的职业是"工人"时的理直气壮就像深圳的一些老姑娘说自己男朋友是"老板"时的气壮山河;"老板娘都已经成哲学家了,看到的全是事物背后的本质,所以对事情的表象反而视而不见了。就像一个远视眼,看远的东西清楚,看近的东西反而不清楚一样。"诸如此类的展示生活本色的幽默和智慧在丁力作品中常常可以见到。它们是作家对生活哲学的体悟,它们历经岁月的漂洗最终留存下来,让人感觉作家呈现的就是实实在在的生活真相。他写的就是我们身边的人、身边的事,它们会让人惊觉原来我们平淡的日常生活也如此充满戏剧性,富含哲理性,换种心态,凡俗人生也能活出别样精彩。

丁力创作的局限性在于:他将自己在生活的"富矿"中开采出来的真金未经精细提炼就一股脑儿地奉献出来,但事实上,这些闪烁生活光泽的"真金"是可以被打磨得更光亮更有神采的。技巧的欠缺导致文本的意蕴还不够丰厚,文学味儿还不够浓厚。也就是说,如若作家能够站在一定的审美高度运用这些素材,他的那些带有浓郁时代气息的故事原本可以承载更多内涵,生成更多意味,更耐人寻味。在文学手法的运用和主题意蕴的开掘方面,丁力还有所欠缺。具体来讲,他的中篇结构都颇精巧,情节也很完整,但长篇却常常线索单一,有力不从心、仓促收束的感觉;另外,依笔者管见,他小说的命名也有待改进,比如,直接以"老板"系列为小说命名似乎过于直白通俗,对小说的文学性有所冲淡,也不利于主题意蕴的揭示;而《应聘》之类过于写实的文题似乎也限制了小说意蕴空间的生长。

当然,丁力毕竟是一位涉足文坛仅仅三年多的新手。相信以他丰富的人生阅历、勤奋的创作态度以及出众的叙述才能,还有对深圳这方热土的热爱,假以时日,他最终可以写出反映深圳精神、饱含时代气息的精品力作。

"叽喳的麻雀"和"折屏的孔雀"

——曹征路知识分子题材小说解读

吕玉铭

知识分子属不属于底层，似乎不用争辩，因为就话语权与社会地位讲，知识分子无疑都属于精英阶层而非底层。然而，20世纪90年代以降，一个不可否认的事实是：知识分子底层化了。曹征路是近年来以描写底层著称的作家，知识分子底层化自然也是他所关注的话题。只是与他其他的如描写下岗工人的底层小说相比，他的知识分子小说更注重探讨人物的精神状态，以犀利的笔触揭示出"知识分子和工人农民一样，都是我们这个时代的弱势群体""底层的苦难就是知识分子的苦难"的时代本质，准确地再现了20世纪90年代部分知识分子在经历了"拜金拜权"的痛苦之后，"精神完全溃败""主体意识完全消失"的底层化现实，写实特征、批判精神和人文焦虑更加突出，引人关注。

一、"利益均沾"导致责任缺失

在曹征路的小说中，知识分子底层化的首要特征表现在他们普遍具有"利益均沾"的意识，导致责任感缺失的同时，面对现实常常感到无能为力。

知识分子致力于人类的精神和文化，由此构成了其应有的社会责任。把这句话换个说法就是萨义德所说的，"在受到形而上的热情以及正义、真理的超然无私的原则感召时，叱责腐败、保卫弱者、反抗不完美的或压迫的权威"，以及"'能够'向公众以及为公众代表、具现、表明讯息、观点、态度、哲学或意见"的能力和权力，即独立言说的能力和深刻批判的权力。这是知识分子的力量源泉和身份标志。知识分子的社会责任是在漫长的历史发展中形成的，中间有曲折。远古时代，教育落后，能成为知识分子者较少，但正因如此，一旦成为知识分子也就意味着获得了上流社会的青睐，这为他们独立言说提供了便利。中古以后，随着教育的发展，知识分子人数有所增加，与此同时，他们的言说能力和批判意识也在提升，渐渐成为社会的中流砥柱，对人类文明的发展发挥了巨大作用，如卢梭、孟德斯鸠、康德、屈原、杜甫、苏轼等就是这样的代表。进入现代，随着资本的萌芽以及教育的普及，知识分子人数在快速增加的同时，言说能力和批判意识进一步觉醒，尤其是批判意识更加自觉，如黑格尔、马克思、托尔斯泰、严复、鲁迅等就是典型的代表。但是，来到当代尤其是市场经济条件下，随着物质利益取代思想精神成为衡量标准之后，知识分子在始料未及中自尊受挫，导致他们中的不少人萌生了"利益均沾"的念头，进而在放弃社会责任、趋附世俗中越来越底层化。

曹征路笔下的知识分子多属于后一种，这与他们身处市场经济不无关系。在他们身上，"利益均沾"的特征十分突出，这使得他们的责任感在不断降低的同时，面对现实常常感到无能为力。比如安娴（《有个圈套叫成功》），经济学副教授，留过学，聪慧干练，有思想，但进入市场经济之后，面对经济的窘境，心理开始失衡，尤其是在担任电视台的特邀嘉宾博得好名声，继而应聘为民营企业家邹俊安公司的独立董事，提出"起吊机理论"受到市长的赏识，帮助邹俊安获得成功，评上了教授，获得一百万奖励之后，独立思考的能力被"利益均沾"的意识所侵蚀，责任感日渐委顿，以至于当邹俊安资金链断裂，负债潜逃，民众利益受损时，她无能为力，只能先推卸，后辩解，继而忽悠大众说"公平来自于认同"，把自己逼疯。再比如钟迪（《麻雀东南飞》），博士，副教授，个性清高，可是步入市场经济之后，面对无房无车的窘境、系里的排挤以及老婆的不满，"利益均沾"的意识开始活跃，于是，为了一节课几十块钱的报酬和区区夜大教务处长的职位不断屈尊俯就，以至于最后彻底放弃教职去参加副局长的竞聘，不愿再做知识分子。还比如赵学尧（《问苍茫》），副教授，原本有思想，善良淳朴，但自从到深圳担任幸福村乡镇企业的文化顾问之后，为了获得巨额报酬，不但面对企业虐待工人、老板包养"小姐"并私生孩子的种种不公和龌龊睁一只眼闭一只眼，而且将自己的才华用来证明老板是文天祥的后裔，是精神文明的标兵，以博得老板的好感，甚至为了得到一个工厂的经营权，把自己思考乡镇企业发展的著作署名权拱手让给了老板，放弃了独立思考的权利。值得注意的是，尽管曹征路在描写知识分子的这类底层特征时，情感是焦虑的，情绪是激动的，但他并不是一开始就将知识分子描写得这么不堪，而是抓住他们一方面不甘堕落而挣扎的心理，一方面不自觉而放弃的冲动。通过描写他们"利益均沾"意识的复活，进而展示他们责任感不断缺失的过程，真实地表现了他们无力言说、无能批判的状态，将矛头对准了知识分子，也对准了社会和时代，增加了小说的尖锐性和深刻性。

二、追求庸俗导致境界低下

曹征路的小说中，知识分子底层化的第二个特征表现在追求庸俗导致境界低下，使得他们如同一群"叽喳的麻雀"，聒噪而平庸。

关于人生境界，冯友兰有四种划分：自然、功利、道德和天地。在他看来，前两种较低，普通人都能达到，道德较高，只有圣贤和英雄人物才能达到，而最后一种境界的特征是在此境界中的人其行为是事天的。也就是说人的身躯虽不高大，但精神充塞于天地之间，事业不仅贡献于社会，更能贡献于宇宙，甚至可与天地比寿，与日月同光，因此只有大圣大贤乃能达到这个境界。

那么，为什么前两种普通人都能达到呢？因为这是人的本能，顺应发展就能达到。那么，为什么后两种只有大圣大贤才能达到呢？因为这需要艰苦而卓绝的人生追求才能达到，而这是常人做不到的，唯有超越自我的大圣大贤才能做到。

那么，大圣大贤们艰苦而卓绝的人生追求又是什么呢？具体说来有三层：首先是完善自我。一个人成为知识分子的首要条件是要有觉醒的主体意识，而所谓觉醒的主体意识即指不受物役、不被形役，如此方可提纯精神，趋向文明，成为知识者和思考者。其次是服务社会。完善自我不是为了远离社会，恰恰相反，是为了贡献社会。知识分子受人尊敬的一个重要原因在于他们具有服务社会的愿望和热情，或者反过来说正是他们具有服务社会的愿望和热情，才赢得了人们的尊敬。再次是融入宇宙。人类追求知识和思想的最大的理想是天下大同即天人合一，这需要跨越自然王国进入自由王国，需要宇宙胸怀。而这正是知识分子孜孜以求的人生境界。三个层级，螺旋式上升，共同帮助完成知识分子境界的修炼。

但是，曹征路笔下的知识分子，他们的人生追求却是前两种，这使得他们的人生境界低俗、平庸。比如金钱。面对金钱，知识分子向来心态矛盾，过去羞于言钱，现在耻于没钱。所以，当市场经济撕去了这层遮羞布之后，知识分子面对金钱不再羞羞答答，甚至有些疯狂。姚家骏（《麻雀东南飞》），硕士毕业下海经商十几年了，依旧是车奴和房奴，为此他想钱都想疯了。为了钱他低三下四巴结各种人，假扮老板去骗人，派妻子和合伙人出差。当发现妻子和合伙人好上之后，在接受了对方给的八万块钱之后竟然不再痛苦，竟然还想派妻子和合伙人出差，寡廉鲜耻到了令人发指的程度。马明阳（《问苍茫》），大学毕业后到深圳打拼，担任宝岛电子企业人力资源部的负责人后，为了钱他盘剥更底层的打工者，把穷山沟未成年女学生献给领导"开处"，讨领导的欢心；挖空心思克扣打工者的试用押金，成了打工者眼里真正的坏人。

比如权力。知识分子是有权力的，简言之就是"为天地立心，为生民立命，为往圣继绝学，为万世开太平"，但曹征路笔下的知识分子追求的则是行政权。钟健（《南方麻雀》），S大党委书记，为了突出自己，在班子里搞论资排辈；为了爬得更高，整天琢磨走上级路线；为了讨好一个区长，随便把学生从课堂里拉出去搞接待；为了巴结市领导，任意修改学生成绩，其结果是在他任期，S大被搞得乌烟瘴气，声誉受损，影响了学校的招生。刘宾儒（《南方麻雀》），经济系教授，S大的元老，"名满天下"，是"媒体经常追逐"的人物，但现在他迷上了权力。他明里帮龚副校长和书记、校长斗，实则为自己铺路，结果龚副校长一败涂地时，他却成了省政协常委。何自钢（《问苍茫》），研究生毕业进入政府部门后就瞄准了处长的位子，为了达到目的，分房时把大的换成小的，原因是小的离市委家属院近，便于和领导联系；为了给领导留下能干的印象，和老师合谋，把一个没文化、包养情妇的民企老总硬是包装成了精神文明建设的标兵；为了让这个标兵生辉，将老师的著作署名偷偷更换掉，总之为了权力已经到了不择手段的地步。

比如情欲。情欲虽是人的本能，但不等于可放纵。但曹征路笔下的知识分子却喜欢放纵。郎京生（《测谎记》），电视台金牌主持人，英俊潇洒，是女人们的偶像，为此当警察的妻子总是疑神疑鬼，这让他很苦恼。在一次误会之后，妻子提出对他用测谎仪，这让他很受伤，抱着测完就离婚的想法，与旧情人在宾馆里死去活来地放纵了一回，但出人意料的是测试结果不但证明他诚实，而且百分之百诚实，这让他大感意外，从此完全无视妻子有孕在身，肆无忌惮地和情人疯狂约会，陷入情欲的狂欢中不能自拔。玉娴（《麻雀东南飞》），自大学毕业嫁给姚家骏之后来到深圳打拼。由于丈夫只顾挣钱，冷落了她，结果空虚寂寞的她禁不住比她小一轮的年轻富商汤非的进攻，在一次出差中失了身，她觉得对不起丈夫，可看到丈夫接受了对方给的八万块钱之后原谅了她，竟没事人似的随丈夫到海南创业去了。

再比如向权贵谄媚。知识分子受人尊敬的一个重要原因在于他们面对权贵能够不卑不亢。比如陶渊明不为五斗米折腰，高力士为李白脱靴磨墨，朱自清拒绝领救济粮，都是普罗大众心中一道迷人的风景。然而，在曹征路笔下，知识分子为了"成功"，竟向权贵谄媚。比如龚副校长（《南方麻雀》），主管教学，过去他面对学生"是一种纯而又纯的状态"，可现如今他面对的是"连自己也弄不明白的各种关系"，虽然他想搞好教学，但无奈处处遭到权贵掣肘，只能妥协，如此也没能逃过别人的算计，政治前途到此结束。个体向权贵谄媚尚不可原谅，集体就更令人绝望，《大学诗》讲述的就是这样一个故事。高等教育产业化之后，品牌成了大学抢占市场份额的一个硬指标，而衡量品牌的标准之一就是硕博点的多寡。当年的老校长舍不得花钱，结果博点被别的大学拿去了，让 S 大几年都喘不过气来。辛校长上任后决定重拳出击，重新申博，为此学校请回来了当年研究生没毕业就不辞而别，现如今是高等教育界的红人"大师兄"。其实，"大师兄"的办法很简单，就是向权贵谄媚，比如翻印过去的著作，比如为了突出学科带头人的成果把其他老师的成果安在校长名下，比如为了通关节和 S 大的领导们一起进京找门路，比如讨好 90 岁的老评委，借过寿给老评委的基金捐款等。小说通过学生的视角，写尽了 S 大集体向权贵"寻租"的种种丑态，不但直触知识分子的灵魂，而且直触高等教育的弊端，可谓是曹征路特别耐人寻味的一篇小说。

　　总之，在曹征路笔下，世俗化的追求导致部分知识分子人生境界不免低下平庸，现如今在他们中间，"打躬作揖，你好我好，熟视无睹，置若罔闻，坐地分赃，闷声发财，成了最大的哲学。谬论公行，指鹿为马，黑白颠倒，俗不可耐，更是家常便饭"。这使得他们看起来十分"正经"，实则如同"叽喳的麻雀"，聒噪而平庸。

"打工文学"的历史记忆

杨宏海

从深圳经济特区这片热土上萌芽并且成长为具有全国性影响的"打工文学",已成为改革开放三十多年来一个引人瞩目的文学现象,也已成为中国当代文学的重要组成部分。作为"打工文学"的首倡研究者,站在今天来回顾这一文学现象产生与发展的历程、梳理与之相关的历史记忆,我想对后来的研究者应该是不无裨益的。

一、"打工文学":缘起、概念及其他

20 世纪 80 年代,改革开放与商品经济的发展催生了波澜壮阔的打工大潮,我也是在这样的背景下,于 1985 年从内地高校调到深圳市文化局从事文化调研工作。当时,深圳人口急剧增长,但缺乏相应的文化活动场所,打工青年白天在流水线上进行简单机械的操作,晚上下班后无所事事,常常感叹"白天是机器人、晚上是木头人",他们对文化的饥渴可想而知。每当夜幕降临,在深圳街道上总能看到一群群打工青年挤在当地居民的窗口,"偷看"里面的香港电视,或是成群结队在街道或公路上漫无目的地游走。这些打工者文化生活单调,平时看的书很少,不是琼瑶小说就是武侠小说,还有一些算命卜卦的书。后来打工群体中的一些文学爱好者拿起笔来,抒写自己的喜怒哀乐"一早起床,两腿起飞,三洋打工,四海为家,五点下班,六步晕眩,七滴眼泪,八把鼻涕,九坐下去,十会死亡",这首写在蛇口四海区三洋厂厕所里的"打工诗",就是当时打工者生存状态的真实写照,可视为"打工文学"作品的雏形。

1984 年,打工青年林坚的短篇小说《深圳,海边有一个人》发表在《特区文学》第 3 期上,小说主人公进城打工的经历,让读者看到小农经济到大工业文明转变所带来的生存竞争的严酷性,但在当时尚未引起文坛重视。后来,我才发现它是我阅读视野中第一篇发表在正式期刊上的反映特区打工者生活的文学作品,故将其定位为"打工文学"的开篇之作。

　　1985 年 10 月，中山大学中文系黄伟宗教授来深圳讲学，我向他介绍了深圳的这种"打工文化"现象。黄教授对此很感兴趣，并鼓励我继续跟踪调研。1988 年，宝安区文化局创办《大鹏湾》杂志，我读到其中张伟明的两篇小说：《下一站》与《我们 INT》，小说展现出鲜活的打工生活及人物形象，给人以全新的阅读感受，联系当时接触的许多相关题材的文学作品，我意识到一种新的文学已经出现，随即写信向《特区文学》总编戴木胜推荐。不久，《特区文学》1990 年第 1 期发表了《下一站》。同年，林坚的小说《别人的城市》在《花城》杂志创刊号发表。林坚和张伟明的作品，艺术而真实地再现了鲜活的打工生活，旋即引起了社会的关注。然而，真正让"打工文学"发生广泛影响的是安子的打工纪实小说《青春驿站》。1991 年，该作品先后在《深圳特区报》《文汇报》连载，安子以一种"挑战生活、实现自我"的理想主义，喊出"每个人都有做太阳的机会"，激荡着千百万打工者追梦的心，引起他们强烈的共鸣。同年，我在广东文学评论刊物《当代文坛报》第 2 期发表《打工世界与打工文学》的文章，正式提出"打工文学"这一命名。当年 10 月 8 日，《特区文学》编辑部主办"中国经济特区文学研讨会"，我以《一种新的特区文化现象：打工文学》作了发言，引起与会者关注，《文艺报》对此做了报道。上海《文汇报》也发表了《"打工文学"异军突起》的文章，称其"以短、平、快的节奏冲入中国文坛，掀起一股旋风"（《文汇报》1992 年 8 月 14 日）。1992 年，我与宋城等几位同仁策划并由海天出版社出版了《打工文学系列丛书》（共八册，其中由我主编《青春寻梦》报告文学集），这是"打工文学"作品首次正式结集出版。1998 年 12 月，《羊城晚报》推出《情系 20 年·打工文学专刊》，发表了黄伟宗、张木宁、钟晓毅、谭运长等人的相关文章，以及我整理的《打工文学代表作品年表》。2000 年 5 月，我主编的《打工世界》一书由花城出版社出版，分为"小说、报告文学""诗歌、散文"和"评论"三部分；同年 10 月，深圳市特区文化研究中心主办的《深圳文化研究》推出"打工文学"专辑。2000 年 8 月，由我主持的深圳特区文化研究中心与广东省文艺评论家协会等单位联合主办的"大写的 20 年·打工文学研讨会"在深圳宝安区举行，这是首次全国性的"打工文学"研讨会，刘斯奋、王京生、黄树森、胡经之、何西来、阎纲、陈辽、刘峻骧等五十多位专家出席。同时，《羊城晚报》发表了我与黄树森先生对话的文章《关于打工文学》。2004 年，我在任深圳市文联专职副主席期间撰写的《文化视野中的广东打工文学》入选花城出版社出版的《广东省作家协会五十年文选》之"文学评论卷"；2005 年，我被推荐参加中国作协鲁迅文学院"文艺理论高级研修班"进行学习。其间，《人民日报》和《文艺报》就"打工文学"问题先后采访我并发表了相关的文章。

2005 年 11 月，首届"广东诗歌节"在东莞举行，我在专题发言中评介郑小琼、谢湘南、柳冬妩等一批打工诗人的作品，明确提出"打工诗歌"已经成为独树一帜的文学品牌，《人民日报》对此作了报道。同年，我建议由深圳市文联、深圳"读书月"组委会办公室等单位策划主办了首届"全国打工文学论坛"，邀请邓友梅、雷达、何西来、黄树森、李敬泽、谢有顺、陈小奇、张陵等著名作家、评论家出席，同时，王十月、郑小琼、周崇贤、黎志扬、安子、何真宗、柳冬妩、谢湘南、刘大程、戴斌等"打工文学"的作家代表也应邀到会。此后，"全国打工文学论坛"每年举办一届，成为深圳"读书月"的品牌项目。2007 年，我主编的《打工文学作品精选》（上卷为诗歌散文集，下卷为中短篇小说集）、《打工文学备忘录》分别由海天出版社和社科文献出版社出版，这是"打工文学"进一步发展成果的集中展示。

2008 年 1 月，由中国作协创研部、人民文学杂志社、深圳市文联等单位主办的"2008 打工文学·北京论坛"在中国现代文学馆举行。陈建功、杨新贵、张胜友、雷达、李敬泽、胡平、孟繁华、贺绍俊、蒋巍等专家出席，王十月、戴斌、曾楚桥等十二位打工作家与到会专家进行对话与讨论，我在会上作了《打工文学的发展历程与文学价值》的专题发言，"打工文学"作家还向中国现代文学馆赠送了作品。

2008 年，《宝安日报》《打工文学》周刊创刊；2009 年，我主编的《打工文学纵横谈》由社科文献出版社出版。关于"打工文学"的概念，当初我给出的定义是指"反映'打工人'这一社会群体生活的文学作品，包括小说、诗歌、报告文学、散文、剧作等各类文学体裁。广义上讲，打工文学既包括打工者自己的文学创作，也包括一些文人作家创作的以打工生活为题材的作品……但如果要对打工文学作一个稍微严格的界定，那么，我认为，所谓打工文学主要是指由下层打工者自己创作的以打工生活为题材的文学作品……"因我之前对"打工文学"进行跟踪调研时，发现的确有一些主流作家在关注打工群体并进行创作实践，如陈荣光的《老板·女工们》、陈秉安的《来自女儿王国的报告》等，所以我把"一些文人作家创作的以打工生活为题材的作品"也列入其中。站在今天的角度来看，我认为"打工文学"的定义不宜太过宽泛，凡处于打工者经验之外的精英写作都应排除在"打工文学"范围之外。因此，如果今天要对"打工文学"的定义作新的调整，我倾向于"打工文学"是反映底层打工民众尤其是农民工生存状态以及思想感情的文学作品，简言之，就是"打工者写，写打工者"的文学。值得一提的是，对"打工文学"这一概念产生的时间还需作一个说明。长期以来，关于"打工文学"名称的由来，许多资料都引用1996年中山大学黄伟宗教授召开"打工文学座谈会"上的一种说法，即"打工文学"是"1985年由深圳青年文学家杨宏海提出来的"（《南方日报》1996年2月7日《一种走向泛化的文学现象：打工文学》）。客观地说，在我提出"打工文学"之前，尚未找到其他人关于"打工文学"专门的论述或文献资料，但1985年我向黄伟宗教授介绍的是正在兴起的"打工文化"现象，还未明确提出"打工文学"，正式提出这一概念的准确时间应该是1991年，我在《打工世界与打工文学》一文中提出了这一命名。

二、"打工文学"之作家印象

"打工文学"诞生至今，汇聚了大量的打工作者，不断涌现出大量可圈可点的作品，拥有广泛的读者群，我与这些作家大都有过交往，其中包括了早期的"打工文学"代表人物林坚、张伟明、安子、周崇贤、黎志扬等，当今颇具影响力的王十月、郑小琼、盛可以等名家，此外，还有柳冬妩、谢湘南、周述恒、许强、刘大程、曾楚桥等一批新锐诗人、作家以及新生代"打工文学"作家萧相风、陈再见、程鹏、卫鸦、唐诗等。他们以各具特色的作品和成就构建出"打工文学"的强大阵容。

张伟明，20世纪80年代时辞掉家乡的铁饭碗，来到深圳当临时工。1988年，张伟明的第一篇打工小说《我们INT》描写了打工者对以流水线为轴心的大工业环境的不适应（INT，即接触不良），他的另一篇小说《下一站》，则反映了特区打工者"东家不打打西家"的漂泊感，真切地表现了打工者在"别人的城市"里，为了追求理想而不断走向"下一站"的历程，它使人感受到特区历史在艰难困苦中奋进的沉重足音，有一种"沉重的潇洒"的特色。他与同一时期的打工作家林坚都是"打工文学"最早的践行者，研究"打工文学"绕不过他们，可以说，在20世纪90年代他们的作品影响了整整一代漂泊异乡的打工人。

安子，安子自称是个"不安分"的打工妹，不甘心被现代化工业文明的流水线挤压成无知无觉的"机器人"，在深圳这座充满机遇的城市里，她充分意识到自己的角色与价值，以为"打工妹代言"的使命感，坚持利用业余时间写作。她的成名作长篇纪实文学《青春驿站——深圳打工妹写真》，描述了打工妹们复杂的心态和执着的追求，在特区打工阶层中产生了轰动效应。安子在创作中总是以"微笑看世界"的视角，观照打工者从现代农业社会向工业文明演进的奋斗过程，试图用艺术形象来鼓励打工者们"挑战生活、实现自我"，在现代都市实现"圆梦"的理想。

王十月，这个只有初中学历，在建筑工地抬过水泥、在酒店里刷过碗、在时装公司当过绘画师的打工青年，尽管历尽坎坷，但还是一步步走向了成功，最终获得鲁迅文学奖，成为"当代打工文学的领军人物"。王十月认为，"我一直觉得，文学应该直面时代最主要的真实。新时期以来的中国文学，最能直面时代真实的，打工文学肯定当仁不让。鲁迅文学奖评委会授予我鲁迅文学奖，也是看中了这一点。"关于对"打工文学"的评价，王十月说："我对打工文学充满信心，虽然这个标签的名字不怎么好听，也因其概念缺乏严谨的学理支撑，而被一些学院派诟病，但争论命名的科学性是没有什么意义的。打工文学还在发展中，还没有出现真正有代表性的作家和作品。多年以后，如果有人要研究打工者的生活、内心，看打工文学就能看见他们内心鲜活的经历，这就是中国这三十年来最大的一个群体的感受。无论是从文学还是社会学的角度，这都是一个不可或缺的窗口。我相信，三十年后回头看打工文学，可能才能真正清楚它的价值。"（《晶报》2011年4月24日）我想，把中国三十年来最大的一个群体的情感经历，通过"打工文学"创作去折射时代的真实，去提升鲜活的中国经验，是王十月独特的发现。

郑小琼这个被誉为"打工群体中崛起的天才女诗人"（李敬泽语），于新世纪初就与众多农民工姐妹一起来到广东，先后在深圳、东莞闯荡。这是一个淡定、秀外慧中又多才多艺的女诗人，她以极为敏感的笔触，去流淌她的诗情，同时也关注方兴未艾的打工诗歌。2001年，郑小琼在一篇《关于打工诗歌》的文章中写道："前些日子将《打工族》1月份和2月份的有关打工文学的争论都认真地读了……如果一定要有打工诗人或者打工文学这个称谓，我会因为把我列为其中的一名而高兴……作为打工诗歌，我认为最起码便是见证了这个打工时代，对这个打工时代的社会现实进行剖析。打工诗人对于这个打工时代必须承载我们应有的使命，有责任对当下时代进行记载，其作品必须关注打工人生存的真实状态，而不是官方报纸上那一种形象工程式的报道。他必须对当代工人的民生、民意、民权进行独立地思考，独立地分析，独立地去接受这个打工时代给我们生命赋予的苦难与幸福。"（《打工族》2004年第3期）可见当年这位二十岁出头的小姑娘，已经是一位很有思想的诗人，她的诗论尤其是"打工诗人应有的使命""独立地接受生命赋予的苦难与幸福"等观点，直到今天看来仍是很有见地的。

盛可以原名盛慧，20世纪90年代初，她与许多打工妹从湖南来到深圳，开始了她辗转跳槽的打工生涯。作为一位爱好文学的姑娘，她开始业余写作，并默默地关注打工者的文化。她早期在一家报纸发表文章说:"作为打工者,我想说说打工文化……一群又一群人在这里安营扎寨,浅浅地盘踞起来。'打工者''打工园地''打工世界',为打工群开辟了一片片小小的芳草地,打工者真切地品尝了生活的酸甜苦辣之后,拿起了笔。他们有的已经像新星缓缓升起,或如微小的野菊花,悄悄点缀着那一片文化绿洲,迎着改革之风微微颔首,淡淡而执着地开放。"(《深圳商报·文化广场》1996年4月18日)今天,这朵曾经在"打工世界"芳草地上"淡淡而执着地开放"的野菊花,已经在文坛名声大噪,令人刮目相看,被称为"最犀利的小说家"。近期,一家大型出版社特邀几位著名女作家出版长篇自选集,盛可以毫不犹豫地选择了当年第一部写打工妹的长篇《北妹》。

柳冬妩,引起文坛广泛关注的"打工诗歌评论家",高中毕业后即到广东打工,他从打工群落里走出来,对打工群体的日常生活与内心感受有深刻的理解与认同。他在浩繁的打工诗歌中披沙拣金,不辞辛劳,成为"打工文学"评论中独树一帜的人物。诚如他自己所言:"我评论的对象更多的是成长着的'打工诗人'的创作,对他们的作品进行阐释与分析,找到那些被感动、被启示的部分,用一种读者意识和感觉意识去试图接近一个被掩盖的现实,寻找和论证诗歌与现实间微妙而复杂的联系。"

"打工文学"作家群体里卧虎藏龙,有着丰厚的人才资源与各具特色的创作个性。如最早参与打工诗歌创作的谢湘南、率先在《收获》发表小说的曾楚桥、利用网络推出《中国式民工》的周述恒、为广大打工群体创作并歌唱的打工艺术家孙恒、坚持编选《中国打工诗歌》的许强等。

三、"打工文学"之精英关注

"打工文学"一直得到文学界专家的关注与扶持,莫言、陈建功、何西来、李敬泽、雷达、陈思和、张胜友、黄树森、黄伟宗、饶芃子、蒋述卓、黄修己、胡经之等学者专家一直给予热心扶持,海内外也有一批学者热衷此项专题的研究,如韩国的朴宰雨教授、日本东京大学的尾崎文昭教授、日本留学生李莹博士、美国耶鲁大学的金健佑先生等。此外,国内高校和科研机构还有贺绍俊、邵燕君、李云雷、陈福民、周水涛、贺芒、武善增、周航、何轩等专家学者,正是他们的关注与研究,使"打工文学"备受瞩目,蔚为大观。2006年,深圳市民文化大讲堂邀请莫言来深圳讲座,我是主持嘉宾。他在讲座中强调,作家必须要有生活,要有对生活独特的发现,而艰苦生活的磨炼是创作的源泉和宝贵资源。讲座后,我与莫言谈到深圳"打工文学"现象,他很感兴趣并表示关注，我赠送给他一本《打工世界·作品评论集》，他回赠我一本《生死疲劳》。2007 年，深圳又一次邀请莫言前来参加讲座，莫言在这次讲座中专门提到"打工文学"，他说："杨宏海先生将他主编的一本打工文学专集送给我，我感觉打工文学已经成为一种不可忽视的文学现象，而且已经达到了较高的文学水准。这里边已经有了新人的形象，有人的尊严、人的价值。"（《深圳商报》2007 年 8 月 15 日）2011 年，第九次全国文代会期间，莫言接受《深圳特区报》记者采访时认为，谈到深圳文学，自然不能不谈"打工文学"。莫言说，他很欣赏王十月等有着打工经验的作家，"他们不仅是贴近生活，而且就是从生活里钻出来的。""王十月对于农民工心态的准确把握与刻画，是专业作家所难以体验到的。他笔下的文字是有温度的，通过对最柔软与最坚硬、最温暖与最无情的对比，触摸到人性最容易受到震颤的部分。"对于有人建议深圳应倡导"新都市文学"，莫言提醒说："先有文学，后有流派。文学形态的发展都是自然形成的，比如打工文学就不是倡导而生，因此所谓新都市文学也会在恰当的时候应运而生，需要先营造足够宽松的环境。"（《深圳特区报》2011 年 11 月 23 日）2006 年，深圳市委与中国作协联合发起"纪念改革开放 30 周年文学创作工程"，我建议将"打工文学"作家群体纳入文学工程扶持项目，得到中国作协副主席陈建功的大力支持并提供具体指导意见。他认为，"打工文学"已经成为或必定成为当代文学不可或缺的成果，它给文学发展带来的启示更是不可低估。"首先，它给文学带来了充盈着生活血脉的鲜活质感；其次，它给文学带来了对普通人平凡生活和心灵世界的关注；再次，它给文学带来了真挚而朴素的表达。还有，他所培养出来的新人，将为文学队伍提供可贵的新鲜血液。"此外，时任《人民文学》主编的李敬泽先生一直关注"打工文学"，他认为，"'打工文学'这个概念，包含着不同方向的精神运动：通过文学，通过个人的书写，打工者们逐渐探索和形成自我意识；通过命名和评论，通过对'打工文学'的争论和评说，社会对横亘于内部的这一沉默人群获得意识，试图做出指认和反应。"同时，他还在《人民文学》增设专版，刊发王十月等一批深圳"打工文学"作家的作品，并亲自参加在深圳举办的历届全国"打工文学"论坛。"打工文学"受到主流意识形态与文化精英的关注与扶持，一方面可以提升其文学品格，但也有专家对此表示担忧，认为其中隐藏着被主流意识形态宰制和与精英话语同化的危险，即被"收编"和"驯化"，会消解"打工文学"最本色的价值。著名学者、北京大学教授洪子诚认为，主流文学界的关注能够给"打工文学"提供一些特殊的文学经验，"但受到主流的关注不见得完全是一件好事。打工文学的批判力量是它最宝贵的东西，如果在主流关注的过程中这些东西慢慢地消失，慢慢地被

'驯化'了，这个问题就需要我们更多地警惕了。"

我一直认为，"打工文学"是打工者发自内心的呐喊，是他们根植于生活所创造的独特文化产品，为当代文学注入了新鲜的血液，具有一定的文化和历史意义，很有必要将其记录下来并加以整理，使之成为当代文学研究发展过程中不可或缺的资源，"打工文学"从一种文学现象到成为一个文学品牌，已经扎根特区、辐射全国，成为当代文学研究领域不可忽视的重要一支。有感于此，二十多年来我一直在跟踪、搜集和整理相关资料，先后编撰了《打工世界》等六本专著，共二百多万字。如果说，我对中国"打工文学"运动有少许贡献的话，可能就是对打工群体的文化创造成果进行了精心保存和仔细爬梳，勾勒出中国"打工文学"发展一条薪火相传的脉线。这也是追慕先贤搜集文献、保留史料这一优良传统的心愿所驱使，就是希望能够"鉴于往事、嘉惠后人"，为后来的研究者继续开拓奠基铺路尽一点绵薄之力。

因疼痛而嚎叫

——郑小琼诗文写作的意义

黄永健

一、疼痛与嚎叫

金斯伯格（金斯堡，1926—1997），美国"垮掉一代"代表诗人，20 世纪 50 年代初便以其反主流文化的惊世骇俗的长诗《嚎叫》一举成名。他 1974 年获美国全国图书奖，获奖作品为《美国的衰落》（The Fall of America），入选美国艺术文学院院士，1995 年获美国普利策诗歌奖最后提名。① 在长诗《嚎叫》中，金斯伯格用他那近于歇斯底里的语言态势和语言节奏，以及"一个顿悟直接迅速引向另一个顿悟"的意象出没，表达诗人自己以及那个特定的时代的"思绪的自然流动"。通常在他的散文化的诗句中，诗人用自然的呼吸为单位一气呵成，累积渐进的意象捉摸不定，虽不合语法逻辑却并没有破坏全诗的整体平衡。学术界认为《嚎叫》的意义在于它冲破了 T. S. 艾略特诗风的束缚，并与学院派决裂（学院派高深、艰涩、精雕细刻、矫揉造作，视诗歌创作为纯语言艺术），以其清新、粗犷、自然开了一代的诗风。②

打工诗人郑小琼因其长诗《人行天桥》《挣扎》《时代广场》等在中国诗坛产生了不大不小的震动和震荡，就有人指出郑小琼是中国当代的金斯伯格。这位来自底层的打工女诗人在创作上、在叙述上、在思想意识和艺术形式上皆有所突破，在以她令人惊奇的语言节奏和意象组合，爆发出她自己的以及这个时代的"嚎叫"时，恐怕根本没有想到日后会有人将她"尖锐"的疼痛之作，与

---

① 艾伦·金斯伯格. 金斯伯格诗选 [M]. 文楚安，译. 成都：四川人民出版社，2001：1.
② 艾伦·金斯伯格. 金斯伯格诗选 [M]. 文楚安，译. 成都：四川人民出版社，2001：30 - 31.

金斯伯格相提并论。① 当然，也许在坚硬如铁、疼痛如风的打工生涯中，她曾忆想起大洋彼岸的诗人并不由自主地与金斯伯格一样，② 因时代的压迫、宰制、疼痛不堪而于"人行天桥"——这现代都市之相的集中呈现之地，本能地固执地倾吐出一个打工者的嚎叫。

无论如何，我们在郑小琼的诗歌中确实能与这个弱小女子的嚎叫正面相遇。

"当一块原本嚎叫的铁在这个周身喧嚣的南方工业都市里，它的嚎叫不再具有乡村嚎叫那样的触目惊心，它的叫声让世间的繁华吞没，剩下的是叹息与钢铁一样平等的沉思，它们不断地瘀血肿胀，无声息的病痛不断折磨着我的轻若白纸的思想。"

——《铁》

"拇指盖的伤痕像一块铁样重量的黑点扎根在我内心深处，它像有着强大穿透力的乡村修理铺或者乡间医院一样，正从那个黑点出发、扩散，充满了我的血液与内心，它在嚎叫着……"

——《铁》

他们的疼痛对于他们的家庭来说，如此的尖锐而辛酸，像那些在电焊氧切割机下面的铁一样，那些疼痛在剧烈的、嘈杂的、直入骨头与灵魂的尖叫，不断在深入他们的生活，他们将在这种尖叫的笼罩中生活。

——《铁》

哪怕我的话只是沉默的延续，但我不断拒绝骨头里的嚎叫。

——《进化论》

上引郑小琼散文及组诗《进化论》中的"嚎叫""尖叫"还只是一种自我审视的心灵态势，蓄势待发，到了《人行天桥》《挣扎》等长诗里面，郑小琼的内在情绪（内在语流）已然冲破诗语的分行禁制，借助长句大段呼啸而至：

"广告牌、霓虹灯、巨幅字幕上微笑的明星、乞丐、商贩子、流浪汉、

----

① 根据目前掌握的材料，郑小琼曾跟其酷爱西方艺术的小学老师一家人学习油画、欣赏乐曲，或许她早就读过金斯伯格的诗集。

② 郑小琼诗句：这个叫田建英的拾荒者，她咳嗽、胸闷，她花白的头发，与低沉的咳嗽声一同在风中纠缠，一口痰，吐在生活的面包上，带血的肺无法承受生活的风，见《黄麻岭2》。在长诗《人行天桥》里，诗人将被治安队员压在地上的河南水果贩子老妇人的"嚎叫"与金斯伯格联系在一起，"我听见她的嚎叫比金斯堡更为动人"。

一个不合法的走鬼、三个证件贩子聚积的人行天桥，难以数清的本田、捷达、宝马、皇冠的轿车装饰着这个城市的繁荣，珠江、嘉陵、南方摩托车装饰的小商人走过，一辆自行车、八辆公共汽车的小市民手挽着手穿过汉形的街道河流，我是被这个城市分流的外乡人挤上世纪广场的人行天桥……"

——《人行天桥》

啊，我接受奴隶的教育，我是个需要暂住证的奴隶，我感受去地狱的日子原来是欢乐无边，只有死神让我挣脱功利与媚俗的哀叹——啊，我中毒的身躯——我可耻的傲慢——我的头皮在开裂——机器的黄昏，红色电话线——请拨120——一腔大火在我肌肉燃烧——请拨119——死神在抢劫我最后的时光——请拨110——这台破旧的电视新闻……

——《挣扎》

当年金斯伯格也是以对其本人及美国狂迷一代的行为和感情的裸露无遗的"嚎叫"震惊了美国文坛，试看：

他们欲自焚，穿着无罪的法兰绒西服，任凭那些低劣的诗稿飘卷，伴随着如铁的时髦团伙醉闹，以及广告仙女如消化甘油般的尖叫，狡诈而不乏才气的编辑身上散发的芥子味儿，要不就被绝对现实烂醉如泥的出租车撞翻在地……

——金斯伯格《嚎叫》①

摩洛克！孤独！污秽！丑恶！垃圾箱和得不到的美元，孩子们在楼梯下厉声尖叫！小伙子在军队里痛哭！老人在公园里呜咽！

摩洛克！摩洛克！噩梦般的摩洛克！缺乏爱的摩洛克！精神摩洛克！摩洛克——人类无情的审判官！

——《嚎叫》

金斯伯格的"嚎叫"缘于当时美国年轻一代——"Beat generation"（垮掉的一代）的疼痛，"疼痛"是因为遭受了现代社会体制和价值观的沉重击打（beat），因而原本感性十足的人痛不欲生，需要以极端的感性来对抗这资本主

---

① 艾伦·金斯伯格. 金斯伯格诗选 [M]. 文楚安，译. 成都：四川人民出版社，2001：120.

义世界的理性秩序。在保守主义批评家看来，这种赤裸裸的"暴露"和"嚎叫"是邪恶、耻辱，但以金斯伯格为代表的美国青年一代却认为这正是对邪恶以及耻辱的否定。郑小琼诗文传达出来的信息大体相仿——因"疼痛"而"嚎叫"，因"嚎叫"而激烈地"抗议"和"颠覆"。即成主流意识形态以及主流意识形态与市场的话语合谋和权力策划，郑小琼诗文中有关现代人情感与身体疼痛的一个关键词——尖锐，频频出没，构成其诗文中与"嚎叫""尖叫"彼此呼应的现代人的战栗感。①

> 铁常常以它的坚硬与冰冷切割着乡村，乡村便会疼痛，疾病像尖锐的铁插进了乡村脆弱的身体中……
>
> ——《铁》
>
> 我一直想让自己的诗歌充满一种铁的味道，它是尖锐的，坚硬的。
>
> ——《铁》
>
> 在这样一座巨大的炉火间，虽然不断会有一种尖锐的疼痛从内心里涌起，蠕动在日子里，它不断在肉体与灵魂间痉挛着，像兽一样奔跑……
>
> ——《铁》
>
> 它的尖锐，繁华与热闹都是属于生活在东莞这个城市的每一个人，无论你是一个外来者，或是一个本地人。……它的尖锐常常会令一个外来人心中充满要征服这个城市的欲望与豪情。
>
> ——《东莞的味道》
>
> 尖锐的鸣叫，她吐出的生活，
> 晾在路上，让一辆开往四川的车载着。
>
> ——《黄麻岭·工·风中》
>
> 歌特式的尖锐遮掩不了远游的年轻人……
> 庞大的理想与尖锐的现实如此失衡……
>
> ——《黄斛村纪实》

---

① 本人数年前曾撰文评论过深圳刘虹的诗作，曾以"尖锐的疼痛"一语概括其诗歌写作的总体情感记忆，刘虹虽不是底层的打工者，但是她对于时代的疼痛感毕竟可以与最底层的打工者相互贯通，刘虹在其《打工的名字》的长诗中对郑小琼式的打工者"在场"的疼痛具有深切的体味，但是她毕竟不在场，因此她的诗表示的是悲悯的关切和同情，不可能像郑小琼因为"疼痛在场"，发而为"疼痛的嚎叫"。郑小琼获奖以后也不打算放弃打工者的身份，继续打工以保持身体的在场感，在回答记者的采访时，她说："保持身体的在场感，总比想象更实在一点，疼痛也深一点"，她觉得自己还需要保持打工者在这个城市的耻辱感，"这种耻辱感让我不会麻木。这种在场惑会让我对一些事情充满敏锐感"。

二、哲学或人类学意义上的价值

杨克等人认为，郑小琼太偏激，感情停留在愤怒层面上；又云：同样遭受苦难，只有具备了写诗的气质和特质，才能成为一名诗人。而与此同时，郑小琼却并不因为所谓偏激而自惭形秽，甚至也并不在乎"诗人"或"打工诗人"的文学加冕，她说："我不知道什么叫光明或阴暗，我只看见事实，我的诗歌灰，因为我的世界是灰的"，"打工的疼痛让我写诗"，因此，我们可以看出，郑小琼的"嚎叫"虽然并没有触怒主流意识形态，但却给所谓的知识分子诗人带来了不大不小的困惑，这与金斯伯格等人当年的遭遇可有一比，美国社会的物欲主义及其价值观，令美国当时的年轻一代震惊却又无力去改变，他们只好用极端方式——近于歇斯底里的话语行为来对抗外在的压迫力，他们并不试图掩盖内心的恐惧、过失及痛苦；金斯伯格执着于自己的内心体验——无论是行为还是情感，如同性恋、吸毒、色情梦幻、对现存秩序的大肆嘲笑等，在其作品中倾巢而出。郑小琼广受好评的长诗《挣扎》《人行天桥》里还没有写到吸毒、同性恋，还不至招致"邪恶、耻辱"的负面评价，但其疼痛的嚎叫里也包含着诸多惊世骇俗的、"不堪入诗"的内容——暗娼、淋病、狗日的北妹、性欲、乳房、暂住证、火葬场、汗毛孔、阴阳人、妓女、脑浆迸地、阳具、精子、海狗鞭、伟哥，诗集让一个时髦小姐撕了三页走进了公共厕所、暗娼询问："先生去玩玩吧"、治安队员将老妇压在地上、《劳动法》在桑拿女的三角裤里微笑、派出所所长带走三个妓女借助法律将她们压在身下、八个日本人把八个女孩压倒在身下、露出的光腚……

所有这些毫无遮拦的内心情绪的喷薄而出，或许就是杨克所说的太偏激，未具写诗的气质和特质等。但实际上诗有公评，郑小琼自获得"首届独立民间诗歌新人奖"之后，又连续获得人民文学新浪潮散文奖、全国散文诗大奖赛一等奖，参加中国当代诗歌界顶级沙龙"青春诗会"。长诗《人行天桥》突破当代中国诗坛所谓知识分子写作的新传统，以昂奋的语言倾泻，横扫当代诗坛的脂粉气、娇弱气、假洋鬼子气、假学究气，并从而给当代诗坛吹进一股清新劲厉、锐不可当的正气和雄风。尤其是长诗《人行天桥》抨击社会阴暗面，嘲讽世态人心，在网络上引起轰动，称其为"近年中国诗坛的旷世杰作"也并不为过。杨克等人自以为是知识分子，可是他们读的书并不比郑小琼多到哪儿去，或许真的多读几本书，但对所读之书的理解极为肤浅、孟浪，对诗的本体性存在的理解未入门径，致有如此不知是出于妒才还是无知的言语和荒唐。

中国诗歌兴观群怨，从传统诗学立场来看，郑小琼的诗文写作以及当下的所谓诗歌民间写作、口语写作以及身体写作应可归入具有强烈的社会批判精神的"怨刺"范畴，说到底还是一种特别的抒情，是现代人情感本体的真实流露。金斯伯格的"嚎叫"不是他个人的"嚎叫"，艾略特的"荒原"也不是他个人的荒原。虽然艾略特和金斯伯格的诗都可归位于现代诗，但是他们的诗文所对应的还是不同的时代情境。艾略特所揭示的是信仰缺席文明导致灾难的西方新现实，金斯伯格所揭示的是美国文明（亦即广义的现代文明）对人类感情肢解异化的新现实，两者的诗歌文本皆因确证了人的情感的鲜活存在以及人的鲜活情感对现实的反思能力而具有不朽的艺术价值。同理，郑小琼的诗文写作虽出自一个底层打工者尖锐的嚎叫，但是她从最现实的疼痛中所直觉出来的现实的矛盾和人类存在的永恒的苦难性真实却直接回应了中国文学中的"怨刺"传统。其怨刺的对象不同于过往任何时代，其怨刺的对象是当代中国主流意识形态与市场经济（西方文化的全球化浪潮）的话语合谋和权力策划。虽然她本人可能相当脆弱，可她的诗文却相当雄强地证实和强化了中国当下民众甚或整个社会的感性存在和感性活力。从人类学的主场来看，人类发生、持存和演化的过程是一场感性与理性不断冲撞、交并、融合、创新的对话过程，是一场历久弥新的"狂欢"（巴赫金）。诗歌及其他艺术活动（艺术文化）始终代表人类感性、本能、欲望的一极，而社会的理性化建构，不管它是资本主义、社会主义还是市场经济，都不过是人类理性的延伸和不免坚硬、尖锐、残酷的体制化建设，它是人类理念、理性思维不断扩张的另一极。郑小琼诗文发生于中国现代化程度最高、现代化进程最为迅猛酷烈的珠三角地区，而且一扫优雅、掩遮或隔靴搔痒或小资轻狂的当下诗歌柔靡习气，直面当代人的精神困局，敞露当下生活的真实面容，以时代的气息发出时代的"嚎叫"。它有力地证实了当下中国人的感性的鲜活存在，并使其诗文因特殊的指涉性而取得了具有广义性质的批判性功能和抗议精神。

"蛤蟆镜下的人才市场上用法律的口气写着人人平等！我在这张招牌下让两个治安队员拦住，'拿出你的暂住证'。在背后我让人骂了一句狗日的北妹，这个玩具化的城市没有穿上内裤，欲望的风把它的裙底飘了起来，它露出的光腚让我这个北妹想入非非啊！"

——《人行天桥》

虽然郑小琼对都市的欲望进行了道德上的审判，而不像金斯伯格基于东方禅宗哲学理念对现代都市病相进行美学上的"祛魅"，但从文化人类学的立场来看，其疼痛的嚎叫及其具有突破性质的诗体话语方式一扫诗坛颓风陋习，以其生活化、细节化、典型化的情感和情绪连接着当下中国人的集体经验或准集体经验，本能地抗拒着市场化时代的理性宰制，成为中国当下生存境遇中人的感性与理性对话性"狂欢"的一种"铁证"。

三、文体创新价值

我们注意到，郑小琼将《挣扎》《人行天桥》这类非诗非文的现代语流文本编入其文集的诗歌部分，在其诗歌创作中，虽然自由分行新诗占主要部分，但因为一种激烈的、多声部的、混杂的、互文性的情感冲撞流离状态迫使其自觉或不自觉地放弃诗的分行建制。金斯伯格的诗句很长，有似散文的段落：

> "他们飞快地驶往昔日过去的公路，在各自赛车的蒙难地停留，监狱般的孤独守候，要不想象化身于伯明翰爵士乐"，
>
> "他们七十二小时驱车横越美国大陆，只为了想知道是否我或你或是他产生幻念，终于发现了永恒……"

但是金斯伯格的这种长诗段可以看作是广义上的"诗句"，因为他的每一个诗句（诗段），实际是以犹太人的呼吸所能容纳的字句为准，所以整个诗篇之中诗段与诗段之间起伏跌宕的节奏是清晰的。对比一下郑小琼的长诗《人行天桥》和《挣扎》，我们可以看出，郑小琼的"嚎叫"并不是以人的自然呼吸为诗句（诗段）的长度单位，来构建诗的停顿和节奏。她的"嚎叫"更具有多声部互文性混杂特性，其间既有中国文化内部传统价值观念与当下价值观念的激烈冲突，更包容着东西方文化价值理念的激烈冲突。如果说金斯伯格诗歌文本揭示出了当代西方文化内部人性与现实理性秩序的激烈冲突，因而显示出一种杂语性、混溶性、模糊性的诗语态势，那么中国打工诗人郑小琼的感性的"嚎叫"则因为揭示出了当代中国社会更加多层面、多元性的话语冲突状况（如传统乡村文化理念与都市文化理念的冲突、情感本能与理性秩序的冲突、本土文化与外来文化的冲突、男性与女性的冲突、民间文化与官方文化的冲突、宗教与宗教之间的冲突、穷人与富人之间的冲突、南方与北方的冲突、个体与集体的冲突……），而显示出更为庞杂和间容的话语"狂欢"态势。诗的本体乃人类的情感状态，我们大致可以认为郑小琼写作长诗《人行天桥》《挣扎》是受到金斯

伯格的启示或影响。① 但是真正到了"我手写我心""笔传情由"的创作状态之下，内在的情感状态的更为庞杂间容的特征决定了诗人再一次突破金斯伯格的诗语态势。诗段（诗句）之间的停顿、转换都显得并不紧要，紧要的是这样一个长篇大段的跳跃性的、荒诞性的，灵感一个接着一个，顿悟一个连着一个的话语场域，才是当下人心世态的真实存在，是一个不好强为分化的整体性存在。它就是它自己，就是中国这个具有五千年文明历史的泱泱大国，在当代市场经济体制之下的自我舞蹈和放歌。虽然郑小琼以她的"在场"的直觉一语道破了这存在的实相，可是其间贯穿着她毕竟视野有限的道德判断和道德揶揄。所以就她本人来说，她可并未悟透这个"狂欢"道场背后的玄机，这一点比起金斯伯格要稍逊一筹。可是换一个角度来看，郑小琼虽未能历练成为圆融无碍的大手眼、大视界，却更宜于将她本人的（其实也是时代的）的尖锐的痛苦一览无余地呈露，从而使她的诗文更具活力和无目的的目的性。

刚刚由河南文艺出版社隆重推出的《90 年中国散文诗》，收入郑小琼的散文诗《芦苇》《流动的箫》《往事》《在黄河入海口》《心经》《落经》《论经》，② 都是不可多得的精致优雅之作。这本选著用力专勤，沙里淘金，选出了20 世纪以来主要的经典杰作和年轻新锐作者的创新制作。但真正具有突破创新价值的作品收入得不多，或虽有心却未敢贸然编入，像《挣扎》和《人行天桥》这样的作品，突破自由分行建制，并突破金斯伯格的诗段停顿、节奏技巧，实际上正是最典型的具有现代意识的中国当代散文诗。因为它篇幅长，形式较为陌生，选编者在没有得到学术界一致肯定的前提下，当然不好将它们编入散文诗集。不过，以我的理论直觉，类似郑小琼《挣扎》《人行天桥》这样的作品，必将会得到进一步的诗学阐释。而其文体上的突破创新态势正是中国现代诗创作的一个突破口，是中国当代散文诗写作的一个新的起点。

---

① 　长诗《人行天桥》中的句子：一个算命的江湖术士突然大叫一声"城管来了!"那些假证贩子妓女们躲进了行色匆匆的人群中，一个贩卖水果河南老妇人来不及躲闪，她的摊子被掀翻，苹果满地。治安队员将其压在地上，我听见她的嚎叫比金斯堡更为动人。

② 　王幅明.90 年中国散文诗［M］.郑州：河南文艺出版社，2007：1182－1187.

寻常一样窗前月，才有梅花便不同

——南翔小说的叙事策略及其审美品性

陈劲松

意大利著名小说家卡尔维诺认为，小说艺术有无限种可能性。依我的理解，这里所谓"无限种可能性"，既可指小说的审美倾向与情感质素具有无限种可能性，又可指小说的叙事策略或语言功能具有无限种可能性——无论所指何物，皆向我们传达出这样一个不争事实：小说的无穷魅力和生命力，正是在于它不确定的艺术属性——从这个意义上说，作为小说家的南翔，其小说的艺术就具有卡尔维诺所说的无限种可能性。

南翔从事小说创作的历史并不短，自大学时代开始至今，他已先后在《中国作家》《人民文学》《北京文学》《上海文学》《当代》《山花》等刊发表中短篇小说百余篇，多篇被《新华文摘》《小说月报》《小说选刊》《中华文学选刊》《中篇小说选刊》等刊转载，长篇小说也已出版多部；作品先后获庄重文文学奖、中国作家大红鹰文学奖、五个一工程奖、第七届广东省鲁迅文艺奖、第十届上海文学奖、第六届全国鲁迅文学奖提名作品等；《绿皮车》《老桂家的鱼》《特工》《檀香插》分别登上 2012、2013、2015 及 2017 年度中国小说学会"短篇小说排行榜"。无论是早期的《在一个小站》或《海南的大陆女人》，还是中期的《南方的爱》或《大学轶事》，乃至今天的《前尘》《女人的葵花》《1975 年秋天的那片枫叶》《绿皮车》《洛杉矶的蓝花楹》等一批作品，南翔的小说创作始终保持着一种无言之美、不传之秘的多维旨趣。题材之广泛，视野之开阔，情节之生动，语言之诙谐，手法之奇崛，思想之深刻，构成了南翔小说活泼的表层和丰富的底蕴，彰显出他在小说艺术上孜孜不倦的追求与苦心经营。综观南翔的小说，鲜有跌宕起伏、大起大落的故事情节，但却在淡定平和里透出锋芒，于辛辣含蓄中显现温情，犹如一条涓涓细流，缓缓沁入读者心田。与此同时，他还常将自己的个人体会深深融入小说里，在想象中抒写出他对独特生活的"个人经验"，从而使之具有故事性、策略性、思想性和审美性的多重文学价值。

一、悲悯性的审美倾向

一个时期以来，小说的悲悯性主题成为评判一部小说好坏的重要标准。其原因不难想见：悲悯性说到底是一种人性。它在小说中的充沛表现，不但客观上改变了当下文学"冷硬荒寒"的景观，更反映了作家内心深处的那一份良知。悲悯性主题在不同作家、不同作品那里可以有着不同表现，但打动人心的关键，在于作者能否营造感人的细节氛围，能否在生活场景的叙述中饱含情感力度——南翔的小说创作无疑具备这一特征。南翔近年来的创作势头越来越好，作品内容大多围绕历史、底层、生态三个维度展开。如小说集《绿皮车》内容简介所说："他的小说所到之处，无不流淌着悲悯的人文情怀，类型文学也好，知识分子写作也罢，整体彰显出作家主动持续介入现实生活的文学精神。"私以为然。

小说集《前尘——民国系列》《1975年秋天的那片枫叶》《绿皮车》无不体现了南翔小说的上述审美倾向。其中，在《前尘——民国系列》这部小说集里，南翔以其广阔的视界、深邃的思想、绵密的情感、丰富的想象力和深入肌理的文字理想，以及温润的人性目光和悲悯的人道情怀，为我们创造了一个至善至美的纯真世界。这个世界或在黔南，或在赣南，或在苏南，或在1937年的南京……尽管其中战乱、天灾与人祸频仍，但却同样有着山清水秀的美景，更有文人论战、商贾较量、人生起伏、情感变迁等颇有传奇色彩的事件。未必尽皆可歌可泣可圈可点，却为读者提供了另一条通往民国的秘道。

对于中国的文学，张爱玲早就说过："中国文学里弥漫着大的悲哀。一切对于人生的笼统观察都指向虚无。"所以，以中国现代历史为背景、再现一段民间生活的《前尘》，凝聚着一种来自"江湖"的旨趣，世事、人心犹如那个时代一样飘忽不定，它们在南翔的笔下有着一种莫可名状的苍凉感与幻灭感，凄美而哀伤，包括《红颜》中的贡子佩和吴彬彬、《亮丽两流星》中的景浩与聂枫、《偶然遭遇》中"我"与罗小青之间的感情；包括《方家三侍女》中的舒云、《陷落》中的刘二刀、《1937年12月的南京》中的慧敏的命运。但是南翔显然无意于简单地复现民国的历史，在这部小说里，我们看不到"宏大叙事"，看不到广阔的社会革命，看不到乡土以及家族的命题，我们所看到的，仅仅是那段历史中的几个渺小人物，过着卑微的生活。然而透过这几个渺小人物的命运，我们又分明看到了一个国家、一个民族在那样一个时代，究竟经历着怎样一种隐秘的变革。或许，南翔更多地只是想通过一种想象的历史场景，来描绘世道人心，并表达出他对尘世和命运的悲悯与伤怀。从这个角度说，《前尘》在个人想象的空间里，较为细致真实地描述了中国人在那一历史时期的爱恨情仇。它的清丽与典雅，它的哀伤和悲凉，它在人性上显现出来的张扬与温情，成为文学即人学的一个生动注解。

在另一部中篇小说《铁壳船》中，南翔对于人性的审视与人道的关怀依然牵动人心。作品开头讲述了一位年近七旬的老渔夫嫖娼的怪事，但作者显然无意于就此猎奇，而是接下来从人与自然两个方面讲述了同一个沉重的话题：经济开发伴随着环境污染。于是，河水臭了，安身立命的铁壳船成了需要清理的废品。故事在老人对水清鱼跃的往昔近乎美丽与诗意的回顾中层层荡漾，从而散发出一种无奈与凄美的人情以及人性的力量。对于老人的生活和言行，作者赋予了宽容的凝视和悲悯的理解。尽管随着社会的变迁，老人最终成了一个时代的殉葬品，但在这部小说中，南翔却无意对社会阴暗和人性弱点进行臧否式评判，也未做人伦道德上的价值追问，而是平静地审视这一切，冷静地看待这一切。此后，南翔又创作了《沉默的袁江》《哭泣的白鹳》《来自伊尼的告白》《珊瑚裸尾鼠》等一批关注生态或环保问题的作品。从《铁壳船》到《沉默的袁江》再到《哭泣的白鹳》《来自伊尼的告白》《珊瑚裸尾鼠》，小说家南翔，犹如一位校园中的沉思者，通过自己的创作实践，表达出他对人、对社会、对自然万物的深刻洞察和沉重忧思。这种忧思，既源于他对精神家园的追求，又源于他对生命状态的诘问。他只是故事的叙述者与小说的关注者，他关注着时代社会的流变播迁与世俗人生的起伏跌宕；关注着日常生活的酸甜苦辣与生命状态的喜怒哀乐；关注着审美理想的高下与情感状态的炎凉，以及由此形成的社会问题与心理深度。并且，他关注得坚定而又执着。从中，我们不难窥见他那开阔的人文视野与深广的悲悯情怀。

中篇小说《女人的葵花》依然保持着雅致、细腻和绵密的小说风格以及浓郁、敦厚、发自肺腑的悲悯情怀。小说故事其实很简单：为给女朋友买房子，一个叫桂德林的男人贪污公款18万元。通过装病，他从看守所里逃出来，一路南下，来到一座海滨城市，在鹰嘴湖水库落脚，承包了水库。一天深夜，他救起一个投湖自杀的女人，因女人爱嗑葵花子，他买回种子，开荒种了一大片葵花。女人与葵花的故事、女人与男人的故事由此展开。最终，女人因爱他而举报他，并愿意与漫坡黄灿灿的葵花一道，安安静静地等待他的归来。读来令人感动、感叹、感悟。在南翔看来，小说首先要打动自己。简而言之，自己感情蓄积得温软深厚，锤打浓缩，发乎为小说，才容易打动读者——《女人的葵花》无疑十分契合他的这一创作观点，丰富的小说内涵里，表现出人性被现实存在所奴役的沉重，以及人物面对沉重时的选择，其中无不隐含对生活的种种期待，因而引起读者情感上的共鸣。阅读《女人的葵花》时，我常常被一种善良、温暖的笔触所感动，作者以一颗宽容之心、一份悲悯之情，对现实社会表现出真诚的关切和注视，那显然是南翔身为一个作家，对"人性"发出的深邃凝望。是的，主人公桂德林的人生际遇告诉我们："人太容易受到诱惑，不在那个位置，什么大道理都懂，不仅懂，说起来滚瓜烂熟、头头是道，批判起来更是正义在手、义愤填膺；屁股一落座，三下五除二就全面缴械了。"这番话不免让我们对生活的悖论一览无余。小说同时借林老板之口道出了一个实用主义的生存哲学："很多经济也是在买卖中学会的，书要读，但读太多了就是呆子、蠢仔。我那些赚了钱的朋友，都不是多读书的人；但他们会读人，眼前社会，人读懂了，才一通百通。"林老板的处世哲学很大程度上代表了这个时代普遍的心理状态。被人类自己推动向前的时代，最终又将所有人裹挟向前，犹如长江后浪推前浪，没有任何喘息的机会。

南翔在总结自己对小说创作的认识时曾提到，"小说应该写作者最动情的部分。"就此而言，他的《前尘》《铁壳船》也好，《女人的葵花》《老桂家的鱼》也罢，无不以其悲天悯人的情怀，影响着我们每一个卑微的心灵，让我们深受感染。

二、开放性的叙事策略

一部好的小说在叙事上体现出来的策略，能够充分反映出一个作家的叙事功力和才情。具体到南翔的小说而言，他所追求的是一种开放性的叙事策略，即在故事结构的预置、小说主题的埋设等方面，糅合了古今中外小说的特长，同时在兼顾读者趣味的前提下，起着唯时代演变可以解释的变化。这种变化带来的就是他在小说叙事上形成的开放性策略。

南翔近年的小说，大多具有结构简单的特质。或者说，故事结构的单纯性，成为南翔近年小说创作的一个重要特征。"故事结构是小说叙事的重要一翼，故事结构是小说家预设小说情节的框架，它的搭砌，主要以人物命运的演进为规范。"他的《嗅辨员小梅》《柳全保同学，你好》《东半球，西半球》等小说，都显示了叙事过程中简洁与单纯的力度。在《嗅辨员小梅》中，主人公小梅的职业是环保局的嗅辨员。"什么是嗅辨员？就是一天到晚嗅味道的。"但小梅每天嗅的是臭味，而且主要是恶臭。小梅利用自己的专业与生理特长，甘愿为全市环保当卫士，甚至还借此做过侦破之类的好事。然而就是这么一位有着"特异功能"、工作干得非常出色的女孩，却尝到了第一次婚姻就失败的味道。原因是，"她每天都能嗅到老公身上有不同的女人气息，而且日渐浓郁。"现实生活中，每个人都有各自迥异的生活境况，其中之味当然也不尽相同。对于故事中的小梅来说，她找到了自己在生活中的位置，实现了社会与自我的双重价值：当一名出色的嗅辨员。但这一切是以她的第一次婚姻失败为代价的，原因仅仅只是她能够精确地嗅出上千种味道。阅读该作品，吸引我的倒不全然是故事本身，而是隐藏在故事背后的生活张力。很难说小梅的家庭及人生故事有什么微言大义，但是人性的感悟正是在逼近世俗的生活中自然流溢。至于现实生活中是否真有小梅的存在，我们不得而知，但这并不重要，重要的是，南翔在这篇小说中，以简单的故事结构与清晰的故事线条塑造出了一个活生生的小梅。既让我们品咂到了一种别样的生活味道，又让我们知晓了文学叙事的一部分真谛。这一真谛，在汪曾祺、刘庆邦、毕飞宇等作家那里亦踪迹可觅。

而在《柳全保同学，你好》这部小说中，我们即可见南翔在叙事上的另一种策略：不失主题同时又在主题的埋设当中颇费心机。小说由一个略显普通的故事开始切入：主人公梅琦不幸患上了乳腺癌，需要去医院做乳房切除手术。手术之前，丈夫大梨为安慰妻子，"疗救病况"，和她立下字据，承诺她想哪样就哪样，允许她"任何放逐身心之行为"。小说写到这里随之笔锋一转，讲述了另外一个多少有些离奇的但却好读且好玩的故事：梅琦念高一那年，遭遇了一件事情。那时候的她，是班上的学习委员。一天晚自习，她去办公室送练习本回教室的路上，忽然遭遇了本班学习平平的柳全保同学。原来他想和她交个朋友，而且是男女朋友；并出其不意地伸出手抓住了她的双乳，梅琦一声惊叫后，他反而抓得铁紧，怎么掰也掰不开。接下来的事情是梅琦想象不到也不愿想象到的结果，学校保安闻声赶来，柳全保很快受了留校察看的处分，一个学期还没结束，就自动退学了。事后，梅琦认为那不是她的错，也不是他的错。但她心中却从此有着经久不消的内疚感。一晃，距离那时已经十三个年头了，此时此刻，已患乳腺癌的梅琦却有个奇怪的念头，那就是找到当年曾趁黑摸她胸部的柳全保。找寻的结果是，柳全保如今在本市的一家知名摄影社当摄影师。于是，故事的戏剧性开始凸现。最后，柳全保用另一种抚摸，完成了他向青春冲动的歉意：他花了一天时间，拍了几十帧梅琦的美丽写真。至此，小说在完成了叙事性的同时也完成了主题的埋设。这种埋设是随着读者探奇意识的步步深入而显现的，从容而又徐缓。

《我的秘书生涯》和《辞官记》俨然一幕新时代的官场现形记。前者"促迫峻急地贴近官场录像，意图描述出权力和情感的勾兑乃至较量"。小说刻画了一个心机勃发得令人咋舌的女人，在与市长秘书惊心动魄的潜在较量中，长袖善舞，其手段不禁令人掩卷浩叹；后者则不无荒诞地表达了另一种若隐若现的心理真实：农学博士刘一周受市委重视，被委任新一届农业局局长。但因小时候受穷偷肉吃，刘一周挨了父亲一顿揍，从此落下了一上酒桌就心慌气短的心理疾病。为此，刘一周一再辞官。其妻于是找到昔日的旧情人、市医院妇产科医生娄小明，合演一出苦肉计，名曰宣泄疗法。于是，刘一周如妻所愿当上了市农业局局长，娄小明也因治好了刘局长的心理疾患而被调到农业局，成了刘一周的部下。荒唐的就任与辞官，如同哈哈镜一般，折射出当今社会中现实与理想的错位——由此完成小说在故事叙事上的一波三折和曲径通幽。

诚然，上述策略尽管不是南翔小说叙事的全部特征，但可以从某些侧面反映出南翔小说创作在叙事策略上的开放性，这种开放性，在其近年创作的《回乡》《洛杉矶的蓝花楹》《疑心》等大量作品中均有所体现。

三、多维度的情感质素

何谓情感质素？"情感质素即情绪与感情的潜在性质与特点。"作为一种长于叙事的文体，小说在讲述故事的同时离不开情感的蓄积与感发，而这也是评价一部小说优劣的重要尺度之一。南翔小说的情感质素，因为有着个人经验的融入而呈现出多维度的特征。

其一是在回望感怀的故事类型中，洋溢着撼动人心的情感力量，蓄积了较多的人世沧桑，从而有着独特的情感个性。此特征在其小说《火车头上的倒立》中体现得淋漓尽致。南翔曾从十六岁开始在铁路部门当过七年工人，这部小说即以他熟悉的铁路为题材，写的是最后的蒸汽机车，地点在他当年工作的浙赣线西端。主人公罗大车十七八岁就在宜分车站当了铁路工人，一辈子在火车头上做一个操作的司机司炉。他和其他同事一样，将自己的青春、爱情、婚姻，乃至于一切都献给了蒸汽机时代。几十年来，罗大车与火车头肝胆相照，心手相应，浑然一体，结下了深厚的感情，也养成了一个特殊的习惯，那就是每次出车前，要在驾驶室里倒立一阵才舒服。然而，时移事迁，随着内燃机车和电气机车时代的来临，蒸汽机车走到了生命的尽头，属于它的辉煌时代开始落幕。火车不再烧火了，罗大车工作的前进型 225 号蒸汽机车也终于退出了历史的舞台。小说在曾经"流金"的岁月欲说还休的耽恋与缠绵中，流淌着一股淡淡的忧伤，充分展示了作者青少年时代的阅历与心境。小说中罗大车的故事贯穿始终，故事底蕴是情感。但这种情感的抒发，却是通过对一去不复返的岁月与往事的回望达到的。小说在对罗大车难忘昔日的追叙当中，试图找寻聚积着作者自己的感发力度，而结尾罗大车关于他和儿女之间的感想，何尝不是作者自己的情感经历？"如果我们这一代是蒸汽机，乐乐和金葆他们，就是内燃机、电气机，是快速新干线。那是不止一代人的不同。那种不同，好也罢坏也罢，到底，是个人自己的选择。就像跑车过程中，必然会碰到朗朗日头，也会碰到风风雨雨。"小说在怀旧的情感基调中，潜隐了这样一个主题：世界变化得太快，熟悉的东西一件件消失，新的事物要去重新熟悉。上一代人的位置，有时候就决定了下一代人的位置。作者对这一主题的满腔感怀，因人物情感的铺垫而具有充分的感染力。《火车头上的倒立》明显带着深深的忆旧痕迹。南翔自己也说，"一个人的第一份职业，或者青少年时的工作与生活感受，很难不在他日后的写作生涯中留下深深的烙印。"因此，《火车头上的倒立》可以看作是在一去不复返的蒸汽机的汽笛里，挽歌一般唱响大车们的情感悲喜。在一幅幅文字画面里，作者缕述与蒸汽机一起的"大车"们曾经的内心轰鸣与翻涌的悲喜，读来令人颇多感动。感动之余，不得不叹服南翔小说那看似平静的叙事下面，潜伏着怎样的情感波澜。

与此同时，南翔小说的情感表现，还通过对一本正经的生活现实予以戏仿，而潜藏着谐谑与讽喻的情感维度。他的长篇代表作《南方的爱》便是具有上述特征的一部小说，这里不妨以小说的开篇《博士点》为例。《博士点》讲述的是一座围城中发生的故事：G师大的博士生郝建设临近毕业时遭遇了人生的五味。为了帮助别人，不谙人情世故的他最终不得不以牺牲自己的前途为代价。围城里的种种事物看起来似乎和围城外的生活一样，那么的世俗和荒诞，但透过这表面的人情和故事，我们又分明能够在大学这座象牙塔中看出一片异样的风景。小说的结尾，郝建设已在现实生活的磨砺下，逐渐感受到了博士点的潜在价值，"绝不止于学问，它作为学问的塔尖，更多的是一种象征，它作为身份的标识，却可以兑取力量、权力与利益"。正因为如此，博士与博士之间，与导师之间，与社会之间，与爱情之间，才会生出那么多令人心酸、讶异、感慨的故事。《博士点》写出了当代知识分子个人情感欲望的自我挣扎，也表现了他们个人命运意志与社会环境的冲突，既有对现实生活的揶揄和反讽，又有对心灵世界的探索与拷问。在《博士点》中，南翔的精神向度与叙述追求，无不体现他作为一个有独立思考的小说家，彰显着他对社会和大学的热切关怀与深沉忧思，彰显着他对道德和伦理的痴情守望与虔诚追寻——从这个意义上说，南翔小说有着明晰的情感深度。

我毫不掩饰对南翔小说的喜爱之情，自第一次读到南翔的《博士点》开始，便沉迷于他的文学作品十多年。我想，若以这个标准来评价南翔的小说，譬如《女人的葵花》《火车头上的倒立》《绿皮车》等，结论是显而易见的。它们就像一坛酝酿了十八年的女儿红，香气撩人，从而给读者带来精神上的愉悦和审美享受。

四、结语

作家汪曾祺曾说："小说最重要的是什么？我以为是思想。"南翔也认为"作家要以学识为根基，以思想为触角"。在这里，两位身处不同时代的作家，不约而同地强调小说的"思想性"。所谓"思想"，显然就是那种有自己对生活的真实理解而且有独特感觉的东西——这正是小说创作应该具备的叙述经验。这种经验，既可以来自生活、来自故事，也可以来自人物、来自语言。我在南翔近年创作的大部分小说中，真切地感觉到了来自独特"经验"的力量。这些"经验"，无不贯彻着他对当下政治生态、社会生态、自然生态、人性生态作为文学创作主题的多维思考，也即小说的思想性。

南翔一直认为，"小说的价值标高，应该牢牢订立在普世的文化尺度上，这样既可避免重蹈文学史上随风转向、紧跟任务、图解政治的覆辙，亦可避免'问题小说'之弊，随着问题的结束或漂移，一些问题小说便索然瓦解，徒具标识意义而尽失文学审美价值。"从小说集《前尘》到《女人的葵花》，再到《绿皮车》和《1975年秋天的那片枫叶》《抄家》，我在细读之余不禁感慨：南翔笔耕不辍而写就的，哪里是小说？在他的才情和阅历背后，记录的分明是他们这一辈乃至上一辈的痛与悔，表达的分明是他们一路颠沛而来的憎恶与爱恋。人生无常和世事播迁，伸张志向与集藏趣味，才是南翔小说的精神旨归。而这也正是南翔小说创作的内在驱动力，他执拗地认为，作家有责任或义务，将他们亲历的或一直在感受的生活，以尽可能生动的情节与灵动的细节表达出来。在他看来，好的文学作品需具备三大信息量：一是生活信息量，二是思想信息量，三是审美信息量。意即一部好的文学作品，应该具有生活的广度，尽力搜寻和表现人物、情感、历史及其生活细节，使之充满生活气息；应该具有思想的深度，通过小说人物和故事传导出深邃、理智而清明的思考，使之富有哲学韵味；应该具有审美的高度，对不同的小说人物和故事，运用不同的话语方式和结构方式，使之蕴含美学质地。也许正是在这个意义上，评论家贺绍俊才认为，"南翔的小说很好看，也很耐读；他可以在不同的时空里展开想象，而最终又都凝聚于思想性和文学性，这得益于他的学院气质、民间情怀和南方立场三者的完美结合。"在南翔小说中，上述三大信息量和三种立场几乎贯穿于每一部作品。

"寻常一样窗前月，才有梅花便不同。"这是作家南翔心灵深处向往的一种境界，看似简单，却有着无尽的禅味。世上值得珍藏的东西，不过就是眼前的寻常之物。譬如写作，寻常之人事物件，最是易写但又最是不易写好。综观南翔这么多年来的小说创作，都能在寻常之人事物件背后写出人情的冷暖，生发人性的关怀，并在语言上和叙述中追求对寻常生活的智性表达，使之达到生活的广度、思想的深度和审美的高度。学者陈墨认为南翔的小说"好看如世说新语般传奇，耐品似似水年华般细腻，动人出自悲天悯人的情怀。"我想，此论对于南翔小说而言，无疑是恰如其分的。

时代生活视域下的个体灵魂书写

——评吴笛小说散文集《灵骨梳》

周思明

一

　　小说散文集《灵骨梳》是深圳作家吴笛新近出版的第五本书。换言之，早在《灵骨梳》出版发行之前，吴笛已出版了他的长篇小说《青春滴血》，诗集《情怀——集结号》《关于这个世界》等多部文艺作品，在外界产生了不俗的反响。

　　生活是文学之母，此乃文学创作的经验之谈。在这个意义上，可以说吴笛较之一些经历简单的写作者，更具备当作家、出作品的资格。这位生于安徽、长于陕西，游走于江西、浙江、广东多个省份的写作者，有过参与三线建设，在铁道、柴油机厂、广播站、学校、金融机构、研究院、企业等多个机构工作的复杂经历，历任教师、行长、研究员、总经理、集团副总裁等职务。本科毕业后又先后在深圳大学文学硕士作家班进修文学创作专业、在南开大学就读经济学博士，还曾拜师学习书法和现代水墨画，可谓饱学之士矣。吴笛的小说，比如《青春滴血》，用梦幻故事、诙谐笔触，书写一段悲壮历史。书出版后，据说得到社会的广泛关注。与深圳擅长写财商小说的作家丁力类似，吴笛也曾发表不少专业技术类论文，见诸报纸杂志的金融经济和策划类论文多达近百篇。吴笛的《e金属图像》画册在深圳文博会大学城创意园参展，引起学术争议和媒体关注。

　　吴笛取得的文学创作及金融经济研究成就不可谓不斐然。但何以在网络上，看不到多少关于他的什么信息，更遑论能找到关于他的作品的评论文字。把吴笛的这种网络存在态势与他的不菲文学创作成绩相对照，便形成了一种认知的张力。或者可以认为，他是一个低调的写作者。

这让我想起了两位中国当代作家，一位是残雪，另一位是曹乃谦。

在今年诺贝尔文学奖正式颁布之前，中国女作家残雪可能获得诺贝尔文学奖的话题浮出水面，引起公众的关注。这不奇怪。在英国某博彩公司赔率榜上，残雪名列其中，且排位靠前，遂成热门人选。虽然公众对残雪比较陌生，但在文学圈内，她一直是名气很大却非常低调的作家，两者形成的反差不小，说是一对悖论也不夸张。说其低调，是因为她不像有些作家那样，常与媒体打交道，在聚光灯下抛头露面。说其名气大，是因为残雪早在20世纪八九十年代即以文学的现代主义色彩强烈、风格迥异而著称，《黄泥街》《苍老的浮云》等作品早就进入文学史，她本身亦属中国先锋文学与现代派文学代表人物。但是，也许因为残雪小说过于艰深晦涩，在碎片化阅读、快餐式文化大行其道的当下，她的读者群不是特别广。作为坚守在纯文学一线的写作者，她在公众心目中的知名度并不如那些有一帮主流评论家乐此不疲为其鼓吹的作家那么高。但也许正是这种对纯文学的坚守，尤其是不断扩展当代文学叙述边界与方法和对文学现代性、先锋性的持续探索行为，为残雪赢得西方读者与研究者的偏爱和关注。

当今中国文坛，已然成为一个江湖。正如法国思想家布尔迪厄所言："文化场域受制于政治与经济因素，任何文学现象都无法脱离权力与资本话语的影响。"残雪如此，曹乃谦也一样。熟悉刚刚去世的诺贝尔文学奖评委马悦然的读者都知道，曹乃谦跟马悦然是交往几十年的挚友。正是马悦然发现了曹乃谦，将他的作品翻译成瑞典文；还亲自到曹乃谦家中和笔下作品的原型地去探访。曹乃谦小说自传性色彩浓厚，语言极具特色，采用雁北人叙述方式，简练而幽默。马悦然评价曹乃谦说："我自己认为他的文学艺术成就非常高。我最大的希望是曹乃谦的小说在出版之后，大家会发现他是当代最优秀的中文作家之一。"但奇怪的是，一直以来，国内主流评论家们极少有人注意并评论曹乃谦，就像王小波生前那样，这一现象值得研究。与吴笛不同的是，曹乃谦属于那种墙里开花墙外香的作家，其作品在海内外拥有广泛的影响，作品被译为英文、法文、德文、日文、瑞典文等多种文字出版。相比之下，吴笛似乎就不那么幸运了。吴笛的作品至今尚无外文翻译版本，但这并非意味着吴笛的作品就不好。要想知道梨子的滋味，必须亲口尝一尝才知道。同理，要想知道吴笛作品的好与不好，也只有读了才知道。

二

吴笛这本小说散文集《灵骨梳》，顾名思义，分为小说散文两大板块，前者为小说，包括《灵骨梳》《眼睛树》《溃疡》《腊八豆腐》《差一分》《权利》《卖茶记》《失联》《心脏》《寻找愤青》《寻找辣椒》等；后者为散文，包括《乡愁是一块使了魔法的豆腐》《景德镇的弄堂》《知"粥"常乐》《诗是神马》《诗是用来装灵魂的》《世上只有文学不可辜负》《云天外的情怀》《梦中一支无眼笛》《秋光已老雪无声》《静水流深的日子》《穿越青春的时空隧道》《初识台北的文学和文人们》《快乐是一种物质》《南山老王的情愫》《南山的这片海》《现代陶潜》《森林大帝》《涛哥的情怀》《把信送绘谁》。

先说小说。

这部新著中的十多篇小说，语言的考究、精炼和幽默感，是凡读过它们的人所公认的。这些小说，紧贴生活，笔随时代，可读可感，没有太多道理的叙述，却能使人迅速进入纷繁复杂的尘世。

首先，吴笛小说具有独特的语言魅力。

汪曾祺说过一句很经典的话：语言不只是形式，本身便是内容。汪曾祺就此写过一篇文章，文中他说，包世臣论王羲之的字，说他的字单看一个一个的字，并不觉得怎么美，甚至很不平整，但是字的各部分，字与字之间"如老翁携带幼孙，顾盼有情，痛痒相关"。文学语言也是这样，句与句，要相互映带，相互顾盼。一篇作品的语言是一个整体，是有内在联系的。文学语言不是像砌墙一样，一块砖一块砖叠在一起，而是像树一样，长在一起的，枝干之间，汁液流转，一枝动，百枝摇。语言是活的。中国人喜欢用流水比喻行文。苏东坡说："大略如行云流水""吾文如万斛泉源"。

我们知道，汪曾祺对沈从文先生崇拜有加。吴笛小说语言的精练与幽默，似乎冥冥中与汪曾祺有着某种契合或传承，不仅精练，而且幽默。且看下面这两段文字：

那费去多少工夫扎好的花圈，那绞尽脑汁写的挽联都搬到一个露天的炉子里去烧，还有舅舅的所有衣服、用具统统拿去烧，烧了，舅舅才能带走。表弟妹递给我一沓纸钱说，大哥，你是当过行长的，你给我爸爸烧烧纸钱吧。我这时突然闪念，原来当过行长，这时还能发挥一点作用，人生当一回行长好。只是我看着那画着阎王像，写着行长阎王的"钞票"上面标着100000000元的面额有点惶恐，阎王爷什么时候移民越南了？怕不是舅舅还先要到越南去旅游一趟?!

这钱这么大，我蹲在炉子边诚惶诚恐，一张张地烧，别让它贬值了。表弟妹的话启发了大家，于是还没有烧的纸钱、草纸全都堆在我面前，都要我来烧。看着这么多这么大面值的冥钞，心想阎王在上，今天管这么多钱，在人间我至少是总行行长了，在你老人家那儿也得是个分行行长。那一刻，我有点激动，早已告别了10多年的金融生涯，早已淡化了被世人也被自己忘却了的行长，在这个时候被提起和重用，这火光就是证明。不知是激动还是烟熏火燎，我的眼眶再一次溢满泪水，有点迷眼，有点心酸，有点手软，手机械地把那"千金万银"往火里扒拉，我今天是最富有的，多少"银两"在我手中化为乌有，应该说送到了另一个世界。（《灵骨梳》）

此间，吴笛汲取了黑色幽默（Black humor）手法为其小说增色。何为黑色幽默？黑色幽默乃20世纪60年代美国重要文学流派。1965年3月，弗里德曼编了一本短篇小说集，收入12个作家的作品，题名为《黑色幽默》。"黑色幽默"一词即由此而来。"黑色幽默"小说家突出描写人物周围世界的荒谬和社会对个人的压迫，以一种无可奈何的嘲讽态度表现环境和个体自我之间的互不协调，并把这种互不协调现象加以放大扭曲，使之变得畸形，显得更加荒诞不经滑稽可笑，令人感到沉重和苦闷。因此，"黑色幽默"亦称"绞架下的幽默"或"大难临头时的幽默"。"黑色幽默"作家往往致力于塑造一些乖僻的"反英雄"人物，借他们的可笑言行影射社会现实，表达作家对社会问题的观点。在吴笛小说《灵骨梳》中，办丧事本是一件悲事，是应该秉持严肃态度的。但作者却用一种反讽语调进行调侃，这不能理解为对死者的不敬，而是借黑色幽默语调来浇"贬值""炫富""官本位"等时代社会存在之弊的块垒。

小说家张贤亮在谈到小说语言时说，要想进行小说创作，语言文字这一关要自觉地去攻克。语言文字是没有底的，我们现在兴起的这一批作家不同程度地存在着语言文字方面的问题。我们打倒"四人帮"后兴起的作家，现在已经在全国有点小名气，经常在刊物上看到他们的作品，但是也不同程度地出现了语言文字方面的问题。张贤亮所言并非无稽之谈。别人不讲，即便是获得诺贝尔文学奖的莫言等人，不也常常连起码的"地""的""得"也拎不清吗？还有的作家，"地""的""得"倒是能拎得清，但却走向了另一个极端，即偏爱用人们不认识的冷僻字词，或古里古怪、佶屈聱牙的句子。以为如此便可使自己的作品"高雅""洋派"起来，殊不知这样的表达正是在给读者设置理解障碍，也是在自我与受众之间垒墙。从接受美学角度讲，这样的文字表达，无疑会使自己的作品沦为半成品。因为，只有读者参与进去的作品，才算是完整的作品。在这点上，吴笛的文学功底值得称道。

其次，吴笛小说注重人物形象塑造。

论及小说创作，沈从文的一句话堪称金句：要贴到人物写。吴笛的小说写作，可谓通达此理。在他的小说文本里，人物是主要的，是占主导地位的；其余部分都是次要的，乃派生的。作者的感情和人物贴得很紧，可以说是与人物同呼吸、共命运的。作者不会离开人物去抒情、去议论。他的所述所写，大抵是符合中国文化传统的，带有鲜明的现实主义色彩。他的小说语言，也是民族文学传统的泉眼里流出来的水，因而具有鲜明的民族特点。当然，此间所说的民族特点，不排除外来影响的介入；所谓现实主义色彩，也是容纳了当代西方各种流派的带有现代主义因素的现实主义，说吴笛的小说是带有现代元素的现实主义，也未尝不可。

再次，吴笛小说凸显作者对人生与生活的体验。

借用戏剧学的概念，吴笛显然属于"体验派"作家。吴笛丰富的人生经历，赋予他小说写作的丰厚资源。他的小说也因此而彰显丰富多彩、复杂生动的特征。无论是《心脏》里对人物性格的刻画，还是《差一分》里对"我"这一人物形象的描绘；以及《眼睛树》里艾红军大西北军垦生活的再现，都映射了作者自我的影子。此者，恰如现代作家郁达夫所言："文学作品都是作家的自叙传。"虽说隐含的作者不是真实的作者，但前者体现出来的意志，一定是后者潜意识里的内容，所以小说往往会带有作者自传性质。

《权利》《腊八豆腐》《灵骨梳》《溃疡》《差一分》《权利》《寻找辣椒》等小说，也是吴笛从身边生活矿藏开掘出来的题材。扫描过来，既有《腊八豆腐》中散发出来的家乡味道，也有《灵骨梳》中舅舅葬礼上勾起的旧事美好记忆；既有《寻找辣椒》中作者世界各地遍寻辣椒的新奇事例，也有《权利》《差一分》中展现的作者经历过的生活日常。比如《寻找辣椒》这篇，充满了生活日常的情趣，展示了作者对生活的有心：

　　　　家里餐桌上的一隅总是堆满了各种罐子，那是各种腌制的辣椒或者辣椒的制品，比如特辣的豆腐乳等。我喜爱吃并不辣的川味油炸辣椒和油炸花生米等坚果类，你可以吃，但吃完后这些罐子不准摆在桌上，如果你不隐蔽放起来，等晚上下班回来，那些罐子就会长腿走到你的书桌上，甚至你的床上。你必须会"坚壁清野"，这非一次八年的抗战，这是终老的战争。餐桌上炮楼林立的玻璃罐子不用说一律都是被辣椒浸淫的红色，也偶尔有白色的小罐，我不知道里面放着的是盐、糖、奶粉还是蛋白粉。有一次喝绿豆汤，嫌不够甜，倒出来的却是盐；还有一次喝鸡蛋汤，嫌淡了一点，倒出来的却是白糖，这白色小罐里面到底是什么"瞒天过海"的，不敢再招惹了。

综上所论，凸显出作家对小说文体的语言魅力、人物塑造、人生与生活体验等多种技能的把握。

三

再说散文。

写出《乡愁》经典诗篇的台湾著名诗人余光中说，诗和散文是中国早期的两大文类，小说、戏曲是后来的，这和西洋的发展不太一样。何为散文？说法很多，举例说，我们平常读中国古典文学的范本，诗会读《唐诗三百首》，散文会读《古文观止》，可是打开一看，前面几卷几乎都是历史，像《左传》《公羊》《谷梁》，这些本来都是作为历史而写。太史公司马迁写《史记》，他也不想做一个散文家。可是，历史写好了，那个文字就是最好的散文。同样，哲学家也不以散文作目标，可孟子的散文非常有气势，他善于养"浩然之气"；庄子的散文"汪洋恣肆"，富于想象力。在古人看来，他们的历史和哲学著作也就成了很好的散文，所以古代文人说散文要写得像太史公司马迁的那样。苏州作家陆文夫认为，对散文很难下什么定义，有些国家把诗歌和戏剧之外的文体都称之为散文，连小说也包括在内。中国人好像也是把诗歌和戏剧之外的文体归入散文，只是不把小说包括在内，但也认为小说是用散文写成的故事。其实在我看来，散文不是不能定义，否则它与小说、戏剧还有何区别？散文无非就是与有故事、有人物、有起承转合、开端发展高潮结局迥异的小说、戏剧文体相区别的文体，散文不强调故事的完整，人物个性的塑造，没有起承转合、开端发展高潮结局之类的刻意经营，可以是一盘散沙，可以是天马行空，可以是东拉西扯，也可以是东一榔头西一棒子。但有一点是不可以的，那就是你的文章里不可以没有一个硬核，这个硬核就是散文的"神"，所谓"形散神不散"。

首先，吴迪的散文彰显浓重的传统文化内涵与情结。

吴笛这本书中散文部分开篇之作《乡愁是一块使了魔法的豆腐》，窃以为就是颇具传统文化意味和情结的。该文以豆腐为硬核，以童年时出生地故乡的豆腐和深圳餐馆里的豆腐做对比，深情抒写作家潜藏心中深处的乡愁，而乡愁本身就是作家对中国传统文化、地域文化的怀恋和反映。试读下列文字：

> 带我长大的奶奶不是徽州的，是爷爷到景德镇做生意时找的。稀奇的是她多次给我提及一道菜，叫"烂腌菜炖豆腐"，她开始说我爷爷在炖豆腐的时候，要把腌缸里已经腐烂了的腌菜（腌荠，当地的叫法，外地人以为是"腌鸡"）放在豆腐里去，我奶奶感到不可思议。但是事实证明这样"烹调"的菜非常好吃，豆腐激发出特殊的鲜味，而且这个豆腐是越煮越入味，鲜味越浓。但是这道菜是可遇不可求的，因为这个"烂腌菜"哪里有卖？谁能做出这个可以吃的"烂腌菜"？

> 记得70年代返乡，一些乡里送给我们几块黑乎乎四四方方的"砖头"，家父如获至宝。这种食品叫"腊八豆腐"。家父是好几口酒的，有一天，他让我将那"黑砖头"给他切几片下酒。我将那"砖头"在水龙头下面冲了一下，仍是那硬邦邦，砸死老牛不费劲的"黑砖头"，我用刀去切它，丝毫不动，定是刀口不利，我将刀在磨刀石上磨利了，然后沿着边线憋着劲切下去，一块黑漆漆的边料切下来了，分明砖头里面黑里透黄，再切去一块，里面透出一片金黄色，我情不自禁拾起一块塞进嘴里，一股清香在嘴里弥漫开来，牙齿迫不及待将它捣碎，那种咸味是我未体验过的，带着一种奇鲜，这是豆腐吗？怎么有一种肉皮的感觉？再细细地切下一块，那形儿，着实像框着黛色边黄中透金的窗户，仿佛方寸之间，后面就是一粒初升的太阳？它还是一片精卤到位的牛筋切片？四川的灯影牛肉？有点像。在我的嘴里，它像另一片舌头和我舌头纠缠在一起，和我的口腔融为一体。我的味蕾从此被它翻开浓墨重彩的一页，奇味的感觉是会刻到骨头里的。

吴迪此文，想必每个上了点岁数的中国人乃至外国人都会感同身受。正如有网友看了纪录片《舌尖上的中国》后感言：不晓得为什么，虽然是讲中国美食的纪录片，可是看完后没有流口水，却是莫名地一直鼻酸。饮食，表面看是一道道由各类食材组合而成的菜，供人果腹，免受饥饿之苦，其次才是满足味蕾的愉悦。可是另一方面，它代表的就是文化，饮食文化。这种饮食文化，其实代表着每一个人内心最深处的那种难以磨灭的故乡记忆、儿时记忆、亲情记忆。你小时候吃过什么，它们都会如影随形地烙印在你心底，跟随你一辈子。

《景德镇的弄堂》这篇散文，也是讲乡愁。用作者的话说，这是他迟迟不愿下笔的题材，是在作者心里沉淀太多太多的隐私和伤痛，是他儿时在其中度过时光太多的难忘记忆。每年吴笛总要借着各种机会来这里一两趟，每次来总会在这些弄堂里穿梭。原来是用照相机，现在是用手机，频频拍照。那些弄堂里的墙体是红红黄黄的，夹杂着一些黑色，像大师点墨，挥洒其间，斑斑驳驳，像极了着了彩的水墨画。晨雾中，又像印象派的油画。它们是作者的记忆、向往和深爱。虽然那窑砖的墙有的残败了，有的长满青苔，在夕阳暮景中，它们悠长而瘦窄，像是时间隧道，使身为故人的作者难以忘怀，念兹在兹。

中国的弄堂南北皆有，极为丰富。弄堂又名巷子，乃城市中小街道之谓也，北方称胡同。中国城市中，无论弄堂还是胡同，都历经了千百年的风雨沧桑，它们是中国人城市生活的象征，也是中国古老文化的载体。它们承载着中国城市发展史，承载着中国传统文化的流传史，更承载着中国人心目中精神家园的依赖。北京的大栅栏；南京的夫子庙、老门东；苏州的观前街；成都的锦里、宽窄巷子；武汉的六渡桥、汉正街；杭州的河坊街、孩儿巷；福州的三坊七巷；黄山屯西老街；云南的丽江古城；湘西的凤凰古城等，这些古老的街巷，形成了中国特有的弄堂文化。现代诗人戴望舒诗《雨巷》这样描述："撑油纸伞，独自，彷徨在悠长、悠长、又寂寥的雨巷"，狭窄阴沉的雨巷，在雨巷中徘徊的独行者，以及那个像丁香一样结着愁怨的姑娘，都是象征性的意象。这些意象构成了一种象征性的意境，含蓄地暗示出作者既迷惘感伤又有期待的情怀，给人一种朦胧而又幽深的美感。一条老街弄堂，一段难忘历史，成为作者心中永不消逝的文化符号。

其次，吴笛的散文也呈现对当代文化的反思与批判。

在《关于诗》一文中，吴笛自问自答：诗是什么？不如说诗是神马，诗是浮云。诗是诗人心头的悸动，或者说诗是卡在诗人咽喉的刺骨，不吐不快。诗更是暑期的内火，得用"刮痧"去火，那一道道刮痕就是一行行诗句；或之"放血"，那血痕就是诗行。但有意思的是，在正面肯定诗歌写作以后，作家笔锋一转：诗是什么？诗是懒惰！是长篇没有气力写，短篇不愿构思，散文懒得随想，随笔懒得码字，就靠一个杂念，一皱眉头，气不过哼哼，累不过嗷嗷，断着句，拉长页面，标点也省了，语法也免了，甚至电脑也不用了，稿纸都不必找，逮着神马，香烟盒也行，一把撕开，里面一定是白囊，足足可以敷衍一首诗，微博上一定摆得下。甚至香烟盒、揩屁股纸都不用，手指蘸着茶水汁儿，涂抹在桌几上，用手机一拍，免得过后不知道自己叽叽歪歪进出了神马字！吴笛此言，深得我心。前者，是在阐释诗歌的真义；后者，则是在批判当今诗坛的浮躁、造次、粗鄙。

网络时代，诗歌的状态发生多元嬗变，其表现之一是诗人写作的分流化。2005 年前后，诗坛更出现"梨花体事件"及后继的各种网上争讼，并由此出现一个诗歌粗鄙化写作狂潮，即所谓"垃圾派""低诗歌""口水诗"等。有鉴于此，作者以散文其实也是杂文形式，给以立场鲜明的回应。著名评论家雷达2006 年就曾尖锐批评当代中国文坛、作家存在的浮躁焦虑情绪。十多年后，这种迎合市场、拼命刷存在感的近乎发高烧似的创作"热潮"，依然没有平息。习近平总书记 2014 年在文艺座谈会上的讲话也给以批评。中国作家在思想的历练、生活的体验、艺术的追求上，显得极为浮躁，这也是当代文学出不了大师的致命原因。有读者批评，以小说《活着》名世的余华就是一个十足的"好死不如赖活"的作家；贾平凹的性描写已经沦为"性变态"，看了令人作呕。某些官场作家描写官场文化的黑暗面毫不节制，却没有写出人性的深刻与丰富，更没有给人带来希望和力量。莫言虽然获得诺贝尔文学奖，但他的作品充满暴力也是不争的事实。在此意义上，吴笛的文化反思散文，讥讽的是当今诗人，但让我们联想到当今文坛的诸多不堪，是具有一定警示意义的。

再次，吴笛的散文还有对生命的尊崇与悲悯，以及革命英雄主义精神的讴歌。

《穿越青春的时空隧道》一文，是怀念战友的深情之作。在此文中，吴笛向我们传递了这样一个信念：我们这一代人，无论干什么，不一定都成功，但一定坚强、坚毅、坚韧，不惧失败。为了印证这个理念，吴笛讲了一个故事，一个他的年轻战友们在修建襄渝铁路工程中发生的关于饥饿、关于流血、关于牺牲的故事。故事不像小说那般严谨，有戏剧感，但读起来令人感慨良多，尤其是这一段——

> 一阵沉寂以后，隧道终于出来了一些人，不过是抬的抬，背的背，扶的扶，其中用两个铁锹杆抬的一个人，已经是血肉模糊，鲜血一路往下滴，突然那抬伤员的俩孩子一个踉跄，不是还跟着一个人在护着，那伤员肯定掉了下来，但那人的长筒雨靴掉了下来，慌慌张张的抬伤员的仨孩子根本没看见，而这边所有的孩子都看见了，一个个想叫出声来，我们的一个战友一个箭步跑了过去，拣起那雨靴，顿时就吓得坐在地上，那哪是一个雨靴？雨靴里分明是灿着白骨连着筋渗着血的人的小腿，他拿着它直发愣，

看明白这情景的孩子个个睁圆了眼睛，倒吸一口气，有的闭上眼睛用手蒙住了嘴。

看到这段文字，不禁让我想问一个问题：军人意味着什么？答案其实不复杂。军人意味着冲锋、奉献，乃至流血、牺牲。当祖国和人民需要的时候，军人会毫不犹豫地奉献自己的一切，包括生命。我曾看到一个材料：对越自卫还击作战中，一个青年军人上战场前，新婚妻子哭泣阻拦，那位军人突然大吼道："哭什么？嫁给当兵的先得准备做寡妇！"这话听起来有点粗鲁，过于残酷，但事实就是如此。电影《高山下的花环》里的梁三喜不就是这样？电影（当然也是现实）中，无论是将门之子，还是农民后代，无论是男兵，还是女兵，他们的差异统统都被战争抹平，统统都被碾压成两个字——军人。军人用他们的血肉之躯，保卫祖国安宁，至于留给自己的会是什么？谁也不会考虑它，也无暇考虑它。令人不胜唏嘘的是，梁三喜牺牲之后，留下的是一张血染的欠账单。透过这张欠账单，我仿佛看到梁三喜家茅草屋前守望的母亲那饱经风霜的面庞，持家的妻子那打补丁的衣衫，以及她怀抱婴儿那待哺的嘤嘤哭声。特殊的使命，崇高的责任，把每个军人的前途命运同国家民族根本利益紧紧地绑在了一起，铸就了军人特有的博大情怀和坚定志向。正是在报效祖国的不懈奋斗和刻苦磨砺中，军人实现着自我的价值，展示着壮丽的人生。战争年代如此，和平年代也不例外。军人，无论置身何时何地，都是满腔热血，一肩责任，时时刻刻都准备付出鲜血和生命。吴笛这篇散文，写得虽不那么慷慨激昂，但越是看似寻常，就越是会产生一种感动的力量。也许，这就是所谓四两拨千斤吧。

四

从方法论角度说，吴笛的小说散文集《灵骨梳》所秉持的，仍是现实主义写作。置身21世纪多元文化时代，不少写作者受消费主义思潮影响而心浮气躁，不愿或不屑于现实主义文学写作，也不再像传统作家那样脚踏实地进行从生活到艺术的规范创作。许多写作者不再信奉"语不惊人死不休"的工匠精神，而是依仗自己多年历练的功夫，在文坛放马驰骋、潇洒闯荡。这样的写作，文化自觉匮乏，文化自信盲目，没有生活，不见情怀，作品发表得再多，也与文学价值意义无缘。这也正是当代文学创作长期以来有数量缺质量、有高原缺高峰的主因。庆幸的是，毕竟还有更多作家，在坚守现实主义精神的写作。吴笛的小说散文写作，再次印证了这样的理念：现实主义精神的写作，就是作家将历史与现实的艰难、困苦、磨砺转化为奋争、理想、信念，用充满心灵辩证法与美学张力的文学作品来还原、升华现实人生，从而使文学创作具备崇高的价值意识，强烈的审美、审丑、审智等功效，并最终化为"灵魂的声音"，实现美好的人生愿景。

整体上看，吴笛这部小说散文集，秉承现实主义传统，尊重人的情感逻辑，语言上也不无出彩之处。如果从提高的角度说，我觉得，作者在现实题材的择取与提炼上，还可以做些思考。比如，在散文的个别篇章写作上，也许作者对所亲历的往事感情投入过多，与生活贴得太近，导致在文学性上有欠提炼，显得过程铺陈有余，诗意的跳跃感和象征性不够。如何将形而下与形而上更好地糅合在一起，如何锤炼具有审美哲学高度的情节、细节、环境，使之更具审美思想价值，抵达更为理想的文学境界，可能是吴笛今后需要努力的地方。

尽管如此，在我看来，吴笛小说散文集《灵骨梳》乃属灵魂写作，作品多有出彩之处，具有个体辨识度。通过观察我发现，吴笛笔下的人和事，既不抽象，也不空洞，而是将之置放在一个具体的社会伦理环境中，一种有意义、有价值的生活和秩序中。作家执着于生活意义的追寻和对人生境况的拷问。他习惯于把自己的叙事限定在与日常生活同步的经验、人性的常态范畴之中进行。从吴笛全部的写作中，我看到他对文化传统中稳定、牢固的东西抱有一种维护和敬畏之心。他的小说散文写作，属于那种发自内心需要，源自生命内驱力推动的有感而发。所以，他的写作姿态是沉稳的、低调的、自在自为的。表现在题材和风格上，他不跟风、不凑热点、不赶新潮。他的小说创作和散文叙事，来自对生活现实的深切感悟，更来自个体自我的内心驱使。因此，这本小说散文集在文学审美和现实关怀双重层面上的价值和意义是毋庸置疑的。

一位被低估的象征主义诗人

——曾滔诗歌浅论

于爱成

　　曾滔是一位独特的诗人，一个被当代诗坛低估的诗人。摆在我面前的是他的诗集《瞬间》《透明的灰尘》和《一个象征主义者》，收入诗人20多年来的近300首诗作。这些诗作既显示了诗人创作的各个历史阶段的不同诗歌风貌，又在整体上呈现出大致相似的审美趣味和诗学特征。

　　从诗人的诗路历程和诗歌文本来看，曾滔既体现出个性独异的一面，又体现出同代诗人的某种普遍性。他的个性独异确保其诗歌的独立品质，从而为其他人所无法取代，尤其在深圳诗坛，独树一帜；其普遍性在于，曾滔的身上集结了新时期以来一代诗人尤其是第三代诗人后可能携带的诸多诗学问题，某种程度上来说，对曾滔诗歌的关注和研究，也构成了我们对这一代人身上沉淀体现的诗学问题加以寻绎、叩问的一个过程。

　　曾滔明显属于学者型诗人，他先后在湖南工程学院和复旦大学等高校攻读，完成了硕士学业。从事过自由撰稿、广告文案、歌词写作，主编过行业期刊，创办企业，并始终保有对理论的兴趣。这种从业经历、知识结构和理性训练，对曾滔这个始终没有离开文学创作的诗人而言，带来的是一种学者的气质和透露在诗歌字里行间的智性气息。

　　通常情况下，诗歌都被看作一种偏重抒情的艺术，在这种艺术形式面前，人们对情感、直觉、想象、灵性的看重，往往远大于对知识、学养的重视。郭沫若在给宗白华的一封信中就说过："诗人是感情的宠儿，哲学家是理智的干家子。"① 很明显，这是将诗歌与知识放在对立的位置上来论评的。不可否认，情感丰富、直觉敏锐的人，对于外在世界的体验必定显得丰沛和强烈。从中国新

---

　　① 郭沫若．论诗三札［M］//杨匡汉，刘福春．中国现代诗论（上）．广州：花城出版社，1985.

诗的具体实际来看，无论是浪漫主义诗歌还是现实主义诗歌，情感在其中都扮演着无以替代的重要角色。不过，中国新诗中的现代主义诗人如卞之琳、穆旦、冯至等，对于情感的处理却相当谨慎，他们信奉艾略特有关"诗并不是放纵情感，而是逃避情感；不是表现个性，而是逃避个性"① 的训言，力求经验与智慧在诗歌中发挥更大的审美作用，而对情感则有力地抑制和挤压，不让其肆意喷涌与流泻。卞之琳就这样认为："诗不是感情，也不是回忆，也不是宁静。诗是许多经验的集中，集中后所发生的新东西。"② 这些现代主义诗人的诗歌，因此被看作是一种"智性写作"，哲学、历史和宗教学的知识对于这一路诗人来说，显然是非常有价值的，可以说，这些知识参与了他们的诗歌创作，成为其中非常重要的美学元素。从这些诗人的成功经验中我们不难得知，学者型和理性的偏好与现代主义艺术之间，是有着较为密切的亲缘关系的，深厚的知识对于现代主义诗歌表达而言，不仅不会构成某种障碍，反而会促进诗歌向冷峻、深邃、厚重的境界升华。从这个意义上讲，曾滔的诗歌是与卞之琳、穆旦、冯至等一脉相承的。

且看曾滔《信念》这首诗：

我从小就　委身于广场上雕像
看　那风梢上扬起来的裙幅下
有人　匍匐在地

亲人的手臂渗入缥缈的信念
爱人的长发蔓延我的饥饿眼神
一股力量在
蔑视一切
包括　蛰伏的生命

梧桐木烧焦了
正好可以用来书写白色与荒原的契约
绿成荫时

---

① 艾略特. 传统与个人才能［M］//艾略特文学论文集. 李赋宁，译. 南昌：百花洲文艺出版社，1994.
② 卞之琳. 雕虫纪历［M］. 北京：人民文学出版社，1984.

昏眩中　我却
灿然倒下

激情的诗里　没有民族主义
但人们欣赏它
我们无忧无虑生活在
造山运动形成的巨巢里

大鹅卵石上的沧桑告诉人们知道
真正的信念　只囿于
冷静的冬河

在这首诗里，诗人以"信念"为诗题并作为关键词结构全篇，对荒唐年代造神运动、对人们的欺骗和人们的蒙昧，做了高度凝练的概括，"委身""匍匐在地""缥缈""无忧无虑""造山运动"等刻画了一个时代人们的精神状态。如果仅仅流于理念的堆砌，这首诗的力量反而大大削弱。可贵的是，诗人将生命中的感知体验进行串接，如"我""亲人""爱人"等进入诗的叙事，以自己的观察体验和觉醒，构成对历史和时代精神脉络的独特理解和理性诠释："大鹅卵石上的沧桑""真正的信念　只囿于冷静的冬河"。毫无疑问，这种情与景、理与趣交相融合的诗句，有赖于诗人的情感体验，也有赖于诗人对历史与现实等的深切认知。日本学者阿部知二指出："写作诗的人比之他的情绪，更应用他的智慧"，"睿智（Intelligence）正是诗人最应该信任的东西。"① 而智慧、睿智的生成，必须借助长期的知识积累和人生体悟。可以说，曾滔《瞬间》诗集中的《碑》《祈祷》《巨人》《复活节》《战争的前夜》《泛滥》《雅典娜》《怀疑》《关于生活》《神坛上的盔甲》《爱国主义者》，《透明的灰尘》诗集中的《规则》《亚陀斯山》《教育》《哲学家》《激进分子》《煽动者》《经验与真理》等，都是诗人应用智慧、信任睿智的产物。而《信念》一诗其实比较典型地代表了曾滔的诗学的一种面向。即他对扩充诗歌历史可能性的一种探索的强劲冲动，这种探索诗歌包容性"现时"打交道的能力，在艾略特等现代诗人这里，已经得到大大提升，到穆旦等九叶派诗人那里，则表现为在坚持诗歌特殊性的同时，更自觉建立一种更为有力的、更具包容性的历史处理能力。袁可嘉说，艾略特

---

① 阿部知二. 英美新兴诗派 [J]. 高明，译. 现代，1933，2（4）：550－566.

的《荒原》，以"寥寥四百行反映整个现代文明、人生"，也可以说，曾滔的此类智性诗歌，尤其《信念》，以区区 20 行不足 200 个字，也高度浓缩了一个荒唐时代的人性变异和被蒙骗后的觉醒。

曾滔在《瞬间》诗集的后记中说："我认为倾向于意向性创作的缪斯追求者们，受 19 世纪法国象征派及意大利前期未来主义很大影响。前卫的诗里在反复咏唱自由飞翔和无情的战斗，在强调独特的幻觉和联想，这正是无畏一群最显著的特征。在诗中打破常规描绘事物的方法，把读者的视线从外部世界引入象征性物象群落，挖掘微妙的内心世界并赋予其诗化的抽象概念。对日常的词字句加以特殊的、出人意料的排列组合，它们便产生了全新的无可比拟的效果！大家就这样凭借着不假思索的热情和勇气，在这种对传统的大胆背向和创新中相互依偎着大步向前。"

这段夫子自道，其实透露了作者的诗学追求和诗学谱系，那就是对象征主义和未来主义的借鉴，当然更准确地讲，主要是象征主义和未来主义沉淀后融汇于超现实主义诗派、后期象征主义等对他的影响。

毫无疑问，百年中国新诗发展史，就是向西方近现代诗学习和模仿的历史。新时期以来，中国当代诗人更加自觉全面地开始对西方现代主义艺术技法的学习借鉴，包括对象征主义、未来主义、表现主义、超现实主义、后期象征主义等的吸收，这种复合多元的现代主义艺术观念和表达技巧无形之中已经渗透到中国当代诗人的审美观念之中。可以不夸张地说，"第三代"以及其后诸多诗人的诗歌，都或多或少有着象征主义、未来主义、超现实主义、后期象征主义的影子。曾滔的诗歌尤是如此，几乎全部诗歌都体现出较为突出的多元现代主义的特征。

第一，现实与梦幻的融合。象征主义、超现实主义都主张取消现实与梦幻的界分，将"超现实"提升到艺术创作的最高位置上，从而创造出一个全新的艺术世界。《超现实主义宣言》中这样指出："超现实主义的基础是信仰超现实：这种现实即迄今遭到忽视的某些联想的形式。同时也是信仰梦境的无穷威力，和思想能够不以利害关系为转移的种种变幻。""梦境与现实这两种状态似若互不相容，我却相信未来这两者必会融为一体，形成一种绝对的现实，即超现实。"① 超现实主义的这种艺术理念，用美国批评家格梅恩的话说就是："超现实主义的理想既不是罗曼蒂克地退到梦境中去，也不想利用精神分析那一套理

---

① 柳鸣久. 未来主义 超现实主义 魔幻现实主义［M］. 北京：中国社会科学出版社，1987.

论把梦降低为理性的语言，而是寻求一种梦境与实在的辩证的综合体。"① 曾滔
的诗歌往往将现实与梦幻混溶在一起，在二者之间来回穿梭，以匪夷所思的情
景组接，以消弭时空距离、消弭生死界限，甚至消弭主体与客体界限的方式，
创制出兴味盎然的诗意空间，给人强烈的审美刺激。《瞬间》中的《那一天早
上》《梦魇》《班长》等诗篇，《透明的灰尘》中的《边缘》《长长的午睡》《一
夜情》《热恋的眼神》直接写的就是梦。《长长的午睡》一诗写道：

性感小手将办公室厚重的玻璃门轻轻带上
我舒服地躺在那张昂贵的进口椅子上
长长地舒口气　然后进入梦乡
不知过了多久　有人在我耳边轻声咏诵

在半睡半醒间　感觉到奇异
惊奇以前梦里的角色　纷纷来到我的面前
在他们即将变得模糊之前
透过紧闭的眼皮扫视周围

瞬间就发现　玻璃门外还有人
本能地卷曲成团　不敢仔细去想
每个心灵里　都有一座墓穴和地牢
黑暗的藏身之所从未被如此在阳光下
大开其门　一览无遗

整个白天就只有这一个小时最为可疑
在那些奇妙的享受里
从未感受过日常的灰心琐事
甚至会两个人在快乐的梦里
流连忘返

谁在侵蚀我的安宁　眼前的幽灵

---

① 格梅恩. 超现实主义的传统［M］//西方超现实主义诗选. 柔刚，译. 福州：海峡文艺
出版社，1988.

穿着白色的丝绸礼服徘徊不去
裹尸布上绣着精细的金边
我在梦魇里翻滚下沉
心里寒冬般的阴郁　恐惧
和室内突如其来的黑暗融为一体

我经常留恋那对丰满白皙的乳房
身体的欢愉　从来不愿遗忘
经过绝望的努力
心灵坐直了身子

神志注视着桌上的神像
她栩栩如生地俯瞰众生
室内的昏暗
丝毫没有减少景象的细节

象牙色的裁纸刀　翻开的书页
还有凌乱的文件
都真实地摆放在沉睡者的面前
是幻觉吗　没有办法证实

少妇的吻　感染了坠入深渊的身体
转瞬即逝的感激
陷入繁华似锦的靡靡歌声
我不愿醒来

弥漫着的喜悦　从额头延伸到脚趾
电话铃声不合时宜地响起
美丽的脸庞出现在我的头边
一个天籁之音从远处传来
起来　都叫你中午不要午睡了
老不听

　　这首诗显示了诗人穿越时空、混淆虚实的艺术才能，现实的境况和梦幻的色调被有机地凝融在一起，将一个亦虚亦实的白日梦栩栩如生地展示出来。现实与梦幻的混溶，无疑扩大了诗歌的生活容量和时空幅域，给诗歌增添了神秘的色彩和独特的韵味。而且也只有梦境才真实透露了诗人的力比多冲动、对于欲望的宣泄，这样的意识流动，显然就是深入潜意识、无意识层面了。诗歌在写人类深层意识的悸动上，显然最得心应手。除了以梦入题，其实，两部诗集中，若干篇什也写得亦真亦幻，虚实相生。这种对潜意识的探索、挖掘和展示，正如张默和痖弦在《六十年代诗选》编者序里说的："现代诗人所生存的世界是直感的，他们在潜意识中借空灵的幻觉意象对宇宙作更深的感受和体认，且常常把思考集中在一种极复杂而实际又非常单纯的意识流中。"①

　　第二，想象的飞扬与非理性灵光。象征主义、超现实主义都相当重视想象在诗歌表达中的作用，毋宁说，纵容想象、肯定非理性是象征主义、超现实主义诗人至关重要的美学理念。在超现实主义看来，诗人的想象越是无稽离谱，其创作出的诗歌可能越发具有艺术价值。超现实主义代表诗人戴维·盖斯柯因《真实的意象》一诗写道："这就是一架飞机的意象/螺旋桨是几片火腿/翅膀是不断加料的猪油/尾巴是几只曲别针/驾驶员是一只马蜂"，这些诗句的得来无疑是诗人大胆发挥联想与想象的结果，格梅恩对此颇为赞赏，并评论说："作者的思维是处在理性完全失效的情况下流露出来的""面对诗中出乎意料的景观的压缩和各种意象的骇人的逼真，读者会发觉自己的意识充满了神奇感。"曾滔的诗歌也多有一种高扬非理性的精神，其想象的飞扬和奇妙情景的复叠是诗歌的一大亮点。诗集《透明的灰尘》开篇《苜蓿》就是一首放任想象的奇妙之作：

　　　　有多少人能　亲眼目睹
　　　　朝暮溢至的人生中
　　　　过于冗长的咏叹

　　　　时不我待
　　　　你还不独自寻欢

　　　　命数未定的家族
　　　　认为　拔地参天的大树

---

　　① 张默，痖弦. 六十年代诗选［M］. 高雄：大业书店，1961.

最好的结局　是中堂的神台
或者化身火种

遗传密码的螺旋
与绝望者的眼神并无二致
对于爱情浅尝辄止的混蛋
丝毫不懂胖子的渴望

只要肯　俯身片刻
人们就会发现
廉价的智慧在贫瘠的乱石中
毫无价值

荒无人烟的峡谷里
一棵倔强的苜蓿
她就扎根在峭壁悬崖的边沿
另辟蹊径　俯向河涧
饱经风霜　傲然独立

空前绝后的英雄主义
解决了深不可测的难题
负重致远　无所畏惧
艰苦卓绝　不屈不挠

为了前面小镇的
那个身材丰盈
满面雀斑的青年少妇
我心无旁骛
一把就把她揪下
插在跨下马鞍的小袋上
哼着弥漫悲剧色彩的小曲
然后　绝尘而去

　　把苜蓿作为象征物，展开飞扬的想象，全诗似无章法，缺乏必要逻辑，但其实诗人自有一个内在结构。从结尾看貌似情诗，但通篇下来却是某种批判，借苜蓿清高自处、孤芳自赏而不得，实则是批判了现实社会的无处不在的压迫力量，这种压迫不单是政治，也有商业力量。但这些都是通过诸如好像不相勾连的几个单元形成的，单个单元看也好像无稽之谈，但诗人给予这些不着边际的想象以合法性，这些荒诞无稽的描述，也就有了存在的合理性。作为这部诗集的开篇之作，《苜蓿》无疑对于我们领会诗集的整体风格和美学追求有着鲜明指导作用，它为整部诗集的艺术表现方式定了一个基调，收录于此的诗作也多是诗人大胆想象，非理性思维灵光乍现的产物。

　　第三，意象的超常规组合。意象是诗歌最基本的审美元素，是诗歌这部机器的主要零部件，不同的意象组合显示的是不同的艺术旨趣，构建的是不同的文学风景。将匪夷所思的意象超常规地组合在一起，这可以说是象征主义、未来主义、超现实主义和后期象征主义等所有现代主义、后现代主义诗歌流派不可或缺的表达策略。将表面上毫不相关的意象并置在一起，是未来主义诗歌的首创。未来主义鼻祖马里内蒂提出了"无线想象"说，即"借天马行空的想象，在表面上非常悬隔着的东西之间找出凡庸的头脑所绝对不能想到的类似，而把那两者结合起来，这就叫作无线想象。"① 未来主义后起的超现实主义也认为，文学作品中"最强烈的形象便是主观随意度最高的那一种"，而且是一些潜意识引导下产生的纷乱的奇异的意象组合。② 而选用不可思议的意象，组合出神妙奇幻的诗意空间，正是曾滔诗歌所具有的一个突出的特点，在上文所举的几个诗例中我们已经明确地感知到。还可以举《想象的青色》一诗来进一步阐明：

　　　　杜松叶子很漂亮
　　　　黑色种子在享受高潮后
　　　　从孢蒴顶端喷射而出
　　　　精彩的瞬间

　　　　我用铅笔画了幅
　　　　精致的素描
　　　　谁要都不给

---

① 高明. 未来派［J］. 现代，1934，5（3）.

② 刘建军. 20世纪西方文学［M］. 北京：高等教育出版社，2000：251.

  除非　到了挪亚方舟

  鸟儿抖动着羽毛
  黑亮的眼睛
  注视着
  人们自作聪明　弄巧成拙

  神的意图　昭然若揭
  罂粟花在肆无忌惮地开放
  蜜蜂在忍无可忍之后
  就将其毫不留情地付之一炬

  只剩下那一片浓郁的青色
  徒劳无功地吸引着
  那群
  喜新厌旧的演员

  这首诗出现了杜松叶子、黑色种子、挪亚方舟、鸟儿抖动羽毛、神、罂粟花、蜜蜂、浓郁的青色、喜新厌旧的演员等，多个纷繁的意象，乍看甚至有点荒诞不稽，实在个个互相联系，不可替代，体现了诗人超常规组合意象的表达技能。当诗人将这些意象超常规组接在一起时，诗歌就从整体上产生了强烈的陌生化效果，进而将诗人关于某种人生真相的深刻观察和批判艺术敞现出来。

  对于当代新诗来说，象征主义、未来主义、超现实主义等现代主义艺术所提供的美学资源不仅仅是技巧上的，更是观念上和精神上的。因为秉持着纵容想象、高扬非理性、打破现实与梦幻界限等诗学观念，西方现代主义诗歌以更接近诗歌本质的艺术面貌，征服了中国当代诗人，从而为中国当代新诗的巨大变革提供了契机。对象征主义、超现实主义等诗歌流派的学习和借鉴，促使中国新诗迅速扩张了现代汉语的诗性疆域，有力阻遏了政治话语对新诗领域的普遍渗透，从而将艺术创作的审美强度提升到一个新的层次。曾滔诗歌创作从一起步，就对象征主义、未来主义、后期象征主义情有独钟，依循着现代主义的创作法则，并将这种审美原则一以贯之，他的诗歌达到了一定的美学高度。

  第四，意象的凝定、诗歌戏剧化以及从象征走向隐喻的探索。象征主义和后期象征主义作为曾滔的另外的诗学资源和诗艺武库，必然使得他的作品具有整体上和部分上鲜明的象征主义风格，当然这个风格绝不是早期象征主义李金发式的偏枯和过于晦涩，而是接续并兼有了戴望舒在意象中灌注的强大感性体验和形而上的思索，以及卞之琳、冯至等偏重于智性的一极。艾略特的"客观对应物"观念和奥登所擅长的"诗歌戏剧性"，也在曾滔诗歌中有所体现。曾滔的作品，很少单纯抒情，单纯说理，更多的作品长于主客观的对应，长于戏剧性场景的呈现，而具有鲜明现代主义诗歌的突出特点。有一首诗，可以从一个侧面展示曾滔诗歌的地位和成就。即他的《烧鹅》，诗中说：

那只肥硕的烧鹅
就挂在小店门口橱窗里
鹅尾滴着新鲜透明的烫油　散发着
诱人的香味

它面目优雅　形状妍美
与其平和温顺的性格不谋而合
大自然赋予它高贵柔和的美德
无论在哪　国王都会悠然忘形

这只爱情鸷鸟　从来只肯停息在
池塘的深处
长长的颈子　挺起的胸膛
宽广的腹部像平驳船底
还有那对富有才情的翅膀
一直夸张地展开着

这样的姿态无疑会被围观的
人们赞扬　夸奖
成群从远处缓慢踱步而来
在浩瀚的烟波中
呼应着召唤的信号
靠近岸边　做出婉转妍艳的动作
供这些垂涎三尺的食客　近距离欣赏

它极具美德　又天生丽质
无拘无束地斜躺在桌上的白色圆碟中央
毫无奴役俘囚之感
它与生命用自己的方式做了
哀痛而深情的告别

眼前似乎看见　曾经的美丽
在琥珀般的绿色湖泊里　遍处遨游
或偶尔游到岸边最偏僻的湾汊
很享受与朋友们相聚的快乐

天际传来的嘹唳
显得那样柔和动人
每一个粤菜馆都有它感性的伙伴
这是我热爱这个岭南城市的　另一个理由

巧的是，"接受法国印象派的画、罗丹的雕塑与法国象征诗派的影响"（唐湜）的后期象征主义的重要诗人里尔克，有一首《天鹅》，原诗如下：

还没有完成什么，这辛劳
沉重得好像带着镣铐来
就一如天鹅那蹒跚的步态

而死去，就不要再去把握
我们每天站着的这大地
仿佛它急着要听凭自己

沉入水，叫水柔滑地来接受
水呵，就那么欢快地，涌向前
又回流到它身下，激荡又飞溅
那时，它十分从容、自若
那么成熟，也更加庄严
更加沉静地浮游着向前

著名诗评家唐湜这样解读这首诗："这是生命由生入死的意象画，在诗人看来，死亡就是自然的成熟，就是永恒。天鹅是生命的象征，就这样进入了水的神秘，是生命成熟的体现，有着雕塑似的凝定；在天鹅里化入了诗人作为人与思想者的灵魂，青春的生命的辛劳，应该也不得不过去，而它的沉重，正如思想者在感觉的大地上蹒跚地行走。死，或者说一次新生的蜕化，使我们离开那限制我们思想的飘举的大地，而沉入了水，从容自如地呼吸，柔和的生活波浪随时前涌，又随时回流，成就了诗人的十分从容、自若，思想与感觉于是成熟于庄严的路上。这是齐生死的生命的辩证法。"唐湜进一步引申说明，这首诗里，"在这凝定的意象后面，可注意的，是欧洲思想家们，特别是使我们感到真切的欧洲诗人们对人生意义的'哲学的焦虑'，从莎翁、约翰·邓到现代诗人所感到的那个'人类受难者的形象'。"①

以里尔克的高度，对照曾滔的这首诗，不能说高下立判，显然曾滔也自有天地。就唐湜解读出来的"哲学的焦虑"和"人类受难者形象"而言，曾滔不遑多让。烧鹅，死去的鹅，成为人们盘中餐、美食的鹅，它们的生命是从容的、姿态是优美的，"面目优雅""形状妍美""性格平和温顺"、具有"高贵柔和的美德""动作婉转妍艳"，即使成为人们的美食，摆在餐桌上，仍然"极具美德/又天生丽质/无拘无束地斜躺在桌上的白色圆碟中央/毫无奴役俘囚之感/它与生命用自己的方式做了/哀痛而深情的告别"，诗歌写出了美的被毁灭和美的不可毁灭，正如一种生命的尊严，生死无惧的尊严。

但有意思的是，曾滔在继承里尔克等后期象征主义诗学精神的同时，诗的最后一句："每一个粤菜馆都有它感性的伙伴/这是我热爱这个岭南城市的/另一个理由"，使整个诗歌的走向突然出现了一个反转。诗人曾滔似乎是有意跟写了《天鹅》的里尔克、写了《丽达与天鹅》的叶芝等"天鹅"意象开了个玩笑，对后期象征主义的"美""最高真实"及其象征暗示的美学风格，进行了消解：鹅就是鹅，没有那么多的象征，甚至不需要隐喻，象征和隐喻之后，只有语言本身。其实曾滔在这首诗中，已经出现了反隐喻的探索。正如从 20 世纪 80 年代后期许多第三代诗人所作的反朦胧诗的努力一样，曾滔实际上在这两部诗集中，也呈现出其对意象的绵密性和浓厚抒情性的一种反抗和远离，他的不少作品努力创作出一种非隐喻、散文化、拟叙述和意义字面化的诗。换句话说，尽管曾滔仍然会运用意象，但他与现代主义诗歌对意象尤其是对象征和隐喻的强

---

① 唐湜．论意象的凝定［M］//意度集．上海：三联书店，1990.

调，有了疏离；他对中国朦胧诗为代表的新诗背后挺立的非连续性和断裂性的认识论，也开始进行反思。从《烧鹅》这首诗，我们可以看出曾滔诗学的一种面向：奠基于字面意义而非隐喻象征，不强调意象的歧义性而诉诸叙述性文字，以感知的流动过程来替代意象的并置。这种自觉的诗学诗艺探索，显然是有意义的。

中国的新诗发展史上，对何谓好诗的标准，一直存在着争议，当然，也会存在一些共识，比如，首先是诗歌文体的特殊性，诗歌不是分行的散文或其他；其二，诗歌是对写作者严酷的考验，包括语言、技艺、修辞和想象能力等；还有就是诗歌需要诗人真诚，是对灵魂的考验。对这三点，著名诗评家、北京师范大学文学院教授、博导张清华的表述是"格物"的精确程度，内心世界的敏感体味同词语之间不二的对位与选择，表达的精妙，意义生成的隐秘与悠远，等等，都是一首好诗的标准和标志。著名诗评家、中国作协创研部的霍俊明则补充了一点：诗歌既可能是个人的乌托邦寄托，又应该是对现实潆流和历史惯性的介入。这自然都是非常精辟的概括，也是方家涵括中外诗歌经验的理论总结。

从这样的要求来看，曾滔的诗，都达到了好诗的要求，而且，放在整个深圳诗歌发展的历程中看，他的独特性尤其不可小觑。可以负责任地说，曾滔是一个被当代诗坛低估的诗人。

文明巡礼中的人文思考

——评李小甘文化随笔集《红场白雪》

安裴智

　　最近，海天出版社出版了李小甘先生的文化随笔集《红场白雪》。这是一本设计别致、装帧精美、给人以一种淡雅的视觉冲击力的作品。全书配有90余幅世界各地的名胜风景、著名建筑、历史文物、文明古迹和人文生活的图片。作者以图释文，以文注图，图文并茂，相得益彰，形成了淡雅、素朴的风格，很好地满足了读图时代人们的阅读需求。所以，当我读到此书时，一种久违的明亮精神油然而生。首先是它的装帧之美和内文编排之美吸引了我；其次，是浸融着作者心血的一篇篇美文的厚实的内容、畅达的情思和深湛的人文思考，给我留下了很深的印象。李小甘先生作为深圳经济特区最早的拓荒者之一，见证并参与了深圳特区20年的经济和文化建设。《红场白雪》这部游记类的文化随笔，便是作者以深圳特区文化建设者的身份，走出深圳，走向世界各国，文化交流、考察学习的见闻和心得。难能可贵的是，作者没有走马观花，也不是像流水账那样，仅仅记下自己的所见所闻，而是能以一种比较文化的视野，站在人类文明和美学的高度，以文化和文明的发展与演变为灵魂，来统摄他的创作与思考。这是一次寻访人类和世界文明的足迹的心路历程和精神巡礼，是一次心灵层面的美的创造历程。在对人类文明遗迹的精神巡礼历程中，作者进行了精辟而有美学深度的人文思考，这些思考融汇了作者对世界文明演变的独特理解和对深圳这座青春城市文化发展的深刻认识，这是此书最有价值之处，也是它不同于一般的游记作品和"行走文学"的最大区别。

一

　　《红场白雪》是一部文化含量和文化品位较高的"行走文学"。作者将这本旅游文化随笔集的主题定位于"携手走天下，促膝谈人文"。他说："我不想把它写成一本浮光掠影的海外游记，也不满足于仅仅堆砌一些世界各地的地理知识和风土人情，而期望它融汇自己的思考与情感，渗入文化品位与气息，给读者带来一种信息冲击与阅读愉悦。"正因这样，当我们读毕全书，感受到一种强烈的异域文化的气息扑面而来，这种文化气息的背后，是积淀厚重的世界文明。在从1992年至2002年的十年中，作者走遍了世界五大洲的几乎各主要国家，足迹遍布欧亚美非澳等几大洲。从美国纽约的华尔街到牙买加蒙特利湾的乡村集市；从比利时布鲁塞尔的欧盟总部到越南下龙湾的度假村；从暮春樱花遍野的日本东京到仲秋披着迷朦雨纱的捷克布拉格；从初冬飘着白色雪花的俄罗斯莫斯科红场到盛夏烈日炎炎的德国马克思故居，作者经历了种种海外生活，曾在法兰克福看病、在巴塞罗那游泳、在巴黎讲英语、在悉尼看歌剧、在布里斯班坐飞机、在乌克兰拍电视剧；或穿越"戴安娜隧道"，或跨过柏林墙，或在新西兰揽游名胜，或直接走进了加拿大华人生活，可谓一路行走，一路思考。作者以世界各国的景点为切入点，经散文一般的铺展情思与叙述，最后将落脚点放在文化与人文反思上，是以文化这只看不见的手来统摄游之所及的一切景观和材料。文化思考，就像"草中蛇""灰中线"，似隐似现，若有若无，这就使全书有血有肉，起到了画龙点睛、形散而神不散和提纲挈领的作用。

　　作者的人文思考，是贯穿全书的灵魂。这种人文思考体现在许多方面。首先，作者经过近十年的游历，对世界各国人民的宗教信仰、民俗风情、风土历史、生活习惯、时尚爱好、文化追求了如指掌，进而在这种大量感性认识的基础上将各国的民族性格和民族心理作了更深层次的文化意义上的比较与分析。作者认为，民族性格是一个历久弥新的话题。他说："美国人随意、好胜、敢冒险；俄国人深沉、内向，显得有文化底蕴；英国人矜持、文雅，富有绅士风度；德国人认真、刻板，有组织纪律性；西班牙人热情、豪放，充满探险精神；法国人优雅、浪漫，富于艺术气质。"这种归纳无疑是准确的。实际上，差异分明的民族性格背后，映射出的是各个民族文化心理结构和文化心理积淀的不同。但这种差异也不是一成不变的，随着世界全球化进程和经济一体化进程的加快，这种差异也会逐渐弥合，因而作者进一步认为："共性与个性正在逐步融合，各个民族的性格正逐步呈现出一种'单一的杂多'"。我认为，这种认识是与时俱进的，是与世界历史发展的潮流和方向相一致的。其他文章，如《法国人，疯了？》一文，从足球热这一现象切入分析法兰西民族的民族性格，也很独特；《红场白雪》一文，从经历了20世纪90年代初的民族大分裂的角度来分析俄罗斯的民族性格，将之形象地喻为一只"打盹的北极熊"，也很幽默。作者认为

"红场是一面镜子,反映出苏联70多年的历史",而民族的分裂似乎使俄罗斯的民族意识和民族魂魄也输掉了,这些观点,都是对我们极有启发意义的。

二

作者对各国历史上的文化人物、文化事件与文化现象作了重点介绍与评析,对世界文明史上不同阶段的各种艺术形态和文化个案进行了新的阐释与解读,实际上是在周游世界的行走过程中对世界文明的发展历程作了新的美学意义上的回望。作者在凭吊世界各国的文明遗址、文化旧墟的过程中作了富有人文意义的深思。《罗马日记》,以日记体的形式对古罗马文化作了回顾,总结出古罗马文化的特点是古朴、典雅;又对文艺复兴时期的欧洲文化作了巡礼,作者用哲理诗一样的语言来概括他的感受,他说:"如果说,罗马像一部典雅的史诗;那么,佛罗伦萨就像一篇隽永的散文,值得人们去细细品味。"作者认为,一座城市最主要的文化景观,不仅在于她有多少文化设施,更在于她有多少位文化大师。反思波兰文化,作者是从音乐天才肖邦、伟大诗人密茨凯维奇、科学巨匠居里夫人入手,展示了一个文化之邦深厚的文化积淀;缅怀德国文化,是从寻访一位中国人最熟悉的德国老人、哲人——马克思写起;感受奥地利文化,是从18至19世纪维也纳古典音乐的"三大鼻祖"——海顿、莫扎特、贝多芬写起,《仙乐风飘》一文以散文诗一般的语言回顾了奥地利音乐的发展历史;探寻捷克文化,是从作家卡夫卡、哈维尔、哈谢克写起;走访莫斯科,也都写到了音乐家柴可夫斯基、芭蕾舞艺术家乌兰诺娃等文化大师。而且,作者将写文化大师与写富有民族特色的文化建筑结合起来,通过建筑文化映射民族文化。作者描写了俄罗斯地铁这样精美的地下艺术宫殿和冬宫这个俄罗斯文化的骄傲,写到了意大利巴洛克时期的建筑杰作、世界上最壮丽的广场——圣彼得广场,也写了世界上最美丽的教堂、具有拜占庭风格的威尼斯圣马可广场教堂和被誉为"欧洲一绝"的布拉格广场钟楼,以及现代日本的象征——东京塔和东京银座大街,等等。作者在精心摆出这么一道道文化盛宴的同时,能以比较文化的视野来统摄他的思考。作者的这种思考具有一种高屋建瓴的文化眼光和美学眼光,这使《红场白雪》也同时具有了一种较高层次的文化的价值和美学的意义。

三

作者是带着探索深圳文化建设和发展之路的动机而考察世界各地的，作者"身在海外考察，心系深圳发展"，游迹所至，都必有一番精辟的人文思考，由这种人文思考为出发点，作者的落脚点在深圳文化上。可以说，作者是为深圳的文化发展到世界各地求索，寻求对我们有利和有用的文化经验。这尤其体现于作者对台湾、香港两地文化的思考上。

《在台湾看招牌》一文，是一篇写中国台湾的游记，但这篇文章与一般的游记不同的是，它将切入点放在了文化的情思上，作者一边走在台湾的城市街道上，一边观赏着招牌上那些文字，品味着其中的韵致，领略台湾人的文化生态与文化心态，从招牌入手，落脚点在文化上，这是李小甘此书的最大特点，他从台湾的招牌看到了中国文化的底蕴。作者认为，台湾人爱称"王"，与台湾是一个海岛的地理和人文环境很有关系，而有一些招牌，则反映了日本文化对台湾的渗透与影响。这些观点，都是有独创性的。

《布拉格之秋》是一篇具有意境美的散文。作者以一种抒情诗般的语言，为读者描绘了一个具有人文色彩和文化底蕴的异国城市。

该书还有一种史料价值和认识价值。尽管作者不满足于堆砌一些世界各国的地理知识和风土人情，但他毕竟写到了各国的历史、地理和风俗习惯，对各国历史上的文化人物与文化事件作了重点介绍与评析，实际上是对世界各国文明发展历史的形象浓缩，是一部形象的世界文明小史。作者通过覆盖着白雪的沧桑红场，写了苏联70多年的历史，叙写了俄罗斯这个"打盹的北极熊"、俄罗斯地铁这样精美的地下艺术宫殿、俄罗斯芭蕾舞、冬宫、柴可夫斯基这样的音乐家等，这些对外国游客来说是一道文化盛宴。同时，作者对欧洲的古建筑与中国古建筑作了比较，写到了俄罗斯电影的现状。

在写到越南时，作者将关注的视点放在了平民百姓的小人物身上，如卖茶水的小女孩、高速公路上的牛车夫、嚼槟榔的老太婆，寄寓了作者强烈的同情。

《彩色魔方——回归前的香港文娱业》，可以说是对新时期20年中国香港文化产业的一次文化巡礼。作者认为香港文娱业是一个特定阶段的文化现象，有着特殊的内涵与形式，它像是一个"魔方"，可以映射出香港文化的各个方面。作者敏锐地指出：香港文娱业，除了"钱"之外，还缺了些什么？作者对香港的电视业、电影业、选美与明星之路、电影业的黑社会背景、灰色收入、色情电影业泛滥的原因、香港电影动作片的历史渊源及以周星驰为代表的无厘头文化作了深刻的分析。作者在分析周星驰电影艺术特色的基础上提出，"无厘头文化"的出现，是香港小市民文化发展的必然结果。香港的娱乐业以赚钱为旨归，一味迎合小市民的口味，走低级趣味的媚俗路线，从而使不少观众的审美水平不断下降。如此恶性循环，低俗的小市民文化失去节制，也就有了这种颇为奇特的"无厘头文化"。这种分析和认识是极为深刻的。同时，他对香港选美、经纪人制度、明星成长、娱乐圈的"日本化"倾向、法制——香港文娱业动作的操作杆的分析，也都很有文化眼光，都很有见地。这样分析，目的是借他山之石，来为探索加入WTO后深圳的文化产业发展之路抛砖引玉，其良苦用心和最后的落脚点在这里。

著名文化研究学者戴锦华女士认为，后工业时代是一个他人引导的时代。李小甘的《红场白雪》正是起了一种"文化引导"的作用。当今社会是一个政治全球化、经济全球化的时代，将来也必将是文化全球化的时代。随着全球化进程的加快，各国之间的经济来往、文化交融也越来越频繁，越来越密集，国人走出国门，或老外走进我们的国门，都将在某种程度和意义上加速这种双向交融的过程。"让世界了解深圳，让深圳走向世界"，正是在这样的意义上，李小甘先生的旅游文化随笔《红场白雪》的出版，为促进深圳与世界上其他国际性城市的文化交流、加快我们建设深圳的文化现代化、经济现代化，从而使深圳早日跨入国际化城市提供了一面了解海外文化、海外文明的窗口。虽然深圳的现代化程度在全国遥遥领先，但毕竟不是每个人都有为此而展开的文化比较。李小甘先生的这本《红场白雪》，必将以其翔实的资料、深湛的思考和散文诗一样的语言，为我们建设自己的文化深圳起到一种"文化引擎"的作用。通过作者文笔优美的描述，也将唤起我们的文化想象和历史记忆，使我们在作者的行走和思考中重温世界文明的历程和轨迹，从而引导深圳的文化现代化建设跨入世界文明进步的潮流。

"行走文学"是20世纪90年代以来，中国文坛出现的又一道亮丽的景观。最初是云南人民出版社组织了"七位作家走西藏""游牧新疆"等文化考察活动，后来是中国作协和中国青年出版社组织七位作家的"走马黄河大型文学采风活动"，事后都出版了记述沿途各地历史沿革、风土人情、文化特点、文明源流、见闻和感受的"行走文学"丛书，从而使"行走文学"进入一个蔚为大观的新时期。在世纪之交的千禧之年，余秋雨应凤凰卫视之邀，从古希腊雅典出发，沿世界文明的发祥地周游地球一圈后写下了《千年一叹》《行者无疆》等作品，也是历史新时期"行走文学"的代表性作品。我国古代也有《徐霞客游记》等优秀的文学作品。实际上，20 世纪 90 年代的"行走文学"，不过是我国传统游记文学在新时代的新叫法，是传统游记文学在新的时代衍化、发展和丰富、突进之后的又一种新的表现形态。为什么传统的游记文学在 20 世纪 90 年代以来，又得到一个新的发展与丰富呢？古人说："文变染乎世情"。这个"世情"，就是我国自 20 世纪八九十年代以来，国门大开，国家实行改革开放的政策，随着"让世界了解中国，让中国走向世界"，一批批经济、文化、政治、贸易、外交、教育等领域的中国人纷纷走出国门，走向世界各地，去学习和求取别国的城市建设、经济腾飞、文化发展、科技领先的经验，或留学，或考察，或访问，或旅游观光，或文化交流，都使他们开阔了视野，增长了见识。随着全球化进程的加速，那种仅仅停留于到一地、记一事式的流水账式的游记，显然不能适应时代的形势与要求了。赋予"行走文学"以新的时代特色，提升"行走文学"的文化含量，在比较文化的视野中思考和写作，成为"行走文学"的主体——作家和文化工作者义不容辞的责任。

南翔《南方的爱》:
写出社会生活关键性、枢纽性的精神变化

于爱成

如果说《老桂家的鱼》阳春白雪,是纯小说的代表,那么出版于 2000 年初的《南方的爱》则是另外一种类型、通俗的、轻松的、言情的、世相的,好像没有太多负载的,可以名之为《深圳爱情》的轻小说。但这样的感觉对吗?

《南方的爱》有两条线:一条线是写主人公梅德宝的商海生涯,另一条线是写他以及他身边的人形形色色的爱情婚姻两性关系。两条线互相缠绕,爱或不爱或错爱或乱爱的故事,因此就在深圳、在商战、在生意场上展开。说到底,城市的风月和生意场的角逐,究竟是背景、是语境、是底色,主题还是人物的感情,城市人的感情,深圳人的感情,生意场上的人的感情。

作品简介中说:"这是一部以特区生活为背景的都市风情小说。主人公德宝从内地到深圳下海经商,遭遇种种困厄与尴尬,却不失宽正仁厚的君子本色;他在求学、婚恋、交友、尊师、猎情、待物等方面的择取,充满着小人物的平易、愚鲁和幽默,透发出的却是一种超然的人生智慧。作品中,杂乱浮嚣的商战、五色斑驳的恋情和坚守的人性相互交织,展示出特区生活的纷攘、活力和时代的精神走向。小说的众多人物在特区与市场经济中的性情表现,也具有令人耳目一新的解读价值。小说叙述亦庄亦谐,张弛适宜,语言饱满而富有弹性,结构散逸而收放得宜,在文人语境的洁净与小说话本的不羁中寻找到较佳的契合点。"

这种极富才情和思辨力的高度概括,显然出自教授作家或者说学者作家南翔之手,是南翔对这部书的一个判断,也最接近作者创作的初衷。

作品主人公德宝,乍看之下,有点钱锺书《围城》中方鸿渐的影子。德宝跟三个女主人公——前妻春芬、助手子屏、朋友辇辇的关系,也似乎有点《围城》当中苏文纨、唐晓芙、孙柔嘉的痕迹,包括作品开头不久出现的陪酒女吴小姐,也可以做鲍小姐的替代性想象。这样一个男人和三个(或者四个女人)

的故事，符合了小说通俗化、可读性的屡试不爽的三角恋原型，如同张爱玲感叹的，太阳底下没有新鲜事，这种情感纠纷是很多作家愿意极力渲染描写的，而且很容易写成通俗言情、艳情小说，这是这部作品貌似通俗小说的基本面貌。

　　但三角恋的模型、类型，不能不说这是作者的诡计，一如钱锺书先生《围城》流浪汉小说加三角恋小说的诡计，读者也许不小心中计入彀。但就范之后，却会发现没有这么简单。

　　作品主人公梅德宝这名字就透着喜气、厚道。确实也是这样。德宝性情温和，不温不火，很少动怒，天塌下来也岿然不动的样子。德宝处事冷静，稳妥理性，三思而行，不感情用事，业务上的棘手事能大事化小，情感上的进退得失能把住尺寸。德宝重情重义，厚道稳妥，是传统意义上的好人，又是和事佬，总处于灭火状态，与人为善，为人着想，有时宁愿代人受过，但总能得道多助。德宝生性达观幽默，看得开，受得了委屈，能屈能伸，具有知识分子所具备的儒雅和睿智。德宝经商有眼光，有判断力，也熟悉规则，不乏十八般武艺，甚至不乏江湖气。这都是优点。但优点缺点集于一身，比如温和背后的多情、懦弱，冷静背后的优柔寡断，理智背后的情感脆弱，重情重义背后的拖泥带水，儒雅背后的好面子、无谓斗气。总之，这是一个极其复杂的人物形象，其复杂性，远非方鸿渐可比。

　　这是中国当代文学人物画廊中，刻画出的典型性的一个下海的知识分子形象。

　　作品起笔从德宝回乡探亲写起，而不是如同其他深圳题材，从踏上深圳的土地写起。这样一种反弹琵琶的逆向叙述，一下子通过倒叙、预叙，在开头的第一个章节，就勾连、铺展开一系列关于德宝的经历，也交代了他在深圳的状态。作品得以快速进入情节，进入人物历史，并以德宝与机场偶遇无名姑娘的搭讪、与陪酒女吴小姐的艳遇，交代德宝的惜香怜玉但色而不淫的本性；对德宝大学期间对小倩单相思初恋的回溯，交代了德宝从护路工到读大学到毕业到学校当教师的经历；对与妻子黎春芬离婚经过及谈判场面的介绍，交代了德宝婚姻家庭的历史，而对为了帮吴小姐找工作而与公司上司秦总的情人刘灿打交道的叙述，则展现了深圳商界普遍性的感情错位。如此繁复、多头、满地鸡毛一般的情感碎片，以这种互相镶嵌式的晶体结构方式加以展现，彰显出作者调动自如、化腐朽为神奇的本领。

　　关于德宝来深圳之前的经历，作品简单带过，没有过多展开。我们知道德宝是1960年底出生的，挨过饿，做过护路工人，1983年从工人考上了师范大学，大学毕业后分配到教育学院教书，娶了个护士黎春芬做太太，因出轨不被太太原谅离了婚，离婚后南下深圳闯世界。离开深圳前，因文字功夫好，也曾被电视台匡台长看中拟调他到电视台，但被德宝婉拒。匡台长说他是"逃避"，德宝承认："总得有人逃吧，有人逃了，就省得打持久战，伤一个比伤两个好，省得鲜血淋漓的。""逃避""疗伤"，确是德宝南下深圳的原因。到了深圳，德宝应聘做过中学老师，做过公司策划，然后进入秦始明的大公司，担任下属子公司的头，从做厕所设计建筑的业务做起来，直至成立属于自己的红树林文化公司，算是文化产业的早期寻路者。他也从大客户和大公司竞争者嘴里分得一杯羹，业务不断扩大，到后来发展到会展、书画经纪、开民办学校等多元化经营，越做越大，成为一个相对成功的中小企业家，最终完成了成长——从知识分子到企业家的成长，也或者说完成从文化人到文化商人的蜕变。

德宝的经验有一定普遍性。20世纪八九十年代，文人经商、教授下海，蔚然成风。东西南北中，发财到广东，深圳也因此吸纳了全国无数的文化人才前来闯荡、淘金，实现金钱梦、发家致富梦、过富裕生活梦，进而实现人生价值梦。所谓人生价值，在那个时代，随着文化的价值全面贬值，随着文人学者成为无用和取笑的对象，随着严重脑体倒挂的社会现实，百无一用的书生们，前赴后继闯进了深圳，投入了商海，在深圳重新来过，浴火再生。这其中经历了怎样的落地生根的磨难，怎样的转型的痛苦，怎样的不适应，怎样的思想的烦恼，怎样的价值的挑战和道德的质疑？严格来讲，整个当代新时期以来的文学，这样的知识分子形象是乏善可陈的。德宝这样的身份，这样的遭遇，怎样经历了灵与肉的分裂，写起来不难，谭甫成、梁大平笔下的人物都有一定这样的痕迹。但如果采用长篇小说体裁，如同巴尔扎克、左拉，把人在社会中的命运，结合社会生活的变迁、商场博弈的过程、市场行为的凶险变幻、资本市场的波谲云诡，生意谈判的运筹帷幄、竞争对决的层层设套写出来，商界社会的复杂性和人物的多样性写出来，写得真实，非有非凡的混迹商界或广交商界朋友的经验，无法承担。包括整个世界文学史，左拉的《金钱》、谢尔顿的《大饭店》、茅盾的《子夜》、周而复的《上海的早晨》等这类熟悉城市、资本和人性关系的作品，无论中西，都是屈指可数的。从这个意义上讲，南翔的阅历、经历、知识积累、商海熏染等确实了得！这绝不是有了好笔头、好文字、好想象力就能胜任这类作品的写作。

恩格斯称赞巴尔扎克的《人间喜剧》写出了贵族阶级的没落衰败和资产阶级的上升发展，提供了社会各个领域无比丰富的生动细节和形象化的历史材料，"甚至在经济的细节方面（如革命以后动产和不动产的重新分配），我学到的东西也要比从当时所有职业历史学家、经济学院和统计学家那里学到的全部东西还要多"。

在精确展现深圳商业运作和由经济、金钱直接驱动的人性发展这一点上，南翔《南方的爱》以其小说结构的匠心独运，以其集中概括与精确描摹的结合，以及以精细入微、生动逼真的环境人物描写对时代风貌的再现等方面，都显示出扎实的巴尔扎克式现实主义的底子。有了这样的底子，才以现代主义的眼光和现代小说的技法，写出了社会生活中关键性的、枢纽性的精神变化。

从从容容，朴朴素素，洗尽铅华，自然本色，是南翔这个作品的语言特点。轻重缓急、起承转合上面的节制，恰到分寸的掌控，和文气之中的流露出来的苦涩和沧桑，是这个作品在节奏上面的独有魅力。

像作品写到德宝大学时期的失恋感受：

> 德宝就是在这样的场景里，从小倩没有情感涟漪的眸子里，感觉到失爱的惆怅。小倩怜悯地说，做一个老大哥，挺好的，到处受人尊重。德宝把一句"操他妈的尊重"咽在咽喉里，文质彬彬地说，尊重就是距离。小倩说，距离才产生美感。德宝说，可是，美感怎么不产生性感？小倩挥手驱蚊，啧啧，养路工的语言出来了不是？看你四年陶冶，也去不了养路工的语言。德宝说，你错，养路工的语言比这样的直抵本质得多。想不想我原样照搬？片刻的犹豫，小倩拒绝了。德宝心里有大悲哀，修公路的时候，伙计们不把他看成同类，总说他文气如秀才；上大学了，自以为找到了吾辈同侪，同学们，尤其是小倩这样令人日有所思夜有所梦的姑娘，却把他依旧归到公路上去。

颇有钱锺书《围城》中的语言修辞风格，寓庄于谐，或说寓谐于庄，嬉笑怒骂，诙谐有趣，有知性之美，也有婉约之致。人物对话，不仅是这一段引用，全书来看都是如此，符合各人身份，让人读来熨帖舒服，不疾不徐，不拖泥带水的清爽。

德宝这个人物，作品写出了他的复杂性、多面性。除了文人气、呆气、情义为重、善解人意、厚道大度之外，还写出了他身上置身商场所被浸染或者说后天学习的疯癫和装痞的一面，也可能是他的本性里面所具有被后天的知识文化所压抑的一面。

像书中写到德宝与吴小姐同处一屋，却无冲动。经不起吴小姐对他身体有毛病的猜疑和没有能力的挖苦，就"一怒之下，德宝掏出了自身的物件。那物件骄傲地昂起自己的头颅"，可看出德宝也并非柳下惠，非洁身自好的君子，他有他的痞性。这痞性也表现在德宝对着吴小姐直骂"傻×"等。尤其再跟鼙鼙比赛爬山那段，文中写道：

她当面脱得只剩短裤胸罩，然后迅速穿上一身哈青色的意大利进口运动装。她流畅的腰身，一看就运动有素。他说，据说现在乳房的美容最贵，我估计深圳的女人一般不敢再拿乳房试刀了；况且，你的乳房足够健美，前提是它的外包装没有欺骗我。

她活动肢体时说，如果欺骗了，你是否要到消协去告我？

他把她的衣服与自己换下的衣服装在一个袋子里，说，到山顶我就检验得出来。至于是否去消协，要看商家对"洒家"的态度如何。

不正经，充满痞味。与对吴小姐的做派如出一辙，只是更喜欢对等智力之间的耍嘴皮子。这种与鼙鼙之间的斗嘴、贫嘴，也符合德宝的脾性，好色而不淫，有哀伤在心却并不悲痛。符合他的总体上来讲做人做事的中庸之道。此外，德宝可能有点迂，但也有他的江湖气。无非因为他的精神气质，有种骨子里的慵懒、提不起劲，或多或少有点厌世。这种厌世，其实是掩藏极深的。如德宝跟鼙鼙解说家史之后做出的自我解读："现在想来，离婚并不是促使我离开南昌的主要原因。叔叔的来而复去，静悄悄的，像一个谜，那么神秘又那么有力量。……我觉得，我爷爷，我叔，还有我，三代人一脉相承，外表很快乐，骨子里却有一种很深的宿命感。"这段夫子自道，颇能说出德宝骨子里的永恒的漂泊感、宿命感。德宝继续说道的"必须去南边，我喜欢一年四季都有阳光的地方"这话，倒也又有点抑郁症患者的症候了。喜欢阳光的人，不喜欢阴郁或寒冷之地的人，大抵总有点忧郁气质的。

但德宝却又不安分、不甘心，不甘清贫和寂寞，要活得精彩、出色、酒色财气俱足的理想好日子。所以终于不安于教职，也不愿被人所限制，无论是商业伙伴，还是帮他打理公司一心想着嫁给他的子屏，都无法得到他的心，因为他珍爱他来之不易的自由，自由就是他的生命。在对子屏的态度上，德宝表现得丝毫不中庸，不温暾，也不柔性，甚至他很强硬，很生硬，在鼙鼙看来甚至有点不近人情——为什么？德宝有他的硬气、他的底线，他的视为生命的尊严，如果受到了践踏，过分地冒犯，他也会毫不手软地刺向对方。无论是生意上的对手，像桂朝阳；还是曾经的红颜知己，同居过一段时间的生意合伙人子屏，都是如此。士可杀不可辱的底线，在他的意识中，仍然坚韧地存在。

南翔的优点是作品内容上结实、丰实、沉甸甸，全是来自社会直接阅历和听闻经验的积累，他的兴奋点太多，有烟火气十足之处，所以就知识层面来讲，对于社会生活的方方面面，有百科全书式作家的近乎无所不想知、无所不想通的渊博。经济行为、商业运作、资本市场、职场规则、对手斗法、个人算计，迹近无所不精。这源自他的好奇、入世，他的烟火气而非清高自许，他的广交朋友、广泛涉猎、广大视界而非学者喜欢的画地为牢。南翔几乎可称为半个经济学家，他对杨小凯、周其仁、茅于轼、吴敬琏等的经济理论如数家珍，非常熟悉，他对资本市场的运作也处处明白，而且在自己的家庭理财中，南翔也参与过几家公司的投资和谋划工作，对公司运营、市场热点、工厂管理，他具有一定实战经验，了然于心。拥有这样的知识背景和市场经验，他的作品写到商场商战，就绝不露怯，绝不外行，有时候还显现出经济学家对经济形势大势研判的精准。像书中老贾跟德宝谈开公司做生意怎样选取方向，说"现在汽车厂都是买方市场，可以跟大汽车厂联系，他们出汽车，我们出货源，搞运输托拉斯，抢占滩头"，又说"中国人均面积其实少得可怜。房地产在深圳和内地都大有做头，问题是怎么做"，云云，显示了作者的经济眼光和惊人的预见性，物流、房地产业的发展，千禧年之前后，其实是不成气候的，甚至是不景气的，20世纪末最后一年，作品写作之时做出的预言，于今纷纷得到实现。

作品中写到的子屏前夫凌峰，为了达到升迁目的，并顺承局长打压不安分的副局长的目的，与局长合谋，通过卖掉绿色化肥厂，进行所谓股份制改造，换取民营企业家大楚的利益输送，拿来取悦主管项副市长，同时也满足局长附庸风雅出精品书法集的念想。一个利益链，环环相扣，可谓深谙官场之道、攀龙之术。

喜欢魏晋"南派"书法的风雅局长说的和凌峰想的，貌似平常，却句句话里有话，袖里乾坤，极尽曲妙之能事。

为了并不算大的私利，局长和凌峰联手，想尽办法把国有化肥厂程序完全"公正"，而且还"合情合理合法""正确"地贱卖给了唯利是图的大楚。其间怎样做得堂而皇之，怎样做局、怎样明白教唆大楚合理榨取工人血汗，等等，甚是精彩。我们在后面，还进一步看到了这种行政命令、个人意志、无法无天的卖光造成了一代人怎样的悲惨命运，国企职工遭遇了怎样的灭顶之灾！——德宝姐姐和姐夫的遭遇，承担了作品忧愤深广的批判功能。

国企改革有其不得不改的原因，改革的意志也很强大、很坚决，改革的主要措施是改变企业性质，甩掉国企职工这个"包袱"，但由于采取了非法强制工人买断工龄或分流自谋职业的铁腕手段，造成的后果就是国有资产大量流失，官与商无偿或以象征性代价获得巨额财富，两极分化从此越来越严重。央企独大，利益集团分享巨大的社会财富，而民众只有喝粥或者喝西北风的份。有若干的文章指出，无论是将工人终身依靠的企业低价出卖给个人，还是破产，抑或改制，都直接产生了大规模的工人下岗，保守估计不少于4000万人。长期依赖国企而无生存自救能力的数百万中年工人，一下子被逼到城市的边缘；青工则被迫沦为新的私营业主打工仔，变成了社会的不安定因素；为国家做出巨大贡献，创造了大量财富的工程师技术员，待遇与地位一落千丈。《南方的爱》对处于国企改制风暴眼中的德宝姐姐、姐夫一家遭际做了描述，从被侮辱被损害者的角度，做了真相揭露。

书中的姐姐、姐夫生活困顿，苟且偷生，姐夫脾气暴躁，性格乖戾，尽管有个性、教育、家族遗传原因，但更多拜生活所赐。作品借姐姐之口，陈述了她一家遭遇了怎样的困境：

> 姐姐说，我们橡胶厂一下子讲要卖掉，一下子讲要凑股份，搞得人心惶惶的；他的酒厂每天要去上班，工资也只有两百三百。祥子读自费的重点高中，一次就交了五千多，还有各种各样的费用要交，我们哪里交得起！不是你的支援，祥子还想读自费重点呀……
>
> 贫穷夫妻百事哀。德宝见满屋的过时家具，仍在沙发上的姐夫的内裤以及姐姐的胸罩都是洗掉了本色的，不由愣住了。

内地国企或面临改制的国企的凋敝和工人生活的艰难，如斯刻画出来。与前面凌峰、局长做局的改制形成了呼应。这就是一个时代一个群体的命运，是牺牲品，是集权强力意志的祭品。

我们知道作者南翔其实是个自由主义者。有自己坚定的经济、政治、学术和文化上的自由理念和一以贯之的倡导，从来对强权、威权和集权表达疑虑，他也从来不愿成为一个犬儒主义者，成为乡愿。从作者的自由主义的理念和立场，我们按逻辑推理，可以了解南翔对国企改制并不反对的态度，但中国的事情总是无法按常理、按理论、按规则理解。好的理念和愿望，完全会成为圈钱圈地圈利益的暗器。所以，作为一个作家，尽管可以有立场，但人性的立场永远是他最终的最坚固的立场。南翔在他的作品中所做的，也就只是站在底层的立场和利益，对被侮辱被损害被抛弃者投以深刻的悲悯。其实在他所有的作品中，这样的批判、悲悯所在皆是。他的作品没有一部是吟风弄月的闲适之作、无可无不可的无病呻吟之作，而是都有立场、都有坚持，都饱含爱与悲悯，饱蘸痛感与愤激。

批判性，是南翔所有作品暗含或明白呈现的主体意识。无论对历史的反省，对"文革"的否定，还是对时下人心坏掉道德沦陷的忧虑；无论当今物质主义的警惕，还是对往昔曾有的美好人性的追挽；无论是对快速城市化带来的弊病的抵抗，还是对残存的人性之光的珍视，都有涉及，都有触及，都有感而发而有的放矢，越是晚近写作越是如此。在《南方的爱》中，我们看到，对社会病、文明病、人心病，影射之处，在在刺眼。除了前述对官场、对国企改制的批判，作品中，还以德宝回母校系庆被迫捐款的情节，写到大学教育的势利和庸俗。同学系友聚会，对系方，无非是"欢迎各年级系友捐助，百元起捐，多捐不限。捐助的系友将依照不同款额给予勒名记功，记盛"。但系方又有系方的难处和不得已如此斯文扫地的难堪缘由，按系主任的说法，他们"太需要一笔科研奖励基金了。许多老师花一两年工夫甚至更长时间写的科研论文或者论著，还要自己给钱出版面费。学报发表要版面费，出版社出书就更不得了，拿一年的工资去出一本书，勉勉强强"。想想 20 世纪八九十年代到本世纪初教育的困难、教师包括大学教师待遇的微薄、大学人才的流失等状况，南翔在这里是为两个难堪存照——人心的和教育的。这些作品都指向了市场经济对教育的冲击，如小倩说的，现在老师的思想都被市场经济冲击得七零八落的。——而严格意义上讲，是失序失衡失策失效的市场导向对教育的戕害。而放宽历史的边界，中国的教授文人何曾过一天好日子？

书中塑造了一位名叫柳是今教授的人物形象。这位"先秦文学讲得极好"，才高八斗学富五车，热爱教育和学问，上课"一脸生动，绘影绘声，满堂屏息"的才子教授，"史无前例"地被"追补右派"，受了无妄之灾，"落实政策"后已然四五十岁，孑然一身，"又瘦又老"，"除了一屋从地上堆到天花板的书，别无长物，尤其没有钱"。精神如此绚烂繁华、锦胸绣口，又对生活没有失去烂漫幻想的一代才子，最后的下场可悲可叹。年纪大，没有钱，只能娶了个俗不可耐的残疾女子，而且更悲剧的是，该女子并不能满足柳教授希望有个孩子的唯一的期望（子宫连卵巢一起卸掉了）；该女子的霸道和庸俗，不仅让有着散漫自由的文人习惯的柳教授被迫做出妥协，还打乱了他的阅读和研究计划，管住了他的工资收入，让他买本像模像样的书都捉襟见肘，狼狈不堪。以至于也只能抽几毛一包的劣质烟滕王阁——柳教授自嘲"这个牌子好""我抽的是文化"，尔后变成"抽了多少廉价的文化，如今要我付出生命的代价"。除了历史和婚姻加在他身上的枷锁之外，还有大学教师待遇的不堪，以柳教授之副教授身份，"不能进高干病房，医药费超支很多""人之将死，连好的医药也伺候不起"。作品中德宝一句话，万般感慨无奈，透着机锋，"如果柳老师不是受一些无妄之灾，弄得五六十岁还当童男子，他怎么会是过这样生活的人。想象得到他年轻时候的风流倜傥与卓越才华"。今不如昔。

作品中的回乡记，无论德宝回乡，还是陈老板回乡，揭示的都是内地的困局。德宝组织记者团跟随陈老板回乡，满足他的炫富显摆，见证他的荣归故里，看到的却是经济的凋敝、人心的荒芜，还有基层政权为了换取政绩，怎样的焦虑、浮躁、无奈，不得不在老板面前做孙子，甘愿引进沿海地区的污染企业。老贾下乡，看到的是乡村治理的无序、伦理失序和两性道德的错乱；三十年后的回乡市场大潮起来，乡村"物非人是"，该破败的在破败，该朽坏的在朽坏。历经历次政治运动的摧毁，人心的荒芜已经如此，现在尤甚，变化不大。以前的"对立"已不值一提，被迅速忘记，"一心一意奔经济去了"。

这哪里是部谈风月的爱情小说？无非是借了爱情小说的通俗类型，借类型化的酒杯，浇自己胸中之块垒罢了！文人小说、学者小说的"阴险"或者摆脱不掉的"知识的包袱""思想的烦恼"就在这里。闲笔总是不闲，趣味总是别有机关，搞笑总是无法单纯油滑而总汇入含泪的幽默。

回乡记，展现的是广阔的中国背景和现实，作者的引入自然只是作为深圳的对照。回到深圳。

德宝南下深圳，自从翠岗中学跳槽加盟秦始明的联利化工，承揽渡边路桥公司开始，便开始了文人下海的历程。公司从搞点小项目，小打小闹开始，至以承建城市厕所工程打开缺口，再到由联利化工挂名托管形式，成立红树林文化传播公司。德宝因为交上了秦总和小兵这种朋友和靠山，经商之路走得还算平稳，小兵小妹夫妇牵线的国际质量认证教学带碟淘到第一桶金，算是有个好的开端。接下去，承接给佳兴公司的 CI（品牌形象设计和宣传推出老板），领教了同行对手新世纪音像公司桂朝阳背后的拆台和算计，差点闹到法庭，饶是德宝琢磨透了桂朝阳的底细和底牌，软硬兼施，也只是多少拿回了一点策划费。接下来两年，生意不咸不淡，勉强维持，像德宝跟老贾交底，"公司运转很困难，再没有合适的项目，就要考虑裁员了"。接着又雪上加霜，公司收到律师电话，限期还清去年所借五十万短期贷款，否则银行要对公司房产提出诉讼保全。可见下海经商，并不容易。能够维持开办运转，已属不易。关键时刻，又是秦始明施以援手，给予五六十万银行抵押担保，缓解了还款压力。公司举办的秋季艺术品展销会获得成功，尽管被阿冬卷走 100 万潜逃，但尚有盈余。辇辇具体张罗、利用联利公司旧址成立的股份制民办全英文英彩学校，尽管历经波折，也有声有色开办起来了，开始产生经济效益和社会效益。公司接下来还准备与联利联手，办水厂、搞短途运输队、办全国乃至亚洲的网球公开赛等，都预示着德宝已经摸着了门道，成了文人下海的成功者。

全书的主干线索大抵围绕德宝商海浮沉进行框架编织，显然并不复杂。作家的本意和兴趣也不在此，只是提供了一个框架、一个线索、一个语境，意在对附着于其上的人、人心、人性进行描写和展开。正是在上述情节推进过程中，在德宝发生交集的人、事之中，我们看到了特区权力寻租的种种表现（官场和商场怎样靠深厚的关系背景来打通、来摆平），看到了形形色色深圳爱情的破灭和深圳男女之间的无法沟通理解，看到了金钱怎样刻骨地使夫妻反目（如小妹和小兵）、父子成仇（小兵和儿子）、朋友寡情（老贾和德宝）、单纯之人变成势利之人（如黄子屏）、内地小官僚下海后使出下三烂手段瞒骗构陷（如岳小鹏）、无良公司设套做局骗占其他公司的资产（如特立达购买京房的股权，骗占京房亿万资产），等等。

自然，作品以《南方的爱》的命名，处处落笔都离不开情爱故事、男女关系。社会生活商场职场的树干之上，密密麻麻生长着的都是饮食男女、人情人性、物欲性欲、理想现实，如此才构成枝繁叶茂的故事树。

约略数来，作品设计了起码十五对男女关系（夫妻和情人），德宝—春芬、德宝—子屏、德宝—翚翚、德宝—吴小姐、萧海—春芬、子屏—凌峰、翚翚—博士、翚翚—杰、小兵—小妹、秦始明—黄爱珍、秦始明—刘灿、小兵—小妹、老贾—小詹、姐姐—姐夫、柳教授—拄杖女子，这十五对关系都有相对完整的情节。这还不算秦始明与张小姐、小兵与要好女人、德宝与小倩、小吴与阿冬和海德曼的现代三角、老贾下乡所在地几对乡村三角，以及老贾本人与乡村相好的情事，这些都是比较次要的男女关系。就十五对展开的男女关系而言，除了姐姐—姐夫和柳教授—拄杖女子的关系之外，其余十三对之间的情感状况，都构成了与深圳这座城市的因果关系。或者因为婚姻失败，逃避到深圳；或者因为无法理解和体认，在深圳有始无终或有心无力或黯然分手或反目成仇；或者因为在深圳受到物质的刺激，由两情相悦反而心生嫌隙。作品对深圳爱情基本持悲观态度。除了对当局者关系的描述展现，还体现在书中多处溢出的对深圳及深圳男女特点的议论之中。

这也是深圳作家写深圳时的通例，总免不了会对这座城市、城市中的人做些评议、做些把握、做些概括，以企图分辨出这个城市和城市中的人的特质。南翔也不例外。其中，这种种言论，自然更多着眼于深圳男女关系，两性之间充满着的极大的隔膜。爱情在深圳是一种奢侈。唯一可望修成正果，担当得起城市爱情的，到作品的最后一节，作品才暗示德宝和翚翚历尽波折，或会走到一起。书中写道，翚翚报名参加市里组织的助教扶贫团，即将前往贵州，一年或者两年后回来。德宝向她正式求爱，说"一年或者两年，我都等你""此心依旧"，并说外面响起的电子鞭炮声，是"为你饯行，也是为我们的未来祝福呢"。

全书的结尾，这样写：

> 天早已黑了。德宝与鞏鞏上了车，无尽的车流立刻将他们的车拖向没有边际的城市深处。

> 城市在这里，像是一个没有边际的海洋，欲海无边或者也可以说苦海无边的象征。德宝和鞏鞏像是坐在了挪亚方舟之上，以他们的惺惺相惜、心气相通、互相理解和包容的爱的力量，而获得了拯救。

作品的结局，讲两性之爱升华为理想的神性愿景。然后，戛然而止。这个作品始于情爱终于情爱，而不止于情爱；他为爱所伤，但仍相信爱情；他博爱，尽量爱一切人，用爱来包容、来忍耐，来化解各类矛盾、冲突，最终他也得到了真爱。实际上写出了一个社会转型期投身商海的知识分子的典型形象，有缺点、有困惑，但更多是一种情义的力量、道义的高度，不轻易放低知识者的尊严和自由理想，无论是经济行为，还是人际交往，无论对人对事，还是对待爱情。这是当代城市文学人物画廊、深圳人物画廊一个全新的人物形象。

作品不长，但富有极为宏阔的社会景深和思想力度的深广，人情人性的精准深刻描摹。从情爱的小角度切入，也体现四两拨千斤之妙构。作品的结构、叙事也择取精当，得心应手，找到了近乎完美的技法，不能不说作者作为一个杰出小说家的成熟。

在叙事上，作品全篇使用第三人称有限视角，人物对话全篇使用自由间接引语，显示了独到的匠心，尤其是体现作家叙事技巧的高度成熟，已经对现代小说手法运用得游刃有余。这样的择取，是作者对福楼拜《包法利夫人》和乔伊斯《尤利西斯》《都柏林人》等现代小说技法精心研究和选择的结果，相较其他技法，自由间接引语叙事策略，更能促成南翔《南方的爱》叙事风格的实现。上来第一句，"德宝一直怀疑自己跑特区来是不是生命中的一个错误。"这样的开头，"怀疑自己"所反映的绝非叙事者所言，而应是德宝自己的话语，是他自己在说"我一直怀疑自己跑特区来是不是生命中的一个错误"。如此看来，开篇用的是德宝的视角，尽管表面上看起来是客观第三人称叙述，但却点染上了他个人的色彩。人物自身的特性在行文中凸显，引用的痕迹被抹去，这就是自由间接引语的优点。

　　"自由间接引语"概念最初由德国学者洛克提出。瑞士语言学家查理·巴利认为："在这种文体形式中，叙述者尽管整体上保留了叙述者的语气，不采用戏剧性的讲话方式，但是，在表达一个人物的话语和思想时，却将自己置于人物的经历之中，在时间和位置上接受了人物的视角。"施皮策（L. Spitzer）进而将它定义为模仿与被模仿，即叙述者对人物的模仿。究其实质，自由间接引语就是大量运用人物自己的语言，并借重人物当下的视角，即现场目击的或目击指点式的词汇和短语。在整个叙述过程中，不出现引用的痕迹，没有引述句的闯入，而且叙述时态是一成不变的，也不会出现从第三人称代词向第一人称代词的转换，自由间接引语就是对这一目标的契合。

　　在新时期以来中国当代小说创作中，自由间接引语这种叙事风格得到了比较广泛的运用，南翔是其中的行家里手。间接引语的运用是为了更加真实地表现人物的心理，绝非着眼于文本风格的考量。运用自由间接引语，作者可以让人物的声音瞬间接管叙述的声音，作品叙事过程中，作者或叙事者跟作品人物如影随形，这就"迫使读者精细地关注行文，核查各种单纯、偏见、自我欺骗或者坏的信念等痕迹"，而语境可以为"在无拘无束的形式中表现的人物话语提供清晰的线索"，帮助读者"观察伴随人物的行为动词，如觉知、思考、写、说等，确认行文中的人物话语"。

　　《南方的爱》中，南翔运用自由间接引语，使得作品中的人物植根在个人经验的特殊性中，并把每一个人物悬置在敞开的小说话语逻辑中。在作品中，我们读到的信息通常是以德宝的视点作为中心意识给出的内容，而这些内容是作者南翔赋予的。南翔把他成熟的表达技能加在德宝的生活经验上，确立了材料自身完全的主观性。南翔给读者提供的是三重视角，既是主人公的，也是作者的，还是作者把主人公塑造成为的叙事者的。南翔既允许我们从德宝的视角看事件，并把德宝的人生遭际真切生动地呈现出来，又剥去了人物话语中暗含的道德权威，把所有的言论置于暗含的双重引用中，使我们意识到的都是被疏远、被反讽和被塑造的事例。因为自由间接引语允许叙事从人物的直接陈述滑向让文本权威化的更为全知的知解力，这样就很难识别到底是谁在讲述故事。这就形成了作家与文本至少在表面看来两不相涉的内在间距，而形式又能和谐地托显内容，并使主人公德宝的意识过程得到全面具体的揭示，这是南翔采取这种叙事方式所达到的出色效果所在。

　　文绉绉是南翔有时候会流露出来的一种偏好，自觉不自觉的风格追求。像《南方的爱》中，这样写景"山上乍晴还阴，流岚奔驰若白马"。写黄爱珍拿出旧照片给德宝和岳小鹏看，说是："说着从柜子里拿出一个大相簿来，一泻之下，足有百十张之多的旧照堆在床上。"这个"泻"字就用得奇。叙事过程中，还出现有类似"端赖""折冲樽俎"等的表达，貌似作者对自己的文本有点失去控制，正如刘易斯挖苦乔伊斯在《死者》作品中使用"赶赴"之类文雅过分的词汇一样。其实，南翔的修辞偏好，并不是出于谨小慎微，"惟陈言之务去"，以避免陷入陈词滥调的泥淖，他在用词上避熟就生，只是为了与人物个性特征相熨帖。文雅之词的使用，打上了德宝的印记：他的知识分子身份，让他谈吐高雅。

在结构上，作品采取了以流浪汉小说为主，进行加减的复合结构，是流浪汉小说和网状结构现代小说的混合体。

无论是广义的流浪汉小说还是狭义流浪汉小说，其最大的共通点都是由主人公作为线索贯穿全书。主人公通常是为生存而付出很大的精神代价的人，以其冒险生涯中的每一次经验教训描绘人情世态的繁复，从而揭示其现实主义的哲学意义。小说中的主人公不必充当情节的推动者，却必须成为情节的组织者，其作用是能够展现广阔的生活画面。在《南方的爱》中，如同《围城》，作者把流浪汉小说的第一人称叙事视角改造成了第三人称视角，保留了流浪汉小说常用的冒险经历模式和插曲式结构。这种"积累式""货运式"的缀段式叙事结构，串缀主人公的若干个生活插曲，展现了五光十色的社会生活画卷，加大了小说的社会生活容量，增加了小说的批判性与社会价值。这种结构范式形成了一个多故事、多情节、多人物、多场景的相互交织的丰满的场景网络，达到了独有的艺术效果。就《南方的爱》行文修辞的真实、丰富、幽默、深刻而言，也具有流浪汉小说或者说以《围城》为标志的中国式流浪汉小说的幽默传统，时而诙谐，时而讽刺，时而挖苦，时而批判，既让人忍俊不禁，又让人咬牙切齿。

更重要的，作品内涵深刻，意义深远，在反映德宝各个阶段的生活的同时，其实不仅写出了他的肉体的流浪，还写出了他的精神的流浪，乃至作为一个群体的知识者的流浪，探寻出的是形而上的"精深而幽眇的人生真谛"。

从这个意义上讲，这个作品的超越性因此得到了呈现。

跨界视野、入世情怀与诗意栖居

——评吴俊忠教授"花萼书系"四卷文集

安裴智

　　吴俊忠教授自 1977 年南京大学外国语言文学系毕业后留校从事俄罗斯文学研究，至今已走过了整整四十年的学术历程，求学、深造、教研的学术生涯历经南京大学、北京大学、北京师范大学、深圳大学这四所著名高校，研究方向涉及俄罗斯文学、文学鉴赏、深圳文化研究三大领域，视野开阔，成果斐然。最近，他把从事学术研究四十年的研究成果精心汇编成"花萼书系"四卷文集，由九州出版社、广东人民出版社付梓问世，令人欣喜。此文集共分《跨界与超越——文化研究的三维呈现》《读书与思道——阅读的文化选择》《哲思与浪漫——诗意栖居的人生况味》《生活的智慧——社会文化九讲》四卷，洋洋洒洒近百万字，基本代表了作者这四十年文学与文化研究的主要学术成就。如果说，俄罗斯文学是吴俊忠进入学术领域的第一个研究对象，是他的学术切入点。那么，文学鉴赏研究与深圳文化研究则是其学术生涯中新的高地与新的亮点，从而形成了俄罗斯文学、文学鉴赏、深圳文化研究三大学术板块与学术亮点。这三个方面的研究都自成体系，各有一定的学术新见，呈现出一种学科跨界的特点，是"文化研究的三维呈现"。他把文化研究与文学研究跨界交叉，在研究中跨界，在跨界中超越。既用文化研究的方法研究文学思潮与文学作品，又在大量感性的文学个案研究的基础上，升华为一种"形而上"的文化理论研究；同时，将这种文化理论研究成果应用于深圳的文化实践活动，为区域性文化发展指明方向。尤为可贵的是，他不是一个钻故纸堆的迂腐学者，而是适应社会大众的需求，积极推进人文社科普及工作，利用学术之公器，引导公民树立健康的价值取向和文化观念，满怀激情地投入深圳文化建设的火热现场，以自觉的文化实践，做一名深圳文化创新与发展的促进者，体现了一名有责任感的文化学者对社会现实的强烈关注，体现了"学以致用"、服务大众的治学理念。多年来，他除了发表俄罗斯文学、文学鉴赏与深圳文化研究的理论性学术文章外，还写有大量的读书札记、演讲文稿和思想随笔与文化随笔，巧妙地通过学术这个公器，为读者构筑了一个美好的精神家园，一个"诗意栖居"的智慧人生世界。

从"花萼书系"的总体美学特征来看，吴俊忠的学术研究具有以下鲜明特点。

一

文化研究与文学研究跨界交叉，用文化研究的方法研究文学，形成了俄罗斯文学、文学鉴赏、深圳文化研究三大学术板块与学术亮点。

"花萼书系"四卷文集之一的《跨界与超越——文化研究的三维呈现》（九州出版社，2017年4月版），是最能体现作者学术研究成就的著作，堪称一本特色鲜明、充满学术创见和新的美学观念的文化研究专著。内容涉及俄罗斯文学、文学鉴赏、深圳文化研究三大领域。此书的一大特点是把文学研究与文化研究融为一体，用文化研究的方法去研究文学，将文学研究升华到文化研究的理论高度。既论述俄苏文学研究的核心问题，阐明文学鉴赏的入门之道和方法路径，又揭示深圳文化超常快速发展之谜。读之，既能感受到俄罗斯文学与社会政治关系的错综复杂，品味到文学鉴赏的乐趣与奥妙，也会被深圳文化的全新观念所感染，增进对我国当代新型文化的认同和理解，不断增强文化自觉意识。

作者具有较好的外语基础，以俄罗斯文学研究为学术切入点和突破口，以一种比较文化研究的学术视野和扎实的美学理论功底，对俄罗斯文学领域中的许多重要文学现象与文化思潮进行了学理意义上的美学分析与论证，以一种跨文化的学术视野，在苏联解体的历史语境下，对中苏文艺政策、俄罗斯文学传统对中国文学与中国文化的影响等，进行了透彻入理的分析与研究，对苏联文学史进行了反思与重建，对俄罗斯文学研究中的"蓝英年现象"等话题进行了深入的论证。

可以看出，文化社会学分析与比较研究的方法是作者从事俄罗斯文学研究的两大法宝，这一板块的许多专题研究均体现了这种特点。如对俄罗斯文学史上的"屠格涅夫现象"与"肖洛霍夫现象"的比较研究，就能从不同时代背景、不同历史语境入手，分析这两种文学现象产生的社会土壤，在思想内涵与艺术追求方面的相同点、不同点及其内在联系，指出"屠格涅夫作为'社会心理小说家'和'社会预言家'，侧重的是把握时代脉搏，预测社会趋势；而肖洛霍夫作为'社会编年史家'，侧重的是回味历史事件，反思社会和人生。这种差异既体现了两位作家不同的创作特征，又从两个不同的侧面说明了文学的本质特征和社会功能。屠格涅夫与肖洛霍夫的创作正是从不同角度、不同侧面反映了'过去''现在''未来'这三种现实，起到了'历史教科书''生活教科书''思想教科书'的作用。"这样就抓住了两位作家的文学创作与社会历史这个客体的深刻联系，从而令人信服地概括、归纳出两位作家在创作上的美学异同，这样的社会学分析贯穿于两位作家的比较研究中，无疑是很扎实而有说服力的。

在这种比较研究的方法引领下，作者进而选择"文学鉴赏"作为学术研究的重点，在20世纪90年代末，相继在《学术研究》《北京大学学报》《深圳大学学报》《晋阳学刊》等核心期刊发表了一系列关于"文学鉴赏"的研究文章，对文学鉴赏的理论建构、文学鉴赏的类型、文学鉴赏的主体介入以及这种主体介入的范式与成因、文学鉴赏的创造性等一系列论题进行了美学意义的分析与论证，出版了学术专著《文学鉴赏论》，形成了一个相对系统的文学鉴赏理论体系，展现出其扎实的理论功底和美学素养。

同文学创作一样，文学鉴赏其实也是一种创造性的审美活动。那么，鉴赏这种审美创造活动有哪些细微的特点？吴俊忠教授在《试论文学鉴赏的创造性》中给出了他的思考。这篇文章分析得很细、很深，可谓鞭辟入里、切中肯綮。这是一篇很有美学深度的鉴赏研究力作，此文以果戈理《死魂灵》、巴尔扎克《欧也妮·葛朗台》、曹雪芹《红楼梦》、贾平凹《废都》、苏联叶赛宁诗歌、王昌龄《闺怨诗》、宋之问《渡汉江》、皇甫松《采莲子》、苏轼《琴诗》等古今中外文学名作为例，从三个方面展开，详细论述了文学作品形象的"不确定性"与鉴赏者的"再创造"，想象在文学鉴赏中的作用，想象与再创造的关系，艺术通感、审美距离在"再创造"过程中的作用。关于鉴赏者如何进行想象，作者提出要从作品基础、审美意图、生活体验、表象积累、情感驱动、理性参与、思维方式七个方面展开，颇富新见。全文在引用古今中外的文学作品时，可谓随手拈来，分析详尽透彻，颇见美学理论功底与中国古典文论的修养。

世纪之交乃至21世纪以来，吴俊忠教授又走进深圳文化现场，以深圳文化实践者、参与人与研究家的三重身份，关注深圳经济特区涌现出来的文学现象和文化现象。在吴俊忠看来，作为深圳的文化学者去研究深圳文化是责无旁贷的。他说："深圳文化研究是一个深圳本土文化学者的'分内事'，作为一个在深圳工作与学习的文化学者，必须关注和研究深圳文化，才能增强文化自觉意识，真正担当起社会责任和文化使命。"于是，他以"在场者"的身份，对深圳经济特区建设中出现的新观念、新态势、新思潮等文化研究的前沿课题展开研究，如对建设深圳主体文化、现代化进程中的深圳文化变迁、深圳创意文化建设的艺术动力、深圳文化创新与深圳文艺发展、深圳经济特区对中国现代化的文化贡献等特区文化的理论课题展开了理论阐述。可以说形成了一整套的深圳文化建设的理论体系，弥足珍贵，具有一种系统性与现实针对性。而其中一些关于深圳文化的观点也颇具新见，具有思想穿透力。如关于深圳文化的定位，吴俊忠教授认为："深圳文化创新在当代中国文化转型中发挥了先锋和导向作用。深圳革新和创建了一个有利于文化创新和文化发展的新型文化体制，逐步形成了把传统文化、移民文化、本土文化和主流文化融汇一体的新的观念文化体系，在客观上担当了新世纪我国新文化模式的试验角色。"这样对深圳文化20世纪90年代以来在整个中华文化转型版图中的角色定位与所起到的历史作用的分析阐述可谓精辟恰当，为深圳政府层面的文化决策提供了强有力的理论依据与学术依据。

二

发挥学术经世致用之功能，体现了对现实人生的人文关怀与"学以致用"、服务大众的治学理念。

吴俊忠教授具有一种强烈的人文情怀，他的学术研究，既属于严谨的学院派研究，是在象牙塔之内，同时他又能走出象牙之塔，将学术界的成果传播于公众之中，用学术解说公众精神之困惑。

学术乃天下之公器，中国学术自古就有关心社会、改造社会的优良传统。《礼记大学》篇所表达的儒家"诚意、正心、修身、齐家、治国、平天下"的君子理想对后世中国知识分子的人格形成与人生道路产生了重要影响。"穷则独善其身，达则兼济天下"成为历代"士人"的行为准则。北宋"关学"领袖张载一生主张"实学"，提出读书著文要"为天地立心，为生民立命，为往圣继绝学，为万世开太平。"表达了一个学者对国家、对社会、对百姓的担当和使命。明末清初，这种"学贵有用、道济天下"的治学观更是得到发扬光大。一代硕儒顾炎武、章太炎、康有为、梁启超等人均很重视学术的经世致用功能。国学大师章太炎的弟子、"章黄学派"代表人物黄季刚认为："读书人当以四海为量，以千载为心。学问文章以高明广大为贵。"民国后，学术在动荡的乱世中为构建现代社会提供了丰厚的思想资源。20世纪40年代至70年代，学术走向社会，却又曾一度畸形地滑向了另一个功利的极端。20世纪80年代，拨乱反正，学界思潮引领社会思潮，影响着社会生活公众生活，学界的中国现当代文学甚至一度成为中国社会思潮的"尖兵"。20世纪90年代之后，中国学界注重自身"岗位"建设，却也日渐疏离于迫切的社会现实问题，疏离于中国大众的现实问题与精神问题。更有甚者，甚至转向书上作书，对学问的实际应用性多有看轻，学术论著的数量虽然成倍增长，但大众的精神生活却失去了必要的思想资源、精神资源的支持与引领，日益流于苍白和平庸。因此，在当下如何注重学术的应用性，用学术性提升大众文化、大众精神，既是弘扬明末清初以来中国的优良学术传统的需要，也是新时代学术研究的题中应有之义。

从吴俊忠教授的"花萼书系"四卷文集中，我们看到作者有一种强烈的对社会现实的关注意识与人文关怀。他的文化研究渗透着强烈的理性思辨色彩与贴近现实、关注民生的特色，可谓打通了宁静的书斋学院派研究与生动活跃的社会文化实践之间的通道。如果说《跨界与超越》中"文学鉴赏探微"侧重于对文学鉴赏理论的构建与文学鉴赏方法和路径的探讨，更多呈现为一种纯美学理论研究，那么，"俄苏文学新论""深圳文化辨析"两大单元的文章，则体现了学术与社会挂钩、学术经世致用的研究特点。仔细阅读"俄苏文学新论"中的文章，除去《艺术追求与思想探索——从"屠格涅夫现象"到"肖洛霍夫现象"》是一篇纯粹的对俄罗斯文学现象的解析与评论外，其余几篇的侧重点都与苏联解体这一历史事件相关。如对俄苏文学历史真相的探求，对我国俄苏文学研究界出现的"蓝英年现象"的解读，对苏联文学史的反思与重建，对中苏两国文艺政策的比较，以及苏联解体对中国当代文学创作的影响等，这就使吴俊忠的"俄苏文学研究"与一般仅停留于"象牙塔"内的纯思潮研究与文本研究区别开来，呈现出一种政治关怀、社会关怀、历史关怀与人文关怀的别样特色。让学术研究与社会现实挂钩，成为吴俊忠俄罗斯文学研究的一个鲜明特点。

同样，作者的社会文化研究也更体现出学术服务社会、引导社会、学以致用的特点。尤其是《读书与思道——阅读的文化选择》（九州出版社，2017年3月版），这本读书札记中所选的文章，更体现了作者这种关注社会、经世致用、服务大众的人文情怀，既有一定的学术含量，又有较强的趣味性和可读性，相当于浓缩和阐发了30多本书的文化内涵。内容涉及婚姻与爱情、人生幸福与人生追求、文化创新与文化治理、历史真相与历史反思、文学经典欣赏与文学阅读指引等多个方面，适合各类读者阅读。作者标注在扉页上的两句治学格言："读书明理，理应惠及社会大众；治学求道，道在塑造智慧人生"，正是其"学以致用"治学观的一种写照。作者明言：读书的根本目的在于明理，但"理"

不能一人独享，应惠及社会大众。读书心得更应向世人传播、分享于大众。这对于一个学者来说，显然是服务社会、造福社会的重要途径。

三

走进文化现场，飞扬鹏城文思，做一个跨学科的文化传播者和深圳文化创新与发展的自觉推进者。

几乎从特区建立开始，"文化沙漠"的说法就伴随着深圳。其实，深圳文化的边缘形态，恰好暴露出最强悍的文化空间。这是不断扩容升级、不断膨胀和飞翔的空间，是一块生机勃勃、具有最大可能性的文化领空。年轻的特区城市，拥有中国最集中的高知阶层，拥有移民城市的杂糅文化，来自不同区域、不同源流的文化板块，在这里组合融合，绚烂杂陈。相对于内陆城市，尤其是古老的京城文化而言，深圳文化表现出了更强的生长能力。这些特点，在《哲思与浪漫——诗意栖居的人生况味》（九州出版社，2017年4月版）一书中生龙活虎地显现出来。

其一，对最有生命力和开拓性的文化形态的理性论述，对最清醒也最前卫的文化理念的褒赏与传扬。

在《深圳提高文化软实力的战略思考》《城市人文精神与城市文化建设》《关于深圳文化之我见》《关于"深圳学派"之我见》《超越参照——写在"文化广场"50期之际》《深圳经济特区凸现文化创新功能》等文章中，吴俊忠集中发表了他对深圳文化建设的一系列富有创见的看法，对一些富有生命力的特区新生文化形态大力扶持，对深圳文化的前卫理念大力褒赏，形成一片独特的文化风景，体现了他对深圳文化情有独钟的关怀与参与。

其二，对蓬勃的青春文化与特区文学的热情讴歌与赞扬。

深圳是一个只有30多年历史的年轻城市，是青春的现代都市，年轻的创作群体如海浪一样，一波接一波，掀起一个又一个文学的浪潮，涛声回响在中国当代文坛。在《深圳文学发展的评估》《特区文学纵横谈》等文章中，可以看出作者对深圳文学的持久关注与别样情怀。作者仿佛一位海边猎奇的探险者，津津有味地采撷文学新锐的创作，无论是彩色的鹅卵石，还是洁白的珍珠贝，都精心收集起来，呈现给文坛。他是那样专注、那样深情，犹如一位园丁，辛勤地灌溉着每一株文学的幼苗。早在工业文明扫荡文化传统的时代，法国作家乔治·桑就曾说过："为了文学，请留下三叶草和绿荫"。现在，深圳文化的"绿荫"已经蔚为大观，而在绿荫覆盖的文学田园里，也已生长出大片繁茂的"三叶草"。可以说，为深圳文学田园的繁荣，作者以灵动之笔精心描绘、"浇花除草"，付出了辛勤耕耘，与特区广大文艺工作者共同构筑了这份壮观的特区文学图景。

其三，迈出象牙塔，走进文化现场，做一名文化传播的使者，做深圳文化创新与发展的自觉推进者。

吴俊忠教授不仅擅长文化理论研究，更可贵的是，他并不一味地死钻书斋，而是满怀激情，亲身投入深圳文化建设的火热现场，以自觉的文化实践，做一名深圳文化创新与发展的推进者。这是他异于一般书斋类文化学者的别样风格。他曾任深圳大学城市文化研究所所长，主编《深圳文化三十年》，写有专著《深圳文化十论》。多年来，他在深圳市民文化大讲堂、深圳社科普及周、深圳女性文化沙龙等各种文化讲坛和各大文化场馆、机构做各类专题文化知识的演讲300多场。在《生活的智慧——社会文化九讲》（广东人民出版社，2017年12月版）一书中我们看到，书中既有对深圳文化建设的评述，如《城市文化品位与深圳学派建构》，也有大量关注特区社会当代都市人的生存发展与情感心理的演讲，如何塑造诗意人生、智慧人生是其中一个主要内容。对现实中人的生存方式、生活质量、精神生活、情感心灵的关注，始终是作者落笔与演讲的重点。如在2005年"广东社会科学普及百场讲座"中的《诗性智慧与诗化人生》；2006年在深圳市民文化大讲堂的演讲《让婚姻充满爱》、2013年在深圳市委党校女干部培训班的演讲《当代女性的角色定位与价值取向》，2013年在龙岗大讲堂的演讲《当代人生存与发展所面临的五大问题》，2015年在龙岗文明美德大讲堂的演讲《人生三观与道德修养》等，都体现出作者对现实人生的拳拳关注之心，对经济特区都市人的心灵成长与情感心理的极大关怀。所以，作者能自觉适应社会大众的需求，利用学术这个公器，来引导公民的价值取向和文化观念，推进文化传播。在"花萼书系"四卷文集的导言《探寻人生价值的实现方式》一文里，作者提出："一个学者要做好文化传播工作，必须超越学科和专业。不能局限在自己所属的某个学科和专业。因为文化传播的对象是不受学科和专业限制的社会大众，无论是哪个阶层、哪个系统的公众，都要得到文化知识的滋养。"

四

吴俊忠教授的文化随笔创作充满了哲思与情趣，为读者构筑了一个美好的精神家园，一个"诗意栖居"的智慧人生世界。

吴俊忠教授是一个性情中人，他在繁忙的学术研究之余，还撰写了20万字随笔杂谈类文章，这是一篇篇闪耀着思想光芒与人生智慧的佳篇力作。收在"花萼书系"第四卷的《哲思与浪漫——诗意栖居的人生况味》就是吴俊忠教授的随笔文章的汇集，该书分"感悟人生""观照文化""思考治学""评点佳作""解读名人""游踪思絮"几个部分，基本上可以划分为"生活随笔""文化随笔""学术随笔""读书札记""旅游随笔"这五类，涉及人生追求、文化思考、文学欣赏、读书心得、旅游采风、文化素描、学者风采等多个方面。关于随笔写作，吴俊忠教授的受业恩师蓝英年先生曾谈到要有三个核心要素：有思想，有真情实感，文字精练、表达准确、有语言的美感。可以说，这三点在这本《哲思与浪漫》中都有很充分、到位的体现。书中收入的随笔文章并不是那种以文采斐然见长的"绮丽派""华丽派"，如果从随笔文字的语言特色与语言风格看，他的随笔更多呈现的是一种"本色派"，语言自然、质朴、精练、畅达、温润，但字里行间却处处充满了哲思、情趣，对人生哲理的思索、对文化学术情趣的追踪，可以说是构成作者随笔文章的两大亮点。如在《人生并非如梦》这篇生活随笔中，作者巧妙地引用俄国诗人莱蒙托夫的《人间与天堂》的诗，形象地阐明了理想与现实的关系。他写道："莱蒙托夫诗中的'天堂'和'空中之雁'，实际就是我们通常所说的'梦想'或'理想'，而'人间'和'手中之雀'则是生存的现实。向往'天堂'，找'空中之雁'是必要的，但看得更清、把握得更好的恰恰是'人间'的'手中之雀'，因为它'跟我们的心紧紧相连'。"这样带有灵性的温润文字给读者的心灵以哲理的启迪。可以说，情趣与哲思这两大亮点，共同为读者构筑了一个美好的精神家园，一个"诗意栖居"的智慧人生世界。

什么是诗意地栖居？栖居是人在大地上的一种存在形式。人在大地上、在这个地球上应该以什么样的方式存在？才是更人性的？才是"合目的"的？才是符合人文关怀的？不同的哲学家有不同的理解。其中，"存在主义"就是专门阐释人在世界上的存在行为、存在目的与存在意义的。德国存在主义哲学的创始人海德格尔借诗人荷尔德林的一句诗"充满劳绩，但还诗意地栖居于大地之上"，而对"诗意地栖居"做出了自己的独到解释。海德格尔认为，"这两句诗的'诗眼'就在'诗意地'一词。""当荷尔德林倡言人的栖居应该是诗意的时候，就给人一种与他的本意相反的印象，即'诗意的'栖居要把人拔离大地。诗意的栖居似乎自然要虚幻地漂浮在现实的上空。""诗之道就是对现实闭上双眼。诗人不行动，而是做梦。诗人所制，想象而已。想象之物仅仅是制作之物。"海德格尔进一步解释："人并不是通过耕耘建房、待在青天之下大地之上而居的。人只有当他已经在诗意地接受尺规的意义上安居，他才能够从事耕耘建房这种意义的建筑。有诗人，才有本质的栖居。""在这种意义上建立的，不仅有人的居所，还有由人手并通过人的筹划制成的一切作品。"

那么，应该怎样理解海德格尔这些话里所说的一些词语、词组、短语的特定象征含义呢？海德格尔这里所说的"耕耘建房""人的居所"，就是指人在大地上生存、居住所需要的一个物质的空间；而"拔离大地""虚幻""漂浮在现实的上空""做梦""想象""通过人的筹划制成的一切作品"，就是指翱翔于现实土壤之上、通过人的充满诗意的精神劳作所创造的一个精神世界、精神家园。海德格尔认为，人安静地生活，哪怕是静静地听着风声也能感受到诗意的生活。而所谓"诗意生活"的内涵，是指居住于现代尘嚣环境中的人，不仅要占有一个物质的空间，而要像诗人那样，从跃动烦躁、喧嚣不已的物质现实中升腾出幻境和梦，要栖居于带有诗意的精神世界中，也就是我们所说的精神家园。

从吴俊忠教授的随笔杂谈中，可以看出他的多彩人生、诗意人生，也可以看出他的理性思维与情感特征。在吴俊忠教授的笔下，所有的议论、随笔、演讲，最终都指向一种人类生活的理想境界——"诗意栖居"的智慧人生，这使作者的精神世界既脚踏实地、紧接地气，富有现实主义的人文情怀，同时，又翱翔起来，富有理想主义和浪漫主义的诗人气质。现实理性与浪漫情怀就这样高度地融合于作者的文章中。所以说，吴俊忠教授的随笔杂谈，包括他的《生活的智慧——社会文化九讲》，既体现了作为一名有责任感的学者对社会现实的强烈关注，体现了"学以致用"、服务大众的治学理念，同时，篇篇精彩的文章、生动的随笔都充满了一种人生的情趣与智慧，充溢着浓郁的情趣、理趣，是人生哲思与浪漫情怀的有机统一。

古人有"以文章为花萼，以事业为结实"的说法。吴俊忠教授把文集定名为"花萼书系"，正是把文章作为他学术追求和学术志向的载体。从这个意义上说，"花萼书系"名副其实。四卷文集收入的137篇文章，就像一片片生机盎然的花瓣，组成了如花似锦的学术成果和充满诗意的人生景象，让我们看到了作者的学术风格和学术品位，看到了作者对真理的探究和追求，对人生价值和生活方式的理性思考。所有这一切，对于推进我国的学术文化建设，提升我们当代人的审美修养、生活品位和生活质量，具有重要的文化参照和人生启迪意义。

政治文化的文学投射

——政治文化对深圳文学的影响研究

黄玉蓉

政治文化影响着人们的思维方式和行为习惯，更影响着作家的审美选择和文学态度，从而使文学某种程度上成为政治文化的投射。本文试图从政治文化的视角着眼，分析一些有代表性的深圳文学现象，力求揭示出政治文化在哪些方面、何种程度上影响着深圳文学的发展态势，从中可以获得何种艺术启示。

深圳特殊的政治文化语境导致深圳文学的文体形式出现报告文学和政治抒情诗兴盛的局面。同时，政治文化也影响着深圳文学的题材、主题、情节和创作主体。

一、政治文化对深圳文学形式的影响

1. 报告文学

报告文学在迅速反映社会生活、直接传达主流社会价值等方面具有其他文体无法比拟的自由度。在崇尚"时间就是金钱，效率就是生命"的深圳，作家们急切地想把发掘到的社会现象展示给大众看，报告文学的文体特征极大地满足了作家的这种表达诉求。深圳社会为报告文学提供了大量可感、可读、可写的素材，作家们第一时间赶赴现场采写，发表后迅速产生即时性反响。按照这种文学生产模式，报告文学很快发展为深圳文学的拳头产品，深圳作家作品在全国打响的不少都是这种体裁，而这种体裁领域成就最大的作家应首推杨黎光。

杨黎光善于抓取现实生活中的重大事件作为创作题材，更善于挖掘这些题材的新闻和文学价值。《没有家园的灵魂——王建业特大受贿案探微》选取社会关注度较高的反贪题材，曾在全国获得较大影响，并获首届鲁迅文学奖；《生死一线》反映的是百年不遇的 1998 年特大洪灾中嫩江万名囚犯千里大转移的重大事件，获第二届鲁迅文学奖；《瘟疫，人类的影子》记录了 2003 年首现广东、后几乎肆虐全国的"非典"疫情；《惊天铁案》则披露了当年轰动海内外的世纪大盗张子强犯罪集团的伏法过程。

由作家出版社 2006 年出版的十三卷本《杨黎光文集》可以看出，他是一位各体兼善的创作多面手，长、中、短篇小说，电影、电视剧本，散文、特写均有涉及。他的散文《走不出外婆的目光》2002 年还获得过首届"冰心散文奖"，"在他的心底，始终活跃着小说创作的情结。"但为什么他唯独倾力投入报告文学创作呢？由上述 4 部代表作来看，杨黎光的报告文学对重大事件的反应迅速而有力度，体现了文学对社会重大问题的参与能力和对政治文化的主动顺应。特别是《惊天铁案》所起到的及时披露真相、消除社会不安定因素等作用是报告文学社会干预力的能量爆发，这是任何一种文体都无法比拟的。无论是反贪、抗洪，还是抗非典、破大案，无不是时代政治的核心词，对它们的叙述，及时地顺应了主流政治文化的需求。鉴于报告文学文体的独特功能，在深圳这样一个重大事件频仍、生活节奏快速、凡事注重效率的城市，杨黎光首选这种文体便是自然而然的了。

除了杨黎光，深圳文学史上有影响的报告文学作品还有不少：《深圳的斯芬克思之谜》展示了深圳经济特区建立 10 年来的发展历程，曾获中国作协 1990—1991 年优秀报告文学奖；《深圳的维纳斯之谜》是 1995 年深圳市祝贺第四次世界妇女大会在北京召开的献礼之作；《天地男儿》是献给深圳经济特区成立 20 周年的作品，曾获"五个一工程"奖。不管是作为献礼作品还是获得国家级奖励，无不是追求一种国家意识形态的肯定，从中很容易窥见政治与文学微妙关系的影子。作为一种审美意识形态，报告文学能够比其他形式更直接更方便地传递国家意志，承载意识形态，实现政治理想。鉴于此种认识，我们应合理开发报告文学的文体优势，用它干预现实、批判邪恶、弘扬正气，使它在构建和谐社会工程中发挥应有的作用。

2. 政治抒情诗

深圳的政治文化语境导致部分作家充满政治激情，且有一种热切的表达欲望。遇到重大的社会政治事件发生（比如香港回归）或者重大历史时刻到来（比如中共十五大召开、党的生日等），作家们迫不及待地将充溢心间的政治激情一吐为快，于是便出现了大量政治抒情诗。这种直抒胸臆的文体主观上满足了创作主体的抒情需要，客观上呈现了深圳紧跟时代主潮、充满进取精神的政治文化生态。

深圳是一座充满歌咏激情的城市，盛产讴歌时代、赞美生活、催人进取的主旋律颂歌。这些被誉为"红色经典"的主旋律歌曲征用强有力的政治话语，调动老百姓的政治热情，唱响了一个时代的心声。它们通常在国家重大庆典到来前夕隆重推出，歌颂国家领导人的丰功伟绩，描摹祖国的美好蓝图，传达国家意志，满足人们的精神需要。

《春天的故事》歌词可看作一首豪迈深情的政治抒情诗。它通过春雷、春晖、春风、春雨等意象歌唱了个人、国家、民族命运的春天，表达了人民群众对改革开放的欢呼和对邓小平同志的崇敬；《走进新时代》歌颂了新中国成立以来三代领导人带领中国人民开创民族美好未来的壮丽征程，它于党的十五大开幕前 5 分钟在中央电视台隆重推出，在那个特定的庄严时刻，它一下子就征服了亿万中国人的心。这两首歌曾双双荣获中宣部"五个一工程"奖，被誉为"深圳的旋律，国家的声音"；2003 年 7 月，在全党上下深入学习"三个代表"重要思想时，深圳又推出主旋律歌曲《又见西柏坡》，以"党向人民诉说"的语气深情讲述，郑重承诺，激情歌颂，是深圳向党的 82 岁诞辰送上的一份厚礼。

除了这 3 首家喻户晓的红色经典歌曲外，深圳还出产了大量热情澎湃的主旋律歌曲，光是歌颂邓小平的歌就数不胜数。2007 年初深圳又推出了十七大献礼歌曲《今天中国》。独特的政治文化导致一个经济先锋城市频频出产贴近主旋律的文化产品。这个懂得感恩、珍惜改革开放成果的城市正用政治抒情诗的形式讴歌党的政策，畅想民族未来。这些主旋律已经成为深圳形象的关联词，向公众传递着这座城市高歌猛进的政治文化面貌。

20 世纪 90 年代以后，随着社会生活重心的转移，人们似乎不再热衷于政治生活和诗歌艺术，政治抒情诗不再是关注的焦点。但在深圳，这种文体却一直或隐或显地繁盛着。除了上述红色经典，深圳文坛上还产生了一批大气磅礴的政治抒情诗。这些饱含政治激情、饱蘸时代风云的长歌短章同样是对改革开放这支时代主旋律的深情吟咏。诗人谭日超在我国思想界刚解冻的 1979 年就创作出长诗《望香港》，热情呼唤改革开放的到来；老诗人韦丘的《边城赋》描摹了界河两岸改革开放前后的今非昔比；关飞、林晓东、晓籁、程学源集体创作的 9000 行长诗《百年期待》是着眼祖国统一政治大业、庆祝香港回归的献礼之作；深圳市委书记李鸿忠的《红树礼赞》可看作一首散文化的政治抒情诗。作品融政治话语和文学话语于一炉，用深圳特有的现实物象——红树林来阐释明确的政治主题：歌颂深圳的敢闯精神和创新意识，抒发自己的政治理想和人生抱负。

二、政治文化对深圳文学内容的影响

1. 题材的新闻性特征和主题的意识形态化倾向

深圳独特的新闻情境造就了文学题材的新闻性特征，文学园地中小说等虚构性较强的文体一直反响平平，在较大范围内引起关注的大多是具有新闻性特征的作品，文学的社会功能似乎超过了它的审美效应。

陈锡添采写的记述小平同志南巡深圳的通讯报道——《东方风来满眼春》成为对中国改革开放进程产生了深远影响的"时代主旋律"，产生了深远的政治意义；我为伊狂的长篇网文《深圳，你被谁抛弃》轰动朝野的原因之一在于它对深圳题材新闻性的成功开发；陈宏的专著《1979—2000深圳重大决策和事件民间观察》中自1979年以来深圳的重大事件和典型人物是中国社会曾经的热点和焦点，他们的新闻价值自不待言；深圳的"爱心大使"丛飞被称为"2005年中国的催泪弹"，蒋巍、徐华的长篇报告文学《丛飞震撼》的及时出版为解读"丛飞现象"、宣传"丛飞精神"提供了一个文学文本，它及时地配合了中央提出的"和谐社会"理论，成为深圳构建和谐社会的一大亮点，同时也成为深圳精神的形象注解。

2. 以政治人物经历折射特区发展史的情节模式

政治人物在历史上扮演的角色不容忽视，人们对他们的关注成为一种普遍的社会文化心理，这也是宫廷戏、历史剧流行的主要原因。作为政治生活中的核心人物，他们身上凝聚着时代政治文化的精髓，对他们的形象塑造寄寓着作家自身的政治理想和价值取向，表现出作家对主流政治文化的认同与构建。深圳有不少对城市发展走向产生了较大影响的政治人物：袁庚、吴南生、梁湘、李灏……深圳文学及时地记录下了这些风云人物的英雄情节，形成了以政治人物经历折射特区发展史的情节模式。

老作家朱崇山的作品大都选取重要政治人物和重大政治事件展开宏大叙事，体现了作家强烈的政治意识和时代责任感。他的《深港澳小说系列》中的长篇《鹏回首》以主人公洛古从20世纪70年代末受命创办南门经济特区直至辞世的坎坷历程为线索，诠释了深圳经济特区25年的发展历程。作品以文学的形式，给我们讲述了一段特区创立的真实历史，其浓烈的政治意味再一次印证了文学在表现历史和人类精神生活方面的独特价值。另外两部《风中灯》反映香港回归，《十字门》叙写澳门回归，都具有较强的意识形态色彩，可看作对于重大历史事件政治合法性的文学论证。

人物传记《袁庚之谜》翔实地记录了深圳改革开放的先驱袁庚富有传奇色彩的人生。他以一系列"敢为天下先"的举措在蛇口2.14平方公里的"弹丸之地"上书写了一个永不磨灭的神话，许多传说中有关深圳的重大历史事件都可以在作品中找到来龙去脉。读这样一位改革先锋的人生传记，好像回到了深圳当年激动人心的改革情境。

3. 领导干部的"涉文"倾向

在深圳近年兴起的蓝领、白领、少年等众多写作群体中，最具政治意味的当推领导干部群体。深圳领导干部创作风气浓厚，他们"政余问文，文余问政"，似乎达到了"为文为政两相宜"这一传统文人追求的理想人生状态。前深圳市政协主席、市作协名誉主席林祖基的杂文《微言集》1997 年获全国首届鲁迅文学奖；市委宣传部部长王京生的随笔集《真理是朴素的》是深圳一个时代的精神记录；市文化局副局长尹昌龙著有学术专著《重返自身的文学》、文化随笔集《别处的家园》；市旅游局局长李小甘、罗湖区委书记刘学强、南山区副区长林雨纯、宝安区区长黄锦奎在深圳文学史上都留下了有一定影响的作品。

为什么政务繁忙的领导干部们如此热衷于写作？除了个人兴趣，也可看作一种政治文化心理的表现和投射。写作显露了他们的才华，抒发了他们的政治理想，使他们更易为人所接受。正如哈佛大学东亚系宇文所安教授评论曹丕《典论·论文》时谈及的一样，"只有靠自己的写作即所谓'立言'，一个人才能全面'经营'自己的不朽'"。这样一种"立言"思想导致中国文化中数度出现文学与政治紧紧结合的现象，其实"诗言志""文以载道"等文学传统由来已久，中国历史上不少文献都记述了文学家对政治的附丽和政治家对文学的向往。从国家领袖到一般领导干部，不少人都有或轻或重的文学情结。2006 年 11 月，国务院总理温家宝总理在第八次文代会、第七次作代会的开场白中这样说道："我不知道我更喜欢文学还是更喜欢政治。实际上，我两样都喜欢。"身居要职、日理万机的总理尚且如此钟情文学，深圳领导干部喜欢文学更是在情理之中。

今日中国，随着市场经济的发展，价值体系的重建，占据社会中心多年的政治话语被无形消解。在此语境下，文学与政治若即若离，渐行渐远。故意回避和淡化政治的倾向，已经损伤了文学的社会历史价值和艺术感染力，将文学逐出了主流文化视野，推向自说自话、孤芳自赏的边缘化境地。新时期以来的中国文学经过一番挣扎才摆脱为政治服务的工具性处境，我们理应珍惜这种艺术自主性的回归。但这并不意味着文学应该彻底地脱离政治，事实上文学与政治不可能全然绝缘，政治文化更是深刻地影响着文学。现在国际上的文学和电影大奖越来越重视政治文化类作品的趋向证明了政治的介入给文学、艺术带来了生机，适度将政治召回文学的怀抱不失为发展当下文学的一个明智之举。

在这种文学背景下，深圳文学紧跟重大时代主题，利用政治文化的平台获得了一定的影响，发挥了文学的教化、激励和导向功能，但文学最根本的审美功能却被不同程度地遮蔽了。由以上展开的政治文化对深圳文学的影响研究可以看出，政治文化的强大磁场一定程度上会伤害文学作品的美学韵味。深圳文学中存在的歌颂与赞美多于揭露与批判、主题先行、思想大于形象等倾向就是明证。因此，如何在政治化的文学场域中保持文学独立的审美空间是深圳作家需要警觉和厘清的问题，唯其如此才可能创作出经得起时间考验的精品力作。我们反对重政治轻艺术、重内容轻形式的倾向，"言之无文，行之不远"，艺术上达不到一定的高度，文学便不成其为文学，寄托其间的意识形态企图也必将得不到很好的传达。但政治文化的适度介入可望将文学逐出小我的私人领域，助其走出边缘化、私语化的困境，获得一条走向广阔社会生活的艺术通途，让它真正成为一种重要的社会力量。这是我们从政治文化对深圳文学的影响研究中获得的艺术启示。

"十三行"汉诗有可能会改变和激活中国诗歌吗？

铁　舞

我平时习惯于写反题文章。不过，有时候话还得从正题说起。

最初注意"十三行"汉诗的提法是在 2018 年的《名作欣赏》上，后来问了深圳大学黄永健教授，他说 2016 年、2017 年、2018 年、2019 年他连续四年在《名作欣赏》上发了四篇关于"十三行"汉诗的论文，2016 年 12 期还是头条。我看的是 2018 年的那篇《承续、吸纳、革新——十三行汉诗的诗体优势分析》。该文的摘要说：

> 微信平台所催生出来的十三行汉诗（手枪诗），是近年来产生了较大社会影响的"格律体新诗"，十三行汉诗与当代自由诗产生了较大的审美碰撞，其发生、成长及未来的发展趋势，都与当代中国的文化语境关系密切，因数字隐喻的文化感受等原因，读者对十三行汉诗与十四行诗产生对比讨论的兴味。

这个摘要有两个关键点引起我的注意：一个是微信平台催生，一个是十三行汉诗与十四行诗的对比。提倡"格律体新诗"的人多矣，唯"十三行"汉诗由微信平台催生，风生水起，值得关注。而十四行诗是指外国的商籁体，这可以说是一个非常成熟的诗体，引进中国后，已为诗界接受，要说新诗里有没有成熟的格律体，十四行可算是不可否认的一个；"十三行"汉诗（手枪诗）要与它媲美，雄心可谓大。当时我正热衷于收集各种各样的自由体十三行诗，我想研究一下新诗的写作规律，并认定"十三行"是一个"不短不长"的选择。理由在《新诗的"不短不长"》一文里说了（《文学自由谈》2019 年第 6 期）。

一时，我读诗只读十三行。最初的理由可能就是新诗太庞杂了，我需要缩小阅读范围。后来去东南大学参加一个学术会议，遇到深圳大学的黄永健教授，看到他在会上拉出了十三行"手枪诗"连缀巨幅书法，有点震撼。再后来在电话里简单交流了几句，我们竟然对十三行有相当一致的看法，即以此为突破口或许能激活中国新诗。只是他做的是定型体的研究，我做的是自由体的研究。不过我们都是为了寻找所谓的现代汉诗的"汉诗性"。现代汉诗的提法，早就闻说，而且许多人以此"挂牌"，包括一些知名刊物的栏目，但究竟何为汉诗？我们对"汉诗性"的理解还是很茫然的。

看似"十三行"汉诗的提出是一个小细节，说它能够改变和激活中国诗歌，这个口吻似乎大了一点。不过，黄教授对定型"十三行"的认识定位还是很高的，他认为这是中华民族文化复兴的标志。仔细想想，把一首现代新诗限制在十三行六十三字内，无论你是口语还是书面语，只要凭你表达需要，在汉字的妙用、字数和节奏、行数与限制、诗形和表达、想象与自由方面巧妙发挥，就可能会有所成就的。"十三行"，因其不短不长，对很多人不满自由体新诗过于"自由"，古典格律诗"束缚"太甚的问题有所启示性。"十三行"，不是刻意的限制，而是宽松的限制。甚至在我看来，要根本改变中国新诗的现状，在只有软要求、没有硬束缚的背景下，"十三行"汉诗也许是一个很好的抓手。也有人设计过很多新诗格律的"硬抓手"，也有许多人去实践，但喜欢的还是不多，热闹也停留在学人的书斋里了。现在既然有人这样专注地做在"十三行"上了，我们也不要浪费这一份资源。

从现有的资料看，现代"十三行"汉诗由深圳大学黄永健教授提出，源于一次在微信上安慰老家安徽病榻中挚友，他突发灵感在手机上创作诗作，因诗体形状酷似"长松披竹、松竹合体"，故称"松竹体汉诗"，后又发现诗体形如手枪，故俗称为"手枪诗"（此称谓的获得并非是故意设置的文字游戏）。由于它的字数和行数容易记，相比汉俳五七五的简短，它更容易表达得充分，许多人爱不释手。关于"手枪体"诗的写作要点，黄永健教授认为在于把诗经、汉赋、唐诗、宋词、元曲各类形式囊括入诗体，还有把三、四、五、六、七言传统主流诗体总括进来。这一点在我看来有点雄心太过，但作为古诗词句法的入门训练，此手段是可以的。根据倡导者最初的设想，写"手枪体"汉诗，还需要注意韵，平仄间隔、换韵等要求。这个最早的要求，在后来的实践中被变通，人们在"十三行"里依然能够表现各种自由。本人在既定行数字数的规定下，从低俗到高雅共实验了十三种不同体式，让黄教授一时惊呼："手枪诗，原该这么有趣！"

在这里不妨举出几首说说：

机枪发明者哈利姆·马克西姆的独白

（独白体）

我名叫

哈利姆

我不得不

离弃故乡

去往旧大陆

美国不需要

我发明的机枪

金属逻辑制成

活着的人都恨它

然而有人需要它

杀戮来

杀戮去

用暴力刺穿世界

再看看翻译体原文。

机枪发明者哈利姆·马克西姆的独白

（作者：谢尔盖斯特·拉斯维尔斯基）

我是哈利姆·马克西姆，一名发明家

但我不得不

离弃我的故乡美国，去往旧大陆，

因为我发明的机枪，用金属和逻辑制成的

杀人武器，美国不需要。

然而有人却需要它

英国人、德国人和俄罗斯人

为了杀戮祖鲁族人、日本人、中国人、印度人，

然后呢，再相互杀戮……

像强盗一般死亡从天而降

生灵涂炭——一幕幕死亡上演。

认知无法穷尽，

但其中——没有一点创造性，
反而时常带来毁灭，
联想最多的是血腥，
黏糊糊的堑壕垃圾，
没来得及掩埋的尸体。
可是得承认这些——是一种进步，
而进步——意味着意志力和权力
人民头顶上的和根植于科技的。
是的，我听到过……非暴力……痛苦之无辜
每一个活着的人都不需要……
可这只是野蛮的
皮肤黝黑的先知们的思想……
战争呢，依然在发生。
世界已被暴力刺穿，
非暴力的、绅士的印度人
将无力回天。

　　这是一篇后制作品，标明了是"独白"。材料来自一首翻译体诗，标题《机枪发明者哈利姆·马克西姆的独白》有点硬劲。翻译体 28 行，有点啰唆，不像是诗；后制成 13 行，是否更简洁，更像诗了呢？这同样也是代言体。诗里有角色——戏剧化，这是一个很好的实验思想。都说现代汉诗受西方诗歌影响。我们许多诗歌都写得像这一首翻译体一样，却不知汉诗精约的好处。这只有比较才能得知。
　　再看一首：

十三行，后制霍庆来先生改革开放感吟之一《依韵李毅仁中将礼赞航母》
（老干体）

挂云帆，
下深洋；
斩浪劈波，
弹射天狼。
呼啸雄鹰驱敌，
巡游舰艇遏狂。

冲开岛链军魂振，
打破禁封士气昂。
兴中华，
凭重器，
海天辽阔信由缰。

附：霍庆来先生原作
依韵李毅仁中将礼赞航母

云帆高挂下深洋，
斩浪劈波威八方。
呼啸雄鹰驱敌寇，
巡游舰艇遏嚣狂。
冲开岛链军魂振，
打破禁封士气昂。
崛起中华凭重器，
海天辽阔信由缰。

　　这又是一个后制的实验，纯粹是一次诗体的改编。无意否定原作，也不认为后制品胜过原作。只是想通过这样的后制，证实一下，新诗是否能从旧体里产生，探索艺术能以何种方式重组。笔者曾于 2009 年第 7 期《中华诗词》发表《格律体新诗可否在旧体里产生？》，今闻南方有十三行松竹体定型诗，特做此实验，把这首诗规定为"老干体"，怕是不会被人否定的。这个改编后的十三行"老干体"，打破了平仄定律，利用原有词句，比原作活泼，也是事实。这是从另一角度讨论新诗。
　　我们再从现代性角度考虑，在十三行和字数的限制条件下，能做出什么样的实验呢？请看下面这一首：

十三行：梦

楼梯里
遇到他
我和他笑

他没有笑

就走过去了

我认错人了？

还有个他走来

他说你们认识？

办公会上见到他

他原来就认识我

他是谁？

我是谁？

壁上一盏灯亮着

　　这首的实验思想是现代性。如果不说这是一首有意为之的十三行"手枪诗"，人们自然会把它视为一首白话口语的现代诗：简单、自然、直白。一个真实梦境的记录，将都市人的白天黑夜、人与人之间的冷漠，揭示了出来，难怪不少人读了此诗觉得颇有深意。其实，传统的继承之突破口就在现代性，其难点也在这里。旧形式如何包容现代元素，现代性如何激活传统，始终应该是我们把握的方向。

　　像这样的实验诗我共做了十三首，十三首体式各不相同，其中还有意识地把莎士比亚的一首十四行诗后制成十三行的"松竹体"，用以实证"汉诗性"的简约。

美玫瑰
（转译体）

美玫瑰

当蕃息

优美子孙

继承芳菲

明亮的眼睛

订婚的光彩

丰收造成饥馑

会叫自己受害

你是鲜艳的珍品

莫叫自身葬花蕾

可怜这
世界吧
美要活用才真对

附：莎士比亚十四行诗第一首
我们要美丽的生灵不断蕃息，
能这样，美的玫瑰才永不消亡，
既然成熟的东西都不免要谢世，
优美的子孙就应当来承继芬芳：
但是你跟你明亮的眼睛订了婚，
把自身当柴烧，烧出了眼睛的光彩，
这就在丰收的地方造成了饥馑，
你是跟自己作对，叫自己受害。
如今你是世界上鲜艳的珍品，
只有你能够替灿烂的春天开路，
你却在自己的花蕾里埋葬了自身，
温柔的怪物啊，用吝啬浪费了全部。
可怜这世界吧，世界应得的东西，
别让你和坟墓吞吃到一无所有。

　　本诗亦属后制，原材料是莎士比亚十四行诗第一首，根据的是屠岸译本。莎士比亚的十四行诗是驰名世界的。对诗人而言，诗的结构越严谨就越难抒情，而莎士比亚的十四行诗却毫不拘谨，自由奔放，正如他的剧作天马行空，其诗歌的语言也富于想象，感情充沛。本实验思想是，世界上位势最高的诗篇，能否后制成一首十三行"手枪诗"呢？中国式的十三行能否挑战一下西方的十四行呢？笔者选择了屠译第一首。当诗行落到"美要活用才真对"这句时，你不觉得这一句意味深长而隽永吗？但中国诗歌的汉诗性如何被激活，这还是一个重大课题。

　　除此之外，我还做了童谣体、古诗体、易经体、抽象体等不同体式的实验，还写了一份《实验报告》，这十三首实验诗被黄教授认定"为手枪诗诞生以来最不随意、最不可轻易否定的开拓之作。"（见《赣雩文艺》）

　　不可否认在"十三行"汉诗的推广中，我们可喜地看到，新技术新媒介在改变了大众生活方式的同时，也改变了大众的文字阅读习惯、写作习惯、评价习惯、沟通习惯，赋予了大众表达与发声的权利。黄教授创导的"手枪诗"作为一种新诗体，乘着移动互联网的东风应运而生，这是黄教授与其他"格律体新诗"提倡者不同的地方。

"十三行"汉诗是感性的、鲜活的。对此，黄永健教授还另有解释："手枪体"汉诗，手机操作，即写即发，传送情感。有手机才有"手枪体"。"手枪体"说白了就是"手机体"，是手机时代应运而生的一种文化传播火种，人人可以用"手枪体"抒发感情。深圳更是通过文创把"十三行"汉诗（"手枪体"）推向社会，在书吧、在诗社、在各种会议的场合，融入书法、音乐、雕刻等手段使"十三行"汉诗（"手枪体"）得以普及。据知，在深大南校区简阅书吧的"手枪诗吧"经常举行文创雅集，召集美术界、设计师、商会、诗人企业家代表参加论坛，共同商议文创合作。这为"十三行"汉诗被民众接受开辟了一条新路。也证明了，诗不为少数精英独有，各个层次的人都需要。

尽管"手枪诗"诞生十多年以来，创始人也风风火火了十几年，其文化价值已经表现为某种市场估价了（在此特指文创和被许多人接受），但我还想补充说，价格不能等同价值。在社会批判中，如果价值只不过表现为价格，则意味着公正的破产——真正的艺术性被淹没。

在这里我举一首黄教授的"手枪诗"：

十三行汉诗　论极端个人主义

一阵风
一阵风
自由无价
嘻哈咕哝
美杜莎转身
新冠妖重逢
中国全民封锁
彼方坏笑屠龙
世运无常也又常
一阵风来全球红
一阵风
一阵风
松风劲峻送警钟

这只能算是一种风格，说不上是上乘的艺术品。

我认为，当下还是缺乏非常纯粹的艺术性创作写作氛围。"手枪诗"的命名，也常常被人误认为是文字游戏。事实上许多写"手枪诗"的人也正一时处于游戏调笑的状态，或者简单的应时应需的很多，尽管有些诗很健康、很正确，但艺术性不够。于是有人就说，人们想看的还是正正经经写的东西，他们列举历史上文人的小把戏，什么宝塔、回环，等等，声称古时候也有所谓的各种探索。这种现象不能不警惕。在"手枪诗"的写作中，真正在文体上对限制与表达进行探索的探索者较少。在有一定限制的前提下，人们表达的自由度如何？艺术性的含金量有多少？这还得取决于诗人如何优化心理表征的丰富性。事实证明，设定一定的限制并不妨碍表达自由；在一定限制的条件下，能否表达自由，是一个能力问题。可能，大部分诗作仍没能摆脱"手枪诗"暗含的某种机械性，很多是功能性表达，而不习惯于在规定形制下做突破性的探索和做艺术性的表达。如果满足于当下的一定的宣传功能，而不能照顾到对未来的"历史读者"产生诗性或艺术性的影响，那就有点短视了。

因此，在当下"十三行"汉诗创作中，我们必须认识到"十三行"的"手枪诗"的每一首也都告诉我们，它本身的价值是有限制的，新诗不可能就是只有"十三行"，更不可能只有"手枪诗"。任何精神类的产品都离不开一定的世俗基础，"手枪诗"得以推广因为借助了新媒体。研究艺术（在这里指"手枪诗"这一诗艺术）若不把历史和社会的情况考虑在内，是很难想象的；因此站在诗歌以外的立场来考察"手枪诗"，也是正当的。叫好的，说坏的，所有的反应，都从某个方面说明一些问题，至少表明了不同人群对世界的不同态度，而这些恰恰是由态度后面的人，人的世俗活动所决定的。大诗歌时代，需要一个诗歌之上的立场。这样说的原因是，由于"十三行"的"手枪诗"容易被人掌握，不同层次的人都可以上手，但它们的艺术价值肯定不是在一个水平上的。这一点大家一定心知肚明。

更进一步，我希望"十三行"汉诗的研究，只是一个缩小研究范围的做法，但它还是应该做到不仅包括有字数、行数甚至有韵律要求的限制的定型诗体——"手枪诗"，也应包括不定型的"十三行"自由体诗，把那些自由写作中自然而成的"十三行"诗也收集起来，对研究自由诗写作的限制和表达也许同样具有普遍意义；在更广的范围内对汉诗写作的规律做一些研究十分必要，就汉诗写作的历史来看，诗到十三行为止的，《诗经》里就已有，不信可以去查一查。说到底，汉诗需要艺术的判断标准，而不是简单易行的形式标准。"十三行"有可能激活中国诗歌,就看能提炼出什么概念来,来指导人们的写作。比如,由"十三行"的"手枪体"的流行,是否可以进一步推断可以用自由新诗的语言对别的旧体词曲的"体"做一次普遍激活,从而也对新诗的"自由"给一点"体"的约束——这当然也只是一种实验,但至少是对新诗作者提供了一个有约束的可以操作的自我训练办法,这毕竟是发生在汉字范围内的一件十分有意义的事,探索的目的也许还能从另一角度证明:新诗是否也能从古体里产生?众所周知,闻一多的探索在新诗史上影响深远,诚如唐晓渡所说,闻一多所主张的格律诗,作为个人实践可谓大获成功,但作为某种范式,其普遍性应该说极为有限。(见《文艺报》2019年12月11日理论与争鸣)闻一多是如此,"十三行"汉诗"手枪体"这样的单一的格式,其成功和影响又会如何呢?任何探索的可能指向和最终目的是什么,决定了这一探索的价值。我们假设"十三行"汉诗有可能会改变和激活中国诗歌,这一定和它设置的前提和指向范围有多广有关,这是实践者和研究者必须首先要考虑清楚的。新诗的前途如何?就看是否出现新诗的"明白人"——真正的历史"读者",他们知道什么是应该坚守的,什么应该理解的,什么是必然的,什么是暂时的,什么是当下有效的,什么是未来的属性。至此,我们是否也应该对"十三行"汉诗的探索,列出一份"负面清单"呢?比如它的简单易行,导致它有可能被很多人粗制滥造,每天一首,一年能写上百首。其实,诗歌界对任何一种探索,都应该具备一种"负面清单"的意识,这样才能使其健康成长。很久以来,这已为很多事实证明。比如民间早被人诟病已久的"口语诗"至今仍疯狂,由于没有"负面清单"意识,不适当地夸大自己的诗界地位而继续被人诟病;作为文学现象,即使进入文学史,也不足为荣。许多诗艺术性不够,而随着人们的文化觉悟的提高,它们对诗歌的艺术性的要求,也成了"历史读者"的要求。不错,一些诗歌现象会进入文学史,但将来的人们对文学史的阅读仍然是清醒的。

于今,由大学教授亲身倡导,并被列入国家社科基金项目,这样的项目更应该有"负面清单"意识。

新诗走到今天,人们开始关心诗体,这是可喜的。历史呼唤新诗诗体的改革家,这是必然的。

新媒介、新写作、影响面

——王国猛新媒介文化写作的创意

黄永健

    王国猛真乃国之猛士，在文学写作跨媒介传播语境中，有胆量尝试文体创新，并义无反顾地发表于互联网手机屏，在深圳这个移民大都市、商业大都市和文化消费城市，别有文化"吹哨"意义。深圳专攻古典文学学者不在少数，就本人所知，大多对时文时尚不屑一顾，对民间立场不屑一顾，沉迷故典，积重难返。王国猛古典文学专业出身，但能躬身自问，在互联网写作浪潮的冲击下，勇于放下身段，去攻读创意写作博士学位，我想这是他多年从事特区文化研究、创意城市研究而悟出的一条自我出路。当代创意写作的命脉在于形式创新，一个多世纪以来汉语写作的无边放任应该引起中国文人的反思了。首先，以汉字汉语传播西学洋货的时代使命已经完成；其次，以本土语言传达我族文明智慧的时代已然来临；再次，作为一个有"情怀"的当代文化工作者，要敢于站出来发声。习近平主席说要敢于理直气壮地说出中国当下的正能量表现，就包括理直气壮弘扬国学、国文、国诗。王国猛手机体诗散文集《别有根芽》，甄别伪学，坚持国家立场和民族正义，篇篇看似老生常谈，篇篇又值得回头再读。因为这些诗散文虽篇幅不长，但意味深长的是其中信手拈来的文化掌故，特别是诗词典章佳句，连缀在行文中，穿越时代、行业和辈分。这是借由文化的魅力打造出来的文章草稿，借助互联网，摇曳生姿，成为亦文亦诗的抒情诗散文。

    散文诗舶来中国近百年，从散文诗中分解出多重中国的审美现代性，近来中国文坛又有人打出"诗散文"旗号，以铺满家国情怀、本土符号和东方智慧的文本，编织属于东方和中国的网络状诗性文本，以本人的研究经历和文类认知，王国猛先生的创意手机小品文，似可归类为当代中国诗散文。

    深圳是闯出来的，没有猛士精神就没有深圳，作为一个生活于此地近三十年的"准土著"，我的判断是：特区需要王国猛这样的特立独行者！

    前深圳政协主席林祖基曾在工作闲暇奋力写作《微言集》，也是从一个深圳人、一个从政者角度，针对深圳特区的社会现象，进行夹批夹议的杂文写作尝试，曾经在深圳和当代文坛产生了较大的影响力。深圳八面来风，在高速奋进的全球化征程中，传统的外来的"负能量"和"中能量"元素兴风作浪，人心失衡，道心惟微。林祖基当年借《微言集》提出问题，但尚未研讨至文化层面和解决门道；今王国猛再刊《微言大义》，从书名即可看出他不仅想点出社会问题，而且引渡此心，更向光明出处行，大义乾坤，此大义不在彼方，就在本土脚下，一锄子挖下去，喷涌出来的是诗性的灵泉。《微言大义》，以传统文化的"穿林打叶声"叩响新世纪新时代的人心秘境和文化新场域。从林祖基到王国猛，著书不为稻粱谋，可谓前后相映，也令人肃然起敬。谨以十三行汉诗一首，略述观感：

　　　　王国猛
　　　　情深重
　　　　一路燃烧
　　　　如如不动
　　　　知难而勇往
　　　　敲屏沉警钟
　　　　微言略存大义
　　　　放马百面临风
　　　　别有根芽何所在
　　　　天下文心缘几重
　　　　纳兰词
　　　　木心语
　　　　晴空一鹤引碧空！

碧玉年华论红楼

*章必功*①

　　《红楼造梦局》是一本解读《红楼梦》的专著。作者黄子真，碧玉年华，高中在读。

　　时下高中，高考逼人。贾政说："什么《诗经》、古文，一概不用虚应故事，只是先把《四书》一气讲明背熟，是最要紧的。"子真不然，功课外，"虚应故事"，钟情红楼，快意成书。

　　快意成书，谈何容易。《红楼梦》是生活的汪洋大海。人物众多，事物纷繁，关系错综，世情复杂。不细读，不能理其绪；不细读，不能握其要。《红楼梦》又是古典章回的泰山极顶，主题深刻，结构恢宏，形象饱满，细节隐约，语言精彩。不研读，不能探其微；不研读，不能悟其妙。子真兴于细读，立于研读，厚积薄发。

　　本书结撰致思，思路清晰，试图以十二个专题全方位解读《红楼梦》。第一章主讲贾宝玉、林黛玉的前世因缘。表面上是木石前盟与人间重逢，骨子里是心有灵犀，似曾相识，木石前盟是心有灵犀的虚拟，人间重逢是似曾相识的夸张。第二章主讲金陵群钗，捎带一干废材须眉、王牌太太。废柴之评，精准。秦钟，花美。薛蟠，愚蠢。湘莲，高冷。王牌之议，入木。王夫人得势，热面冷心。邢夫人失意，郁闷虚荣。第三章风起宁荣，主讲贾府的家族异常。可卿托梦，宝玉吐血，凤姐弄权，尤氏吞声，贾珍淫乱，中秋悲音，揭示"溪云初起日沉阁，山雨欲来风满楼"。第四章虎兕相逢，主讲贾府的政治依靠。大支柱元春，支撑贾府荣耀。小支柱贾政，应付贾府社交。元春在，贾政谈笑风生；元春不在，贾政手足无措。元春在，贾府鲜花着锦；元春不在，贾府日薄西山。第五章主讲大观园的好时光，诗情画意，琴音棋声，烹茶煮酒，青葱岁月，是贾府的帅哥美女永生难忘的青春旋律。第六章主讲贾府的内忧外患。政治角力，

────────────────

① 章必功，深圳大学教授，全国优秀教师，曾任深圳大学校长。

经济利益，有亲无情，为非作歹。第七章主讲贾府的闺阁争斗。黛玉的小心翼翼，探春的拍案而起，惜春的冷漠无情，凤姐的心狠手辣。生活充满大坑小坑，哪有世外桃源。第八章主讲贾林爱情。任凭弱水三千，只取一瓢；无论东风险恶，只盼花开。第九章主讲贾府的妇女命运。宝钗的婚姻悲苦，贾母的殚精竭虑，赵姨娘的可恨可怜，平儿的衷心侍主，袭人的求仁得仁，演绎着富贵家族的油尽灯枯。第十章主讲社会环境。科举制度，奴仆等级，包办婚姻，佛教道教。第十一章主讲贾府的婚事情事性事。金玉良缘的薄情，木石前盟的深情，尤三姐的痴情，柳湘莲的断情，以及贾瑞鬼迷心窍的色情。人分男女，婚事、情事、性事，连绵古今，万劫长生。第十二章主讲红楼主旨，人生如梦，归彼大荒。基本上把握了《红楼梦》的主要脉络，涵盖了《红楼梦》的主要内容，解剖了《红楼梦》的主要人物、主要事件，探讨了《红楼梦》的主要思想。解读比较到位，导读比较通达。

子真情感细腻，涓流笔下，对《红楼梦》人物的善恶正邪，褒贬分明；与《红楼梦》人物的悲欢离合，息息相关。一如赞美林黛玉，同情薛宝钗，佩服贾探春，怜悯刘姥姥。

子真文笔潇洒，是当下流行的轻松、灵动、幽默、任性的语言风格。趣味十足，耐人品咂。

书名"造梦局"，似有深浅二义。深义是：在宇宙中，人生古也罢，今也罢；长也罢，短也罢；乐也罢，苦也罢；终归如梦。红楼故事，前有古人，后有来者，人生在世，就是造梦。一生一世，梦境短暂；生生世世，梦境无穷。浅义是，穿越时空，游观红楼，重温彼梦，觉悟人心。

时下深圳的中学教育，雅好诗文。子真同学所在的实验学校，举办过全校性《红楼梦》讲座，场面大，气氛热，我曾身临其中，倍受鼓舞。一所中学敢于大张旗鼓地"虚应故事"，说明以贾政为代表的传统的、世俗的教育观念，开始动摇，开始改变。这实在是一件天大的好事。子真的这本书，既是她本人心智的结晶，也是这件好事的硕果。

谨以此序，祝贺子真专著的写作与出版，祝福中国教育与时俱进，日益升华。

章必功

2018 年 9 月 19 日于深圳

红楼造梦待丽人

胡野秋①

《红楼梦》是中国人的骄傲之书。

有了这本书，中国文学便有了与世界任何国家的文学比肩而立的资本。

当然这本书引来的关注多，口水也多。没有一本书像《红楼梦》一样拥有如许的多义性、多解性、多元性。《红楼梦》是中国古典长篇小说"四大名著"之首，而且唯有对这本书的研究形成了"红学"，却没有所谓"水浒学""三国学""西游学"。并且因为"红学"在新文化运动中的崛起，拉开了中国现代学术研究的大幕，正是红学研究把中国学术史从此分为传统学术史和现代学术史。

这是当年穷困潦倒地猫在悼红轩中，一把鼻涕一把眼泪"披阅十载，增删五次"的曹雪芹所万万想不到的。

"红学"百年，从胡适的"考据派"，到蔡元培的"索隐派"，还有"评论派""创作派"等等，学术界的大师们都把自己的才华尽情挥洒于红楼中，荣宁二府已经被研究得底儿掉。及至新世纪，红学又生新枝，民间繁盛，学界平淡。倒也是一道学术奇观。

忽一日，朋友向我推荐，有高中才女，姓黄名子真，新著《红楼造梦局》一册，瞩我作序，故此有缘奉读大作。

这是我迄今读到的最年轻的红楼研究文字，出于00后，已是让人惊艳，而书中时有拍案讶异之语，令我心折殊深。子真以其率性生花之笔，探寻荣宁二府之秘，开合自如，横无际涯，一扫旧日红学文字的迂腐之气，读来清新可人，喜不自胜。

一喜结构谨严，层次分明。子真以十二章切分大观园物事，实得红楼旨趣。

---

① 胡野秋，文化学者、作家、导演。曾任凤凰卫视《纵横中国》总策划、香港卫视《东边西边》首席嘉宾，中国传媒大学南广学院客座教授、深圳大学城市文化研究院兼职研究员。出版专著有《胡腔野调》《冒犯文化》《闲人·书生活》等。

《红楼梦》本与"十二"这个神秘数字纠缠最深。红楼本名《金陵十二钗》，乃至正册、副册、又副册，各有十二位清奇女子命运交织；又有"红楼十二曲"，如《枉凝眉》《终身误》《恨无常》等，道尽十二裙钗苍凉后事；另有十二位女伶，冠以"红楼十二官"，如芳官、茄官、龄官、藕官等，戏里戏外走完一生；赋诗自然也必十二，宝钗在蘅芜苑"夜拟菊花题"，一时凑了十首，湘云看了一遍，又笑道："十个还不成幅，越性凑成十二个便全了，也如人家的字画册页一样。"于是草成"十二菊谱"；更有甚者，连宝钗患病吃的冷香丸，也是取白牡丹花蕊、白荷花蕊、白芙蓉蕊、白梅花蕊各十二两，又要雨水这日的雨水十二钱，白露这日的露水十二钱，霜降这日的霜十二钱，小雪这日的雪十二钱，再加十二钱蜂蜜，十二钱白糖，用十二分黄柏煎汤送下。曹公把"十二"用到了极致，子真也不知是有意无意地用"十二"来结构全书，有宏观、有中观、有微观，尽得其妙。

二喜行文纵横，庄谐得当。子真的文字跳脱俏皮，完全是新新人类的表达，时语甚至网语穿插其间，以 OS、VIP、MVP 把几百年文字缝缀一体。更有密集性的幽默放射，子真这么评价林黛玉："很明显，这位是下凡历劫刷经验值，挂职锻炼顺便报个恩的。"子真写黛玉对宝玉的最初印象，"咱们女主角林黛玉对官配 CP（couple，官方认证的情侣）的初印象也很不咋地，不禁想道：'这个宝玉，不知是怎生个惫懒人物，懵懂顽童？——倒不见那蠢物也罢了。'（宝玉内心：编剧你怎么回事？抗议！强烈抗议！要求换人设好吗？）"子真还如此调侃王熙凤，"王熙凤开始了个人 Solo（单独表演），问了黛玉一连串问题：'妹妹几岁了？可也上过学？现吃什么药？在这里不要想家，想要什么吃的，什么玩的，只管告诉我。丫头老婆们不好了，也只管告诉我。'这下可好，追光、目光全都聚集在她身上，这大概就是传说中的'毫不低调，C 位（center，中间位置）出道'。你想啊，林黛玉能一下子回答这么多个问题吗？——人家压根就不打算叫你回答，只是借此显示自己在家里的地位：看，我管的事儿挺多吧。"这样的文字，我想年轻人一定会咧开嘴笑着读，这样的文字会瞬间俘获读者的。

三喜见解独到，情理相宜。子真对红楼的解读自然由着自己的内心，她不爱人云亦云，颇喜剑走偏锋。她在"前言"里写道："局中局，梦中梦，'荒唐言'的背后，是一个个走失在轮回里、痛苦扭曲的心魂，他们迷茫、困惑、踌躇，找不到梦境的出口。他们不知道，其实梦的尽头，根本没有出口。前尘往事尽数忘却，却不知，仍身在梦中。"她对大观园的结局有着清醒的判断，"'你想一夜暴富吗？你想资产过亿吗？你想一夜成名吗？你想成为世界的主宰吗？——哇哦，那还在等什么？洗洗——睡吧！'大观园，永远都只是一种理想的存在，它既然依托于现实世界的外部力量，自然不能避免世俗的袭扰。大观园最后被抄检，归于毁灭，这正是大梦的散场，亦是人生的悲剧。"子真这一段有着超越年龄的理性，冷静到极致，但这也是她在对红楼投入情感之后，却又在情理之间的一种平衡。

读毕子真的《红楼造梦局》，我们仿佛从一个梦穿越到另一个梦，不禁有"盗梦空间"的恍惚感。她写黛玉、宝玉、宝钗的梦，大观园的群梦，其实也在写她自己的梦，她毕竟是少女，自有少女的梦。她的梦里有对世界的向往，也有对世界的恐惧，甚至有对世界的大彻大悟，我不知道为何以她的青葱年华，居然也有出世的闪念，不知这是否亦是红楼对她的影响。

昔日研究红楼有大成者，基本皆为须眉，鲜有佳人，据我所知女性研究红楼而为人瞩目者唯有张爱玲，她的一部《红楼梦魇》让红学大师周汝昌大为赞赏，周甚至自叹"万难企及，我自惭枉作了'红学家'！"周汝昌以直言著称，尚不至于妄自菲薄，可见以女性视角参研红楼，其情思之细、体悟之深，自有男性所不具备之长。假以时日，她会写出更多更妙的文字，也会拥有她自己的大观园，前景不可限量。

我因未见过子真，读她的文字，不禁会揣度她会与大观园中某钗相像，黛玉乎？宝钗乎？抑或湘云乎？都像都不全像，当然她只会是她自己。

这是我平生第一次为一位素未谋面的作者写序，实在也有些梦幻的味道。见到作者，也许当在本书付梓之日吧。

胡野秋

2018 年 11 月 6 日

草于深圳无为居

第二篇　南山戏曲评论

纵观深圳大学艺术学院的戏剧工程

紫 炊

内地的同人和海外的朋友经常发问：深圳的话剧发展得起来吗？回答应该是肯定的。深圳是个移民城市，带来了京、沪、穗等内地大城市的文化习惯；深圳又是个年轻的城市，人口平均年龄不到 30 岁；深圳还是个国民教育层次较高的城市，高学历者占城市人口的比例在全国处于领先地位。这一切正是深圳话剧得以发展的基本条件。在我看来，当代话剧是都市文明的重要组成部分，它的观众群体主要就是都市青年、白领阶层与知识分子，深圳拥有着为数可观的潜在的话剧观众。当然，这只是话剧运作的客体因素，话剧运作还要有主体因素，也就是从事话剧艺术创作的人。深圳是个"藏艺于民"的城市，许多过去在内地从事戏剧工作的人，移民来深圳后，散布在各个行业，这是一支隐性的力量。20 世纪 90 年代以来，他们先后创作排演了《泥巴人》《我爱莫扎特》《希望》等剧目，在广东乃至全国产生过一定的影响，《泥巴人》先后被十多个省、市剧团和大专院校搬演。但是，由于机制不畅，并受到经费和时间的制约，这些戏剧活动，始终处于"拓荒"状态，零金散玉，缺少规模性和持续性。1995 年深圳大学创办了艺术系，招收表演专业学员，后又发展成为深圳大学艺术学院表演系。在短短的几年间，聚集起一批执着于话剧艺术的专业人士，其中有国内著名导演、国家一级演员，有国家文华导演奖、文华表演奖、梅花奖及曹禺戏剧导演、表演奖的获得者，有戏剧学博士、影视新秀，并先后招收了 5 届本科学生。自此，深圳开始有了专职的、持续的戏剧活动。深圳大学艺术学院表演系教师结合教学科研，1998 年 6 月在深圳上演了苏联著名喜剧《命运的拨弄》，旗开得胜，以其学院派严谨的艺术处理赢得赞誉。该剧上演之时正值世界杯足球赛，有的观众来到剧场，准备看个开头便回去看世界杯，一坐下来被戏吸引了，一直看到完，觉得很过瘾、很值得。有评论文章以"与世界杯唱对台戏"为题盛赞此次演出。

1999 年，深圳大学艺术学院与福田区文化局联合演出了由深圳作家创作的轻喜剧《窗外有片红树林》，这出戏以青少年教育为载体，反映了深圳的义工生活，呼唤爱心，呼唤对他人的关爱。在变应试教育为素质教育的过程中，强调青少年的自尊、自信、自强。该剧于去年6月在深圳为中学生连续演出了40余场，场场爆满，掌声笑声不断，散场后学生、教师、家长纷纷在留言板上留言，抒情言志，令人感动。该剧作为广东省唯一剧目应邀于8月参加在沈阳举办的第6届中国戏剧节，获演出奖，师生荣获导演奖和表演奖共4个奖项。其后又进京为建国50周年献礼演出，被文化部领导誉为"进京上百台演出中最好的之一"。

新世纪前夕，首届毕业班推出了诺贝尔文学奖获得者、意大利著名喜剧家达里奥·福的讽刺喜剧《喇叭、小号与口哨》，这是继北京上演《一个无政府主义者的意外死亡》之后，又一部达里奥·福的戏剧在中国上演，引起了社会和媒体的关注。2000年，97级排演了台湾著名戏剧家赖声川的《暗恋桃花源》，先后在深圳的两个剧场上演，获得同行、观众、媒体的一致好评。

深圳大学还把实验戏剧列入教学计划，视为教学改革的一个举措。

1998年，师生们自己编演的实验戏剧《故事新编之铸剑篇》，应邀于10月参加上海国际小剧场戏剧节的演出，次年9月又赴香港参加小亚细亚99戏剧节的演出。2000年又编创"故事新编系列"之二的《故事新编之出关篇》，先后应邀赴中国香港、中国台湾、中国澳门参加小亚细亚戏剧网络展演与澳门艺术节演出，创下一出戏同时演遍港、澳、台的罕见记录。该剧还参加了在广州举办的2000年国际小剧场戏剧展演。《故事新编之铸剑篇》与《故事新编之出关篇》是根据鲁迅小说《故事新编》中的《铸剑》《出关》改编创作，沿用工作坊的方法演绎而成。前者演出中出现了当今的时空、鲁迅写作的时空以及远古传说的时空。鲁迅对远古传说中的复仇故事作了新的注释，剧中对鲁迅的论释再论释，讨论"仇恨"的意义、"使命"的意义，以及由此而生发出来的无聊与滑稽；后者演出中通过四组不同的回忆，从四个不同的角度讨论老子"出关"及老子的《道德经》，并通过演员的即兴表演讨论现代人面临的"关"及如何"出关"。《故事新编之铸剑篇》与《故事新编之出关篇》，是深圳第一次完整意义上的实验戏剧。它和内地的一些实验戏剧有所不同，少了一些"艰涩"，少了一些"自闭"，多了一些"通畅"，多了一些"包容"，体现了深圳这座新兴城市实验戏剧的审美趣味和审美特征。就这一点而言，深圳大学艺术学院创作演出的"故事新编系列"，作为深圳戏剧发展的标志性事件，留下了许多探讨研究的话题。现在，"故事新编系列"之三的《故事新编之奔月篇》又在深圳推出，并将于2001年10月赴上海参加国际小剧场戏剧节。

在实验戏剧的探索中，深圳大学艺术学院表演系师生还和香港的艺术家合作，创作排演《一桌两椅：九与六（深）·上家下家（港）》，赴香港参加"旅程2000"国际文化交流演出活动。师生们制作排演的媒体艺术与现场演出相结合的《录像圈》亦在"旅程2000"中展览并演出。由深圳大学表演专业学生推动的咖啡戏剧开始在深圳"上市"，他们在闹市区的"本色酒吧"每周末上演王小波的剧作《东宫西宫》，在"物质生活书吧"不定期上演由本专业教师翻译的美国剧作《Any Thing for You》，并能使用中文与英文双语演出，成为深圳戏剧新的风景线。按照这样的势头发展下去，深圳有望成为继北京、上海之后的我国大陆上第三个实验戏剧的重镇。

艺术学院表演系专门营造的小型戏剧演出场所——"黑匣子"，供表演专业的学生进行各种经常性的教学演出和实验演出，吸引着学校里众多的学生，也吸引了社会上的戏剧爱好者前来观看；深圳大学优美的校园也成为师生们实践环境戏剧的良好场所。

2001年3月，一出由表演系教师、表演专业高中低三个年级的学生以及音乐专业学生乐队50余人参演的鸿篇巨制、世界经典名著《马拉·萨德》在专门建造的深圳大学"石头坞戏剧广场"隆重上演，这是一个环形露天剧场，《马拉·萨德》在这个独特的演出场所里连演10场，场场爆满，北京、上海、云南、四川、河南、广东以及香港戏剧界的同行们专程前来观摩，"石头坞戏剧广场"成为深圳又一个戏剧停泊的"港湾"。深大艺术学院利用深圳的地域特点，注重加强深圳和香港两地戏剧界的交流与合作，熊源伟教授应邀担任了香港戏剧工程顾问、香港新域剧团董事；香港多位资深戏剧家亦应邀到深圳大学表演专业短期或长期任教，进而发展双方合作创作排演的计划。深大艺术学院还发挥深圳的窗口作用，和香港、台北、新加坡、东京、汉城、北京、上海等城市的艺术家一起，发起成立了"亚洲艺术网络"与"城市文化交流会议"，推进亚太地区的文化艺术交流及华语戏剧的演出活动，以开阔眼界、加强沟通，形成面向21世纪的城市文化和现代戏剧的良性互动。

干戏剧，从来要淡泊名利、倾注真诚。在深圳这个商品经济发达的地区从事话剧事业，更需要一点献身精神。深圳大学艺术学院的戏剧教师们，正是这样一群痴迷戏剧、心无旁骛的人，他们有着一个共识，绝不干那种急功近利、有悖艺术规律的事。干戏剧，又应该海纳百川、兼容并蓄，深圳大学艺术学院既排演古今中外的经典戏剧，又扶植排演当下的原创作品；既注重写实主义戏剧的培养，又注意各种实验戏剧的经验，以开阔的胸襟面向21世纪。

有了这样一支人马聚集深圳，有了这样一方戏剧演出的净土，有了这样一些经常性的以审美为宗旨的戏剧活动，有了人，有了空间，有了作品（演出），话剧事业就有了根基，深圳话剧的腾飞，就不是一句空话了。经过努力，逐步在深圳建立起长年不断的、展现舞台魅力的高质量的话剧演出，培养起一代戏剧观众，拓展出一片戏剧的绿洲，将不会是遥远的事。到那时，人们会说，深圳大学艺术学院曾经是深圳话剧起飞的摇篮。

南山戏剧三十年

胡 娜

在深圳历史进程中，戏剧是一个融合了传统与现代的复杂命题，它涵盖着传统戏曲、现代话剧、音乐剧、实验戏剧等多样化的戏剧形式。自 1990 年南山区被正式命名，历经三十年的南山戏剧以其创新性与实验性在深圳戏剧市场中占据了至关重要的地位，并在戏剧经营以及实验戏剧的创作上彰显出南山的都市特色。南山戏剧家们注重个性，各美其美，用创新实验的视角创作出了带有特区特色的形成了多元共生的南山戏剧格局。戏剧经营单位也充分结合区域内都市青年人群特点，推出了一系列门类齐全的戏剧演出，共同构成了南山戏剧的戏剧景观。但值得关注的是，深圳戏剧仍然处于积累的阶段，目前并未形成蓬勃之势，在深圳戏剧发展格局中进一步发挥带头作用，正视自身发展过程中的问题，推动深圳戏剧繁荣，是南山戏剧的历史使命。

一、历史回顾：南山戏剧的三个阶段

（一）萌芽发轫（1985 年至 1995 年）

在深圳开埠之前，戏剧活动主要以传统的粤剧为主。粤剧作为广东最大的地方性剧种，同样也是深圳戏剧活动的主流。在特区建立后，来自五湖四海的迁移人口大量涌入，粤剧在这样一个快速崛起的城市之中逐渐向周边地区辐射，其发展在城市中心呈现出衰落的迹象。[①] 与此同时，现代戏剧种类逐渐有所拓展。[②]

1985 年底，位于南山的深圳大学建立传播学系，他们以这一群学生为原始

---

① 丁丹. 在现代都市中营造粤剧大舞台——近访深圳市粤剧团［J］. 广东艺术，2001（05）：25－28.

② 现代戏剧种类主要指当代话剧、音乐剧与现代舞剧。熊源伟. 新移民城市戏剧文化特征——深圳戏剧现象思考［J］. 戏剧，2000（03）：94－100.

班底，连同一群戏剧爱好者共同成立了"粤海门实验戏剧社"。1985年底，剧社上演了在当时风靡京沪的校园剧《魔方》。随后《魔方》走出深圳，前往广州与海南进行巡演，引起了广东戏剧界的关注与好评。可惜的是，在《魔方》之后的六年间，深圳的实验戏剧活动几乎销声匿迹了，粤海门剧社也由于人心浮躁与人员流散等问题，昙花一现，便归于寂寥了。①

　　在20世纪80年代的深圳，经济发展是整个社会的首要热点，文化建设往往少有提及。深圳特区建立至今，曾经开创过国内多项"第一"的记录。② 从这个意义上来说，深圳是一个带有"实验"性质的城市。然而，在经济至上的时期，作为改革开放的重要窗口，经济建设与经济体制改革是社会的主旋律，文化建设的需求少有提及，对于当时的深圳而言，戏剧还是一个无暇顾及的领域。

　　直到1992年，深圳市戏剧家协会成立，深圳戏剧人才开始有了自己的"根据地"。彼时，熊源伟、熊早、杨阡等戏剧人开始在南山尝试实验戏剧的创作。同年，深圳戏剧家协会排演了小剧场戏剧《泥巴人》，③ 这是第一次由深圳人自编自导自演的话剧。④《泥巴人》并不算是一个完全意义上的实验戏剧，剧情上也较为普通，但是在剧本创作上和演出形式上有一定的实验特征，算是深圳戏剧早期的一个"尝试"之作。1995年，《我爱莫扎特》则是深圳第一部真正意义上的原创实验戏剧。该剧的导演熊源伟老师既是深圳大学传播学院的教授，更是当时深圳戏剧的领头羊，编剧也是创作了《泥巴人》的熊早。无论是剧本本身创造的叙事空间，还是戏剧编创上的体制改革，它都彰显着20世纪90年代南山戏剧的实验精神，而这仅有的两部带有实验性质的戏剧作品也成了南山甚至深圳早期实验戏剧的代表。

　　同时期，粤剧仍然是深圳戏剧活动的主要类别。在南山，传统戏剧活动不及罗湖等老区，但相关的非传统戏剧活动⑤也有迹可循，如深圳华侨城华夏艺术中心在1992年邀请广州话剧团来深公演了大型话剧《情结》。同年，深港工贸进出口公司也主办了大型歌舞剧《金舞银饰》。这些剧目的引进展现的是城市的

---

① 熊源伟. 城市品格与戏剧生态——深圳实验戏剧报告［C］//孙洁. 新时期戏剧创作研究文集. 北京：中国戏剧出版社，2009：30.

② 如"第一次进行国有土地使用权拍卖""第一支股票发行""第一家证券交易所"等。

③ 《泥巴人》在1993年参加了北京举办的"93小剧场戏剧展演"，获得了优秀编剧奖、优秀导演奖等6个奖项。

④ 熊源伟. 城市品格与戏剧生态——深圳实验戏剧报告［C］//孙洁. 新时期戏剧创作研究文集. 北京：中国戏剧出版社，2009：07.

⑤ 主要指除了粤剧以及地方性剧种的戏剧相关活动，包括话剧、歌舞剧、音乐剧等。

戏剧选择，而一个城市的戏剧选择必然是以现代文明与都市文明为皈依的戏剧门类，它们主要是当代话剧、音乐剧与现代舞剧。① 除了戏剧艺术自身的选择之外，整个社会大众文化所营造的社会氛围也与之相辅相成。

1986 年，深圳出现了一种"广场文化"，市青少年活动中心创办了"大家乐群众自娱晚会"，每逢星期三与星期天举行。群众自荐表演，自荐者需交 5 角钱排队演出，观众则可以免费进场观看表演，这一形式吸引了很多观众。观众和演员可以随时换位，表演的节目形式也不受限制，只要内容阳光积极健康即可。因此，表演内容涵盖了戏曲、小品、流行歌曲、民间舞蹈、杂技、地方小调等等，有时歌词还可以即兴改编，这一不拘形式的表演形式彰显了 20 世纪 80 年代的深圳创新活力与开放包容的文化态度。

南山戏剧在一开始便体现出了有别于传统戏剧的创新性与实验性。这一实验精神集中体现的标志性事件则是深圳大学在 1995 年创办了艺术系，开设了表演专业。在基层上保证了人才的培养，也奠定了下一个时期的戏剧基础。可以说，南山的戏剧之路是蛰伏的，也是曲折的。南山戏剧相比深圳的戏剧而言更为晚进，但也正是因为有了这一阶段的尝试与试验，为下一阶段奠定了基础。

（二）拓荒耕耘（1996 年至 2007 年）

作为改革开放的前沿城市，深圳的变化日新月异。20 世纪末，经济发展依旧是城市最重要的标签，深圳已经展现出一个现代城市的模样。深圳敢闯敢拼的精神也在经济报表上有亮眼的成绩。整体而言，20 世纪 90 年代以降，跨入了第二个十年的深圳有了审视自身文化的需要，"文化深圳"开始进入人们的视野，戏剧也在这种文化关注下逐渐觉醒。

戏剧经过了十年的发轫，迎来了戏剧作品最为充盈的一个时期；这一时期的实验戏剧创作延续了第一时期的创作热情。随着深圳大学戏剧艺术系的建立，深圳戏剧有了专业的人才培养基地。尽管戏剧演出活动不多，但戏剧作品时有新作，而且在戏剧交流活动中走向全国，甚至与国际接轨，在不断交流的过程中锻炼着深圳的戏剧创造力。尽管深圳大学对实验戏剧的探索是从 1998 年开始的，但是凭借着专业的师生对作品的打磨与实验的探索，深圳大学成为这一时期实验戏剧创作的主要阵地。

1998 年，深圳大学依托表演专业毕业生编创了《故事新编之铸剑篇》，该剧在同年参加了上海国际小剧场戏剧节，1999 年应邀赴香港参加了小亚细亚戏

---

① 熊源伟. 新移民城市戏剧文化特征——深圳戏剧现象思考［J］. 戏剧，2000（03）：94–100.

剧展演，这也是深圳话剧首次赴境外演出。① 随后在 2000 年与 2001 年在此基础之上又相继创作了《故事新编之出关篇》《故事新编之奔月篇》，整个 "故事新编" 系列是根据鲁迅先生的小说《故事新编》中的故事改编而成的，这也是深圳在探索原创实验戏剧道路上自成一派的系列性作品。两部作品除了在深圳演出之外，还应邀赴中国香港、中国台湾、中国澳门等地演出，并参加了在广州举办的广东国际小剧场戏剧展演。在这一系列作品创编期间，深圳大学艺术学院表演系毕业班在 2000 年尝试在酒吧上演了一出别开生面的戏剧《东宫西宫》，该作品改编自王小波的文学作品，对于彼时的深圳也是第一次尝试在酒吧演出戏剧作品。

在此之后，深圳大学表演专业的师生在 2004 年继续以 "南头怪事系列" 四部作品——《寻鱼》《找鸟》《坑人》《搞鬼》展示了深圳校园实验戏剧的力量。这一系列历时 4 年，一年创作一部，但整体是围绕着深圳南头古城而创作的紧贴本土文化的戏剧系列作品，重现了最基层的深圳特色。这一略带荒诞与开朗的作品隐含着深圳不为人知的味道与色彩，也代表着深圳大学戏剧创作十年的实验成果，传达了一种朴实、专注的创作态度。校园戏剧也在这样的创作态度之下愈发成熟，慢慢脱离校园，走向成熟与独立。

与深圳大学一同坚持着戏剧实验的还有一批戏剧发烧友。1996 年，杨阡和杨学军等一群默默耕耘的戏剧人在深圳南山区上演了荒诞戏剧《希望》。② 同年，另外一部非实验性质的戏剧《命运的拨弄》在深圳上演。此后两年间，另外两部话剧《窗外有片红树林》《贺方军》也陆续上演。1999 年，杨阡和一群戏剧发烧友组成的 "零日月剧社"，共同创作了《历史与雕塑》（又名：《永久的回归》），在深圳第一次尝试了行为戏剧。2000 年，熊源伟和香港的邓树荣合作排演了《一桌两椅：九与六·上家下家》，参加了在香港举办的 "旅程 2000" 演出。同年参加 "旅程 2000" 的还有另一个作品《录像圈》，这一作品是由 6 位深圳本土艺术家们（熊源伟、钟曦、吴熙、熊早、杨阡、陈熙）创作的，其中大部分创作者皆来自南山。熊源伟曾经称深圳是一个 "藏艺于民" 的城市③，这一群戏剧迷无形之中也成为深圳创作实验戏剧的中坚力量。

---

① 熊源伟. 城市品格与戏剧生态——深圳实验戏剧报告［C］//孙洁. 新时期戏剧创作研究文集. 北京：中国戏剧出版社，2009：30.

② 该剧在深圳市鹏城金秋文艺会演中获得了戏剧类优质奖.

③ 熊源伟. 实验戏剧与文化生态——深圳戏剧现象再思考［J］. 深圳大学学报（人文社会科学版），2003（03）：11 – 16. 熊源伟. 新移民城市戏剧文化特征——深圳戏剧现象思考［J］. 戏剧，2000（03）：94 – 100.

　　进入 21 世纪之后，深圳在 2003 年出台了《深圳市文化体制改革综合试点工作方案》，并在全国率先实施"文化立市"战略工作，这一时期深圳对于文化发展给予了极大的关注，发展文化不仅仅是一个口号，而且从意识形态层面确立了文化发展的重要性。戏剧交流和讲座活动逐渐频繁，剧团数量也在逐渐上升，深圳首届创意剧场的推出也为深圳本土戏剧提供了交流与展示的平台，这一系列的举措让深圳戏剧在第二个十年终于不再孤独，而是成为可以让城市相互促进的艺术。

（三）多元积累（2008 年至 2020 年）

　　深圳戏剧发展一直存在着几个重要的创作主体，其中，深圳戏剧家协会一直是重要的戏剧创作主体与深圳戏剧活动领导者。1992 年至 2008 年，深圳市戏剧家协会主席为深圳大学艺术学院院长熊源伟，熊源伟对于深圳实验戏剧而言是第一代拓荒者，戏剧家协会和深圳大学两大主体的支持让深圳的实验戏剧与境外的交流活动达到了一个高潮，在一定时期内让深圳成为可以与北京、上海比肩而立的城市之一。2008 年之后，南山戏剧无论是从戏剧类型，还是戏剧活动、戏剧团体等方面都逐渐多元，实现了一定的戏剧积累。作为南山乃至深圳主要的戏剧创作团体之一，深圳大学自 1996 级表演系开始每年排演毕业作品，至今作品数量已有 65 部（见表 1）。

表 1：深圳大学表演系 1996—2017 年大戏剧目一览表

序号	班级	剧目	导演	原创实验剧目
1	1996	《故事新编之铸剑篇》	吴熙	1
2		《窗外有片红树林》	熊源伟	
3	1997	《故事新编之出关篇》	吴熙	2
4		《暗恋桃花源》	吴熙	
5		《马拉萨德》	熊源伟	
6	1999	《故事新编之奔月篇》	吴熙	3
7		《阳台》	熊源伟	
8	2000	《网网》	王冰	
9		《夕鹤》《罗生门》	温鉴非	
10		《老顽固》	温鉴非	
11	2001	《寻鱼》	吴熙	4
12		《物理学家》	巫伟平	

续表

序号	班级	剧目	导演	原创实验剧目
13	2002	《找鸟》	吴熙	5
14		《爆玉米花》	王维斌	
15	2003	《坑人》	吴熙	6
16		《走进森林》	宋洁	
17	2004	《搞鬼》	吴熙	7
18		《郑和的后代》	吴熙	
19		《第十二夜》	吴熙	
20	2005	《美狄亚》	古应元	
21		《深圳靓汤》	王维斌	
22		《仲夏夜之梦》	邹磊	
23	2006	《安妮日记》	吴朱红	
24		《危情夫妻》	王维斌	
25	2007	《虫洞》	郭劲红	8
26		《宇宙之眼》	宋洁	9
27		《开放配偶》	宋洁	
28		《课堂惊魂》	宋洁	
29	2008—1班	《甄爱》	温鉴非	
30		《古丢丢》	温鉴非	
31		《日出》	温鉴非	
32		《坏话一条街》	温鉴非	
33		《我在天堂等你》	温鉴非	
34	2008—2班	《脑蒸发》	吴熙	10
35		《站》	吴熙	11
36		《仲夏夜之梦》	吴熙	
37	2009—1班	《西游记》	吴熙	12
38		《糊涂戏班》	邹磊	
39	2009—2班	《水浒传》	宋洁	
40		《鲁迅》	巫伟平	

序号	班级	剧目	导演	原创实验剧目
41	2010—1 班	《道路》	陈箭箭	
42		《彩虹猪向前冲 1·彩虹岛》	陈箭箭	
43		《聊聊斋》	刘溯	
44		《谁来负责》	王维斌	
45	2010—2 班	《那厮》	马俊丰	
46		《安娜在热带》	胡亚光	
47	2011—1 班	《生而为人，我很抱歉》	吕丹妮	
48		《蓝天下的蒲公英》	段建国	
49	2011—2 班	《给人肉穿上衣服》	傅丽华	
50	2012—1 班	《忠实的妻子》	温鉴非	
51		《吝啬鬼》	温鉴非	
52		《绿荫下的红塑料桶》	温鉴非	
53		《无人生还》	温鉴非	
54	2012—2 班	《黑暗中的戏剧》	曾怡	
55		《培尔金特》	吴熙	
56	2013—1 班	《关于牺牲》	赵兵	
57		《大宅门》	巫伟平	
58	2013—2 班	《金龙》	邹磊	
59		《绝不付账》	宋洁、邹磊	
60		《吕西斯特拉特》	邹磊	
61	2014—1 班	《人间中毒》	章嘉禾	
62	2014—2 班	《平淡无奇》	郭劲红	
63	2015 研究生	《南柯记》	李业轩	
64	教师	《怀疑》	宋洁	
65	2017 研究生	《寻山记》	宋尚	

　　在深圳大学一如既往地进行戏剧实践时，南山的民营剧团也成为戏剧创作与演出的另一阵营，民营剧团数量的增长暗示着深圳戏剧市场的进一步扩大，

也有一部分剧团进行戏剧的运营。如成立于 2008 年的深圳八厘米戏剧工厂与北京哲腾文化有限公司共同排演了深圳作家庞贝的《庄先生》，演出后获得巨大反响，在全国巡演场次超过 70 场，在 2016 年亮相法国第 70 届阿维尼翁戏剧节，成为深圳不可多得的实验戏剧实现商业化运作的案例。除此之外，保利剧院与聚橙院线对戏剧活动的运营更为成熟。近年来，保利剧院陆续推出"戏剧·舞蹈演出季""秋冬演出季""市民音乐会""名家名团（深圳）话剧展演季""艺术鹏城·舞台艺术节"等系列活动，剧场座席多达 1453 人，可进行舞剧、歌剧、话剧、戏曲及综艺会演。聚橙剧院院线运营着 60 家剧院，其中包括深圳南山文体中心剧院大剧场及小剧场，龙华文化艺术中心影剧院，聚橙旗下拥有"聚橙音乐剧""小橙堡"亲子演出等知名品牌，主要进行音乐剧、歌舞剧、亲子演出等活动演出。

与此同时，愈加丰富多元的戏剧演出活动也彰显出了南山区的戏剧活力，如"南山小剧场""戏聚星期六""剧汇星期天""南山戏剧节""深圳本土戏剧节""艺穗节"等也为深圳的戏剧交流提供了多样的平台。

深圳虽然没有市级职业话剧团，戏剧市场也并不如北京和上海，但是近年来逐渐涌现出一批"深二代"创立的民间剧团，为深圳的戏剧带来了新的活力。如"匍匐巴士剧团""荔枝青年剧团""爪马戏剧""碉楼剧场"（也称"邹晓勇戏剧工作室"）、"牙牙剧社""漂浮实验剧团"等剧团以及戏剧工作坊逐渐崭露头角，用自己的方式为深圳的戏剧拓宽边界，创造了更加多元的可能。至此，深圳戏剧团体数量不断增多，但相互之间合作机会较少，剧团之间独立性较高。较之于上一时期，剧团在这一时期内呈现出一种"独乐乐"的生存状态，并体现出了不同于其他区域的实验性与创新性。

南山戏剧节是一个有着年轻时尚、先锋国际范气质的深圳本土戏剧品牌。自 2017 年开始便广受关注，三年来分别以"启""寻""聚"为主题，秉持"人人都是戏剧＋"的核心理念，用创意表达思想，吸引了美国、英国、法国、日本、韩国、爱尔兰、中国台湾、中国香港、中国澳门、北京、上海等十多个国家和地区、60 个国内外团队、数千名优秀戏剧工作者参与，展演了三百多场脍炙人口的戏剧作品及近百场户外跨界演出，为观众带来丰富多彩的戏剧空间和体验，获得了 100 多万观众浏览量，凤凰网、中国特区报、今日头条、新浪网、腾讯娱乐等国内主流媒体进行重点报道，引起中国戏剧家协会、北京青年戏剧节等专家领导和平台的关注、肯定。

二、"南山"特色：都市活力与商业实验

（一）都市性

作为一线城市的深圳，人口的都市特征已经较为凸显。根据 2015 年全国 1% 人口抽样调查数据显示，2015 年深圳市常住人口为 1137.89 万人，0—14 岁人口为 152.53 万人，15—64 岁人口为 946.99 万人，65 岁及以上人口为 38.37 万人。截至 2017 年，深圳市常住人口平均年龄为 32.5 岁，由此反映出深圳市整体的人才年龄结构较为年轻。① 深圳是中国年轻化最高的一线城市，18—35 岁的人口占比达到 56%。在学历结构上，根据《深圳市人才队伍建设报告》指出，2014 年，深圳市常住人口中大专及以上学历人口为 259.6 万人，占常住人口的 24.1%，每 10 万人中受过大专及以上教育程度人口为 24082 人，常住人口大专及以上学历人口比重已接近香港 2013 年水平（28.7%）。② 不过深圳在常住人口及从业人员中，大专及以上学历人口占常住人口比重约在 22%—25% 之间，低于北京、上海的 30%。

南山区相较于其他区域而言，人口在 2019 年末达到了 154.58 万人，并且其中 20 岁至 49 岁这一年龄层次人口数量达到 811，169 人，占常住人口的 52.5%，由此可以看出南山的人口结构较为年轻。除此之外，南山区经济发达，根据 2020 年最新一季度 GDP 核算数据显示，南山区位列全市第一。南山区不仅常住人口数量较多，且白领阶层占比较大，剧场数量也较多，形成了"做都市年轻人喜欢的戏剧"的戏剧定位，因此在戏剧受众上体现出了鲜明的都市特征。

除此之外，南山区在戏剧题材上也同样体现出都市性特征。如 2012 年以来深圳新建立的"甸甸巴士""爪马戏剧""荔枝青年剧团"三家剧团，从不同的角度反映出了深圳的都市生活。甸甸巴士在剧目表演上以"粤语"戏剧为主，主要为了传播粤语文化，保留戏剧"粤"音。荔枝青年剧团在创作上则不受语言局限，主要创作以都市生活为题材的话剧与音乐剧。爪马戏剧的创始人李梓诚毕业于上海戏剧学院，主要创作剧目题材也以深圳为背景，描述都市人物的情感故事。此外，坚持实验戏剧创作的胖鸟剧团，也创作了《蚝与香槟的浪漫史》，反映出深圳沙井的蚝文化与法国的香槟文化之间的文化碰撞。

（二）实验性（先锋性）

戏剧的实验性主要体现在实验戏剧的发展之上，而实验戏剧又是发端于南

---

① 罗思著．深圳人才竞争力研究［M］．北京：中国社会科学出版社．2019：110 - 111.

② 罗思著．深圳人才竞争力研究［M］．北京：中国社会科学出版社．2019：111.

山，与深圳同进退。尽管深圳在粤剧等传统戏剧形式上也积极探索，寻求与都市现代化发展结合的可能，但最能凸显城市实验品格的当属实验戏剧。作为一个经济特区，深圳曾经创下了52项全国第一的记录，比如立市之初的"第一支股票""第一家证券交易所""第一次国有土地使用权拍卖"等，深圳成为改革开放的第一块试验地。深圳特区建立之后，大批的移民涌入这片热土，带来了北京、上海等内地一线城市以及全国各地的文化期待与文化准备，为深圳注入了五湖四海的新鲜血液。截至2017年，深圳市常住人口超过2100万，平均年龄不过30岁，除了年轻以外，深圳人口的平均教育层次也普遍较高，曾经一度全国六分之一的博士都在深圳，高学历者占城市人口比例在全国名列前茅，如此年轻的群体带来了巨大的生产力和创造力。就这个意义来说，深圳本身就是一座"实验"的城市，在这个城市里，"创新"是使用频率最高的词汇，实验戏剧也在这样一种城市氛围中逐渐生根发芽。

戏剧带有如此明显实验性质开端，究其原因，与深圳大学的实验戏剧教学是分不开的。深圳戏剧创作有三大主体：深圳戏剧家协会、深圳大学以及深圳民营剧团。深圳大学表演专业师生不仅将实验戏剧融入自身教学体系之中，并创作了一系列深圳原创的实验戏剧剧目，如《故事新编系列》与《南头怪事系列》，还与胖鸟剧团合作创作了科幻音乐剧《宇宙之眼》（2010），紧接着创作了《脑蒸发》《西游记》等实验剧目，虽不再创作系列性作品，但是在作品中依旧可以发现深圳大学表演专业师生的实验精神的延续。深圳大学不仅是南山区重要的实验戏剧创作者，更是深圳实验戏剧的代表者。

（三）商业性

进入21世纪，深圳话剧演出全面开花，戏剧小品、话剧、音乐剧、儿童剧等戏剧形式都有了不同程度的发展，都在深圳这个不断自我革新的城市中进行新的"试验"。2003年，深圳成为国内文化体制改革试点城市，试点地区和单位积极培育市场主体、深化内部改革，建立市场体系。于是一批原有国有院团纷纷改成企业运营机制。深圳歌舞团改制。京剧团借鉴了香港等城市民间文艺社团的管理经验和运作模式，不再养专业演员，而是根据排练和演出需求聘请深圳本土以及外来的京剧人才，有效地整合了人才资源。运营模式的创新也对深圳许多文艺机构产生了较大影响，如何脱离政府的"母乳喂养"，在市场中实现艺术作品价值成为戏剧是否能够立足深圳文艺市场的试金石。

南山戏剧的商业性主要体现在以下两个方面：一是本土剧团商业运营趋势；二为政企共同合作打造的都市戏剧活动。首先，深圳保利剧院与聚橙院线对于戏剧运营已经较为成熟，每年都能较为稳定地推出相关的戏剧表演活动。聚橙院线更是以剧院为载体，引进了一系列百老汇知名剧目，成为南山区较为知名的戏剧运营企业。此外，民营小剧团的商业化运营趋势也不容忽视。

2008年成立的深圳八厘米文化传播有限公司以小剧场运营为核心，以"戏剧创作、演出运营、戏剧推广"为主体，演出剧目虽然分为原创剧目与运营剧目两种，但原创剧目数量较少，多数作品为运营剧目。除此之外，由"深二代"创立的一批剧团如荔枝青年剧团、甸甸巴士等剧团也逐渐在进行商业化尝试。不同剧团之间存在着创作风格的差别，但总体上市场化的特征较为明显，无论是以何种题材为主，最终都逐渐实现商业化的转型。这不仅是南山戏剧的现状，也是未来的主要趋势。南山戏剧整体呈现出来的商业性特征不仅是深圳文化体制改革下的市场化潮流倾向，在某种程度上，也揭示了深圳新都市戏剧目前的生存选择。

除了剧团的商业化尝试，深圳每年在文化艺术上都会有"文化艺术博览会""艺穗节"等常设性文艺节庆。戏剧也不例外，不仅有涵盖整个深圳范围内的"深圳戏剧节""城市戏剧节""青年戏剧节"，也会有区域性质的"南山戏剧节""宝安戏剧节""拉阔戏剧节"等戏剧节庆。这些戏剧节庆主要有政府主办、具体单位或企业承办的合作形式。如2013年"深圳戏剧节"就是由中共深圳市委宣传部、深圳市文体旅游局、深圳市文学艺术界联合会主办，深圳市八厘米文化传播有限公司、深圳市骏辰影视制作有限公司承办。2017—2019"南山戏剧节"也是由深圳市南山区委宣传部（文体局）、深圳市南山区文化艺术界联合会主办，深圳市南山区戏剧家协会承办，深圳市荔枝青年剧团等社会文化企业协办。类似政企合作的戏剧节活动在深圳非常普遍，戏剧活动在深圳也已经不再是单纯的政府部门活动，而是政企共同打造深圳新都市戏剧品牌的共同合作成果。

三、戏剧发展的反思与展望

南山作为深圳的核心区域之一，对于深圳戏剧的作用不言而喻。尽管目前深圳的戏剧已经初见成效，但并不意味着它已经形成繁荣之势。南山区目前依旧面临着戏剧创作、戏剧传播等问题上的困境。

首先，戏剧创作一直面临着人员贫瘠、戏剧演出规模不足的问题。深圳至今没有专业的话剧团，深圳大学虽然开设了表演专业，但是导演、编剧等相关专业却仍处于缺位状态，原本深圳"藏艺于民"的优势也逐渐在市场环境中不断流失。除此之外，戏剧演出规模仍然有待提高，尤其是实验戏剧在作品数量上较少，演出场次也未形成一定规模。据中国戏剧2009年度报告指出上海市仅话剧演出场次就高达3000场，话剧中心一年制作了33台新戏；北京东城区戏剧演出高达4100多场，观众达95万多人次。① 而深圳连续举办三年的"南山戏剧节"活动直到2019年预估覆盖的人数范围也仅在15万人次，对于一个拥有2000余万人口的一线城市而言，目前的戏剧演出规模远远不足。

其次，戏剧发展缺乏平台支撑。相比之下，北京、上海等地正打造类似于百老汇、伦敦西区等地区的戏剧模式，建立起中国城市的戏剧园区。2009年3月，上海在静安区建立了"现代戏剧谷"的商业文化街区，戏剧谷的建立，不仅仅服务了静安区，还辐射了上海市中心与西部地区几乎所有的重要剧场，形成了一个集戏剧平台服务商、戏剧资源与商业环境于一体的带状街区。② 北京市东城区也早在2007年就启动了"戏剧文化城"的建设，出台了相关意见与政策，设立了专项资金为艺术院团搭建了艺术交流平台，聚合戏剧资源，实现区域内戏剧的交流与发展。

深圳对戏剧关注的延迟，使得深圳的戏剧发展与北京、上海、香港、台湾等城市存在着时间上的错位。香港在20世纪末便出现了"进念·二十面体""沙砖上""非常林奕华""剧场组合""演戏家庭""进剧团""刚剧团""疯祭舞台""无人地带"等具有实验性的小型剧团。③ 北京也具有人艺小剧场、蜂巢剧场、繁星戏剧村等具有标志性的戏剧实验团体，社会戏剧活动也较为丰富。台湾更是中国实验戏剧的先锋阵地。而深圳尽管在创作上有着创新开放的社会氛围，但在整体实力的对比上，与上述城市却不可同日而语。

最后，城市形象与文化精神传播有待加强。深圳以"创新"与"包容"吸引了全国各地的人才，然而在戴西伦对深圳青年文化对城市品格的问卷调查中却显示出了深圳青年对深圳宽容的城市品格呈现出较高认知度的同时对其体验度却有待加强的结果。④ 城市形象是城市的文化标签，而城市精神更是在历史积淀过程中造就的精神信仰。南山区在文艺策略上不仅需要考虑在源头上培养戏剧人才、打造"南山戏剧节"等戏剧专业展示的平台，更加需要重视艺术原创的价值，打造出属于深圳的文化品牌，传递正向的城市形象，为深圳戏剧进一步发展发挥出领头羊的作用。

---

① 刘彦君. 中国戏剧2009年度报告 [A]. 文化艺术研究，2010，3（03）：108 – 125.
② 刘彦君. 当代戏剧文化与中国城市发展 [J]. 艺术百家，2010，26（06）：13 – 18.
③ 李玲玲. 香港实验戏剧的空间实践 [J]. 戏剧艺术，2019（03）：84 – 93.
④ 戴西伦. 青年创新文化视域下的深圳城市"宽容"品格 [J]. 中国青年社会科学，2019，38（06）：97 – 106.

第三篇　南山影视评论

《熊出没·原始时代》：国产动画 IP 的"逆袭"与成长

许 航

2019 年春节档，国产动画电影《熊出没·原始时代》的表现有些出人意料：首先，影片在首日排片率仅为 4.4% 的情况下票房一路走高，以 4.59 亿元的票房在春节档电影票房中排名第五，截至 2019 年 2 月 28 日，票房已达 6.95 亿元，打破了 2018 年春节档《熊出没·变形记》6.1 亿元的票房成绩。其次，观众对影片给予了较高评价，"猫眼"评分 9.2 分、"淘票票"评分 8.8 分，一向以评分严苛著称的"豆瓣"评分也有 6.5 分。最后，在中国电影资料馆发布的《中国电影观众满意度调查·2019 年春节档调查》中，《熊出没·原始时代》以 83.5 分获得春节档满意度第五名，分别高出系列前作《熊出没·变形记》（2018 春节档）和《熊出没之奇幻空间》（2017 春节档）0.5 分和 0.6 分。截至初五，影片平均上座率为 41.3%，与《流浪地球》基本相当。可以说，《熊出没·原始时代》在优质喜剧电影云集，又逢《流浪地球》"开启中国科幻元年"的春节档，实现了中国国产动画电影的一次"逆袭"。

一、定位明确的"合家欢"电影

《熊出没·原始时代》打造了一部定位明确的"合家欢"电影，这是它成功在春节档突围的最重要的原因。合家欢电影的概念主要源自美国好莱坞，成熟的好莱坞动画电影，最大的共性就是影片跨越年龄的"合家欢"地位，既广受青少年儿童喜爱，又深得广大成人观众认可。春节期间，阖家团聚，"小手拉大手"一起观看影片是合家欢电影针对的家庭观影模式。《熊出没·原始时代》从内容、叙事、角色设计、配乐等方面，都比较适合儿童和家长共同观看。

从内容上看，《熊出没·原始时代》提供了一个完整的、易于被儿童理解的故事：光头强和熊大、熊二偶然穿越到了原始时代，他们遇见了一只善良的小狼飞飞。飞飞认为自己非常胆小，因为它不敢杀害小动物，它的梦想是要摘得勇气崖上的勇气果，让自己变得勇敢。而它所归属的狼族和原始人部落之间展开了你死我活的争斗，最后在熊大一伙及飞飞的帮助下，人类获得了胜利。在这个过程中，飞飞知道了世界上并没有勇气果，但它通过自己的努力终于变成一只勇敢并善良的狼，实现了自己的成长。对于观看过《熊出没》动画片的观众来说，电影在他们熟悉的角色基础上展开了一个完整、精彩的故事，而对于没看过《熊出没》动画片的观众来说，不熟悉动画片并不影响他们对故事的理解。影片抓住了合家欢电影的第一个准则，即"合家欢电影实际上是以儿童能够接受的价值尺度为标准进行创作"。影片提供的电影故事既易为儿童所理解，又能被成年人接受，在此基础上有利于家长和儿童间对影片故事各种元素，如情节、角色等方面的交流。

从叙事上看，《熊出没·原始时代》的两条主要叙事线索非常清晰：一是光头强和熊大、熊二在原始世界里的冒险故事；二是小狼飞飞的成长。而飞飞的成长依附在光头强和熊大、熊二的历险故事之上。清晰的叙述线索有助于儿童观众理解故事的剧情发展，而紧凑的叙事节奏则能使儿童和成年观众都处于兴奋的观影状态之中。影片开头，从小野猪号啕大哭导致光头强一伙被一群野猪围攻开始，到他们被大鸟推下勇气崖为止，仅仅15分钟时间就设置了几处观影高潮：山洞中偶然遇见迷幻蝴蝶开始穿越；光头强发现"红宝石"兴奋不已，却发现自己正站在一群巨型乌龟背上；在树桩的掩护下逃离犀牛群却引来了野猪；被野猪逼到山崖旁边却发现还有更加强劲的敌人……被大鸟推下山崖后，熊大和光头强、熊二走散了，叙事在交替中前进：熊大被飞飞盯上，从拒绝合作，到接受帮助，又到对飞飞有了进一步了解，它们结成了"狼熊组合"，开始了默契的合作；光头强和熊二则被原始人发现，阴差阳错中帮助原始人部落化解了一场野牛进攻的危机，成了部落中被推崇的"神"，两条叙事线交叉前进并在45分钟时经由解救小石头一场戏实现汇合。叙事时间轴继续往前推进：60分钟时，熊大和飞飞历尽艰险，却发现并没有勇气果；70分钟，火山爆发；80分钟，飞飞舍身将独眼撞向深渊；85分钟，告别并再次穿越回2019年。每个叙事高潮的时间点都经过精心安排，紧紧抓住观众的心。

从角色设计上看，《熊出没·原始时代》首先保证了与《熊出没》动画片角色的一致性，光头强狡猾却经常闹笑话、熊大正直能干、熊二憨厚朴实，这三个角色的"铁三角"组合对熟悉《熊出没》动画片的观众来说，是一颗已经经过收视率检验的"开心果"。而对于不熟悉《熊出没》动画片的观众来说，这三个角色各有特色、性格也较为鲜明。此外，《熊出没·原始时代》主要塑造了小狼飞飞这个动画角色，它的行为动机非常明确：摘得勇气崖上的勇气果，使自己变得勇敢，不让为了保护自己而死的哥哥失望。虽然是一只狼，但它性格上善良、外形上可爱，经常被误以为是一只小狗。历尽艰辛来到勇气崖上的飞飞终于意识到勇气果是不存在的，经历了和狼群首领"独眼"的搏斗后，飞飞获得了真正的成长。此外，一些配角也非常生动，例如原始森林中的守护神熊猫爷爷和小熊猫，都是不通过语言仅通过肢体动作进行表演的角色，特点鲜明、生动有趣。屡战屡败的小野猪和"独眼"的随从则扮演喜剧中的"丑角"，通过它们一次又一次的失败来制造影片的"笑料"。而在笑料的制造上，影片更多地通过肢体语言而不是角色对白来完成，便于儿童理解。

此外，在电影的配乐上，《Only You》《斗牛士之歌》等乐曲的使用，对成人观众来说，能够理解配乐的一些"弦外之音"，如光头强被野牛追得到处跑，阴差阳错中掉到野牛背上，这时候响起《斗牛士之歌》对狼狈的他来说是明显的讽刺。儿童观众不一定能理解这层意思，但他们依然被狼狈的光头强逗乐。片尾由 2018 年以选秀节目走红的"火箭少女"来演唱《福气拱拱来》，歌名契合农历猪年的生肖猪，在春节档增添喜庆的气氛。

当然，影片在很多方面还存在不足，例如影片在故事矛盾处理上过于简单化、在角色的外形设计上有比较明显的模仿好莱坞电影的痕迹等。最主要的是，电影还只能达到好莱坞式动画工业的合格线，而无法在主题上有更深层次的哲思，或者在创作技巧层面有更进一步的创新。但《熊出没·原始森林》依然不失为一部合格的合家欢动画电影。适合儿童"小手拉大手"，与家长一起观看。

二、《熊出没》动画 IP 的成长

虽然《熊出没·原始森林》确实可以说是一部合家欢动画电影，但它在春节档的成功同样有赖于"熊出没"这个动画 IP 培育的观众、奠定的市场基础。IP 是知识产权（Intellectual Property）的简称，但它并非著作权中所说的知识产权，而是一种产权和品牌的结合体，是有特定的内容、一定的知名度、相应的粉丝群体的文化产品。在此我们不妨简单回顾一下"熊出没"这个 IP 的成长过程。

《熊出没》动画片由深圳华强数字动漫有限公司出品，于 2012 年在少儿频道开始播出，主要讲述森林中的熊大、熊二兄弟与破坏森林、采伐原木、占领土地开发创业实验田的光头强之间的一次次对决。动画片播出后因其搞笑的情节设置等很快吸引大量儿童观众的注意，但片中的某些粗俗语言和暴力镜头没有逃过家长和评论者的眼睛。因此，在很长一段时间内，《熊出没》都被当作低幼动画来对待，研究者更多关注其中的粗俗语言和暴力镜头对少年儿童可能带来的负面影响。2013 年，中央电视台播出了央视动画责任有限公司等十家动画制作机构、央视少儿频道等十大动画播出机构，联合发出的号召全行业承诺不制作、播出暴力失度、语言粗俗动画片的倡议，同时指出以《熊出没》和《喜羊羊》为代表的动画片就存在着以上问题，并需要进行整改。面对这样的批评，《熊出没》系列进行了一系列调整，最重要的就是对语言和暴力镜头的修改，此后得到了各方面的肯定。

在不断的调整中，《熊出没》电视动画系列逐渐细分成三个针对不同年龄段儿童的方向：一是低幼版的《熊熊欢乐 SONG》，主要针对1—3岁幼儿，是音乐益智类动画；二是幼儿版的《熊熊乐园》，主要针对3—6岁的孩子，聚焦童年时代的光头强和熊大、熊二，同时围绕科普知识、安全教育、生活常识、情感培养等主题讲述"寓教于乐"的故事；三是儿童版的《熊出没·探险日记》，主要针对6—12岁的观众，讲述光头强和熊大、熊二的"熊强三人组"和小女孩赵琳一起去寻找东北虎的故事。做到了依据不同年龄段的儿童的理解力和兴趣点来规划动画系列，较好地实现了受众细分。

在电影方面，2013 年，中央电视台少儿频道推出了 60 分钟的电视电影《熊出没·过年》，获得了 3.85 的收视率，创下少儿频道当时的收视最高纪录。2014 年，《熊出没·夺宝熊兵》在寒假上映，票房突破 2 亿元大关，并超过《喜羊羊与灰太狼4》的票房纪录，创下中国动画电影票房新高。2015 年，《熊出没·雪岭熊风》再次定档寒假。2016 年寒假《熊出没·熊心归来》遭遇《星球大战：原力觉醒》和《小黄人大眼萌》同时上映，但上映首日不仅打破自己保持的国产动画首日纪录，更将《星球大战：原力觉醒》拉下马来，成为单日票房冠军。2017 年，《熊出没·奇幻空间》移到春节档，票房连破 3 亿元、4 亿元、5 亿元大关，最后获得 5.21 亿元票房。2018 年，《熊出没·变形记》再次逐鹿春节档，票房突破 6 亿元，再创新高。

此外，华强方特集团决定开始建设"熊出没"主题公园，总体计划已经完成，最近几年将在全国范围内迅速铺开。"熊出没"舞台剧自 2014 年起也在各地巡演。从电视动画到电视电影、电影、舞台剧、主题公园……"熊出没"渐渐成长为国产动画的一个重要 IP。它拥有辨识度很高的内容元素，通过电视台和网络的播放在儿童观众和他们的家长中拥有了很高的知名度。"熊出没"系列大电影，尤其是 2017 年的《熊出没·奇幻空间》和 2018 年的《熊出没·变形记》都获得了较好的口碑。《熊出没·奇幻空间》被评价"无论在题材上、内容上、制作方针上，都契合了贺岁档的要求……还以 BOSS 这一角色升华了主题，BOSS 是影片中的反派角色，他之所以试图掠夺动画世界的珍宝，恰恰源于其对动画、对童年的渴望……这一（角色背景）传递，使影片有了升华，不仅仅是作为商业片，也具备了一定的社会意义""尽管在某些方面依旧有争议，在剧本方面还有欠缺，但依然显现出一条未来国产动画所应当借鉴的道路"。《熊出没·变形记》被认为"发挥'儿童向'作品应有的作风，寓教于乐，传递了基本的教育理念……不仅仅取悦了儿童的趣味，还吸引并呼唤着成年人的童心""以注重静态，强调动态，避免血腥暴力，注意故事层次的特点，再一次在春节期间获得了无数掌声"。

正是这样一个逐步成长起来的影视 IP，为《熊出没·原始时代》奠定了受众基础，吸引了较为稳定的观众群。在此基础上，《熊出没·原始时代》将自己打造成一部合格的合家欢电影，在春节期间受到儿童和家长的青睐，可以说是水到渠成。在佳片云集、类型丰富、竞争激烈的春节档，动画电影如果不具备受众基础，很难在这个时间段的竞争中实现《熊出没》的所谓"逆袭"。2016年，参与春节档角逐的动画电影《年兽大作战》，由宁浩担任出品人，集结了雷佳音、周冬雨、陈赫、陶虹、郭涛、郭子睿（石头）等一众明星参与配音。从制作上看，电影也达到了较高的完成度，但最终票房仅 3000 多万元。可以说，优质 IP 在吸引受众方面能起到很大的作用。

三、IP 的建设：维护而不仅仅是消费

文化 IP 的形成，并非一日之功。每一项不同媒介内容都为 IP 的打造贡献力量，才能创造出 IP 的"小宇宙"。IP 的内容通过多个媒介平台展现出来，其中每一个文本都对整个 IP 做出独特而有价值的贡献。亨利·詹金斯论及《黑客帝国》的跨媒体叙事时曾谈道："最理想的形式，就是每一种媒体出色地各司其职，各尽其责——只有这样，一个故事才能够以电影作为开头，进而通过电视、小说以及连环漫画展开进一步的详述；故事世界可以通过游戏来探索，或者作为一个公园景点来体验"，但是"切入故事世界的每个系列项目必须是自我独立完备的，这样你不看电影也能享受游戏的乐趣，反之亦然。任何一个产品都是进入作为整体的产品系列的一个切入点"。

《熊出没》系列还达不到这样的理想预期，体现在它通过各种媒介讲述故事的分散性。但《熊出没》大电影一直从某些方面努力去实现 IP 的建构。它们不仅是一个个独立、完整的故事，同时也在故事中呼应《熊出没》系列 IP 中的某些叙事点、情感点，例如《熊出没·变形记》中对光头强父子关系的剖析；《熊出没·原始森林》中对熊大、熊二性格形成原因的交代：母亲的突然离去使得熊大决心要担负起兄长的责任照顾熊二；以及在危险时刻熊二对着光头强喊："光头强，没想到有一天俺会帮你砍树啊。"这对熟悉《熊出没》电视动画的观

众来说，是一个以对 IP 内容的呼应来创造的笑料。因为《熊出没》电视动画最大的矛盾，即建立在因光头强在森林砍树而与在林中生活的熊大、熊二产生的冲突之上。可以说，这些动画电影维护了《熊出没》系列 IP，从某些方面为这个 IP 的建设添砖加瓦。

相比之下，2019 年春节档另一部同样以电视动画 IP 为依托的动画电影——《小猪佩奇过大年》的表现则不尽如人意。作为儿童动画 IP，"小猪佩奇"受到的关注度绝对不在"熊出没"之下。自 2015 年正式引进后，截至 2018 年 12 月，《小猪佩奇》网络全平台点播数量已经达到 1000 亿次；"小猪佩奇"授权出版的儿童图书，发行量超过了 1 亿册；微博"小猪佩奇"话题阅读量超过 2 亿 8 千万……2017 年，在社交网络上更是掀起了一阵青年"佩奇"文化，"小猪佩奇纹上身，掌声送给社会人"成为网络流行话语，"小猪佩奇"的形象被借用并再度"标签化"，成为青年"借助网络空间发挥自我创造力、狂欢式表达、恶搞情绪发挥"的工具，也使得"小猪佩奇"收获了儿童以外的不少粉丝。2019 年春节前夕，就在《小猪佩奇过大年》正式上映前不久，电影中方导演张大鹏制作了一部八分钟短视频《啥是佩奇》，随后在网络广泛流传并颇受好评。短片讲述一位留守农村的老大爷盼望儿孙归家过年并执着地要为孙子找到他喜欢的"佩奇"，最后在阖家团圆之时展示了自己送给孩子的礼物——一台佩奇鼓风机，短片质朴、温暖，被网友评价为"猪年开年第一温情片"。

《小猪佩奇过大年》同样将自己定位为合家欢电影，它由真人和动画部分组成。真人部分由朱亚文、刘芸、方青卓、归亚蕾等主演，主要讲述了小姐弟汤圆、饺子一家和北方的爷爷奶奶及南方的姥姥姥爷一起过年的故事。影片由真人表演串起了一个个和电视动画版《小猪佩奇》风格、时长一致的动画短片，包括儿童节游园踩泥坑、猪爷爷的飞机、长颈鹿杰拉德的故事等。动画短片和真人电影在内容和情节上并无相互的衔接，只是通过最后一个动画短故事"过春节"呼应了电影名。在这个故事中，幼儿园的孩子们在中国新年到来之时体验春节的风俗，包括打扫、藏扫把、穿红衣、舞龙等，最后孩子们盼来了等待已久的烟花。

也就是说，电影主要讲述的是汤圆、饺子一家和爷爷奶奶、姥姥姥爷如何过大年，而小猪佩奇，包括动画片中的其他动画角色，只在电影结尾部分参与了"过大年"的主题叙事。此外，就影片主要的故事线"南北一家亲过大年"来看，可以说是平淡无奇、缺乏新意，影片一直在强调过年风俗上的"南北差异"，如南方吃米饭北方吃饺子、南方煮汤圆北方炸汤圆等，这些差异或许能为影片带来喜剧元素，但以这样的矛盾来推动整部影片的情节发展则显得过于单薄。

总的来看，《小猪佩奇过大年》的真人和动画部分可以说是脱节的，而真人部分的故事对成人观众来说吸引力非常有限。虽然家长会陪同儿童进影院观看，但这部电影却很难成为一部真正的合家欢电影。因此，《小猪佩奇过大年》实际上更适合低幼龄孩子观看，但低幼龄儿童理解起这部影片的真人部分恐怕又有一定难度。以至于有家长观众反映：很多孩子以为真人部分是电视中的广告，只要"广告"一出现，孩子们就哭着说"不要广告"。而对于成人观众来说，也许《啥是佩奇》更能触动他们的内心。因此，对于《小猪佩奇过大年》来说，豆瓣 4.6 分、春节期间 8000 万左右的票房回馈似乎不足为奇。

可以说，《熊出没·原始时代》是更加名副其实的合家欢影片，而《小猪佩奇》则更加适合低幼观众。

《熊出没·原始时代》既立足于原 IP，又是独立而完备的，而《小猪佩奇过大年》更多是在消费原 IP。"重复冗余的内容会使粉丝的兴趣消耗殆尽，导致作品系列运作失败。提供新层面的见识和体验则能更新产品，从而保持住顾客的忠诚度。"《小猪佩奇过大年》并不是一部合格的合家欢电影，但它的失败应该不会对《小猪佩奇》动画系列造成太大影响，毕竟它们的重合只在动画短片部分，而这些动画短片，只是通过《小猪佩奇过大年》在电影院里实现了一次"串烧"似的播放。不过对于"小猪佩奇"IP 的建设，这部中英合拍的大电影恐怕也起不到什么正面作用。

结语

不仅仅是春节档，节日档、假期档，以及平时的亲子陪伴，都需要有适合全家人一起观看的合家欢电影。为了满足这一需求，从儿童喜欢的动画片 IP 中选择题材进行电影创作是一个自然又合理的选择。但因为播放媒介和观众的不同，合家欢电影要求在动画 IP 提供的内容上进行再创造，使其成为一部独立、完善的电影。对于熟悉动画 IP 的观众来说是锦上添花，不熟悉动画 IP 内容的观众也不会有任何进入剧情的困难。反过来，电影的成功又能为原 IP 的建设添砖加瓦。但如果仅仅消费原 IP，而不是在原 IP 奠定的基础上打造优秀作品的话，不仅不能依靠原 IP 取得成功，甚至可能给原 IP 带来损害。作为"熊出没"IP 的一个电影产品，《熊出没·原始时代》成功地满足了"合家欢"观影需求，获得了票房和口碑的双赢。它的成功不是一次简单的"逆袭"，更是多媒体时代国产动画 IP 的成长。

论《熊出没》中的动画角色设计

沈　洁

　　动画角色塑造是商业动画的制作核心，把动画片中角色衍生的产品推向市场并盈利，是众多商业动画制作的根本目的。在很多情况下，动画片的盈利不是靠媒体播映，而是通过周边产品的开发，而播映动画片很大程度上是为周边产品做广告宣传。大多周边产品都是动画片中的角色衍生而来。因此，动画角色设计必须根据市场需求与时俱进，在继承传统的同时，吸纳当今流行元素，激起受众的观赏激情，让动画角色满足观众新的审美需求。《熊出没》就是继《喜羊羊与灰太狼》后，又一部成功获得高收视率的国产动画片。动画片中的三个角色"熊大""熊二"以及"光头强"，通过夸张的行为、独特的语言风格、鲜明的个性获得了不同人群的认可和喜爱，同时根据三个角色形象所开发的周边产品也产生了巨大的商业价值。

一、真实的角色造型风格

　　《熊出没》这部动画片不仅是小朋友的最爱，也使爸爸妈妈们痴迷。这是因为该动画片不仅具有创意精彩的故事情节，还具有独特的角色造型。在动画片中，角色造型要想受到大众的喜爱，设计者必须深入了解剧本，根据剧本和故事情节设计出适合的角色造型风格。所谓造型的"风格"是指作品内质外化的表现形式，不同国家或地域受各自传统文化和艺术的影响会呈现出不同的造型风格。每个独立的设计者也会由于自身的审美情趣、取向、经历和艺术素养等诸多因素的不同，在动画造型中也会带有明显而独特的个人风格，正是这些千变万化的艺术风格，给观众提供了丰富多彩的审美样式。动画片中角色造型风格一般分为写实类风格和写意类风格。《熊出没》属于写实类风格，其中熊大、熊二和光头强的角色造型都采用真实的造型风格进行表现，该片是用 3D 软件制作的动画，因此，3D 动画具有极强的真实效果，表现的优势充分地体现在该剧的动画角色上，特别是熊大和熊二的造型，通过 3D 软件的渲染，他们毛发的光感和动态以及身体的块面效果，都可以真实再现。弱化了角色与观众之间的距离感，让观众有种身临其境的真实感。在营造喜剧幽默的氛围上，增添了不少效果，不知不觉把观众带入剧情中，营造了一种亦真亦幻的视觉空间，带给观众审美的享受。

设计师在塑造熊大和熊二角色时，采用了拟人的设计手法，再配以很接地气的浓厚北方口音，生动地再现了保护森林的正义者形象。该动画片的反面角色被塑造成一个真实的伐木工人，整个造型设计在遵循人的真实身体比例条件下，根据剧情和角色的需要，采用了一点夸张手法，对角色进行了外形上的渲染，比如光光的脑袋、瘦小的身体、大大的手掌和脚掌、圆圆呆呆的大眼睛等，戴着安全帽、身穿工作服、开着小货车，每天穿梭在大森林里，忙着伐木的工作。这种非常生活化的写实角色造型风格为该动画片赚足了人气，深受观众的喜爱。

该动画片虽然有角色单调的不足，但每个角色塑造得都很精彩，采用很生活化、很接地气的写实风格进行表现，结合具有创意的剧情，一样可以打动观众。而且，角色单一不仅可以让观众记牢角色特征，还大大降低了制作成本，同时在后期衍生产品的制作和生产上易于加工。

二、鲜明的角色性格特征

一部成功的动画片，无论是素材的收集、题材的敲定，还是主题的提炼，都离不开对角色性格特征的塑造。角色性格的刻画通常都融入了设计者对生活中细小事物的独特观察视角和感悟，体现的是设计者的某种情感。

（一）正反两面反差对比对角色性格特征的演绎

《熊出没》中主要角色采用正反两面反差对比的手法，对角色性格特征进行演绎，设计者通过观察生活，从关注社会环保的视角，将保护环境和破坏环境的正反两类人，分别设计到角色的性格特征中，如：熊大和熊二是保护森林的正义者形象，他们不仅具有熊的憨厚可爱，同时也具有英雄的机智勇敢，代表着正面形象。其中熊大聪明勇敢，每次光头强在砍伐树木时，或者熊二遇到危险时，他不但能想到好办法阻止光头强破坏森林，而且还能顺利救出熊二，同时想出对付光头强的办法，让光头强变得很惨。这样一个正面英雄角色的性格特征，大大满足了观众的心理需求。而该动画片另一点吸引人的地方就是光头强这个反面角色性格的塑造，他是一个奸诈狡猾的伐木队小老板，他带着李老板的重托来到风景优美的东北黑龙江省哈尔滨市原始森林里采伐原木，却不料平静的森林中原来隐藏着两个可怕的对手——森林的主人——熊大和熊二！于是，一场旷日持久的森林主权争夺战开始。光头强的性格特征主要表现为好强、奸诈、顽固、功利心强，因此最后也导致他屡战屡败，一无所获。该动画中正反两面反差对比对角色性格特征的演绎，让整个剧情中的正反双方达到了平衡，满足了观众的精神需求。

（二）造型设计对角色性格的烘托

动画片创作过程中经常运用类型化的形象来表现不同性格的角色，比如以粗壮的形象来表现憨厚和愚蠢的性格，以瘦弱的形象来表现狡猾和奸诈的性格。《熊出没》中三个主要角色的性格定位可爱、诙谐、幽默，这和他们的造型设计是分不开的，比如熊大熊二粗壮的形象憨厚可爱，熊大机灵沉稳，熊二胆小愚笨，从他们各自的角色造型中就可以看出：熊大个子高，毛色深，走路昂首挺胸；熊二个子矮，毛色浅，走路蹑手蹑脚，放不开。而光头强光脑袋、小身板，大手掌大脚掌，木呆的大眼睛，戴着安全帽、穿着工作服的造型体现出他的狡猾和奸诈，烘托出诙谐幽默的一面。

（三）动作与表情对角色性格的表达

动画片中角色的动作和表情是表达角色性格特征的动态因素，是赋予静态造型角色"生命"的媒介，动作的灵活和笨拙、敏捷和迟缓、优雅和粗犷不仅可以演绎出角色的喜怒哀乐，还可以塑造出角色的年龄身份特点，能很好地表达角色的性格特征。

《熊出没》剧情主要围绕两只熊和一个伐木工之间的斗争展开，各种"陷阱"和"反陷阱"在暴力动作中得到延伸，设计者用夸张、荒诞的手法增强了熊大、熊二和光头强的动作感染力，刻画出他们的性格和心理特征，突出诙谐幽默的效果。设计者还着重表现熊大、熊二和光头强的面部表情，比如：熊大思考问题时专注认真的面部表情，熊二木讷的呆痴表情，特别是光头强出坏主意陷害两只熊时，那种奸诈、狡猾的面部表情，眉毛紧缩，一高一低，眼睛眯着，嘴巴一角上扬，坏笑等，这些夸张的面部表情动作，赋予角色鲜活的生命力，对角色的性格可以准确表达。

（四）语言对角色性格的渲染

《熊出没》这部动画最大的特色就是语言，设计者将很接地气的浓厚东北口音运用到了角色熊二身上，熊二是集好吃懒做、胆小和愚笨等性格特征于一身的角色。熊二的这种性格使他总是落入光头强设好的陷阱中，总是需要别人的帮助。熊二的愚笨给熊大造成了很多的困难，时常是激起熊大和光头强之间矛盾的导火索。设计者在塑造熊二时，为了渲染他的性格特征，特意给他配上一口浓厚的东北口音，使得熊二的角色性格特征更加鲜明，具有一种愚钝的幽默感，给整个剧情又添加了一份创意。另外性格不同就会产生不同的语言风格，比如光头强这样一个诙谐幽默的角色，他的语言风格就为自身性格塑造增色不少。他霸气凶狠的语调、风趣的语言、时尚的用词等都对他的性格起到了渲染的作用。同时光头强的语言具有当下性和现代感，能够将日常生活中不断产生的时事和流行语吐故纳新，使动画作品在当下与生活互动，能很快地与观众产生共鸣，获得认可和好评。《熊出没》中角色的语言使得角色自身性格丰满动人，让观众喜欢并记住了他们。

总之，《熊出没》中设计者通过对角色正反两面、造型特征、动作表情和语言风格的塑造，将角色性格特征融入角色的设计中，让观众在真实的角色背后看到了他们鲜明的个性。该动画片中角色性格的塑造，都来源于现实生活，运用想象力塑造角色的差异性和独特性，同时还遵循了观众的审美规律，让其从心底喜欢这部动画片。

三、满足受众群体的需求

环境被污染破坏，导致很多自然灾害发生，"环保"成为当下人们十分关注的问题，环境保护意识从幼儿抓起。动画片《熊出没》就采用寓教于乐的形式宣传环保的重要性，提取接近生活、接地气的形象角色进行塑造，很容易与受众群体产生共鸣，符合受众群体对角色性格特征的审美情趣，充分地满足了受众群体的需求。据调查能看懂该动画片的小观众基本都在 4 周岁以上，而剧中角色简单，个性鲜明、爱恨分明，满足了儿童的思维模式，很容易被接受并喜爱。而陪他们观看该动画片的爸爸妈妈几乎都是 80 后，是看着动画片长大的一代人，对动画片有着独特的情感，有欣赏动画片的习惯和需要，而这样一个群体也正处于人生的重要时期，工作辛苦，压力很大，需要放松自己缓解压力，这样一部动画片的出现，正好成为他们调节生活和工作压力的一剂良药，同时也满足了他们的心理需求。

目前，动画片的观众群体呈多元化的发展趋势，动画角色的设计越来越接近人们的生活，与观众所向往的美好产生共鸣，满足了人们在高压力社会竞争下寻求轻松愉快的心理需求。

第四篇　南山美术评论

具象钟曦

——一个有关抽象艺术的另类样本

老　若

一

和大多数没生慧眼的凡人一样，我对抽象艺术一向敬而远之。"敬"是敬畏的敬，自认情商智商偏上，却对以图像示人的艺术搞不懂；若不想承认愚钝，就只能奉作者为高人乃至圣人。"远"不是"君子远庖厨"的远，非不为也，是不能也。因职责所在，曾看过不少包含抽象艺术的展览，每次都想参透其所以然，却无论如何端详顾盼，其形象谱系依然不在我的理解范围之内，只好逃之夭夭，以免面对作者时无语尴尬。

还是钟曦善解人意。每到此时，他会直视我求助的目光，微微一笑："你看它是什么就是什么"，或者哈哈大笑："其实我也看不懂。"我知道他不说假话，只是难尽其妙，不知道这话对一个门外汉有几分安慰。

钟曦属于全能型画家，既擅长版画，也作油画、搞水墨，作品无一例外都属于抽象艺术。在他看来，绘画材料不是最重要的，秉持什么理念更重要。他说自己从版画起步，只因其材质更容易向抽象的方向思考。讲台上的钟曦精辟而练达，很善于深入浅出，理解他似乎很容易，但看他的画仍然有压力。生活中的钟曦是个很有魅力的男人，跟他喝酒聊天会很愉快；而一旦进入抽象思维，他便与我等凡人拉开了距离。

记得一同去藏、赣等地采风，彼此眼中的风景竟大不同。我喜欢那些山川草木外在的美感，钟曦则喜欢研究它们的空间关系和肌理现象，有时一面山石的线条或一堵破墙的裂纹，也会让他觉得赏心悦目。联想起他那些让人云里雾里的画，我便猜测，搞抽象艺术的人是不是人格都很分裂——一边跟你开着玩笑，一边琢磨着匪夷所思的事情。凡人恐怕也很难进入他的朋友圈——如果读不懂他的画，如何去了解一个完整的钟曦？

在写作行当里有句话叫"文如其人"，在抽象艺术家那里，此话不灵。算起来，与钟曦相识十年，有许多接触，见过他在各种场合的喜怒哀乐千姿百态，却始终和他笔下的作品对不上号。画家和院长（是包含十几门学科的综合学院）的双重身份，显出他身兼理性和热情的特质，既坚持也随和，讲原则也懂调侃。乃至在同一时段可能会见到他不同的性格侧面：或庄重、真诚，或热情、可爱。而一旦进入创作状态，他就成了另一个王国里的主人，他的思维无拘无束，他的下笔无法预料。在那一刻，作者与观者也就隔成了两个世界：他在天上，你在地下。

于是，我便有些忌惮，如何把这个熟悉而陌生的人，变成准确而具象的文字？尽管我曾阅人无数也写人无数，这个叫"钟曦"的人，还是给了我职业生涯一个巨大的挑战。据我所知，写钟曦的文章林林总总，作者们却极少出自艺术圈外。因为没把握，才把这笔文债拖了很久；不再拖，仍是出于责任和情分。毫不夸张地说，在我目力所及形形色色的艺术圈里，钟曦是一座飘着旗帜的高地，不仅因他在艺术上达到的非凡成就，更因他"高大上"的理念和人格魅力。对有缘相识的写作者来说，若放过这样一个精彩的人物，终究会感到遗憾。

我清楚，若论对钟曦艺术的理解，我远不及长于"精度抽象"的陈向兵等诸教授；对钟曦的创作成就，也早有不少专论和报道。我只能避虚就实，从一个艺术外行的观察中，辨析他性情中的蛛丝马迹，把"美学"变为"人学"。或者也像他那样不拘无束然后抽丝剥茧，从诸多表象中"抽象"出"精度"的概括。我写不出全面完整的钟曦，却一定是个与众不同的钟曦。

二

吃同样的五谷杂粮、读同样的课本长大，为什么有人出类拔萃，更多的是凡夫俗子？出于职业习惯，我喜欢探询周边每个名流的来历，不仅出于好奇，也想替渴望成功的后来者找一些规律性的东西。对钟曦也不例外。在同往他的家乡采风之后，我曾直率地向他询问：你出生在江西宜春这样一个中部省份的中等城市，祖辈从无艺术的基因，何以有这么高的艺术成就？

毋庸赘言，在钟曦的禀赋中肯定有对艺术先天的聪敏和感悟。据说他从小就心灵手巧，随便一块木头几经雕琢都会变成仿真的枪械。为此，父亲曾送他一套刻刀作为奖励。现在他的工作室里仍摆着一具剖开的汽车发动机——他喜欢它的设计感，或许也是儿时爱好的延续。钟曦还谈过环境对他的影响。我们在宜春采风时，眼见处处山清水秀、植被茂盛，乡学源远流长，人文气息浓厚。他仍清晰地记得小时候清澈见底的秀江、独特的吊桥和城门，还有慈禧太后题的"宜春"手迹。想必这山水人文曾给少年钟曦不少艺术的滋润。

钟曦回顾，他学画的直接动因，也许就是老师在图画课上的一次表扬。那句即兴的评语肯定谈不上伯乐与千里马之关系，但对敏感而向学的孩子而言，一句夸奖就可能决定了他将来的命运。钟曦很快发现了自己的造型能力，从画画中找到了更多的乐趣和自信，进而努力推开艺术之门，不断领略浩瀚风景。也许还有其他隐性因素：他的任职于高校的父母给了他自由成长的空间和学画的便利，当地十分活跃的版画群体大致影响了他的艺术取向，1981 年他高中毕业时不再需要上山下乡……都给了钟曦投身于艺术的大好机缘。

不料，当钟曦真要把艺术作为将来的职业时，却遭到父母强烈反对。他们刚刚走出"文革"的磨难，靠画画吃饭的想法显然超出了他们对职业的理解。在僵持中，一向听话的钟曦竟表现出罕见的执拗，宁肯放弃高考也不舍艺术。结果，在本该走进大学的那一年，钟曦竟去宜春学院收发室当上了临时工，父亲给出的理由是：看你的黑板字写得还好。到次年高考，矢志不渝的钟曦终于使父亲把怀疑变成了惊讶，他考取了每个地区只招两人的江西师大艺术系。让人想到，年轻人对理想的执着和"再坚持一下的努力"是多么可贵。

此后，钟曦的艺术曲线一直呈现大幅上升的姿态。从他大学时代的照片中可见，当年这个留长发的帅小伙多么踌躇满志。大学毕业后他留校任教，两年后得到去中央美院深造的机会。我们在宜春时，眼见他当年的学生闻讯后纷至沓来，其得意门生如今已是教授，可见他早年的施教业绩。也是在这次宜丰古村的采风中，我第一次看到钟曦画风景写生。他终于让我读懂了一次，透过画布上沉郁的色调和粗犷的笔触，见识了钟曦眼中的风景，和一位抽象艺术家的写实功力。

向兵告诉我，钟曦那一代画家在学艺之初都受过严格的写实训练。在 20 世纪 80 年代，虽也出现了"星星画展"等少数异类，中国的主流画风仍是革命现实主义。钟曦也不例外。他从黑白木刻开始的艺术创作，固然达不到陈丹青《泪水洒满丰收田》那种情绪和境界，却也表现出良好的艺术感觉和天分。他在学生时期为某中国台湾诗人所作的一幅木刻插图即入选了本省青年版画展。那时的钟曦已发现了写实主义的局限，在写生时已有意识地选择和表现独特的空间关系。从他现存不多的早期作品中，已可以看出抽象艺术的萌芽。

三

艺术家的非常之处，往往在其超卓的直觉与悟性。在一幅抽象画作面前，我们可能因不明就里而麻木不仁，敏感的艺术家却可能如遭电击当场失态。犹如文学作品中的某句话一下子刺痛了某个神经，使读者痛哭流涕。这样一种主客体之间的交集如此神秘莫测，却不要以为艺术灵感会像天上的馅饼砸到谁的头上，其实那"悟性"也是千锤百炼的结果。钟曦喜欢说"是机缘选择了人"。我的理解是，机缘只会给有准备的人。钟曦在创作初期走过的结结实实的每一步，都如同我辈小时候在少先队旗下的呼号：准备着，时刻准备着。

留校后的钟曦很快发现现实主义画风的无趣。"我们画得像照片那样'真实'，甚至比照片还像，又有什么意义？接下来又该画什么？"在那个刚刚解除封闭、资讯尚且不灵的时代，青年钟曦有幸遇到了艺术学者邱振中，遇到了西班牙大师塔皮埃斯。从他自述的"几个阶段"（见陈瑞奕主编的《语言的碰撞2014》）中可见，这两次戏剧性的遭遇，使充满灵性而急于行动的钟曦突然找到了艺术方向。受同事邱振中的影响，钟曦曾痴迷了一段现代书法创作，通过对线条和笔法的领悟，打开了心智，开始体验抽象艺术的魅力。20世纪80年代后期他在北京进修时得见塔皮埃斯画展，画家在物质材料肌理的表现上所开创的前所未有的新面目，给了钟曦一次空前的阵痛和狂喜：画竟也可以这样画！对这位绘画天才的领悟以及与他精神上的契合，几乎使钟曦灵魂出窍脱胎换骨，从此进入更加自由的艺术王国。

20世纪90年代中期，是钟曦艺术和生活的转折点。1994年，他以一幅获得全国版画展铜奖的作品《失落的羽毛》，作为现实主义风格的完美收官，此后便走上了抽象艺术之路。这一年，他以三十岁的年纪被评为副教授——在论资排辈的当年已属破格；然后就因一次偶然的机会调来深圳，在刚创建的深圳大学艺术系转移了事业的重心。到20世纪末，钟曦被评为1979—1999"中国优秀版画家"；他的丝网版画《远古与未来》荣获第15届全国版画展金奖，标志他进入中国顶级抽象艺术家的行列。

然而，钟曦的知名度始终局限在小众范围。因他从不主动宣传自己，受众对抽象艺术也有理解上的距离。钟曦眼下作为院长的身份，似要比他的艺术更为人所知。直到2014年，深圳关山月美术馆、罗湖美术馆和珠海古元艺术馆相继为钟曦举办了三个作品展，才使更多观众领略了他的抽象艺术的魅力，也才知道他还有省美协版画艺委会副主任、俄罗斯列宾美术学院荣誉教授等专业头衔。"关馆"的展览名为"差异与反复",可以理解为钟曦二十年来反复做着抽象艺术这一件事情,创作上则从不重复自己而各显差异。这是国家级美术馆首次为钟曦举办提名展,盛况空前,反响热烈,让见惯了抽象艺术之寂寞的钟曦很意外,不少行家和观众的评价更使他感动。

钟曦认为,这些年来他从不张扬却荣誉甚多,是秉持艺术真实的结果。做抽象艺术,其实比现实主义创作更需煞费苦心,必须心无杂念,才可能把艺术做得纯粹,只有感动自己才可能吸引观众。如果为名利所累去迎合市场或讨好评委,无论搞抽象还是搞具象都不会有前途。我曾多次听钟曦品评会员作品,他不论作者名气和视觉效果,总是毫无保留地赞美清新,鄙夷匠气。可见,作画也是立人。

四

能够被自己的创作所感动的一定是性情中人。虽说冷静未必不出好作品,但充满热情一定是艺术家创作时的好状态。身居要职的钟曦不得不把自己搞得很"分裂",白天,他必须理性而缜密地处理日常公务和偶发事件,下班后则一头扎进位于"三号艺栈"的工作室,在茶香和闲聊中悠悠然进入创作状态,直至全情投入欲罢不能。有时第二天再见这作品时竟感到陌生:"难道这真是我画的吗?"还可能被它的灵光乍现而深深感动。

在钟曦工作室隔壁的隋丞曾告诉我,钟曦的好作品往往出现在他比较情绪化的时候,必须看着他,以免收不住,"有时,眼见那画面已至佳境,他还在兴头上不想收手,我只好抱住他离开画案,到我那儿去喝茶。这样那作品才可能留得下。"钟曦也承认,最有激情、有状态那几笔,往往是最动人的;但若沉浸其中不能自拔,以求更加完美,也容易使画面变得平淡无味。更重要的是,无论结果如何,"这个创作过程绝对是享受"。

其实钟曦很善于把握大局观。这些年他身兼二任,既拿得起又放得下,想必是摆正了关系:职务是他的工作,艺术是他的生活。他尽可以在工作中承担决策的压力、人事的烦恼和种种有关无关的责任;一到工作室,他就会把种种烦恼抛到九霄云外,在另类思维中进入最享受的状态。这一场"放松"显然比蒸汽浴和泰式按摩更加彻底,到第二天,走进院长办公室的钟曦又变得精力充沛了。

　　我很欣赏钟曦能对芜杂的生活做如此清晰的分割：他并不厌烦自己的行政职位，视此为实现人生价值、履行社会责任的一个方面；他更热爱艺术，并视其为生命的组成部分和生活的最大乐趣。在钟曦看来，于教学和行政之余，每天还有时间自由自在地画画，就是最幸福的事了，夫复何求？为此，他将私生活全部从简，买了一套离学校最近的二手房，每天的正餐一律吃食堂，双休日也不例外。"谁家能做出食堂那么多的饭菜呢？"钟曦的理解不容置疑。余下的时间除了跟老婆散步，就都交给艺术了。如此，我才对他始终旺盛的精力和产量不以为怪。

　　天下的官僚都是相似的，艺术家兼职的官僚则各有特色。若抛开个性不讲，常会发现他们有些傲慢的成分在，似乎不如此就没有"官气"。也许作为一个搞艺术的，好不容易做到大权在手的份上，也的确有理由"傲视群雄"。钟曦却不这样，他似乎总是谦逊的、真诚的、有亲和力的、彬彬有礼的。在大场合他也有气场，休闲时则喜欢开玩笑，从不说俗气的段子，而以机智取胜。闲聊得知，他待人处事多受父亲潜移默化的影响。谁不喜欢心底无私、顾全大局又善解人意的好官呢？

　　记得钟曦提拔前不久的一次小聚，他刚从大西北种地（大约出于"不忘本"之类的吃苦训练）回来，两个洒脱的艺术家朋友在"百姓渔村"摆酒接风，轮番玩笑试探。奇怪的是，钟曦始终没说一句出格的话，使各位都感到很贴心、很快乐。还有一次去高原，同行一位女士的草帽被风吹到溪流里，几个脚步沉重的大老爷们无动于衷，似乎就随它去吧。唯有钟曦毫不犹豫地追上去，迅捷地捞起来交给主人。就在他喘喘的那一刻，他很像一个绅士。

　　在同行朋友看来，不论钟曦把官做到多大，他永远是那个搞抽象艺术很厉害的画家。我则想到，在这个利欲普遍旺盛的时代，很有必要提倡我们始终稀缺的绅士风度、贵族精神。既然那些宣传中的英模离我们太远，不妨找找身边真正德才兼备的人，比如钟曦。

五

　　记得十年前我和钟曦第一次见面，是在深圳大学美术馆后院的草坪上。此地曾是颇有格调的"乡巴艺廊"，当时已被强行拆除改建成了"艺术邨"，身为艺术系主任的钟老师正在这里给学生上创作课。我是因戴高桃老师推荐、为成立区美协的事来找他的，拟请他任创会主席。钟曦当时已是市美协副主席，并不需要虚名，本区这个兼职却是要干实事的，既要有专业威望又要有做公益的热心，在经费微薄的情况下拉起一支善战的队伍。我知道这事没什么实际好处，也给不出什么诱人的愿景，动员起来恐有难度。

初次见面，我惊讶于他的年轻、帅气与谦和。因他要随时给学生掌眼答疑，我们就在草坪上漫步。初夏时节，天气很舒适，在斑驳的树影下聊天，感觉也舒适。他自然谦让了几句，有感于我的诚意，很快应承下来，随后还给了我一些好建议。一个高校艺术的掌门人，肯无条件地为一个民间社团担纲做事，让我喜出望外。接下来，他果真把这份兼职视为己任，事必躬亲，调动种种资源和关系，把美协搞得红红火火；也才有了一次次盛大的画展、难忘的采风、认真的切磋、愉快的聚会。尽管钟曦的艺术范畴与社会毫无关系，他却无言地告诉我，一个有社会责任感的艺术家该怎样做。

于是，我们也不再"隔行如隔山"。

亲和力是一种微妙的感觉，即使动物也可以领悟。那次我们从日喀则下来，途径一个藏獒养殖基地，钟曦执意前往，高原反应顿消。但见园中猛犬硕大，正是钟曦喜欢的类型，见此人亲近，无不俯首帖耳，让人怀疑抽象画家或也懂灵异？钟曦也称，每遇山野犬只，常蜷曲于左右挥之不去；可惜他身居闹市不敢扰民，断无时常亲近大型宠物之可能。近日又聊起狗事，忽闻喃喃自语：等到退休，一定住在郊区，养两条大狗，然后安静地画画……

我相信，钟曦是一个可以将人间功利完全放下的人。若非如此，他的画也不会如此纯粹、不沾人间烟火。只是，他心目中的那种理想生活，按常理推算也需再等上九年。

承蒙钟曦多次指教，我对抽象艺术终于有些一知半解，也开始喜欢不那么一目了然的画作。我同意钟曦将抽象画与纯音乐类比，两者无非诉诸感官不同、接受难易有别，都是不具任何内容指向的艺术。或许，抽象艺术果真是人类文明发展到高级阶段的必然产物，只是在受众文化水准尚且达不到时才略显超前。让钟曦感到困惑的并非知音寥寥的寂寞，而是抽象艺术的空间实在广阔，画家的探索将永无止境。自然，他的劳作也将无尽无休，并从中得到持久的快乐。

我显然永远达不到钟曦这种境界，不仅在于悟性不够，也与"三观"有关。我知道，抽象艺术作为非理性的纯粹视觉形式，既不表现客观世界，也不反映现实生活，它既无主题又无逻辑，创作只是出于画家的本能，艺术不是工具而创作本身就是目的。于是，钟曦的创作才那么纯粹：排斥了市场化或社会化的种种庸俗、烦琐、教条、指令，让创造者和审美者都更加自由。然而，生活在这样一个躁动不安的世界中，我们如何才能做到清心寡欲，像欣赏纯音乐那样享受抽象的绘画作品？俗人如我，竟想到了禅。

　　我希望有一天会读懂钟曦，像了解具象的钟曦那样理解他抽象的艺术，领会那些线性符号传递的美感。在此之前，我们仍然可以把钟曦和他的另类艺术作为反抗媚俗的样本——如穿透尘嚣的和煦阳光和清新空气，使自己在红尘滚滚中保持赤子之心，不再被物欲驱动，走向本真的纯粹与自然。

"读城"的另一半

——评陈瑞奕油画新作

徐乔斯

　　《读城》系列油画是陈瑞奕2011—2013年的主要作品，纵观艺术家的创作历程，其雏形可以在早期的《国家记忆》（2009）系列作品里看到端倪。作者曾谈到，"受到导师陈向兵的影响，我对一些政治的东西比较关注，特别是"文化大革命"的那段复杂而又精彩、敏感而又恐惧、神圣而又疯狂的历史，改变了很多人乃至国家的命运。"因此，他才选择了一些最具代表性的经典建筑来抒发对那段时间那段历史的感受。

　　我对于青年艺术家习惯性地"沾染"政治题材一直抱有否定的态度。事实上，作为20世纪80年代出生和成长的一代人，处在国家改革开放和市场经济所带来的巨大社会变革中，政治已经不是我们的主要关注点。"文革"中形成的思维模式和意识形态已经急转弯，相比父辈因个人价值观扭曲所带来的心灵挣扎，80后这一代人的成长环境自由而宽松。作为独生子女，80一代没有"大家庭"的血脉相连，也没有被时代玩弄后玩世不恭的理由，更没有整齐划一的集体发型和集体舞。看着进口动画片和科幻小说成长的这代人，从父辈口中听来的故事片段，显然无法还原出一段真实的历史，也不能有把握地看出父辈们的遭遇在整个国家发展史中的位置，以及需要我们去承担的未来。

　　从《国家记忆》到《读城》系列，陈瑞奕机缘式地放弃了选择简单的政治符号，巧妙地攀升到一个更宽广的维度，并在其中透露出对于人类文明的精神关照。不论是西方文明的残骸（《巨石阵》《神庙》《帕特农》），还是东方历史的遗迹（《宫》《城门》《洛阳城》），都被凝固在一个绝对的时空中。暗淡、苦涩，甚至有些压抑的画面空间，通过艺术家的画笔，将"历史"从观者的经验中孤立出来，在伟大的图像前形成一种与其他社会问题无关的艺术视觉。

　　陈瑞奕对自己的《读城》系列有如下阐释："对历史的追忆最终回归到画面

生成的当下语境之中，归于一种独特的观看。这种观看并不是对某一历史世界的再现，也不是把历史转化为图像的记录，而是让它在'已消逝'中继续发生，形成一种过程。由于这种过程，过去与未来交迭应和，消逝与存在彼此纠结。由于这种过程，当下视域被往昔映照而有所显现，眼前景象由于时间而变得遥远或不遥远，抑或越来越远。"

现代主义中的主体疏远了周围的世界。与后现代主义的碎片化相比，至少存在着认识自身与世界的方式，并认同这种将人与世界相分离的隔阂。所以陈瑞奕笔下的帕特农，即便造型平稳出众，细节入理感人，也难以复原一个温克尔曼心中理想的古典主义美学范本——"单纯的高贵，静穆的伟大"，取而代之的是现代主义的哀悼"远远在死乡的事物，没有揭开面幕"。

文明至少包括两个内涵：一是对于个人道德的完善；二是对于公共秩序的维护。如康德在《实践理性批判》中所说，"有两种东西，我对它们的思考越是深沉和持久，它们在我心灵中唤起的惊奇和敬畏就会日新月异，不断增长，这就是我头上的星空和心中的道德定律。"在《读城》系列的作品中，天空总是能够引发观者的无限联想，其中就包含着艺术家创作时的主观情感；而主观情感与身份相关的必然性，注定了这一代人无法将来路望穿。或者说，人类的困境就在于无法将自己的来路望穿。所以玛雅人要修建神庙，斯通亨治屹立着石栏，向天空寻求答案。如果文明的历史是人类得到缓慢而痛苦的解放的历史，那么康德多活一个世纪，他头顶的星空和心中的道德律也许会因为上帝的死亡而轰塌，人类对于彼岸天堂的向往和对于黄金时代的回归，则在"新的传统尚未形成"的幻想中被双重毁灭。所以如果说失落，一定不是被遗弃的城市，而是被遗弃的我们。

文明的发达未必将人类领向解放。在理性与感性碎片化的当下，在第五次科技革命（电子和信息技术普及应用）的浪潮中，在全球化和去中心化的语境里，我们所经历的正是一个伟大的传统业已消失、新的传统也即将消失的时代。此时已无法分辨大地上的歌声是哀歌还是赞颂。"国破山河在，城春草木深。""曾寄蜉蝣于天地，渺沧海之一粟。""仰观宇宙之大，俯察品类之盛"，俯仰之间，已为陈迹。

纵使这世界转变，人类孤独的境遇却未曾改变。历史遗迹就像一个迟暮的老人，独对夕阳。那深沉而缄默的天空偶尔渗出一丝冷静的色彩，像阴霾遮盖的历史泄漏了时光，然而一切很快又重归寂静。

纵观致力于当代艺术的一些青年艺术家，或跟风或迷失，其表达仓促而肤浅。能以人类永恒的主题作为创作切入点，需要勇气和超乎同龄人的理解力，其中包含着深刻的与生俱来的人文精神的传统。我将《读城》系列看作是陈瑞奕艺术创作的起步与出发点，作为感性的表达，其中厚度与穿透力还需琢磨，但情怀与诚意值得肯定。

（作者为深圳"无处不空间"策展人）

当代中国画的品评尺度

厚　圃

　　中国画有自己的品评标准吗？若说有标准，却又都是"气韵""形神""意象"……好像都似是而非难以量化，又仿佛别的画种就不能达到"气韵生动""形神兼备"似的。若说没有标准，千百年来能够流传下来的名画，而今依然让人感受到画面所带来的强烈而鲜明的视觉冲击波。譬如面对北宋山水画，观者瞬间就会被那千岩万壑、高迈壮阔的场景所震撼，如亲历其境般对古人的独特感悟心领神会，又或者被南宋那些空灵俊秀的佳作所牵引，进入寒江独钓或疏林晚照的场景，让你体味到那种远离尘世的孤清和渺茫而不由得怦然心动。所以仿佛在冥冥之中，你又触摸到那把丈量中国画优劣的尺子，也就是说，它的标准早已存在于人们的意识里，好与坏、真与假、贵与贱、美与丑等早有明晰的分野。

　　其实在古代，南齐的谢赫就在他的《画品》中提出了中国美术品评作品的标准和美学原则，也就是"六法"，为后来人构建了一个初步完备的绘画理论体系框架。到了 20 世纪初，社会结构巨变，造就了艺术风格的多元化与价值判断的不同角度，光"古今"问题、"中西"问题就让人争论不休；到了 80 年代，85 美术思潮更是让人们意识到，中国画除了给人呈现出长期以来被官方模式化的、整齐划一的艺术嘴脸之外还有更多鲜活的面孔。有人认为 85 美术思潮标志着中国美术真正走入现代。之后各式各样、大大小小的艺术运动潮来潮往，当代中国画随之派生出五花八门的流派，由于鉴赏者的视觉心理不同，认知不同，审美能力也不尽相同，对于中国画的价值评估进入一种无序的状态。很显然，"六法"也好，"绝、神、精、妙、能"五品也罢，都已不能全面覆盖现、当代文化的内在精神和外在形式，难以适应现实的需要。

　　在当下，如何找到衡量中国画价值品质的尺度成为困扰专家学者、收藏爱好者甚至普通老百姓的难题，难道真的只剩下让时间来检验作品这一条路子吗？就连中国画学会会长郭怡琮都在呼吁，当代中国画亟须建立新的品评标准。

当今画坛乱象纷呈，众声喧哗，看多了也就明白掀风鼓浪的不外乎两类"画家"，一类是想象力已经枯竭，面对创新无能为力，干脆隐入幕后做高人状，仿佛只对那几册古画感兴趣，卖力地"仿写描红"，让人不禁想起白石老人的提醒：学我者生似我者死。另一类人更擅于表演，打着"革新"的旗号掩饰其贫乏的表现力，画出来的东西既没有骨架支撑，又缺少生气，却大言不惭地宣称这是现代水墨实验，视觉的寓言。这类从观念到观念的东西，几乎没有艺术美感和技艺体现，更谈不上情感的抒发与呈现。他们之所以能够表演下去，有时甚至还能得到一点掌声，正是因为瞅准了中国画品评标准的滞后和模糊性这个空子。他们不仅仅将自己的"产品"推销出去从中获利，还混淆了人们对当代中国画的认识，使审美偏离了正确的轨道。

名家也都要经历"未名"这一阶段的事实。林散之在75岁之前基本没有什么名气，要不是启功、赵朴初几位看后叫好，要不是日本人看到他的书法连呼当代草圣，说不定他的作品早被人当垃圾处理掉了。齐白石、黄宾虹也都是七八十岁的高龄才被发掘出来的。傅雷发现了黄宾虹这样的山水大家，并以他渊博的才学开启民智；陈师曾鼓励齐白石开创自己的风格，并在他生活困顿时给予无私的关心与帮助。对艺术本质及文化精神孜孜以求的那一拨人，今安在？

从85、86美术思潮一路下来，诸多争鸣大多已理出头绪，对传统的继承与创新变得更加明晰，笔墨语言的独特价值获得肯定，中国画美学体系的独特性得到加强，形式多元化的作品也受到鼓励。在这里，我尝试将现、当代中国画家及画作分成两大类型，一大类是受传统影响较深的，代表人物为齐白石、潘天寿、黄宾虹等；另一大类是受西洋艺术影响较深的，以徐悲鸿、林风眠、吴冠中等为代表，从而厘清当代中国画的品评标准。

我们先对第一大类进行考察，不难发现，今人与古人对中国画的品评标准并没有太大的变化，这是因为其一，绘画是人类对精神世界的一种表达与传承，尤其是传统的中国绘画，多借重于哲学和文学，儒释道的影响一直贯穿古今，人文观念恒定，绘画风格体系也随之稳定有序，而反过来，艺术语言的精确与绘画品格的高低，也无一能与艺术家的思想品格、文化修养、阅历胸襟等脱离干系。其二，传统中国画讲究的是个体对世界和生活的理解，笔墨语言所抒写的是画家的心性。这种人性感受，放之四海而皆准，古今并无不同。不似传统西洋画，多以科学为依托，更强调严谨看重造型能力，随物象变化而不断更替。所以像宋代的董源、巨然等缜密经营的伟构，其雄浑浩荡的气魄依然使我们无比震撼和欣喜。黄子久雄秀苍茫的气韵，倪云林荒寒空寂的笔意，徐渭那十米长卷《杂花图》的率意而为的野趣，也都能引起当代观众的共鸣。

　　建立品评标准的真正难点应该是在第二大类作品上，它们是在西方艺术的影响下进行了改造或创新的，我们姑且称之为"新中国画"。自五四运动以来，像徐悲鸿、林风眠、刘海粟等画家，还有处于中国南大门的岭南画派，都体会到西方哲学艺术思潮的冲击并受到深层次的影响。就像徐悲鸿，他力主以素描造型为基础，革新中国画的形式，从而形成了以他为代表的一大派别。岭南画派的代表人物高剑父，在抗战时期写过一篇《我的现代画（新国画）观》，也谈到理想的新国画是"综合的、真美合一的、理趣兼到的；有国画的精神气韵，又有西画的技法""无论学哪个时代之画，总要归纳到现代来；无论学哪一派哪一人的画，都要有自己的个性与自己的面目"。

　　我以为，判断此类作品的标准，第一，仍要看它是否还保留着中国画本身的特质，即具有中国画美学体系的独特性。

　　美术界存在这么一种观点，中国画只谈继承不谈创新，好像只要创新中国画就会变成别的画种了。实际上，任何艺术形式走到一定阶段都有山穷水尽的时候，唯有求变，才能柳暗花明又一村。就算是第一大类的画家，也不是一味泥古，他们依然带着革新的主张，只不过是朝向传统的那一边深挖，从文化修养和笔墨技法的丰富性、独特性上下功夫。齐白石曾因开创"红花墨叶"一派而被讥笑为"农家样式"。山水大师黄宾虹也因那些"黑山"和"夜山"而长期无人问津。他大胆采用前人所忌用的"宿墨"及"厨中埃墨"给作品带来了特殊的效果。潘天寿力图跳出前人窠臼，用笔力求方折、生辣和雄劲，开拓出以奇险、雄峻为风貌的独特蹊径。第二类的画家就更不用说了。既然凡·高、马蒂斯、高更等西方大师都能够吸取东方文化的精髓，融合自己的生活背景及艺术追求而创作出独特的作品，且没有改变其西洋画的本质，那么中国画家向西方艺术取经，特别是吸收西方现代艺术中的艺术构成语言精华，也大可不必担心自己的画作会变成别的画种。徐悲鸿、蒋兆和、林风眠、李可染、吴冠中等大师，都勇于向西方艺术借鉴，他们的中西融合并不仅仅限于材料技法等层面，而是做到真正的水乳交融，从而开创新境独树一帜。张大千晚年的泼彩画法，虽然借鉴了西方抽象表现主义的某些因素，却并没有因此改变传统中国画的风神。李可染吸取西画写生法与写实观念却也不减弱传统笔墨的作用。吴冠中更是用中国画的材料工具和西方现代艺术的形式、色调观念与方法来表现传统的诗情、境界。

　　这些画家的成功告诉我们，当代中国画家的创作是可以从多种文化多种途径获得启发汲取养分的，但无论学了什么，关键在于能不能脱化，在于能否留住中国画的民族审美特征的根——它才是中国画的本质特征和生命线，才是中国画变革的底线。也只有更好地保存和发挥自己的艺术特色，中国画才能在世界绘画的大格局里占据一席之地；若将中国画画成西洋画，那无异于自讨灭亡。因为取消个性、特性，就等于取消了自己画种存在的价值和意义。

第二，要看作品是否具有当代性。艺术作品不是为了创新而创新，而是在当代文化语境里承担起当代中国画家的历史使命和文化责任，追求超越一般商品的思想内涵和艺术价值，给中国画注入具有当代特色的文化理想和人文关怀，构建起中国画的当代性。正所谓"笔墨当随时代"，须知现实生活才是最丰富、最生动、最富有时代感的，作品所要关注的必须是中国当代社会发展进程中存在的深层次的变革、转型乃至种种冲突，所要反映的也必须是当代人的生存状态和生存诉求。当代人审美情趣多元化，画家只有把握住时代脉搏，用绘画的形式表达出对时代发展的观察和个体命运的关切，作品才具有直指人心的震撼力。最终，中国画的当代性还要放在全球化的语境之下进行考量，以便中国画确立自己的文化身份，建构面对世界的文化话语权，用我们的民族精神、独立的艺术品格、艺术评价标准和文化立场去影响世界文化，使中国画成为世界性的绘画。

第三，无论当代画派或画家，其作品必须具有不可重复的唯一性。杰出的作品必须有独特的风格，既凝聚着民族精神，又洋溢着时代风采，从内容到形式达到和谐的统一。像传统中国画的南宗、北宗、浙派、吴派、江西派、扬州派等，到近现代的长安画派、新金陵画派、岭南画派等都有各派的特色。譬如长安画派，拥有赵望云、石鲁、何海霞、黄胄、刘文西等一批大家，他们以巧妙的构思和苍厚质朴的笔墨，表现西北风光的浑朴苍茫；又譬如新金陵画派，拥有傅抱石、钱松嵒、宋文治、魏紫熙、亚明等画家，他们提倡写生，作品大多雄伟而秀丽，极具江南山水特色。岭南画派也注重写生，融汇中西绘画之长，以革命的精神和强烈的时代责任感改造中国画，并保持了传统中国画的笔墨特色，开创出有时代精神、有地方特色、气氛酣畅热烈、笔墨劲爽豪纵的现代绘画新格局。

而在同一个流派当中，各个画家的作品也应面目迥异，各极其妙，就像沪派中的任伯年和吴昌硕，虽互相影响，却又都拥有鲜明的风格。当然，画家的独创性应该反映生活的本质和规律，而不是仅仅为了猎奇为了哗众取宠。如果每个画家都形成各自的风格，而各自的风格中又有基本的共同点，就能如潘天寿先生所说的，"这些共同点也就形成了各派别的风格，进而又由派别风格的共同点汇成大统系的民族风格"。所以"各民族真正杰出的艺术家，同时亦应该是民族风格的体现者"。他们存在的意义就在于拓展中国画表现的疆域，让中国画这株奇葩生长在历史和现实的沃土里，不断盛开，永远不死。

评韩世骅

陈向兵

　　韩世骅的知识分子式的感伤和批判，让我们领略到一颗洗尽了铅华的心灵在当代精神创造中的成长。读韩世骅的画，优雅和悲情是如此明朗、敞亮和欢欣，那种清风摇曳谷浪的通达致远，那种沉睡的酣畅（《弈》）和树影后的轻盈独步（《华枝春满》系列），既让我们看见了明媚的光阴又让我们深深地感到隐痛的悲情和超乎一切的真实。他尽量控制自己的观念和情感判断，而使绘画语言成为独立的存在。他在真实的和幻化的时代生活图景之间相互照应，使作品产生了意义的张力。他的画面色彩几乎都是一种柔和的中间色调，灰色的视觉形象轻盈而直接，抹平的深度变得饶有意味。

　　从某种程度上说，韩世骅在当代艺术的层面上回归了文人的传统——这种回归，当然是指对传统文人精神的内心独白。在《遮掩》系列作品之后，韩世骅把游荡的游戏变成了诗意的批判。画中人还是他自己，但这个人作为主角总有一种百无聊赖、稍纵即逝的感觉，一个个孤独的灵魂茕茕孑立或独自彳亍，仿佛望着人世间的来者，处于一种理想和现实背离而互动的诗化的精神处境。然而，这种独立出来的沉思默想不啻是迷茫的痛苦。画面凝聚着王小波式的潇洒与孤独，以一种神秘深邃的近乎梦幻的方式将中国当代"文人"从梦幻之中惊醒，去追寻古典"文人"的自我"韵味"。仿佛文人式的游荡为他提供了自我意识，并成为他生命中的最高意义。这一切把他从日常意识的世界里牵引出来，使他像一个幽灵那样从他熟悉的地方掠过。

　　鲁明军（四川大学艺术评论家，策展人）：

　　　　在韩世骅的绘画中仍旧秉持着本分的写实主义，将笔触聚焦于日常生活与熟悉人物，着力表现文人生存的疏离与独立，远离潮流与喧哗，呈现出一个艺术家的无言的立场。他抛却了形式的浮华与宏大叙事的可能，将个体的真实与时代的荒谬背景紧密衔接，从而让每一个自我在他的作品中都不同程度地形成对生命的深刻凝视。作品中的人总是处在不愤然、不沉思、不邪恶、不爆发和不极端的状态，他们被一种自在的满足所控制；又似乎都处在瞬时状态，被眼前的情景所抓住，从而将自身解脱开来，又恰好构成了自身的历史状态。

韩世骅的视觉已然脱离了某种既定的思想与科学机制，而更多诉诸个人内在的复杂心理。换句话说，画画对于韩世骅而言，首先是一种自语。当然，重要的是如何自语。曾受过学院派训练的他依然持守着严谨与结实的塑形，但同时，他也试图在此基础上有所突破。背景的空缺，是韩世骅绘画最明显的特征。他更在意的还是画面人物（或者说自我）的表征。在人物的塑造中，他抽离了面部特征和表情及其隐含的身份所指，从而使得画面中的人物塑造本身更接近一种内心意义上的主体建构。

水墨的维度

——从"深圳当代国画家邀请展"看"传统语言"的现代魅力

陈瑞奕

水墨艺术被明确划分为传统水墨与当代水墨，都是 20 世纪 80 年代的事了，这种区别与其说是划分"时间"上的概念，不如说是一种"思维理念"上的区别。不难理解，传统思想经历了"文革"冻结，封闭了对外文化的交流，20 世纪 70 年代末处于改革开放时期的中国艺术面临着两大状态，一方面解除了压抑多年的对思维的封锁、反对个性自由，另一方面却面临着来自西方现代思想的冲击。然而对于中国水墨艺术而言，所面临的挑战是空前的，并且在新的文化语境下，"创新"已成为当时中国当代艺术最具特色的状况。

"当代性"在中国艺术领域已不是个陌生的名词，如何在当代语境下发现传统水墨的艺术价值，探寻其发展路径，对于推动水墨艺术的发展具有重大的意义。2014 年 7 月 19 日，由瑞·艺术空间和鼎域文化共同主办、陈瑞奕策划的艺术沙龙：水墨维度——深圳当代国画家邀请展在深圳举行，该展览共邀请了深圳四位国画艺术家：诸彪、高坤水、罗素民、陈琼贵，他们都是在水墨艺术上经历多年的探索和创新上具有很强个性的艺术家，具有厚实的功底。四位画家以各自的方式关注"外部世界"，其作品通过不同维度展现了水墨艺术的"当代性"发展，通过水墨语言表达当下人们的生活及其精神变迁，以及自己对外部世界敏锐的思考和体验。该展览题为"水墨维度"，意在呈现艺术家们从自身的真实感受出发，用多视角的角度观察水墨媒介，谋求纯粹精神的文化理想，探索各自在其作品中的"当代性"体验和感受。

四位画家的作品都可归于传统水墨一类，然而气息却各不相同。大致可归为诸彪：记忆现场，高坤水：生活现场，罗素民：历史现场，陈琼贵：环境现场，从四个角度呈现水墨景观多元化的"现场"性。

与诸彪相识至今已有数年之久，其作品给我最大的印象就是朴实与淳厚。诸彪有着一种很特别的情怀，生活环境对其作品产生的影响是直接性的，他对往年生活中接触的景与物，尤为有情。例如《煤油灯》系列和故乡粤东山水系列，对曾经生活过的场景记忆的迷恋，这种思绪直接影响着画家，抒情般的记忆情节反映在作品当中是很可贵的。尤其是对故乡粤东山水，他的作品在流露出浓厚的传统意味的同时却让人感觉到很强的现代气息，对透视、造型、着色等元素的故意平面化处理，带着传统的笔法和散点透视原理，结合现代思维的语境，深深地流露出一种超越的状态。

对于有水墨经验的观众来说，高坤水的作品给人以超凡脱俗的水墨感受，而对于普通欣赏者来说，他的作品则让人在体验作品的基础上更近距离地认识水墨。高坤水的作品多以写意花鸟为主，央美教授邵大箴先生评论其为"雅俗共赏"。历代中国画家非常讲究从传统中继承，一方面是技巧的继承，另一方面是文化精神、文化气息，包括深度、广度都应具备前人的本质精神。高坤水在这方面深谙其恩师鲁慕迅之真谛，对前人的本质精神、对"写意"二字及求新求变之道，深有体会。画家的灵感多来自平常生活，对生活美好的向往，寄托于笔墨转化为一种人文情怀。

记得林语堂在论中国画时有过这么一句精辟的描述："中国艺术的冲动源于山水"。罗素民近些年多以山水为主，也创作了不少大作，屡屡在国家级重要展览中得奖，作品气息大气磅礴、洒脱自然、构图大胆……可谓云覆山翻、恣肆淋漓！他以"气"入画，重在写山水物象之"魂"。罗素民做山水画，是深知山水画精神价值定位的，也特别领悟到"神"与"气"在山水画中的核心义旨。最值得一提的是，在他的某些传统山水中，画家本人会适当地尝试融入西方的透视法去看待山水，尤为突出的是其代表作《大壑风过雪欲消》，既传统，又当代。

陈琼贵的作品给人最大的感受就是中西的结合，他用水墨的语言去表达西方传统建筑和构成研究，这是一种很大胆的尝试。但其实在陈琼贵骨子里，他是个很崇尚传统精神之人。他吸取黄宾虹的水墨精神，在新观念的驱使下，形式风格摆脱传统经验的局限，导入了现代和当代的艺术状态与视觉经验，也就是强化了水墨媒介和表现方式的独特性，甚至将水墨的语言推向另一层面，创作出的水墨都市画别出心裁！

总的来说，四位画家的作品在结构和造型上并不谋求与客观世界的对应，而更为本质的是建构起自己对于世界的独特理解，敞明自己的精神诉求，在笔线墨痕的节奏与韵律中充满生命力量和感性。这样的绘画过程是完全开敞的意识状态，通过把握有尺度的自由，实现了水墨创新在取舍过程中的蜕变，而"尺度"本身也会因时代的更迭而不断具备当下的意义。尺度的变更延展了自由的范畴，自由与尺度的平衡与否，催生着当代水墨新的可能性。各门类艺术均需要传承，这一点对于水墨艺术而言则更为重要，当代水墨需要在继承传统文化精神的前提下，有发展地建立一种艺术语言上的相对规范，在保留最基础的底线上赋予文脉于现时代传承的可能性，使艺术家在有效的规范当中去进行创作。如今在这次"水墨维度"展览中的四位艺术家，作品虽然没有当代水墨那种尖锐的当代性诉求，也没有实验水墨那种"实验"性制作迹象，有的只是运用传统的、纯朴的笔墨去呈现物象，但正是这种纯朴往往才是最可贵的，这种古人留下的笔墨精神经验让画家们吸足了营养，从中走出一种现代气魄，这种魅力让人无限回味。

在复杂的社会文化现实面前，画家们重新思索水墨艺术的本质语言。通过"笔墨"实现人与物质世界在精神层面的融合，即直面现实；反映时代的变迁亦包括现实生活本身，这种现实必定存在当下感受，即当代性。这种当代性正是很多水墨画家在自己的生活立场用传统的笔法、现代的技法等方式表现出来的。换句话说，在这种语境下用什么方式呈现画面已不重要，更为重要的是"当代性"在这一范畴的"传统"国画中出现并非偶然。

我读王潮安的画

邵大箴

"中国画创新最难"——这大概是很多画中国画的画家从心底里发出的感慨。为什么中国画创新最难？因为中国画积累太丰富，上下几千年，历代大师迭出，创造成果累累，你想重新做出点"名堂"来，绝非易事。中国画有一套完整的体系，对笔墨有相当严格的要求，你想在这个领域越雷池一步，又谈何容易。

近年来，中国画处于被改造的地位，艺术院校的学生习画的方法，无一例外地从写实素描入手，掌握写实造型能力，这对中国画的训练来说有得有失，得到了描绘客观事物的写实能力，失去了中国画的格调与情趣。因为，中国画的传统教学是强调从临摹入手，结合写生，把掌握中国画的传统表现手法与真实客观物象的研究结合起来，继而进入创作境界。而美术院校的写实素描造型先入为主地被灌输到学生的观念中，使他们当中的许多人在转入中国画的创作时，常常顾此失彼。西画素描的明暗、块面造型和中国画的线造型的矛盾，西画的写实与中国画的写意之间的差异，导致要在画面上实现统一，难度很大。20世纪在中西融合上真正做出成绩的如徐悲鸿、林风眠、蒋兆和、李可染、傅抱石、周思聪等莫不是在这两方面的结合上做出了艰苦探索。

融合中西，不全是技法互辅的问题，还有观念沟通的问题，甚至观念的沟通是最重要的。西画，不论古典写实的也好，还是现代抽象的也好，其本质与中国画无根本的区别。不同的仅仅是造型方法和手段。如果一位画家真的悟到了中国画的奥妙，他对西画的理解和吸收会成为很自然的事；反之，如果一位画家对西画的规律与表现方法有了真切的了解与把握，他也会对中国画产生浓厚的兴趣，并产生深深的向往之情。当今，有些中国画家常常为中西绘画表现方法的矛盾所困扰，其原因是因为他们还停留在中西绘画（广泛地说是对艺术）比较肤浅的认识与理解上。

我上面的一段感想，是由读王潮安的画作引发出来的。王潮安没有进过艺术院校接受过系统的训练，这也许不是坏事。他自幼受家庭的熏陶，后来得到一些在中国画创作上有修养的画家的指点，也便初步掌握了中国画的技巧。他在生活的磨炼中（他做过艰苦的农活，有过军旅的生涯），在对大自然的体验和感悟中，以及在勤奋的艺术实践中，还有在观赏外国艺术作品并在中西艺术的比较中，逐渐培养起对中国画的特殊敏感。我之所以强调特殊敏感是对中国画而言的，因为中国画的创造不同于一般的造型，中国画的语言是写意的，不拘泥于写实；是传情的，不需要客观描绘。它以线为主，注重线、墨、色的结合，这是与西画不同的，中国画有一整套程式，抛弃这套程式，不能称作"中国画"；而仅仅按照这套程式作画，不思革新，便如嚼古人食过的馍，停滞不前。掌握传统精神，大胆从生活中、从其他艺术门类、从外来艺术中吸收养料，是中国画革新的必由之路。

王潮安认识到了这一点，他在这方面做自觉的追求。我看他的画，觉得他在造型观念和技巧上是吸收了西画营养的，如构图、色彩，还有局部的块面造型。但这些因素自然地融合在他的有中国画趣味和情调的创造之中。因为，这些画不论手法上如何变化无常，在精神上是很自由的，这表现在创造过程中的随意性和自由抒发感情的表现手法、随机应变的能力和统率画面的本领上。这其实是传统中国画具备的品格，但近来被不少人忘记了；这也是西方现代艺术的精神，但因为它走极端，片面讲究个性和自由，走向了反面。

王潮安似乎在实践中悟到了艺术创造的真谛，他笔下的画，是凭他的感觉画出来的，这感觉中体现了他的灵性、悟性和修养，凝聚了他的生活经验和艺术技巧，所以，前面提到的他融合中西的努力，在他的画作中似乎不显痕迹。恐怕他自己也分不清在他的作品中，哪些是属于民族传统的，哪些是取自于西画，他求的是感情的真实流露，是画面的格调与情趣，是笔、墨、色的结合、交响予人的视觉和心理感染。因为他有较牢固的中国画基础，他的脚跟牢牢立在中国画这块沃土上，他的作品显然具有鲜明的中国艺术的气度，感情含蓄而真挚。但是，这些作品又有新的特质，有现代感，表现语言丰富而有张力。大概正因为如此，他的画中国人喜欢，外国人也欣赏，他的一幅山水画《秋韵》在1998年5月第33届蒙的卡罗国际现代艺术节获奖，说明他创造的有新的特质的中国画得到了国际的承认。

王潮安感觉敏锐而又有旺盛的创造力，他的艺术正在走向成熟，我相信他在绘画上肯定有更出色的创造。

相关评论

王潮安的山水画，无疑洋溢着当代人的情怀和诗意，同时，在意象与笔墨深层仍然弥漫着难以释怀的"山水田园"情结；看似矛盾的"存在"，反而成就了他作品的特殊美感与形式风格——在山水意象、笔墨意趣与美感传达中勾连着古典、现实与未来，山水意象、笔墨、美感被置入时空框架之中，获得了超越层面、超越现实的意义。

王潮安以舒朗的笔意，在干湿浓淡中确立基本表现方式，而且刚柔相济、用墨洒脱，生动活泼，既有元明诸家的笔墨痕迹，又得清代与近代大家的笔墨精髓，尤其是近代黄宾虹的积墨法对他影响至深。细看作品，不难发现王潮安以水墨干淡勾勒皴擦，间以色彩罩染，且色不碍墨而保持笔墨的独立品格，深得元四家绘画的遗韵；王潮安把它们推而广之，发挥得淋漓尽致，使作品既空灵致远，又层层叠加，以浓墨勾、点，复加湿墨渲染，浓淡干湿互用，积点积墨，以湿取韵，苍苍莽莽，浑茫厚重。

——徐恩存

读王潮安的画轻松、愉悦，好似走进一片清新的树林，有看不完的景色，三步一景，五步一景，引人入胜，朦胧通幽，别是一番天地。

我在北京画院看到齐白石的一幅"三余图"，他题曰："诗者睡之余，画者工之余，寿者却之余"。这"画者工之余"一语，就使我想到了王潮安的画。他的画就是"工之余"所得。他有繁重的公务，又注重充其学识，养其气魄，明理修身，勤奋刻苦，于画外求画，正是这些工夫成就了他的画。

——冯今松

王潮安是真正在深圳成长起来的画家。中西文化汇合，古典人文向当代人文转向所迸发出的火花都折射到他的艺术中来。他的实践与其说是纸上游戏，墨海泛舟，不如说是深圳精神发生于方寸间的实验与印证。深圳人的行踪——国内国外；深圳人的文化取向——中西合璧。王潮安是那幸运者，在鹏城林立的华厦中完成了艺术上的自觉。

流着出过圣人和响马的鲁地血液的王潮安，他的艺术仍然承袭乃祖的阳刚之气。粗犷的、运动的骨线架起了他的绘画脊梁，浑厚的、滋润的墨块充实了他艺术的血肉，而斑驳的华彩成就了他水墨世界的魂魄。

——李照东

钟曦的抽象世界

易　英　马钦忠　鲁　虹　齐凤阁

　　不管是在主观的设定还是在直觉的表现上，钟曦的画都有着较为复杂的内涵。从画家的主观角度看，他是想抓住偶然的感觉，表现一个真实而完整的自我。这既是他在艺术追求上的目标，而且也是他艺术的重要特点。

　　钟曦对抽象绘画有清醒的认识，他不是盲目地表现自我，而是通过意识与语言的控制来实现对感觉的把握。也就是说，钟曦的对偶然性的把握并不是直接的表现，通过符号的复合与程序的控制来再现这种偶然性。抽象艺术在当今的存在方式，是吸收当代文化资源进行文化的描述和符号的重组。钟曦的作品为我们提供了一个范例。

　　钟曦的画没有对主题作任何的直接的解释，但他成功地把观念艺术，不论是波普还是装置，进行他个人方式的转换。这一方面反映出他对当代艺术的兴趣与研究，另一方面也反映出他的偶然性是建立在丰富的知识积累上。

　　钟曦所展现的这个偶然性的图像世界，实际上是他对当代文化的直接把握，这是一种精神的真实。就像不存在超验的直觉一样，也不存在超时代的精神。钟曦的抽象世界，是他以自己的方式对其生存环境做出的反映，如果观众从他的作品中获得一种共鸣，那便说明这就是一个共享的精神世界。

　　我看钟曦作品最感兴趣的是：传统水墨画的笔墨形式竟然被他巧妙地转换为地道的版画语言，而且他以这种语言为基础要素创造了具有个性特点的画面结构。从中，观众能体会到时间的延续性和本体生命的存在。

　　——易英（中央美术学院教授、《世界美术》主编）

　　在钟曦看来，是不是制作版画是不重要的，重要的是，使用版画这种制作作品的方式，能在多大意义上构成视觉阅读的新的生命体验，而不是小桥流水、旧村新屋的联想和隐喻。因此，钟曦所关注的问题是：当把版画还原为纯粹线、块、点、网的痕迹之时，我们能不能找到版画语言的纯粹形式的当代性的自律性表达？

——马钦忠（美术评论家、《美术家》杂志主编）

钟曦用他的作品表明：东西方文化的碰撞，使当代艺术家面临着前所未有的机会。唯有在两者之间保持必要的张力才能创造出既有现代文化品位，又有民族特点的作品来。钟曦的近作尚谈不上尽善尽美，不过这并不重要，重要的是他的艺术探索为中国版画发展提供了一种新的可能，仅此而言，我认为他的艺术探索已经超越了个体范畴，具有艺术史价值。

——鲁虹（美术评论家、深圳美术馆艺术总监）

在绘画创作中，追逐理念意识，又试图以形象图式与人们进行心灵对话，无疑是十分困难的。近读青年画家钟曦的综合版画《维度系列》和《速力系列》，这批既具"偶然性"又"随机应变"的作品，体现了他对这一难题的触摸，是其不由自主的某种理念意识的一种感性显现。他一方面摆脱了对经验生活表象的复制，另一方面又推却了对文化符号的简单拼接与重构，而进入一个稍纵即逝的、不可重复的、颇为自如而随意的话语境地。因而，他的画面给人一种似乎熟悉又陌生、仿佛偶然却理智的感觉。那种在超然状态下的视觉印痕，无不流溢着某种潜在的理念意识。

——齐凤阁（《中国版画》杂志主编、美术理论家）

画家画语

钟　曦

记得有人说过："没有比偶然的真实更为真实的了。"现代绘画在更多的方面是对于人类精神的追求，偶然的行为和方式往往能催生精神领域中最本质的东西。

多少年来，旧有的绘画观念禁锢着我们的头脑，使我们在对自然物态表面"模仿""再现"的道路上徘徊，使我们忽略了绘画本身的存在价值。现代艺术家们要寻找一种"真实的世界"，一种在绘画中所创作、表现的内在真实。因而，把绘画作为模仿自然外在的再现体转变为对绘画本身形成方式的追求，把模仿世界的意识转变为创造世界的意象。

在版画印制过程中，往往能出现一些意想不到的偶然性效果，并可从中获得再创造的喜悦与满足。特别是抽象版画家们，往往能通过意识与语言的控制来实现对感觉的把握，在偶然的视觉图式与手感痕迹中，随机地捕捉对自然形态的顿悟，并逐一将随刻的精神状态及个人感受体现出来。现代绘画对偶然形态的认识，已非肉眼所见形态外部的真实，而是经过艺术家的意识、感觉秩序化了的，并从各种现象的角度去认识的形态内在的真实。这种内在真实应含有造型上的空间意识，能激起感情和智慧的参与。

在现代绘画中，康定斯基、保罗·克利、米罗、达利等艺术大师是涉足偶然形态领域的先驱。他们不仅对此在绘画作品中的地位和价值作了肯定，而且把抽象绘画中之偶然形态的构成方式以及相互间的关系所形成的视知觉在心理中的反应，不同程度地在他们画面中的每条线、每个点以至每一块色中表露出来，且各种偶然形态在被他们界定的范围内，都得以最大限度地扩展，发出了强有力的冲击，扣动着人们精神的脉搏。因而，将其视为抽象绘画创作的基本点，以及反映精神内涵实质的媒介，是我们始终应坚持的。

我以为，版画作为独立存在的实体所具有的价值，在于对版画家情感、心象和意图的幻化及表达，它一方面意味着版画家对外界的体验，另一方面又意味着版画家对内心的自我观照。版画家把对世界的感悟和偶然形态的认识，通过内心的体验和发现，在自我潜意识中形成新的意念，用画面中的偶然形态构成新的序列关系，直接与视觉勾连，引发艺术家心底的审美快感，并表达出艺术家所认识到的真实世界。这种抽象与具象形态引发出的美感是前所未有的。为此，对偶然形态语言的关注、了解、熟悉并将其运用于版画创作之中，是我们不可忽视的重要手段。

捕捉中国文化的乡土气韵

谢湘南

　　写生，在"乡土乡情——乡土曲艺进深圳"的田野调查过程中，是一个被切实激活的动词，是不由自主地迫切记录。它与激动人心的画面连在一起，并通过笔尖与镜头，得到充分打开与真实展现。

　　"乡土曲艺进深圳"考察队伍中的两位画家王潮安、戴高桃，就是以现场写生为方式，将渭南与梅州两地乡土曲艺的精气神捕捉下来，再经过回深后的深度创作，将原初的现场与画面——那些让人过目难忘、过耳存心的音韵——艺术化地呈现给观众。

　　步入关山月美术馆的左展厅，一进门就能看到王潮安的水墨作品，一幅《韩江东去》、一幅《偓屋家》分别展现了渭南与梅州的地域特色，那经过了水墨抽象的秦岭山川与客家围龙屋，有着传统绘画的写意，也渗透着现实的景象。丹青显耀处，是司马迁祠前的历史山岚，是客家围屋前遍地的鞭炮红，更是中国文化的乡土气韵。

　　在渭南，除了像司马迁祠、桥陵等众多静默的历史古迹，这片土地滋养的曲艺，则可谓活着的历史与移动的华彩——秦腔、阿宫腔、同州梆子、碗碗腔、线腔、老腔、迷胡——这些曲艺形式都仍然有如秦人的气息，存留在民间。而在梅州，除了不同样式的客家围屋，还有客家山歌、广东汉剧、杯花舞等鲜活的曲艺，以及扎花灯、烧花灯、扫街灯等让人沉浸其中流连忘返的民俗。

　　戴高桃的人物场景，就以更为写实的笔触再现了考察过程中所看到的曲艺表演与民俗活动等诸多令在场者感到震撼的画面。比如《老腔怒吼震天上》《皮影唱遍天下事》《行鼓声声惊秦川》《提线木偶续千年》《起舞杯花到人间》《击鼓赏灯寄兴旺》《下坝迎灯福全集》……每一幅画，每一个精彩瞬间的再现，都是对乡土曲艺气韵的精准把握。

　　惟妙惟肖的人物形态，引领有声的曲艺扑面而来，《老腔怒吼震天上》中老腔的气势、苍凉感跃然纸上。记得它曾出现在笔者对华阴老腔剧团的造访中：

老腔艺人王白毛的一曲《好了歌》，把在场者都唱醉了，久久沉浸在他对沧桑人世的吟唱中。那地道的声韵，直唱到人感觉后脑冒烟，灵魂出窍。

戴高桃在陕西生活过多年，在参与"乡土曲艺进深圳"项目之前，也曾以陕西的曲艺为题材创作过一些作品。他觉得以前只是在一个点上有所了解，这次通过对渭南乡土曲艺的考察，打开了一个面，感受更为立体，创作起来，会不由自主地沉浸在老腔的感染力与这些曲艺所展现的生命力中。他觉得这种抵达现场的创作，情感被直接激发了，对自身更是一个灵魂净化的过程。他觉得在今后的创作中，这仍然是一片值得深挖的富矿，他的创作还将围绕着这民间的乡土曲艺进行深入探讨。

王潮安则表示，他在渭南与梅州写生的过程中感受到南北文化的差异，但在这种差异中也看到了中国文化的同根同源。渭南曲艺的厚重、直接，梅州客家山歌的灵动与绢秀，都充满张力，打动人心。在中国仍然保留着传统文化文脉与印痕的乡村，曲艺就是他们诠释人生的方式。他在一元剧场表演的阿宫腔、在王白毛的老腔、在韩城行鼓的震动中都看到了历史的延伸；而在客家围屋里看到的烟花、感受到的浓烈的年节气氛，让他终于明白这种沿袭千年的民俗民风就是客家人的内在凝聚力——那彻夜不熄的焰火，不仅让他震撼，让他找到表现的力量，也让他清晰地认识到五华下坝一户五代同堂人家对勤俭、忠厚传家精神的坚守。他抽象的水墨就是想表现传统给现代注入的活力，表现现代文明如何在传统中延伸，他带有情感的绘画展现的其实是令他感同身受的文化生命力。

一群陕西乡党在戴高桃的作品前凝神观看，不时地议论，一位看到《行鼓声声惊秦川》时，指着画面用陕西话说，这个作品神态夸张，很传神，是我们陕西人的架势。而现场很多来自客家地区的观众，则被展览开幕式上的山歌演唱所吸引，五华提线木偶剧团的提线木偶表演让他们有种久违的惊喜。

深圳职业技术学院艺术设计学院院长周利群，在展览现场同样被展览所展现的鲜活气氛所感染，他觉得这个展览，不仅形式新颖，而且内容丰硕。生活在都市的艺术家近距离去捕捉民间艺术，以精湛的眼光再现那些濒临消失的东西，吸收其中的精髓进行再创作，这与闭门造车的艺术生产有着本质的区别。他在这些作品中既看到艺术家创作时的激情，也看到鲜活的民间艺术。而且展览以跨界的方式，将声音、视觉、表演、绘画、摄影等各种表现形式组合在一起，对于宣扬乡俗文化与传统曲艺是一个很好的平台，综合呈现的方式更是将非物质文化遗产进行传播的很好路径，值得往下延伸。

"乡土曲艺进深圳"项目的策划者与发起人、深圳紫苑文化负责人陈悦诚感触最深的是，这些从乡土中带来的艺术，唤醒了抵达现场观看的人的文化记忆，听到自己小时候或成长过程中熟悉的曲艺乡韵，看到自己家乡最值得骄傲的东西在深圳展现，犹如回到故乡的现场，有种精神的满足。他认为"乡土曲艺进深圳"就是移民城市的还乡之旅，是对自我身份的一次文化确认。

（本文节选自南都网《深圳的文化寻根从每一个人的乡土曲艺开始》）

实验水墨：中国当代艺术中的特殊个案

刘子建

一

20 世纪 80 年代开始的中国画变革，一开始并未意识到中国画最终会偏离所谓的现实主义创作方法，更没有想到接着是抛开笔墨中心主义，紧随其后的是一个在语言方式上完全开放的场景。这是思潮变化的结果，实验水墨之后的局面，已然成了今天的现实，我们正合法分享它带来的好处。加塞尔说：历史的进程根本上就是如此，这就是历史。

实验水墨在 20 世纪 90 年代中期出现，是以 80 年代的抽象水墨和观念水墨为铺垫的，在 90 年代的文化情境中产生。这样说的意思是，实验水墨是中国当代艺术进程中，坚持进行本土文化的现代转型的中国无法回避的现实问题。这和一些人的看法不一样，在他们看来，在日益全球化的趋势下，水墨不是问题，是可以弃之不顾的。但批评家黄笃说：在当代中国艺术的发展中，水墨是一个无法绕开的话题。我想，无法绕开的理由无非两点，一是什么是中国真正需要的现代化，没有人能说清楚。二是中国有自己五千年的文明，说明它和西方不同，但问题在于，现代化是一个西方概念，又有一个现存的西方模式摆在那里，近百年来我们落后于西方，是货真价实地处在弱势的位子上。这种在被动中开始的现代化，先天地对自己的文化难以作客观的评价，文化的虚无主义和盲目的自负一样，在民族国家转型中必然成为沉重的负担。这就是中国当代艺术也是实验水墨共同的问题背景。

虽说历史和传统是无法从根本上摆脱的，但还是需要有人来主动担当探索转型的铺路人。罗斯金说，"各个伟大的民族都以三种手稿书写他们的传记，第一本是他们的行为，第二本是他们的言论，第三本是他们的艺术。三本手稿中唯一值得信赖的是第三本。"在我们的时代，艺术的边缘在不断地向外延伸，不断有新媒体、新艺术诞生，实验水墨坚持不放弃传统的水墨媒材，以语言实验的方式探索本土文化现代转型的问题，确乎需要极大的勇气。本土化现代转型的问题，引进的艺术样式或新媒体的艺术可以不管，但选择了水墨媒材的艺术却不能不管。这话听起来有点沉重，但却如罗斯金说的是值得深思的。

二

在 20 年前开始的那场艺术变革运动中，抽象水墨和观念水墨扮演了举足轻重的角色，作为 85 美术新潮中最激进、最具震撼力的一部分，仿佛是专门用来对付传统的，它摆脱了传统的束缚，所表现出来的粗暴和肆无忌惮给人留下了深刻的印象。但那不过是短暂的风光而已，1989 年"中国现代艺术展"后，现代水墨阵营迅速作鸟兽散了，同样给人留下了深刻的印象。

1989 年后的中国当代艺术主流是追逐或迎合西方的，如影相随的是本土文化的虚无主义，甚至有人说当代艺术中有无现代水墨无关紧要。有人嘲笑现代水墨画家手里拿的是中式的工具，却挤在揽西活的队伍里。

现代水墨的确有自己的问题，它的传统性和现代性之间是一个巨大的断层，没有西方绘画史里形式嬗变之间的那种自然的过渡，相反，强大而僵化的笔墨传统对任何标新立异的探索，总是采取本能的压制。新水墨在语言方面没有什么积累，简陋的形式根本承载不了与现实相关的主题和观念，这自然都是被人拿捏的理由。85 新潮美术中的现代水墨全面暴露出了它的问题：忽略水墨本体的建设，忽略对媒材的重视，忽略对水墨语言的研究。对它们的忽略，导致 20 世纪 80 年代水墨的现代化变得茫然无据。从这个角度来说，20 世纪 90 年代的实验水墨不是 85 新潮美术的延续或从中直接长出来的。

实验水墨属于 20 世纪 90 年代。大气候使然，1989 年之后只有为数很少的几个人还在坚持抽象水墨的创作，因此他们的存在显得格外的零落孤单，相互间缺乏交往，不清楚别人在干什么。现代水墨给人的印象是自动放弃了在中国当代艺术中的位置。在它退场后，新文人画填补了空档，并在市场上大获成功，让人误以为水墨媒材的绘画只适合成为茶余饭后有闲有钱人手里的把玩。环境把现代水墨画家逼到封存的状态里，但这何尝不是一件好事，人只有在孤独无援的处境里，内省和独行才成为可能。这是一段蛰居的日子，直到 1992 年张羽编《二十世纪末中国现代水墨艺术走势》，他们才找到了一个机会，从沉潜中浮出来。

　　对实验水墨画家来说，语言实验的方式完全取决于对媒材认识的角度，他们看重的是水墨媒材的不可替代性，认为正是这一点决定了中国绘画和西方绘画形式和感觉上的不同。在水墨画的历史里，是中国人以特有的灵性、诗意和对抽象美的知解力，从笔痕墨迹中感受到了无穷的意味、快乐并赋予它强烈的精神内涵与人格魅力。在这种意味无尽又文气十足的士大夫艺术中，书写性技巧被认为是最理想的方式，并被看成是唯一的规范与经验。与之相反的是，非书写性的水墨性技巧则被视为离经叛道而不允许存在。探索领域或方式的限制，使水墨的另外一些特点被掩盖或未能得到完全的展开，墨性相对于笔性的经验来说显得浅薄。可以这样说，没有任何一种艺术语言的特点不是媒材的特点决定的，欲求创造不同于西方的中国当代艺术，水墨的这些特点是值得尊重的。事实上，通过实验水墨实践的证明，水墨丰富的形象确实给了画家关于水、墨、纸的足够的想象空间和操作上的可能性，最终完成一系列以顺应与控制为特征的创作机制。这是实验水墨最成功的地方，它把一个封闭的传统媒材转变成一个开放的系统。

　　实验水墨要考虑的另一个问题是，在当下的语境中，坚持水墨性表达的意义何在？基尔凯尔说："生活始终是朝向未来的，但悟性总是向着过去。"这是在暗示我们必须珍惜文化和传统的力量。但我们的现实在很多方面却是另一种样子：生活是朝向未来的，但悟性总是向着西方，我们是在按照西方的标准改变我们的现实，又在以西方的模式锁定我们的未来，我们正渐渐成为亚里士多德说的"那种在本性上不属于自己而属于他人的人"。

　　现代化和传统、全球化和本土化，不完全是不可调和的矛盾，更多的时候它表现为一个国家、一个民族、一种文化魅力的两极，是文化加历史积淀和时间流动共同打造出的和谐、厚重、完美与明朗。只有在国家的现代化过程中或在民族文化和传统社会转型时，它们才有可能被看成是水火不容的矛盾，不幸的是，这两种情况都让我们赶上了。

　　实验水墨实际上是想通过自己的方式连接现代和传统，重建用自己的语言表达的激情，为中国社会的转型提供一个积极的价值参照。在它看来，一个以牺牲本土文化为代价的现代化是不值得的，消除文化差异的全球一体化更是痴人说梦。然而无法排遣的现实焦虑是我们对自己问题的放弃，其结果只能是本土文化彻底的迷失与毁灭。中国欲求建立的应是一个充满了自己文化性格和民族精神的现代化东方大国，我们要做的事情是从自己的文化传统里发现民族精神重构的线索，它或许根本上就是我们现代化过程中潜在的一种文化需要，不能简单地把实验水墨理解为单纯的形式主义的创新。融合其他绘画因素形成综合性的表现形式，在实验水墨看来是再自然不过的事，在一个和传统完全不同的语境中，水墨的自我调整旨在证明这个古老媒体今天存在的合理性。一个媒材在当下是否有效，取决于它能否自如地进入状态，并成为独特和不可取代的表述方式。实验水墨的经验告诉我们，任何时候都不要压抑本民族文化生长的内在可能性，文化建设的连续性在我们的时代应该得到继续。

三

　　20 世纪 90 年代以实验水墨为名重返画坛的水墨画创作，不是凑泊，1989年后近 5 年的沉寂对它来说是一个必须的阶段，使它能冷静地看待 85 新潮美术中现代水墨的问题，明白报复性的叛逆没有任何建设性的意义，只是多了些破碎的骸骨与废墟。5 年给了画家足够的时间去好好地想问题，实实在在地做一点事，所以当 1994 年黄专要为《广东美术家》编"实验水墨画专辑"时，这些人拿出来的东西让人眼前一亮，一看便知是 20 世纪 90 年代的艺术，明显区别于20 世纪 80 年代的抽象或观念水墨，它具有理性精神、鲜明的风格和个人实验方案，从精神到形式不再是简单的情绪宣泄。它亦区别于同时期的新文人画和学院水墨，坚持不放弃水墨的根性，只不过采取的是和传统笔墨规范断裂的方式，在水墨中要解决的是语言和符号问题。

　　20 世纪 90 年代后半叶实验水墨的存在与影响已成为无法回避的现实，但对主流的中国画和外来的绘画样式而言，依然是一种边缘的存在。好在 20 世纪 90年代和 20 世纪 80 年代最大的不同，在于体制内的强权和所谓的中心话语不再能一手遮天，各种边缘的声音只要找到恰当的方式，说出来就有人听。实验水墨显然很好地利用了这种形势并争取到了一些民间资金，因此，在对外交流、宣传和争取自由表达的权利方面，一直给人十分活跃的印象。1994 年至今不过十年，它一直是批评关注的对象，因它的存在引发出来的许多话题，已经成了现代水墨批评史中的标志性事件，更因为它在水墨媒材使用方式上的探索，使水墨变成了一个开放性的媒体，在它之后出现的种种"水墨名义"下的跨越水墨画界限的艺术行为就是证明。它给画坛带来的另一个重大变化是，实验水墨已然和新文人画、学院水墨一起，开启了中国画坛三足鼎立的局面。那些研究实验水墨的人已经注意到了，实验水墨之所以能稳扎稳打和取得目前的成绩，很大程度上归功于对编辑出版文本的重视，这种策略现在看起来是对的，这样做，不仅仅是为了争取自由表达的权利，文本还可以是纸上的画展，更是保存着一手资料和大量信息的历史文献，是窗也是门，为想了解或研究它的人提供材料。

2003 年有一位批评家撰文说约定成俗地把这类抽象风格的水墨称为实验水墨，是抢夺的结果，我为了澄清他的观点，曾严格地以"实验水墨"为主题做过一个统计，这样自然就没有把 1996 年在广州华南师范大学召开的"走向 21 世纪的现代水墨画研讨会"和 2000 年广东美术馆办的《水墨实验 20 年》诸如此类的活动算在内，但结果已令我十分满意。事实说明实验水墨不是虚拟出来的，它做的那些事情，清楚地摆在那里。其实实验水墨的这段历史，态度严肃一点的批评家都清楚，把 20 世纪 90 年代产生的实验水墨想象成今天工程的竞标，这是不可思议的。臆想"实验水墨"一开始就是一块金字招牌，大家争得不亦乐乎，今天有权把"实验水墨"这个名字收回来，像表彰先进那样重新颁发给他喜欢的人，这就更不在情理之中了。

事实是，1993 年黄专第一次使用"实验水墨"的概念是在为《广东美术家》编一个专辑时，画抽象水墨的这拨人有不少被编了进去。三年后的 1996 年，黄专在美国旧金山主持《重返家园——中国当代实验水墨画联展》，这是实验水墨在国外的第一次展览，参展的 10 名画家中 9 名是实验水墨的。1998 年刘子建在深圳策划出版《九十年代的中国实验水墨》，皮道坚的主编头一回直接用实验水墨作书名，就是为了强调实验水墨的存在。到 1999 年殷双喜、张羽策划，皮道坚主编出版八本一套的《黑白史——中国当代实验水墨》时，人们对这个称谓已十分顺耳了。接着是 2001 年张羽把《20 世纪末中国现代水墨艺术走势》的主题定为"当代艺术中的实验水墨问题"，2002 年《墨与光——刘子建实验水墨展》在北京国际艺苑美术馆举办，这是第一个以"实验水墨"冠名的个展，同一时间实验水墨画家的群体展《开放的中国实验水墨》正在北方几个城市巡回。2004 年张羽策划、皮道坚主编的《中国 1993——2003 实验水墨》，是对实验水墨十年成果的一个全面的总结，其规格之高远在其他文本之上，高名潞看到这本画册之后，颇为感慨，当即表示要以实验水墨为内容撰写一部专著，因为在他看来，实验水墨十年中做了这么多的事，怎么都该有一部专门的研究著作。

四

实验水墨无疑是中国现当代艺术中的一个特殊的个案，10 年中它一直是批评关注的对象，却又游走在中心的边缘，在它的批评中常见的词是传统、当代、现代化、西方中心、全球一体化、民族身份、本土文化、多元、差异、转型等等，从中能感觉到问题的错综复杂。中国现代化进程中面临的问题，除了涉及如学者谈到的会在任何一个发展中国家出现的问题，还有一个重要问题，即在西方强势文化的压迫下，本土文化正面临着生死存亡。

中国当代艺术的主流，总的趋势是顺着西方的模式在发展，在一个现代与后现代混杂的语境中确实有一个国际的背景，具有明显的非本土文化的意识。这样一些艺术自然也不会把本土文化这类的问题放在心上。实验水墨由于媒材的关系，天然和自己的文化有一种血肉连筋的关系，在根本无法逆转的西化趋势下，依然对自己的文化怀有深深的敬意，坚持在自己文化的内部寻找构建新文化的生长点，是当下不可失缺、对未来意义深远的工作。立场的不同和文化性格和艺术价值取向的不一样，是造成实验水墨极为独特的处境的原因。正因为这样，它成了中国当代艺术中的特殊个案，被看成是描述转型期中国情态的生动的事例。

实验水墨画家是这样一群人，他们是这个物欲横流时代的理想主义者，他们的行为之所以表现出了不为利益和奖赏所动的理智，靠的就是对本土文化不可抹杀的热情和坚强的信念。他们是一种耐得住寂寞的动物，绝少虚荣却有足够的韧性和耐心，这本身就是一种积极的艺术观和生活态度。他们是绝少存有投机心的人，他们的艺术能够不断往前推进，完全是心智和体力不计血本的结果。这些能说明为什么关于水墨艺术的很多有价值的话题，都是靠实验水墨提出来的。实验水墨说到底是一个语言探索的过程，其文化的意义和精神的价值，只有通过媒材的想象力和创造性来体现，实验水墨之所以能把媒材的困境及理论难题空前地展现出来，就在于它独特的实验方式和经验。实验水墨的崛起和艰难的成长过程，对应了传统文化朝现代文化转型的艰难和命题本身的复杂性。而实验水墨中那些最有代表性的作品，无疑是我们这个时代最好的艺术，这不仅仅是作品本身具备了能称之为艺术的品质，还在于它曾经有过的意义和代表的一个时期。

2004 年 10 月 26 日

追古觅新

——我读诸彪的水墨作品

游　江

在"变革"思潮及西画介入的影响下，20 世纪的中国画发生了重大的变革，山水、人物、花鸟三科继承创新、不断发展，形成新的审美倾向。新时期的中国画创作不仅对传统的笔法与技巧进行反叛，而且对旧有程式和图式规范进行超越，很多艺术家将传统笔墨的经验性和现代造型系统的视觉特征相结合，共同营造了多样的笔情墨趣和新的表现空间。

从新中国成立后注重写生的写实主义的"中国画"，到当代各种实验与探索的"水墨画"，我们看到，从事中国画创作的艺术家一方面在继承传统的基础上融合中西，将西画的技法融入传统中国画的创作中，形成了中西技法与理念相结合的新风貌；另一方面从现实生活出发，创作出源于生活、高于生活的优秀作品，他们通过各自的实践，在长期的艺术实践中形成了个人独特的艺术风格，让人耳目一新。

无论是山水画、花鸟画，还是水墨创作的静物画，艺术家诸彪的水墨作品也呈现出这两个方面的特征，他在当代文化的境遇下，对传统语言进行了更为深入的实践和探索，不仅在题材上进行了拓展，还从自身独特的视角出发，挖掘本土文化的精髓，通过精心组织的符号和富有历史感与文化意味的观照物，结合中西的笔法，开创了自己的一片艺术天地。

诸彪的山水画，青年时期致力于中西融合的写实主义造型表达，近些年来苦心参悟传统山水精妙，研习古代名家墨迹，追思文人山水遗韵，追古觅新，超越画中自然山水的表象，把哲理思辨巧妙地融入其中，创作出来的作品既继承了岭南画派的精神，又使得"笔墨随时代"，彰显时代精神。在具体的创作中，无论是写山、画水还是绘林，他的作品都诗情画意、颇具古意，创作出的一幅幅具有人文意境的山水作品，展现了画家对大自然的讴歌与对生活的热爱。

除了精于山水的创作之外，他还在花鸟画、风情画和静物画方面推陈出新，收获颇丰。他的花鸟画，既有雄浑苍茫的书卷金石气，又有清新自然的朴拙气味，气韵生动，耐人寻味。他的系列写生作品，以笔墨绘出"真山真水"，贴近生活，既体现了画家的创作实力，也彰显了画家在对中国传统文化继承的同时不断创新与探索的艺术观念。他的油灯系列水墨静物画，一方面描绘了传统绘画中不曾有的题材，开拓了新的表意观照物；另一方面，借物抒情，给油灯赋予了更为深层的意义，以书画形式再次唤起了一代人历史记忆的同时，亦从不同侧面反映改革开放 30 多年的社会变迁，以及对人类科技进步和本土文化方面的思考。

石涛曰："至人无法，非无法也，无法而法，乃为至法。……动则曰某家皴点可以立脚，非似某家山水不能传久；某家清澹可以立品，非似某家工巧只足娱人。是我为某家役，非某家为我用也。纵逼似某家，亦食某家残羹耳，于我何有哉？"（《画语录·变化章第三》）诸彪的作品，深深地体现了石涛的作画理念，他在继承传统的基础上，不断探索与创新，不仅拓展了中国画的表现内容和艺术形式，而且在新的历史时期，将生命的体悟和思考展现纸端，并在融合多家笔法后找到了属于自身的艺术语言，形成了个人独特的艺术风格。

通过这本画集，我们可以看到，我在这里只言片语所论及的不过是他艺术创作的某些侧面，画集中丰富的作品和极富情感的文字，向我们勾勒出一代艺术家面对传统艺术、社会发展和本土文化等方面的思考和表达。画家所创作的追随时代、立足创新的优秀水墨作品，也为我们展现了艺术家视角下的当代人的精神文化生活。

最后，祝愿诸彪先生，艺术之树长青，期待看到他更多更好的作品。

2016 年 8 月 23 日写于深圳东湖

杂说温伟

老 成

在深圳画家中，若论在本地从艺的资历，温伟应属于"老字号"——他来南山区的时间和这个行政区的历史一样长。1991 年，温伟便从广州来深圳凯虹公司做平面设计。当年的深圳才真像是文化沙漠，南山的美术也是一穷二白，科班出身的寥寥无几。南头唯一的画家圈子，是由文化馆李照东先生牵头的文化沙龙，温伟很快加入其中并成为召集人。南山画院成立后，他还被聘为首批画家。久而久之，他的花鸟画在本地就有了很高的知名度。

温伟是广东揭阳人，从小在家乡学画，老师都是当地一些"海派"的老先生——取法于吴昌硕、潘天寿那种。1983 年，温伟就读汕头工艺美术学校，开始接受专业训练。1986 年考取广州美术学院版画系大专班，受过林墉等名师指教；毕业后分配在亚太经济时报做美术编辑。至此，温伟可算一帆风顺。不期然受时政波及，媒体首当其冲，不得已来深圳时，已是他命运的低谷。此后始终没能爬上坡。多年前，广东画院院长许钦松来访，发现这个当年的小兄弟扎在街道办事处文化站，大惑而不解。温伟只希望工作和专业对了口，哪怕它在公职里排位最低。

二十多年过去，小温已经成了老温。虽画上不断有长进，身份却越来越边缘。老温脾气好，无论何事当头，总归不温不火，更把功利看得淡，任尔东南西北风，乐趣只在画案上。这性格也就决定了命运。曾不时在干部大会上看到他，一问，却是顶替某个领导来泡会的。据说身在基层，他各种维稳的事都干过，不过始终不像使唤画笔那样得心应手。只有在八小时以外，才是他神游八荒、妙手绘春的天地。让人想到，如果职业和兴趣结合起来，那是多么大的快乐。

相识十多年，我对老温也算知根知底，但若从专业的角度看，对他的画则说不出多少门道。温伟的画以花鸟见长，造型生动，色彩饱满，在我等俗人看来，应属赏心悦目一类。某日，他顺路来访，送了一把书签给我；一看，印的都是他的画，规格一律为条屏。画得好，创意也好，六七年过去，我至今还用着。这就是温伟的体贴。他的画很少替学究们着想，却一定要对老百姓的脾气。

不用说，温伟走的是大众路线，哪怕润格不高，哪怕不能免俗。在我看来，中国老百姓对艺术的感悟才刚刚入门，能使他们喜欢进而欣赏，就功莫大焉；既然处在艺术的初级阶段，离脱俗还远，恐怕还容不得太多阳春白雪。这样看来，温伟的定位或许还真是恰如其分。比如，某次在某宾馆，突然发现墙上的花枝招展原来出于温伟的手笔，那一刻，真觉得这些绘画小品清新雅致，竟使整个房间蓬荜生辉呢。

温伟也有作品获奖，最高到省一级。我问他，既然学版画出身，何以没有版画作品？他说当然有，纪念特区30周年时就做了一幅版画《惠安女》，还在省里拿了奖。在我看来，不论拿不拿奖，他始终不是那种善于宏大叙事的画家，顶多来个百花齐放、百鸟争鸣，比喻我们的事业轰轰烈烈。温伟的画总是透着喜兴，自然使上上下下喜欢。无端猜想，他若画些"枯藤老树昏鸦，小桥流水人家"不知是什么韵味。画家之乐，无非找到适合自己的画法和活法。温伟的态度是稳中求进，隔段时间，就会发现他的变化。进步或许缓慢，前景则始终光明。

和每一个好画家一样，温伟用功、专注。大约是从小养成的习惯，他作画有定力、有坐功。跟他一起外出写生有三次了，每次都勤勤恳恳，心无旁骛，像个乖巧的小学生。只是肚腩常被委屈着，看着难受，他却似乎顾不得。老温最怕爬山，大约心脏不大好，只因性格随和，气喘吁吁也要跟着大部队。到酒桌上就轮到他强势了，推杯换盏，一般小青年都顶不住他。

好脾气容易混得好人缘。温伟在圈子里一直口碑不错。有口皆碑的是他泡茶的功夫，每到公休日，他必在九街的工作室香茶伺候，或画或聊，都是享受。近两年美协组织采风，老温都会背上全套茶具和各种名茶，使一众画友大饱口福，闲话也就聊得更加热闹。领队说，就凭这茶，每次都要带上温伟。老温乐得让大家高兴，神清气爽之间，笔下的山水花鸟也更滋润了。

（温伟简介：20世纪60年代出生于广东揭阳。1988年毕业于广州美术学院，现供职于深圳南山区西丽文化站，为深圳市美术家协会会员，深圳南山画院院士，南山区美术家协会理事。）

山势撼人与深远意境

——读罗素民的山水画

徐恩存

罗素民的山水画，以撼人的气势、深远的意境、细密的构思、精微的技法，营造了山峦起伏、烟锁云断与幽邃深远的山水画情境；应该说，这是画家多年艺术历练的结晶，是深入领悟自然的必然结果，也是在当代语境下反思传统的精神表达。

可以看出，罗素民的山水画艺术，秉承了北宋范宽以来的"巨嶂"式山水格式，追求宏大气势，强调画面的整体感和浑然一体的壮阔、伟岸的感觉，因此他的作品始终贯穿着北派山水艺术的气脉；在笔墨上，他显然更偏于石涛一路的画法，用笔清润秀雅、厚重氤氲，且空灵、飘逸，在松动的笔法、墨法、水法中结构的巨嶂式山水，展示出绵长而隽永的气息，以及奇峭劲挺的艺术韵致。

实际上，罗素民是从传统出发去建立自己的艺术理念的，他显然得益于悠久的山水画传统，从中汲取丰富的营养，吮吸文化遗产中的精华，使自己的艺术获得了深厚的文化底蕴。在厚积薄发中，他完成了从经验向创造性的转换，实现了从物质向精神的转换，作品因而获得了从形而下向形而上的提升，在充实、饱满的内在结构中，体现为一种含蓄、内敛与不事张扬的美感。这种美感是在静谧与祥和中感动人的。

阅读作品，不难发现，罗素民很好地处理了点、线关系，以及意象表现中的虚实处理手法；画家善于造势，把山高水长的景观与诗意融于有限的画面之中，山水意象则在顺势中交叠、排列与组合，山川基本以几何形的方式安排平面空间结构，使画面呈现出峥嵘之状，既焕发出郁勃生机，又洋溢着一种充满活力的运动感。而生生不息的画面气韵与蓬勃的自然生命力，正是罗素民山水画最重要的艺术特征。

画家娴熟地运用"三远法"——高远、深远、平远，在对其作品进行整合中使复杂的山水章法成为有序的展示，近景、中景、远景呈错落有致状，而留白喻示的流云，则为山川营造运动感，给人以"恍惚瞬间于一刹"的幻觉，特别是水法的应用、淡墨的应用、浓墨的应用与笔法的灵活多变，都在水破墨、墨破水、浓破淡、淡破浓中渲染了清新湿润和郁勃蓊翠，山川流水之间流动氤氲的云水之气，暗喻着大自然不衰的生命活力。

画家在创作中以严谨的态度，融传统于现实表现之中，使之不露痕迹，特别是一些符号化的处理，如山川的勾线、点苔、皴法与水墨渲染，都在以实写虚和以虚写实中获得了魅力；而且，笔线、墨色、符号与空间关系中流动着少有的静谧之气，显然，画家是在"豪华落尽见真淳"的追求中，力戒浮躁，使水、墨、点、线在文化意蕴的作用下，显现为一种含蓄、朦胧、空蒙的诗意。

罗素民的可贵之处在于能潜心研究传统，且脚踏实地、步步稳健，摒弃急功近利的时弊，悉心在传统的沃土中发掘宝藏，努力实现"笔墨当随时代"的理想追求，就此而言，罗素民收获了丰硕的果实。

艺术的实践之路，是需要一种守望精神和不问收获的心态的，唯其如此，才能在日积月累中看见变化与提升；其实，精湛与雕饰只有一线之隔，大气与草率只有一线之隔，写意与粗放只有一线之隔……，正是在这种分寸的把握中，罗素民的作品贴近了艺术本质，逼近了艺术规律，使他的艺术日益成熟。

我们的时代，需要有创意的画家，需要画家从人文精神的高度上去关怀人本身、关怀自然、关怀历史与关怀现实，只有这样，作品才能在充实中获得厚重感，才能经得起时间的检验。

罗素民是在这个意义上建立自己的价值观的，也是在这个意义上令人关注的。

第五篇　南山书法评论

沈桂林其人其字

吴师军

沈桂林跟我是同乡挚友，都好书法，习书三十多年，一直寂寂无闻，正应了他先前的斋号"寂风堂"。不料近年来却频频入展，仅在今年上半年，他就在中国书协主办的展赛中获得五个奖项。何故？就我所知截取几个侧面，试做如下臆说。

桂林其人

沈桂林出生于楚南一隅咸宁崇阳山区。此地方言介于北方方言、湘方言和赣方言之间，杂交的地方话极其难懂。此地崇文重礼，人性厚道实在。当年的崇阳书友，多习正书，功力吓人，即便是行草也多见沉稳之笔。咸宁地区第一个中国书协会员，便是崇阳农民书法家雷世纲。

受家藏楷书旧帖和学兄一笔好字的影响，年仅九岁的沈桂林便爱上书法。在家乡"楷书名家"的熏陶下，勤摹细临，颇下了一番功夫。大学毕业后，他伴随着改革开放的大潮来到深圳，工作再忙再累，勤写苦练依旧。谦虚好学的他，追名家跟时风，创新求变肇始。

桂林心气高且厚道，或许碍于方言的表达，再热闹的聚会，他总是偏坐一隅，静听默想各种高见，会心之处莞尔一笑，朴实真诚谦恭，煞是可爱。言语端略显木讷的他，似乎更愿意秉持一支毛笔，思接古人，意随当代，左冲右突，挑灯夜战，用个性化的书法语言向他人抒写胸中的情感。期间盲目跟风，没少吃苦头，没少走弯路。

大约是在八年前，主持南山书协的弘才兄组织本区书法骨干创作作品以应国展。在评点作品时，说桂林是我的湖北老乡。一交谈，才得知桂林与我更是"嫡亲的"咸宁老乡，关系一下子拉近了许多。他希望我对他的书法说真话，避人耳目处我还真说了一些真实的看法：功夫有余，眼界有限，眼力不高。具体到作品，楷书隶书很见功力，创作作品表现意识太强，做作较甚，缺少随性、质朴、率真，工匠气浓，文雅不足，剽学时书未正本溯源……书学根底浅薄的我，在这位小兄弟面前装模作样地胡诌了一通，他居然谦恭地频频点头。

自此以后，彼此交往就频密了。隔段时间，他就要约上三五道友小酌儿杯，然后对他的近作评头论足，说到兴头上，能者还会"示范性"地写上几笔。每遇书法高手，他一定要礼请到家，毕恭毕敬地请教。不知不觉中，桂林的书法有了可喜的进步，省展也偶尔入选。

2009年初夏，桂林对我说想拜上海的书法教授沃兴华先生为师，全面系统地学习书法。沃先生的书学研究、理论功力、创变水准毋庸置疑，能受其耳提面命当然好。问题是，深沪间千里之遥，聆听先生教诲一年能有几次？鉴于学习的实效和成本，我建议他就近拜师，比如60后的代表书家王道国。桂林欣然称好。可处世低调的道国兄却说他不收徒。为促成此事，我和弘才等友人同道国兄颇费口舌，终使沈拜师成功。记得那晚，他除了一贯的朴实谦恭之外，还多了一些信心满怀的亢奋。

拜师后的桂林，在老师的指导下，戒浮去躁，精研深悟经典碑帖，勤练细究不分昼夜。收徒后的道国，在处世低调潇洒之外又多了一份责任，倾囊相授，不遗余力，巧借资源不避门户。桂林近年频入国展、屡屡获奖，也在情理之中，证明其书艺突飞猛进。

桂林之功

桂林的勤奋源于其内心对书法的热爱和执着，书法已经成为他日常生活的重要部分，除了教学和寝食，大部分时间都浸淫在书法学习之中，或读帖，或临习，或创作，思索不止，请益不辍。此谓苦功。

沈桂林曾赴上海请教沈培方先生，沈先生给他指了三条路：练魏楷，学董其昌，习颜体。桂林根据自身特点毅然选择了颜体，一练就是十几年，将颜真卿各个时期楷书的体貌特征烂熟于心，所临作业几可乱真。转习行书，他又花了六年多时间，极尽搜罗，反复揣摩临写。他的工作室，四壁都是放大的颜鲁公《争座位》和《祭侄稿》，以及他之前写过的碑帖范字。他说曾为了创作一件作品连续几天通宵达旦。他深知勤奋是成功的捷径，付出的时间和精力远比其他人要多。

徐悲鸿说，"尽精微，致广大"。只有将所临碑帖的笔法、字法、章法的独特精微之处体悟透彻，并心摹手追铭刻于心，才能在衍变和创作时驾轻就熟，得心应手。此谓细功。桂林深知个中道理，为了准确把握碑帖的字形，他发明了将单字放大复印，置于有光源的玻璃板上覆纸临摹的方法，可谓用心良苦。

在临习颜真卿的《祭侄稿》时，他将手札墨迹本放大成丈二的喷绘贴在书案前的墙壁上，日日面对，经常描摹，细心观察，多方比照。从笔法、字法、章法到字势、行气、韵味，不厌其烦，逐一领悟；准确地把握其体貌特征：起笔逆入、笔力内敛、笔画敦厚、结字开张、字势磅礴、章法自然、韵格劲爽。

书法，是一项心智与气力相结合的艺术活动，无异于挖山担石，除了苦功夫，更要使巧功。研习书法，除却技法层面的各种妙招，更应清楚地了解自身的个性特点，知道选择学书路数和请益对象，明白坚持什么舍弃什么，懂得何时应该转向。这种内省外观心悟通变的智慧，可以使学书者少走弯路、快速提升。

他曾在打工之余写《心经》，每月能挣上三四百块钱，不禁沾沾自喜。妻子一句"你不专业学书法，永远只是一个业余书法爱好者"的提醒，触动了他内心深处的那一根琴弦。他立马辞职，专事书法和教学，成了一个日日面对书法并以此谋生的专职书法工作者。当大家被时风流转搞得晕头转向的时候，他却"任尔东西南北风，咬定青山不放松"，坚持习颜十几年不变。曾对照沃兴华先生演示《祭侄稿》的视频勤习经年。当桂林想将颜体手札体变成巨幅作品而手足无措时，道国兄及时对桂林在字体转换、节奏把握、章法的段落参差、借鉴他体等方面给予悉心指导，终使其独具风貌的颜体大行书独步书坛。

桂林之书

刚过不惑之年的沈桂林，曾有20多年的时间沉浸在"写字"操习之中，自称上大学前，临摹的范本皆是印刷体美术字。他真正具有书法审美意识的学习，还是近十年的事。

2004年上半年，他听从沈培方先生的学书建议，"学书犹如打井，找准一个地方，不管有多艰难，要一个劲地往下挖，一直要挖到见水。等你挖见水了，地下河是相通的。"此后，他潜心专攻颜体，矢志不移。他这一时期的楷书，准确把握了颜体篆籀用笔的特点，起笔逆入很少压笔，运笔有内涵且含蓄，收笔丰富，结字开张，笔力内敛，整体气息正大庄重。习颜的间隙，他为了丰富笔法，偶涉魏楷和汉隶，先后临写过《张猛龙》《墓志铭二十品》及《开通褒斜道刻石》等。他尤爱摩崖的质朴、厚重、狂野之气，所写作品则表现意识和工匠气较浓；用正书的笔意写行草，笔法、字势夸张。

2007年始，他专心颜体行书的研习。为了准确把握《祭侄稿》内在的整体格调和精神气质，沈桂林深入了解了颜真卿所处的历史背景及其高风亮节，体会颜氏书写《祭侄稿》时的悲愤情态。施之于笔，他的颜体行书不仅形态逼真，更具张力内敛、不计点画、率性直抒的情感性。

随后，他以颜体为本体，力创新格。为顺应当代展厅观赏的视觉要求，尝试将案头品赏的手札体，或直幅大写，或数米长卷，在保有颜体大气磅礴、不拘小节、干净利落的特征的前提下，字体适时转换，节奏随性而变，段落适度参差。他巧借米芾的某些用笔和结字之法以造势，偶尔参用怀素的圆劲细线连绵草，线质线形丰富多姿，时用宿墨晕染，再辅之以古雅的篆书额头和拙朴的蝇头小楷题跋，呈现出鲜明的视觉感和可读性。

2013 年 5 月，桂林被录为"清华大学张旭光书法高研班"学员，专攻"二王书法"。短短数月，他通过融通的书法"地下河"，借"二王"之水滋养"沈氏颜体"，作品又多了一些王氏的精致和典雅，表现出他很强的吸收、消化、融通的能力。

桂林之不足，或因草法不熟的缘故，他某些行草大字作品变奏放开之后，显得洒脱率真不足，偶现过分夸张重复之笔，拘谨生硬之处亦常有之。假以时日，功力渐厚，当去之不难。

屡屡获奖、书名日盛的桂林，并未志得意满，谨记去浮除躁戒狂，扬长避短律行。他说，在数千年辉煌的书法史面前，在书法研习终极目标的路途中，他什么都不是。面对书友的祝贺与夸奖，他总是说"运气使然"，然后憨厚地莞尔一笑。提得最多的是前辈、师友对他的帮助和指点，自认个性可能会限制自己对大草书法的终极追求。

行文收笔之时，慎重起见，我又电话采访了正在甘肃瓜州"张芝纪念馆"观摩的沈桂林。言及学习书法一路走来的感想时，他说，自己读书不多，更愿意行万里路、结交书坛高人，间接地吸取他人读书、习练得到的鲜活经验。这话固然实在，却也道出桂林的"短板"。学书犹如登山，当你登上更高处，能有几人可访？彼时孤独、寂寞之感便会伴随左右。冲出高处的孤独寂寞，寻求自我超越的法宝，技法之外，唯有高标之品格，丰富之学养，独立之思想，开阔之胸襟，这也许是"技近乎道"之论的深层意蕴吧。

感悟书法

马中伟

要算学习书法的时间，至今已有 31 年了，那种热爱似乎就长在我身上。记得上小学二年级时，看大哥写自家春联——大哥长我六岁，学欧体，他先用粉笔打底，然后书写，写后得到长辈们的夸奖。我当时非常崇拜他，闲时也在报纸上乱涂乱画。

我母亲姊妹四个，上面有三个哥哥，母亲最小。大舅在战乱时跑去当兵，要在的话，现在也有 90 多岁了。二舅、三舅对我很好，可能是我母亲的缘故。姥姥家的宅子很大，门前有两个石狮子，门头上挂着匾，听说是清朝的什么状元写的，什么内容和字体不记得了。六年前听母亲说那匾被二舅家的三哥拿去卖废品了，可惜了。二舅走得早，40 多岁有病没的。听母亲说二舅在世时是个领导，比较严肃，可见到我，他就会很开心地笑，还拿好多糖果让我吃，我两个哥哥可没这个福气。两个舅舅也都写得一手好字。

父母看我喜爱书法，就请在群艺馆当副馆长的三舅帮我物色一位书法老师，三舅一口就答应了。而后父亲每周日就带上我，拿上一周作业，坐火车到张老师家学习书法，当时我大概有 8 岁多，学了两个多月，父亲工作也忙，去郑州学习书法一事也就停了。后来，三舅又帮我在市里找了两位老师，一位是朱长和老师，长于楷书和行书；一位是刘顺老师，善写甲骨、篆书和篆刻。为此，三舅在家摆了两桌，我还行了拜师之礼。朱老师很严肃，但有一种亲和力；刘老师随和，喜饮酒。

书法入门跟朱老师学习，从柳体入手，从握笔到用笔讲得非常细。老师说，学习书法好比盖大楼，基础一定要打好，基础越好向上发展的空间才会越宽，现在我深有体会。三年后，我花了一个月的时间，把《玄秘塔》通临了一遍，得到了老师的好评。通临的意思不是抄一遍，而是把原碑字的大小、粗细、位置实临，跟原碑一样。这也是朱老师布置的作业。三舅家的张氏家谱也让我用柳体抄写，家谱至今还在。还曾用柳体写了一首毛主席诗词，整张四尺宣纸，参加省里书法比赛得了一等奖。是郑州的张老师给我颁的奖，奖品是砚台和一套毛笔。笔后来用秃，扔了；砚台至今跟着我。

柳体算是过了，我就缠着老师要求练习行书。刘老师支持，朱老师反对，说年龄还小，再打打基础，学颜体吧。而后习颜、欧、褚又是几年，一路练习唐楷就这样走了下来。临帖的要义是临习法帖的技巧与风格，而不是单纯的文字，如果写的只是文字，那叫抄录，而不叫临帖。我小时候学习书法属实临，对书上的字是不允许一点偏差的。老师经常说：临帖就好比存款，创作好比花钱，光花钱不存钱，口袋会越来越空。我是相信的。

我喜欢到刘老师的单位。当时刘老师是博物馆馆长，省书协的副主席。博物馆有好多碑刻、甲骨，甲骨是刘老师仿刻的，跟真的一样。当时去博物馆是要票的，而我是例外，门岗都认识，他们只会一句话："来了，交作业？在里面呢，去吧。"我还可以骑自行车进去。刘老师的办公室经常有人，都是来请教书法的，严格说是请教篆书和甲骨文的。我当时听不懂，只是看。老师写甲骨文很轻松，一会儿工夫，一副甲骨文作品完成，盖章，如何安排印章，一一示范。我一待就是几个小时，不累，也不烦，好羡慕。有好几次都是父亲打电话才找到我，来了又被刘老师拉到家吃饭、喝酒。长大了才知道，刘老师是沙曼翁的学生。可惜呀，刘老师走得早，46 岁去世的。郑州张老师对刘老师的评语是：英年早逝，才华横溢，太贪杯了。

我的老家河南安阳是甲骨文的故乡，受刘老师的影响写篆书的人特别多。我学习篆书是从 2000 年才开始的。当年，刘老师讲解篆书的情景，至今历历在目。由于从小练过童子功，所遇老师都是当时名家，没走偏路，再加上习书的时间比同龄人长得多，所以不管学哪种字体，上手都比较快。目前正在学习行书，技巧已经理解，一两年后可能有所收获。

我很幸运，得到恩师们几十年的教诲，并且能以所学养家；还有许多长者、同道、朋友给予我莫大的褒奖和鼓励，并施以无私的帮助，感谢书法！

第六篇　南山曲艺评论

曲艺：在传统与现代融合中创新发展

周思明

如果从深圳市曲艺家协会成立年月算起，深圳曲艺已然走过十载春秋有余。这十多年，是深圳曲艺事业艰辛探索、风雨兼程的心路历程。一种观念认为，以粤语为方言的广东与曲艺风马牛不相及，但深圳曲艺人凭着对曲艺的热爱与执着，硬是将其融入岭南深圳文化土壤之中，并且令其生根开花结果。在这里，传承与创新，乃是深圳曲艺发展乃至腾飞的两把秘钥，二者缺一不可，从未偏废。实践证明，作为融贯南北尤其以北方民间说唱艺术为主体的曲艺，想要融入曲艺传统较弱的南粤深圳，就必须要跟上这个现代大都市的节奏和步伐。曲艺要存在与发展，首先要尊重传统，要在传统的基础上谋求创新与突破，要把老祖宗创造的曲艺精华保持下来、发扬光大。这里，传统的继承不是要把传统说唱形式原封不动地照搬，而是要把目光放远，要立足于创新与突破。与此同时，创新与突破也不是没有继承地另起炉灶。创新是要在继承传统曲艺说唱表演艺术本质属性的基础上，根据新时代观众变化了的新的审美需求，进行必要的改革和创造。

一、坚持"二为""深扎"，勤奋创作演出，是深圳曲艺成长壮大的实践保证

十多年来，经由"二为""深扎"的认知与途径，起到了培育曲艺新秀、推出曲艺佳作、提高曲艺演员创作水平和表演水平的明显功效。始办于 2008 年深圳市新人新作曲艺表演大赛，至今已成功举办九届，培育了一批曲艺新秀，推出了一批曲艺佳作，提高了深圳曲艺人的创作水平和表演水平。2009 年广东省第六届群众戏剧曲艺花会上，深圳宝安区实验曲艺团的群口快板《昨天·今天》夺得金奖；深圳宝安区松岗文体中心的天津快板《打工轶事》获得银奖。2010 年，在第九届中国艺术节第十五届"群星奖"中，快板情景剧《我们是快乐的打工妹》荣获"群星奖"。2011 年"第二届广东省曲艺大赛暨珠海市斗门区曲艺节"中，深圳共获得 32 个奖项。深圳选手得到评委和观众的高度赞赏，

被视为"北方曲种在广东的新生代"。2012年中国曲艺界专业最高奖——第七届中国曲艺"牡丹奖"全国曲艺大赛合肥赛区颁奖晚会上，深圳的群口快板《好人的故事》获得"文学提名奖"和"节目入围奖"，群口快板《男人女人》获得"节目入围奖"，相声《狂人外传》获得"节目入围奖"和"文学入围奖"。

在广东省第七届群众戏剧曲艺花会上，来自全省的曲艺节目有21个，深圳入选节目有14个，其中，对口快板《托儿》、相声《狂人外传》、音乐快板《渔灯情》《好人的故事》、荒诞小戏《打虎之后》获得金奖。在第七届中国曲艺"牡丹奖"全国曲艺大赛安徽合肥第一场比赛首批亮相的10个节目中，深圳独创的"踢踏快板"《男人女人》博得现场观众的阵阵掌声，受到著名表演艺术家姜昆的称赞。在央视荧屏上，深圳曲艺风采别具。精品节目《踢踏快板》在央视三套综艺栏目《我要上春晚》第一期播出，并在全国刮起一阵小旋风。2013年国庆期间，深圳宝安实验曲艺团在中央三套直播的第9届全国电视小品大赛一举荣获三项大奖；在央视《我爱满堂彩》栏目，天乐曲艺团赵梓琳与深圳四胞胎"1234"表演的情景剧《大话白蛇传》有超高人气。

2014年，在广东省曲艺大赛比赛中，深圳曲协报送24个作品，获得22个奖项，其中10个作品获得一等奖；三个作品入围第八届中国曲艺"牡丹奖"。"南山杯"全国曲艺新人新作邀请赛，更成为推动南方曲艺事业发展的重要平台。参赛节目包括群口相声、对口相声、数来宝、快板、评书、单弦、梅花大鼓、粤曲等，种类丰富。2017年第四届南山杯展演共从全国各省、自治区、直辖市曲协报送的153个节目中选出33个优秀节目，深圳曲艺家们同样以积极姿态参演，并取得优异成绩。

难能可贵的是，位居市场经济最前沿的现代城市——深圳的曲艺人，十年来坚持"二为""深扎"方针，坚持以人民为中心，大力开展"为民、惠民、乐民"文艺志愿服务主题活动，取得积极热烈的社会反响。比如，在深圳宝安区福永举办《传统曲艺快板艺术表演》讲座活动，为曲艺爱好者讲述快板由来及表演形式；在深圳罗湖区某老年活动中心举办《国学相声、国学评书表演》；参与"讲述道德故事　弘扬中国精神"——深圳道德模范故事汇基层巡演、"温暖你我心·关爱行动进基层""我们的价值观——曲艺走基层全国百场巡演""宣传法制教育、弘扬法治精神"演出、"以人为本·唱响中国梦""关爱女孩"等活动，为众多社区居民送去精彩的曲艺节目，深受本土观众的欢迎。说来可能没人相信，深圳一些曲艺团的社员，有编制的人员一个月只有基本工资两千元，包吃包住包社保，演出每场只有适当的补助，遑论那些编制外的演艺人员。

与此同时，我们也积极开展贫困山区群众扶贫帮困活动，自费资助贵州毕节地区数十名贫困孩子读书。2014 年，深圳市曲艺家协会成立"爱心服务队"，设立曲协"爱心基金"等，用于扶贫帮困活动。

二、弘扬主旋律，提倡多样化，推出一批叫得响、留得住、传得开的曲艺精品

深圳曲艺发展十多年，尤其近年来，推出一批曲艺精品，收获口碑与市场的双重硕果。如踢踏快板《男人女人》《节日早知道》、相声《抢车位》《悄悄话》《真假难辨》《生活大包子》、群口快板《深圳行》《腹语》、超级模仿秀《小山秀》、山东快书《护士趣谈》、小品《男女平等吗》、脱口秀《关于爱情》、三人双簧《信不信由你》、音舞快板《鱼灯情》，等等。《踢踏快板》以传统快板为母体，融入踢踏舞和嘻哈的节奏、说唱等新潮元素，成为央视著名综艺栏目《我要上春晚》的新宠。快板《好人的故事》融入抽象表演艺术，一举获得"牡丹奖""群星奖"，在深圳曲艺事业上取得零的突破。音舞快板《鱼灯情》以文说舞，以舞表情，将音乐舞蹈与快板艺术完美融合，一举获得广东省第二届曲艺大赛金奖、"南山杯"全国曲艺新人新作展演创作一等奖、广东省鲁迅文艺奖。《大与小》打着快板说京剧，更是在广东曲协的"明日之星"大赛上大放光彩。相声先锋剧《今夜相声疯了》以及相声剧《两个警察一条街》，更是让热爱相声的观众大呼过瘾。在市文联和市曲协主席团的带领下，深圳曲艺人勠力同心，成功实现"曲艺突围"，创建并稳固根据地，对外打造南派曲艺影响，让曲艺活在深圳并走出深圳，在广东乃至全国曲坛形成一定的气候，并多次登上央视大舞台，已成为广东省曲艺事业一支劲旅，为推动曲艺事业的崛起和繁荣做出突出贡献，涌现了一批优秀曲艺新人。

深圳从没有曲艺到今天有人才、有作品、有名声、有事业，多次得到国家级曲艺奖项，值得骄傲和自豪。深圳新人新作曲艺大赛已经举办了七届，令人惊叹。深圳曲艺人认识到：曲艺要发展和繁荣，必须继承与创新两条腿走路，学会适应市场规律，增强紧迫感和危机感，在尊重曲艺传统的基础上加入现代因素，吸引现代人眼球，否则曲艺是没有出路的。曲艺要想赢得百姓的欢迎和喜爱，就必须扎根民间沃土，反映国计民生，走进生活、走进时代、走进百姓，努力打造出深圳曲艺的个性和品牌。唯其如此，深圳乃至广东的曲艺事业才能从小到大、从弱到强，从而形成更大的气象，取得更加辉煌的成就。

三、确立精品意识、打造深圳曲艺品牌，是深圳曲艺人始终不变的初心

以取材于闻名遐迩的中英街的大型曲艺情景剧《两个警察一条街》为例，该剧以中英街的百年风雨、百年沧桑、百年奋斗为背景创作而成，是中华民族从积贫积弱走向繁荣富强的一个缩影。作为纪念中国人民抗日战争暨世界反法西斯战争胜利 70 周年的一部重头戏，《两个警察一条街》虽为曲艺情景剧，但不以搞笑逗乐为主旨，而以反映中英街的历史巨变与时代风云为目的，其艺术特征就在于，故事结构上颇具匠心、小中见大，以故事讲述者和亲历者时空穿越为线，将划界、抗英、抗日、大营救、挂红旗、界河相望、购物天堂和香港回归等一系列事件串起，既浑然天成，又独立成章。该剧在表现手法上，以戏剧为经，故事结构贯穿全剧，矛盾冲突成为内在推动；人物塑造生动鲜活，舞台元素精彩交织，让全剧融会贯通。在艺术形式上，以曲艺为纬，剧中的人物语言巧妙自然。值得关注的是，该剧调遣、运用了诸般曲艺形式，如单弦、京东大鼓、评书故事、快板书、哑剧、舞蹈、魔术及地方特色的粤曲、客家山歌、渔灯舞等，极大地丰富了曲艺表演的表现力，为该剧增添了不言而喻的曲艺艺术魅力。

再以深圳原创曲艺剧《请你不要笑》为例，此剧更能体现曲艺创新思维。该剧以深圳青年相声演员赵梓琳的追梦经历为背景，融入时尚元素，把诸多曲艺形式、曲艺节目连成一个故事，又结合相声、快板、山东快书、歌曲、杂技、舞蹈等诸多艺术门类，使曲艺各个分类艺术如多枚手榴弹捆绑，以集束式规模效应"轰炸"，让观众笑点全开的同时，也向社会绽放出璀璨亮眼的艺术之花。全剧使用电影"闪回"手法，结合曲艺表演互动优势，引起观众强烈共鸣，被认为是曲艺和话剧结合的有益尝试。《请你不要笑》是一部幽默喜剧，由第八届中国曲艺牡丹奖新人奖得主赵梓琳及十多位 80 后、90 后曲艺新秀担纲主演，创作者为当今社会自暴自弃、不思进取、金钱至上的消极人群担忧，并引发思考，触发创作灵感。虽然在该剧主人公追梦过程中遇到不少挫折和嘲笑，但他仍坚定不移地朝着自己的梦想前进。剧情跌宕起伏，笑点频频。该剧是将曲艺和话剧相结合的一次大胆而理性的尝试，吸取曲艺表演中直接同观众交流的优点，凸显了不同于一般话剧的艺术魅力。深圳原创曲艺剧《请你不要笑》的精彩绽放昭示我们，曲艺创作者要有敢于打破常规大胆尝试的勇气，而不能总是患得患失。曲艺的创新改革是不可逆转的大趋势，曲艺要发扬光大必须与时俱进，但这并不意味着可以随意违背和无端抛弃曲艺本身的特质。满台生辉的大胆革新应该鼓励和支持，但同时也必须恪守曲艺的准则，这才是曲艺创作的辩证哲

学精神体现，也是曲艺立于不败之地的根本。

深圳与东莞联袂打造的群口快板书《羊续悬鱼》的成功创演也是这样。该作品巧妙借用中国古代廉政故事，用现代曲艺语言给予新的演绎，使之焕发出新时代的曲艺魅力和光彩。从"写什么"角度也即题材角度看，《羊续悬鱼》以"古为今用"方针为指导，紧扣时下反腐热点，向中国古代文化掘进，通过东汉南阳太守羊续清廉不受贿赂的典故，用通俗又艺术的手法，表达人民公仆要廉洁自律的主题。虽然典故出自古代，但演员无论是从表现手法，还是台词呈现均运用现代很新的形式，同时又保留了曲艺的精髓和传统的文化。近年反腐倡廉的曲艺作品不少，但精品不多。《羊续悬鱼》最出彩的亮点就在于，它开掘出了很多反腐作品未发现的领域——对于官员身边人的刻画。从艺术上分析，群口快板《羊续悬鱼》中共有三个角色，太守羊续、府丞钱孝贤、随从张全。来自深圳曲艺界的刘迪、刘延璐、张云晖三位演员通过反复研究切磋，最终商定加入一段府丞给太守羊续送礼时三人各自不同的内心戏。这段内心戏从人物身份的角度出发，清晰表达了三人不同身份下的不同想法，使角色更加生动鲜明，且不设旁白交代情节发展。在剧本创作上，《羊续悬鱼》除了丰富的心理活动演绎外，主创者还借鉴了他人的经验，诸如易中天用当代语言说三国的幽默艺术等，《羊续悬鱼》的快板台词均为当代语言，如将"脸面""幸福感"等也融入其中。此外，在作品演绎遵循曲艺规范的基础上，适当借鉴和汲取了传统戏剧的一些表现形式，同行反映该作品结构完整，表演流畅，毫不拖沓，颇吸引人。

四、深圳曲艺发展的反思与瞻望

曹雪芹在《红楼梦》创作自题诗中有云："字字看来都是血，十年辛苦不寻常。"此言，亦可用于形容深圳曲艺人的心路历程。十年来，深圳曲艺人以历史的、美学的、人民的、艺术的立场为主导，以饱满的审美激情和在场的思考姿态，对新世纪以来曲艺的存在与发展及深圳曲艺取得的成绩与存在的不足，进行深刻反思，并立足当代、关注现实，自觉用当代意识整合现实生活，主动将个人感受升华为公众感受，不断提高曲艺作品的吸引力和传播力。实践中，我们深深体会到，优秀的曲艺作品，就是要做到思想与艺术的和谐统一，曲艺创演必须直面当下牵动社会神经的各种问题，探索各种问题产生的成因，帮助人们认识严峻的社会课题，引领人们奔向真善美。身为曲艺工作者，我们必须把社会效益放到第一位，以有利于提升全民族，特别是青少年的精神素质为前提，把更精美的精神食粮送到千家万户，这是我们曲艺工作者应尽的义务。

　　深圳曲艺事业的成长壮大、兴旺繁荣昭示人们：传承与创新是曲艺事业存在与发展的车之两轮、鸟之双翼。这里，继承不是要把传统说唱形式原封不动地复制上演，创新也不是没有继承地另起炉灶。创新要在继承传统曲艺说唱表演艺术本质属性的基础上，根据新时期观众新的审美需求，进行必要的改革和新的创造。要在保留传统曲艺品种基本特征和内在要求的基础上，转益多师，为我所用，适度打破界限，实现凤凰涅槃。要警惕和克服焦虑浮躁情绪，切忌从一个极端滑向另一个极端，不能打着创新旗号将曲艺搞得面目全非、非驴非马，传统中的精华部分和固有规律，应当尊重和维护，曲艺各品种的个性元素该保留的还要保留。这里，最根本的是要扎根人民，脚踏实地，真正走进浸染着人民喜怒哀乐情绪的历史与现实生活中去。唯其如此，才能让我们的曲艺作品具有时代性、人民性、艺术性、审美性，才能在群众中产生强烈的共鸣，从而让我们的曲艺真正成为人民群众喜闻乐见由衷欢迎的精神食粮。

（原载 2017 年 11 月 30 日《中国艺术报》，原题为《深圳曲艺十年回眸》，发表时有删节）

第七篇　其他

南山雕塑展五人谈

孙振华　张爱民　严善淳　饶小军　鲁　虹

孙振华（深圳城市雕塑院二级美术师）：这个展览和 '97 香港回归有一定的关联，香港回归是国家政治生活中的一件大事，社会各界都组织了不少活动，不过，我们倒不想把展览也弄成一个应景的、搞搞喜庆气氛的活动，而是希望以此事件作为一个契机，能从文化的角度切入，做一些雕塑学术。从南山雕塑院一成立就在酝酿办展览，怎么办？雕塑展相当麻烦，雕塑家目前的状态都是个体的劳动者，很难组织，钱又花费得多。后来就想到与深圳艺术界朋友见见面，请大家想点子、出办法。这就是去年六月大家第一次见面酝酿的初衷。但当时感觉很不成熟，也不实际。这就要和雕塑家们沟通，获得共识。对雕塑家而言，有一个观念的调整的问题，不能简单化，要么对展览做庸俗社会学的理解，要么拒斥。香港回归是一件大事，我们不可能无动于衷，艺术家不应对我们身边的生活持一种漠然的态度，我们把自己的想法表达出来有什么不好？更重要的是我们可以有针对性地探讨一些问题，比方，雕塑、装置在当代条件下与重大社会、政治问题的关系问题，雕塑、装置的文化负载问题，等等，应该是可以有所作为的。

本次展览的学术主题是"永远的回归"。提出这一学术主题首先基于这样的认识：历时百年的香港主权的掠失和回归。从艺术的角度看，这是一个极富典型性和象征性的历史题材，蕴含了风云激荡的中国近现代史中深刻而丰富的历史内容，汇集了最能体现这个时代特征的各种文化矛盾和冲突。"永远的回归"这一主题，有助于激发艺术家的灵感，从个人独特的体验和文化视角出发，以不同的表现方式，表达对这一事件的各种感受和思考，体现出艺术家对当下重大社会事件的敏感和关注。其次，我认为，回归之所以是永远的，是因为，从当代艺术发展的趋势来看，艺术不再仅仅是艺术本身的问题，它首先应该是一个文化的问题，因此，香港的回归在艺术家的眼里，不仅有政治的、社会的意义，同时还有更深刻的文化的、历史的意义。在文化的视野里，回归的含义远远不只是一个地区主权的失而复得，更是一种文化的象征和信号，它为艺术家超越单纯事件本身，进行更深入的文化思考和阐释，提供了多层的空间。正是在文化的意义上，回归成为一个过程。

张爱民（南山城市雕塑院办公室主任）：这届展览是从去年 6 月开始酝酿的。'97 临近，大家都想做点事，我们南山雕塑院成立了，也应在 '97 做点事。请钱绍武老师做院长，本意也就是想把雕塑的"舞台"搭起来，主要目的是使全国雕塑家的优秀作品能在深圳这个地方有展示和摆放的机会。钱老总说，我虽然在这儿当院长，但不是只摆放我自己的作品，而是利用深圳的优势给更多的艺术家提供舞台。从那次见面以后，我按钱老的办院思想，在他老人家和包泡老师的帮助下，从去年七月开始到全国各艺术学院到雕塑家的工作室里看东西。我发现由于房间小，雕塑家的作品都堆放在家里或工作室，他们不觉得是宝贝，但一经展示，就成了宝贝。因此，我就开始收集了一批作品，不知不觉达到了 90 多件，包括 40 多位艺术家的作品。在南山展示以后，相当不错，立即取名为第一届南山雕塑展。有了这第一届，我们就希望有第二届、第三届……，把南山雕塑院的牌子创起来。它不仅是一个展示的舞台，还是雕塑家对外交流的舞台，是一个学术活动的基地，这也是钱老所构想的。在取得第一届的经验的同时，就产生了为 '97 举办第二届南山雕塑展的想法，也得到了南山领导的支持。但怎么办得有特色，酝酿来酝酿去，多次与孙博士交流，听取了他的主张，办一个有主题的展览。于是，我们利用深圳的优势把大家集中起来，发挥深圳这一批理论家的作用，优势互补，搞一个有学术、有影响的展览。这就是"永远的回归——'97 南山雕塑展"的开始。人们总说深圳没有文化，实际上深圳的文化人才很多，但就是没有集中起来，形成一股力量，用一种文化的趋势去影响深圳，使它产生深圳的文化。我们这届展览的意义还在于，虽然深圳没有多少优秀的雕塑家参与，但我们的展览学术策划人全都是深圳的。深圳本来就是依托国家而发展的，经济依托国家这个大后方，那我们的艺术文化同样需要依托国家的艺术界，才能使深圳的文化艺术上一个档次。

鲁虹（深圳美术馆二级美术师）：作为在深美术理论研究者，我觉得自己有义务为深圳的文化艺术发展做点事，这次南山雕塑展正是借助国内的艺术界的整体力量，充分发挥深圳现有的各种优势，为中国的雕塑展示和创作活动探索出一条新的路子来。利用这次组织作品的机会，我和张爱民、严善淳到各地去了一趟，深感广大雕塑家对我们这个展览是十分支持的。为什么会出现这种状况呢？仅仅谈我们这些人与广大雕塑家是朋友关系看来还不够。我想，也许还有如下原因：第一，此次展览迎合了广大艺术美术观察家希望搞一次全国性综合雕塑展的夙愿。新中国成立以来，许多雕塑家曾就这一问题多次呼吁过，全国美协也有类似想法，但迫于经费不足等原因，一直搞不起来。进入新的历史时期，刘晓纯原想搞一次全国性的雕塑提名展，也因同样原因没搞成，最后以在《江苏画刊》介绍各位艺术家与作品了事。这次深圳给全国雕塑家提供了一个机会、一个舞台，圆了大家的梦，算是迎合了文化发展的需要；第二，在举办展览的过程中，我们已超越了以往举办大展的模式，力图与国际接轨。虽然此次展览也有主题，但它与主题先行的模式并不一样，给雕塑家提供了一个很广泛的表演舞台。比如从主题的文化内涵上讲，人们不但可以从主权回归上理解，也可以从文化回归上理解，甚至可以从心理学的层面上理解。从参展的作品来看，艺术家的理解是很好的。又比如，从艺术表现上讲，我们强调多元化，提倡探索精神，关注学术自身的推进和学术问题。我们的这些想法和广大雕塑家不谋而合，所以深受欢迎。展览结束后，我们还要深入总结经验，找出不足，力争把以后的南山雕塑展办得更好。我们应该有个目标，即把南山雕塑展办得像威尼斯双年展、圣保罗双年展一样有广泛的知名度与学术权威性。这样，我们才真正可以按自己的标准，而不是西方的标准向世界推出我们的雕塑家与作品。

严善淳（深圳画院二级美术师）：这次展览是以 '97 回归为基点，引申出了"永远的回归"这样一个学术主题。这种主题性的展览，在国内的雕塑界还刚起步，虽然从总体来看，参展的作品与学术策划的预期效果基本上吻合，而且有些作品的内涵比较深，有很大的阐释空间，但是由于筹展时间比较短，部分艺术家就这一主题的理解与学术策划者之间还缺乏一定的沟通，有的艺术家甚至还产生了一些误解。现在回过头来看，确实还有些值得我们检讨的地方。就这一主题来说，我就酝酿得不够充分，至少，作为策划者，对它的阐释还做得不够，它产生了这样两极的弊端，一是容易让人理解得过于宽泛，因为"文化回归"这一主题包含的内容实在太多了；二是容易让人理解得过于狭隘，因为香港回归只是主权的回归。因此，无论是艺术家的创作还是批评家的评介都似乎没有一个可以参照的学术尺度。我不同意艺术家逢展览必参加，搬来搬去都是那几件作品，落得一个脸儿熟。南山雕塑展是一个常设性的展览，将来还可以有很多有意思的主题。前几天我就在想一个问题，现在关于具象雕塑的问题大家好像没有什么好说的了。似乎有这么一种看法，现在还搞具象就很保守，抽象的、变形的就比较新一点，最前卫的就是装置，这是不是有点简单？如果你具有一种当代的观念，即使用非常具象的手法也不是不可以，我们下次展览能否研究这个问题？主题就叫"具象雕塑与当代精神"，看看具象雕塑如何具有当代性，以及在当代如何延展的问题。另外我还有个想法，要找个机会让那些搞具象的把所有的本事全都拿出来，平时有些人老说造型能力好，我们就把他们放到一起，看看中国雕塑家的写实功夫到底怎样，给这些人搭一个舞台。如果搞这个展览，那些搞装置的就不必参加，这是很自然的事。还有，现在有一部分人很注重对民族雕塑语言的发掘和应用，但仔细观察，出发点有很大的不同。我们是否能再组织一个与民族雕塑传统有关的展览，把对此有兴趣的雕塑家组织在一起，在众多的方式中看能否发现真正能进入当代的有价值的东西，我们来把握它，这样搞展览就比较学术了。

饶小军（深圳大学环境设计系副教授）：我看了第一届雕塑展之后，有这样一些感受：即目前整个艺术的发展，到了一个新的历史阶段。一方面，各门艺术在各自独立的发展过程中，面临着艺术语言本身必须创新和变革的问题；另一方面，各种艺术之间也在相互影响、相互作用，在总体上呈现出谋求艺术与当代中国问题相切合的趋向。雕塑艺术，同样面临着上述两方面的问题。

第一届雕塑展看下来，我明显感到了这种变化，雕塑越来越受到各种观念艺术（如装置艺术）的影响，传统雕塑也处在一种问题状态之中，实际上也在变。我写了《城市雕塑：激变中的求索》一文，阐述了对上述变化的一些基本看法。

本届雕塑展应当看成是上届雕塑展的延续。从背景的意义上来解释，我们感到在深圳举行这样的雕塑展，具有某种特殊的意义。因为，深圳毕竟是一个边缘性的城市，文化上也带有某种边缘性的特色。换句话说，它是一种与主流文化相对应的边缘文化，这在当代艺术发展过程中是一股不可忽略的文化倾向。许多年轻雕塑家踊跃参加本次雕塑展，从一个侧面反映了当代雕塑艺术正走向对边缘性问题探索的潜在的趋向。本次雕塑展，我们在确立"永远的回归"主题之后，邀请参展的艺术家除了雕塑家之外，还有一部分装置艺术家，目的是在主题的选择和酝酿上搞得充分些，使得新的学术主题，既能结合雕塑界的创作现状，又能与长远的学术目标联系起来。一个好的主题，应该是既给人以一种限制，又给人以一种自由创造的空间。这样的主题性展览，不仅可以提高雕塑界的地位，给真正优秀的雕塑家提供一个展示的机会，给从事学术研究的理论家提供一个视角，还在于凸现本次雕塑展学术上的边缘性特点，加上这些理论家和评论家的介入，从学术上给予一定的导向性，鼓励和促进雕塑艺术走向与当代其他各门艺术同步发展的道路。

鲁虹：确实，在今天的中国非常需要像南山雕塑院这样一个能把国内优秀的雕塑家和批评家凝聚起来的机构。在四川时，余志强对我说他很感谢这个展览。我问他为什么，他说以前国内批评家根本不关注雕塑。这一次搞南山雕塑展，许多批评家都参与了，表明雕塑开始被学术界关注。所以这个活动非常好，它对推动雕塑的学术发展必将起到促进的作用。应该说，这也是广大雕塑家十分支持展览的一个原因。马上我们要着手编辑介绍这次展览的专辑了，我觉得除了要充分介绍参展艺术家及作品外，一定要组织好有分量的、能切中时弊的学术文章。这样，我们这个展览就会对雕塑家们有更大的吸引力。事实上，通过展览，我们的确可以发现一些积极因素与消极因素。具体说吧，雕塑界在经历了长达半个多世纪对西方的模仿后，正在出现一种回归本土创造自己新雕塑文化的趋势，像傅中望对传统榫卯结构的借鉴，曾成纲对传统青铜艺术的借鉴，其他艺术家对民间陶艺的借鉴等都很说明问题。本来我很想就此写一篇文章，也与孙振华谈过，由于资料一下收不齐，只好留待以后了。再从消极因素上讲，我觉得雕塑界的"精英情结"较为严重。这使得一些雕塑家更关注圈子内的事，如形式的再创造、媒体的再发现等，而不太关注现实和圈子外的事。我们的文化正在转型，雕塑界怎样应付这样的挑战，并以当今的艺术形态去揭示当代人的精神需求和理想，还是很大的问题。我们完全可以在这方面加以探讨。

孙振华：中国当代雕塑到了 20 世纪 90 年代进入了一个新的阶段，无论从哪个方面看，这一段历史都将是十分重要的。现在雕塑还可以去影响美术界，甚至是整个文化界。

孙振华：对，没有主题不行，没有好的主题也不行。另外，这个展览的辐射面还不是太广，参展的毕竟也只有几十个雕塑家。我们不认为参展的全是精英，没有参加展览的雕塑家就不重要，不是这个问题。在艺术多元化的今天，雕塑家完全可以有不同的选择，雕塑家无论在观念上还是创作上都到了一个临界点，出现了一个时机，过去不成熟，现在这个时机到来了，我们的展览恰好应运而生，适应了这种需要。这对中国的雕塑界在向市场化发展的同时，增强它自身的学术建设，必将大有益处。

严善淳：我觉得目前中国的雕塑界不是没有学术，只是没有形成一种学术的氛围。国内雕塑界基本上处于这样两种状态。一种是城雕发展得过快，使得大部分很有学术潜力和艺术功底的雕塑家都忙于应付各种"工程"。由于各种社会因素的制约，城雕的学术水平就打很大的折扣。另一种状态是，一小部分关注学术的雕塑家，他们基本上把眼光盯在海外，参与海外的艺术展览和艺术活动，但从总体上来看，他们大都只是作为一些主题性展览的陪衬，与绘画的地位还有相当的距离。再加上现在流行的装置热，也使得一些雕塑家不断地越过自己的边界，更削弱了雕塑界的力量。从整个现代美术史发展的状况来看，在文化运动上产生重大影响的艺术门类，基本上还是在绘画领域，在几个大的艺术运动（如印象、后印象、立体、野兽、抽象）中，雕塑都没有起主导作用，在中国，由于批评家的个人趣味以及客观环境的限制，雕塑在社会生活中的影响就更显微弱。这个展览可以在一定程度上把雕塑界的精英聚合起来，改变目前这种散兵游勇式的展示和交流状况。

孙振华：这个展览为什么说它是学术性的呢？很重要的一条是它凸显了问题，凸显了与我们生存紧密相关的社会和文化问题。展览的学术主题是一个契机，和我们说话一样，是一个话题，是一个规定情景，否则就跑散了。对于这个题目，雕塑家拿来了不同的东西，放到一起，一比较，就看出了问题，按传统的路子起会怎么样，按西方现代主义的样式走会怎么样，采用现在最引人注目的装置的方式，在展示中效果又怎样？最后，这些方式如何能切近我们当代的生活，更具有现实的针对性？这样有利于我们认识的深化，加深我们对当代雕塑问题的认识，对它在当代文化中的使命、地位和未来趋势的认识。许多例行的展览不针对问题，缺乏对艺术发展脉络的把握和对当前要解决的问题的探讨，只是参参展、评评奖，熬个几次记录好参加美协，这就没什么学术性可言。

饶小军：我还想谈一下本次雕塑展作品选择的标准问题。这次雕塑展采用了一种艺术的方式来举办展览，凸显出学术主题的重要性。我们反复讨论、酝酿，认真地加以评论和筛选，确定了参展的几十件作品。这次雕塑展的作品选择，是以"对主题的切入"为基本的标准的，而不论以何种形式或语言来表现，因此，它实际上包含了传统雕塑、现代雕塑，以及观念艺术等各种艺术表现形态。另外，我们在选择作品过程中，有意无意地特别注重那些具有探索性、实验性的作品，如对传统雕塑语言进行大胆革新并有所突破的作品，对当代中国雕塑艺术基本问题进行思考的作品，从观念艺术角度进行艺术创新的作品，这里面我们感觉像隋建国、于凡、李秀琴、展望等人的作品，都有一些新的内容和尝试。

评论的介入，使得雕塑艺术走出了传统匠人封闭式的创作过程，而与当代艺术理论有了对话和交流的机会；评论的本身也在讨论着中国艺术何去何从的问题。因此，大家实际上都在思考和创作，只不过有的是从艺术理论上，有的是从艺术语言上，这两者是相辅相成的关系。评论还担负着向大众普及和解释的重任，这对于促进整个艺术的向前发展都是不可或缺的环节。

讲好中国故事的经典之作
——评《两界书》

吴俊忠

　　学者著书立说的话语情景和社会反响，大多是专业领域、学术话语，圈内热议、大众鲜知。士尔先生的新著《两界书》（商务印书馆 2017 年 5 月版），一改传统的学者著书立说的状况，甫一出版，就广受好评。学界誉之为"世纪杰作"，大众称其为"天下奇书"，开创了学术著作融入大众文化的范例，堪称是一部讲好中国故事的经典之作。细读这部"奇书"，会有一种"古往今来都在眼前，生死荣辱皆有新解"的神奇感觉，令人为之入迷，难以释手。

凡人问道：揭示世界之谜，破解生死之惑

　　《两界书》有一个副题：凡人问道。这表明，该书是以"问道"的形式，展现全书的主题。那么，要问的究竟是哪些"道"呢？作者先做了一个背景设定，要问的是贯通两界的"道"。两界包括"天界地界，时界空界；阳界阴界，明界暗界；物界意界，实界虚界；生界死界，灵界肉界；喜界悲界，善界恶界；神界凡界，本界异界……"。"道"涉及十个具有终极意义的根本问题，即：世界从何而来？人类如何起源？人为何会有生死？人为什么会不一样？人为何而生？人是什么？究竟有无来世？善恶有什么报应？谁是人的主人？人类向何处去？这十个问题的终极指向，就是要揭示世界之谜，破解生死之惑。

　　"世界从何而来"自古以来一直是个终极之问。作者在卷一《创世》中，"以神话思维和文学手法"，巧妙地将《圣经》故事与中国古代文化经典的精神内核和中国民间神话传说融汇一体，讲述了一个"天帝创造世界"的传奇故事。而《创世》所描绘的世界，是作者创造性地融汇了中西关于世界源头的学说而呈现出来的一个结合体。作者对于这个"结合体"形成过程的解说，既采纳了《易经》《庄子》的"太初"说和《荀子》的"天帝"说，也采用了佛教经典的"大千"说、道教经典《道德经》的"大道无形"等学说。作者的可贵还在于得其精髓、善于联想，以神话思维和文学手法衍生出一系列"创世"的新概念和新形态。如"天帝挥意杖""天帝吹播元卵""天帝意杖为引，杖痕有迹，元纪开启""天帝灵道运行，实生万维"等等，从而真正做到"融合东西方素材，由典而出，化陈出新"。需要指出的是，这里所说的"创世"，是"神话思维与文学手法"所展现的"创世"，是一个带有神话色彩的故事，而不是科学意义上的宇宙起源。但从某种意义上说，这个故事却又是"科学"的，它在当下的认识意义集中体现在三个方面：一是加深对中国文化传统与文化精神的认识，了解人类文化的共性和个性，进而自觉推进全球化背景下的文化开放和文化融合；二是加深对世界变化规律的认识，努力把握"数的组合变化"，学会怎样面对这个不断变化的世界；三是加深对哲学意义上的物质与意识关系的认识，走出唯物与唯心二元对立的简单思维模式。明确"万维"是世界的本质，意念改变一切，思想就是力量，观念更新推动着世界的变化与发展。

歌手汪峰在歌中唱道："谁知道我们该去向何处？谁明白生命是为何物？"，"我们该如何存在？"这可以看作关于人的终极思考的形象表述。《两界书》在"造人""生死""命数""问道"等卷中，集中阐述了与人相关的六个问题：人类如何起源？人为何会有生死？人为什么会不一样？人为何而生？人是什么？谁是人的主人？这六个问题可谓是亘古之问，从柏拉图到莎士比亚，从孔夫子到孙中山，关于人的追问与思考，一直没有停止。作者在汲取古今中外圣贤先哲思想的基础上，融汇儒道佛法等各家之说，对上述这些问题，通过虚拟的"六位先知"之口，进行了创造性的阐述和解答。

关于人类起源，西方有"亚当夏娃说"，中国有"女娲造人说"。作者没有延续旧说，而是以神话故事的形式，讲述了天帝怎样"造人治理世界"，"然后分三步对人实施'复造'"，使人由蒙昧的"初人"提升到区别兽畜有情有爱的"中人"，最后向"终人"发展。关于人的生死之惑和人生意义，作者同样以天帝之口，进行了阐述和解答：天帝鉴于所造之人"善始者常不善终，善终者常不善始"，决意为人"定命数""设命格""设能限""定生途"，使"人皆有生，生皆有死，生死有序，命有定数"；"命数不一，各自修为"；让人"有能而无致，有生而无恒"；使人懂得"生弥珍贵，生当乐生。死为归途，万众所同"。这些讲述表明，书中体现的是积极有为的人生观。首先，它告诉我们，所谓"命运"并非完全与生俱来，无法改变。无法改变的是"命"，是个定数，可以改变的是"运"，是个变数。天帝设定生死命数的故事中提出的"生弥珍贵，生当乐生。死为归途，万众所同"的观念，就是告知人们，快乐才是人生的真谛。"乐生"具有"快乐"和"有为"的双重含义。人活着不但要快快乐乐，而且要有所作为。要积极乐观地面对人生苦难，不怨天尤人，不轻易放弃生命，活出高度，活出境界。这一观点，在当下有着尤为重要的积极意义。其次，明确指出死亡是人之终归，是任何人都不能逃避的规律，无论贫富贵贱，概莫能外。那些力图"求得长生不老药""好想再活五百年"的人，都是违背规律，痴心妄想。既然如此，何不淡泊名利，摈弃妄求，过有意义有乐趣的快乐人生呢？

关于"人是什么？谁是人的主人？"这两个问题，作者在《问道》这一卷中，通过"凡人问道，六先解答"的形式进行了系统而又深刻的阐述。作者以"六先"之口阐明：人是悟天道、走正道、行善举、知伦理、辨善恶、识美丑、循法知理、克己制欲的万物灵长，但人性善恶并存，灵欲相制，人心及行为均在变化之中。因此，人有两个阶段，或称两个境界。低境界是善恶并存的"本人"，高境界是抑恶扬善、知理明义的"义人"。人生在世，面对众多诱惑，难免有执迷不悟之时，因此必须有支配和主导自己的"人主"或"主宰"。得道高人，通观宇宙，彻悟人生，可以信仰天道为人主；芸芸众生，善恶并存，道欲相交，则需要有抑恶扬善、守道制约的"心主"。心主实质就是佛家所说的"心识主枢"，就是道家所谓的"听之以心"。从这个意义上可以说，人主就是己主，就是让自己的心做主，而心是与精神意志密切相关的，其根本在于有觉悟、善变化、崇道德、守法纪，依道而行，有伦有序。故人要在道、欲、人三维交织的人生境况下，以道为先、以道为主、以道疏欲，努力达到"天道人律适合，天长地久人生"的境界。

叙事创新：巧用神话思维，讲好中国故事

叙事新颖是《两界书》最突出的创新特色。叙事通常有三种模式，即诗意叙事、辩证模式和修辞叙事。《两界书》"叙事手法不拘旧规，合以神话、寓言、魔幻等文学修辞"，既有诗意叙事之美感，又有辩证叙事之哲理，更有修辞叙事之精细。卷七《承续》中的"雅希联姻"，和卷九《工事》中的"欧瑶成千里眼"，可谓是诗意叙事的范本。雅荣为了娶得心仪之人希玛，不惜违反"异族不能通婚"的族规，断臂明志，甘受酷刑，最后终于感动天帝，情动希玛，抱得美人归。这一富有诗意的故事把族规和人性的矛盾展现得淋漓尽致，使人为之动容；欧与瑶是一对恩爱夫妻，均擅长冶炼制器，在被洪水冲散后，因彼此思念，竟使往日冶炼之碎片合为明镜，产生可以隔地相视交流的奇异功能。此故事把冶炼制器须倾注情感、以情化之的道理，形象而富有诗意地展现了出来。由于本书大多以夹叙夹议的故事形式呈现，所议之处均有哲理，故辩证叙事贯

通全书，尤以卷十二《问道》为最。"六先"之说均是辩证思维，异而不悖，发人深思。作者不仅提出了"六说不悖，皆有其悟"的论断，而且特地以"道先"之口，对"六先"学说的辩证和关联进行了精炼的概括：

> 以道为统，无统不一，无一何生万物。
> 以约为信，无信不通，无通何生和合。
> 以仁为善，无善不爱，无爱何生家邦。
> 以法为制，无制不理，无理何生伦序。
> 以空为有，无有不在，无在何生世界。

修辞叙事是本书最鲜明的创新特色。修辞叙事的根本是建立叙说者与受众的"说服关系"，即让受众对叙说的内容表示认同。因此，叙事就要在人物和情节上下功夫。对此，作者的指导思想非常明确，他在导论中讲道："《两界书》不是单向度地传播演讲者的声音，而是设立讲者与他者之间的对话——他者包含了不同的听者，在讲者和他者之间建立起思想对话和情感交流"。这种对话在书中突出表现为讲故事，但"讲故事不能没有情节，有情节才有故事"。为此，"全书采用框架式结构，讲述了百多个既相对独立又相互关联的故事"，故事情节错综复杂，引人入胜。故事中的人物经历不同、性情各异，成为作者表达思想的形象载体。如以善待人的菩度，实施仁政的哈法，抛金入海的德敦，强造飞车的函含……，一个个人物，性格分明，栩栩如生，为构建情节、表达思想起到了很好的形象展示作用。尤为可贵的是，作者"超越历史、神话、宗教、哲学、文学等传统范式界限，设元典话语，用文学修辞，以文白相合式汉语表述，创哲学文学新例，开跨界叙事先风"。所谓"跨界"，是指既跨天地、神凡之界，又跨学科、学说之界，把神话思维和现实思考融汇一体，使各门学科和各家学说交相辉映，形成全新的思想体系；所谓"元典话语"，就是巧妙运用《圣经》《易经》《道德经》《庄子》等中外经典的话语体系，形成古为今用、焕然一新的叙事话语；而把"文学修辞"和"文白相合"的汉语表述方式综合运用，更是作者的全新尝试，产生了令人耳目一新的修辞魅力。如六位先知对问道者的回答，采用这种富有文学色彩的"文白相合"的汉语表述方式，就产生了"说理更加透彻、印象更为深刻"的效果。"六先"在解答"究竟有无来世"之问时，言简意赅地指出："既生现世，即立现世"，"尽心意躬力行，来世自来"；"来世亦如今世"，"今生今世所为，实为来生来世之约。人生现世，皆为来世订约"；"今来两界，各有界律"，"界律不同，难以逾越"；"今生来生皆为生，今世来世皆为世"，"人活今生，存于今世"，"今生自有今性情，来世自有来喜悲"；"时空两维，今来两界，有大异而不隔绝，有界限而不断然。两维两世界，以意为介，可得联通，实生意界"。这种语言，不仅在现代一般学术著作中很少应用，就是在文学作品中也极为少见，创新特色可见一斑。

哲理诗韵：一朵学苑奇葩，一部新型经典

《两界书》被称之为"天下奇书"，绝非偶然。作者围绕设定的终极之问，展现"神话思维和文学手法"，以讲故事的方式，在"两界"间任意遨游，时而仰望天空，时而俯瞰大地；时而叩问神灵，时而审视众生。古往今来，天地神人，尽入视野；世界之本，人性之谜，均作探究，创造性地彰显了中华文化精神，描绘出中西文化融合的绚丽画卷。

这本"奇书"，首先奇在全书的篇章结构。谋篇布局新意频出，章节设置环环紧扣。作者不落俗套，不按常规，不设前言或序言，而是以前记和引言阐述著书之缘起，点明何谓"两界"及两界"化异辅成"之关系，以一篇看似书评又不是书评的导论，阐明《两界书》的主旨是"传承文化，架设桥梁，讲好故事"，特征是"跨界叙事、元典话语、人文情怀、中国精神"，既展现了全书的思想内涵和艺术特征，又引人入胜，富有趣味。全书共十二卷，作者以《创世》《造人》等内涵丰富的醒目标题，巧妙地设定了若干关于人类终极意义的问答（分明问和暗问），层层递进，步步深入。为使读者懂其"我思"，得其要义，作者特在引言前设"题记"："两界书——凡人问道"，又在各卷开篇时设简短引语，告知读者该卷所问何题，从而让读者产生兴趣，渐入佳境。

其次，奇在这本书的内涵表现方式。乍一看全是神话故事，仔细看却都是人生大道理。天帝通过"神谕"来教化人类，与人类沟通，是中外神话中常有的表现方式。本书的新奇在于，作者把神谕和故事情节统一起来，成为人类修身悟道的思想指引，使中国古代文化中的"天人合一"思想得到形象的展现。如在雅昆什"欲筑高塔而近天帝"的故事中，由于雅昆什不理解"有所为有所不为"的道理，发誓要将"高塔建至云端"，最后落得"高塔坍塌"死伤无数的下场。发人深思的是天帝通过天使红狮对雅昆什的诫谕："雅人心未致而欲意致，意未致而欲工致，何不致此？"意思是说，雅人尚无"得道近天"之心，就想造塔登天，而且也无建造通天高塔的信念和本领，在这种情况下盲目动工，高塔怎能不坍塌？这段话虽是神谕，其实讲的都是做人做事的基本道理。但通过"神谕"这种形式，就使"基本道理"具有至高无上的权威性，而"心致意致，意致工致"这种话语也就有了深刻的思想性和感染力。因此，无论是从外在形式还是从内在结构和内涵来看，这本书都称得上是一朵"学苑奇葩"。

意大利著名学者型作家伊塔洛·卡尔维诺在他的《为什么读经典》中说，关于经典的定义有十四种说法，其中有两种说法对应《两界书》非常贴切。他认为，"经典意味着一种文化意味的典范，具有不容置疑的价值示范作用"；"经典作品是这样一些书，我们越是道听途说，以为我们懂了，当我们实际读它们时，我们就越是觉得它独特、意想不到和新颖。"《两界书》就是这样一本书。它的形式和内涵都堪称是"文化意味的典范"，具有无可比拟的"独特、意想不到和新颖"，以前未见有这样的书，以后也不可能多见。至于它的价值示范作用，则集中体现在两个方面。第一，如何传承文化、向世界讲好中国故事。可以想象，如果我国一个青年学生读了这本书，他一定会由此对中国优秀传统文化产生浓厚兴趣，潜移默化地受到熏陶，自觉成为传统文化的传承者和传播者；如果一个外国人读到这本书，他也一定会喜欢上中国传统文化，并积极地在世界传播。从这个意义上可以说，向世界讲中国故事不难，但要讲好中国故事则不易，需要有能让处于不同文化背景的外国人听得懂、感兴趣并且有内涵的故事情节和话语体系。《两界书》在这个方面就发挥了很好的价值示范作用；第二，解答终极之问，阐发了"敬天帝（即敬天地）、孝父母、善他人、守自己、淡得失、行道义"等核心要义，"分别从信仰、伦理、社会、个人、功利、实践等层面，构建了一个完整的思想与价值体系，涵括了世界观、价值观和人生观的全部范畴"，在倡导新观念、提升新境界方面发挥了创造性的价值示范作用。因此，无论是创新特色，还是思想内涵，该书都称得上是一部特色鲜明的当代新型经典。

综上所述，《两界书》诗意盎然、哲理深奥，被学界誉为"世纪杰作"，被读者称为"天下奇书"，是实至名归。它使中国文化中的天人合一、道法自然、天道立心、人道安身等核心理念，走出哲学的课堂和思想的圣殿，把抽象的理论概念演绎成形象的观念意识和做人的修为之道。因此，解读这样一部堪称经典的"奇书"，绝非一人之力和一时之功可以达成，它必将在今后的长期流传中不断接受新的解读，产生时读时新的效果。也唯其如此，它才称得上是一部真正的经典之作。

（2018）

文化视野下的审美寻索
——评安裴智文化评论集《跨界审美与文化叩问》

李凤亮

　　安裴智兄的第二本文化评论集《跨界审美与文化叩问》即将付梓出版，我很替他高兴。春节前，他将书稿发至我的邮箱，要我作评。其时我已离深返乡，与家人团聚过节。节后又忙于校务，事务烦冗，直至近日才抽暇陆续看完裴智的文章。文集中收录的，多为他南下深圳这十来年所写。通读全书，感觉裴智文化功底厚实，知识结构博杂，涉猎领域宽广，对文艺现象与作品的理解敏锐而犀利，字里行间渗透着独到的文化识见与个性气质，弥漫着浓郁的人文情怀，行文明朗流畅，文字温润凝练，形成了厚重、爽朗、诗意而有语言美感的独特的评论风格。

　　从总体看，安裴智的评论具有一种大文化视野，他既能高屋建瓴地从美学的视角宏观把握作品的整体审美特征，强调对作品的审美感悟，融情于理，情理交融；同时，又能很微观地深入文艺作品的肌理与堂奥、细节与局部，注重对作品的微观的艺术分析。从这些文章，既见安裴智作为一名薪传了清代"朴学"精神的古典文学学者的那种醇厚而绵长的学养，也让我们领略了他作为一名曾经的资深报纸副刊文艺评论版编辑长期改稿、磨炼、濡养而成的一种很犀利而"毒辣"的学术眼光。自20世纪90年代初以来，裴智先后在内地与深圳的两家报纸主编副刊的文艺评论版，达20载。这种长期的副刊编辑经历，对于一个文学评论写作者来说，绝对是一种难得的历练、熏陶与磨炼。裴智编了20年副刊文艺评论文章，也就在文坛耆宿、学林硕儒与艺苑时彦的珠玑文章中滋养了20年，内功就这样炼成了。于是，闲暇时，读到一篇文坛力作，或是发现一种新的艺术倾向与文化现象，裴智便觉如鲠在喉、不吐不快了。他感到手痒难耐，就搦翰操刀，写开了文艺评论。这种资深文化编辑的文字功力、深湛眼光与读研时古典文学的旧学功底，共同促成了今天的安裴智。我为裴智欣喜。刘勰说："凡操千曲而后晓声，观千剑而后识器，故圆照之象，务先博观。阅乔岳以形培塿，酌沧波以喻畎浍。"正是裴智的"阅文无数""改稿上千"，使他炼就了一双辨识良莠的火眼金睛，平庸之作难入他的法眼。而他之于文艺评论，道理庶几近之。

　　我认识裴智，是在 18 年前。那时，他的名字在圈子内外是尽人皆知的。这里所谓圈子，即是当代文学批评界。而裴智的出名，即因了他 20 世纪 90 年代与当代文学评论界、文艺理论界一批文化耆宿、学林时彦之编辑的交往。他在 90 年代中国报纸副刊界很有影响，国内从事文艺理论批评与当代文学评论的学者，很少有不知道安裴智与他编辑的《太原日报》"双塔·文学评论"版的。拿文学评论家孟繁华先生的话说，"这个阵地吸引的评论队伍之强大以及引起的巨大反响，曾在文学界一时传为美谈。"《双塔》以关注最新涌现的热点文学现象、当代文艺思潮与热点作家作品为主，也组发了大量的文艺理论与美学方面的长篇文章，团结了以北京、上海、广州、武汉、济南、天津、太原、西安等为中心的一大批文学界与学术界的专家与学者，被首都文艺界的学者评选为 1994 年"最喜欢的报纸副刊"之一。时任《文艺报》新闻部主任的文学评论家贺绍俊在《文艺报》与《新闻出版报》同时撰文，称赞《太原日报》"双塔·文学评论"版为中国当代的严肃文学开辟了一个"优雅高洁的包厢"，值得向全国的读者推荐。裴智所编辑的文章经常被国内重要学术刊物转载，在当代文学批评界产生了巨大的影响。而我在文学上接触裴智，正是 20 世纪 90 年代末。彼时，我在暨南大学攻读文艺学博士学位。认识裴智后，他开始向我约稿。不久，我评昆德拉的几篇文章陆续在他编辑的《双塔》副刊上刊发了。也正是从那时起，我才了解到，裴智的学识与学养其实是早在大学时代就已经奠定了良好的基础的。他 20 世纪 80 年代末在山西大学攻读中国古典文学专业研究生，师承一代词学宗师夏承焘先生之弟子赵景瑜教授与"章门学派"人物、著名古典文学专家姚奠中教授之高足梁归智先生，研究中国古代小说与戏曲。他承传了前辈学者严谨治学之精神，对中国古代的文、史、哲产生了浓厚的兴趣，又极喜文艺美学与外国文学，遍读文艺美学与文艺理论的著作。参加工作后，他长达十年专职编辑《太原日报》"双塔·文学评论"版，长期浸染于当代文学评论界，组发了周汝昌、蒋和森、汝信、王蒙、顾骧、洁泯、叶君健、叶廷芳、刘梦溪、蓝英年、钟叔河、莫言、刘心武、李国文等大量全国名家的文艺评论与美学文章，成为 20 世纪 90 年代中国文坛的一名副刊"名编"。

　　2001 年 2 月，安裴智南下鹏城，先是在深圳市特区文化研究中心做了半年的文化研究工作，后又调至深圳特区报社，继续拿起手中的笔，耕耘于文艺副刊这块芳草园，乐此不疲地为读者与作家缝补"嫁衣"。他以一种全国大报的文化视野和美学眼光，立足于深圳毗邻港澳、改革开放前沿窗口和国际化、现代化城市的独特的区位优势，主编"文化空间""文艺评论""书香阅读""学术讲堂""学人对话""文史随笔"等版，适应数字化时代、新传媒时代读者的新要求，围绕当代都市最前沿的文化热点、焦点和亮点，策划了许多文化专题，以清醒的文化立场，对纷纭变幻、五光十色的都市热点文化现象，进行及时的理性批判。他组发了许多针对当下热点文化现象、热点文化事件和热点文化作品的深度评论文章，作者多是上海、北京、广州等全国各地文化界最活跃的文化批评家。裴智与时俱进，"一回拈出一回新"（元遗山语），金针飞过，一块块带有个性气质的副刊版面脱颖而出，可见他的文化眼光、美学深度与不凡品位。而这种大文化的专题讨论，正是深圳这座城市所需要的。如策划"权谋文化批判"大型文化论争，组发国内一流专家的评论商榷文章，成为深圳特区报 2003 年引以为豪的一场漂亮战役，得到中宣部新闻阅评员和广东省委宣传部的表彰。

如果说编辑是"杂家"，这个职业要求的是一种多学科的知识的广度，知识面要广、博、杂，所谓"见多识广，才可当好编辑"，那么从事文艺批评，则更需要一种美学的深度与文化的高度，更需要文艺理论的深厚学养。在这方面，裴智无疑是很出色的，文艺评论已经成为他生命的一部分，是他实现自我价值的一个途径。论文集《跨界审美与文化叩问》，从内容上分为"艺苑雅事杂谭""当代文坛剪影""深圳文化扫描""传媒实践探索""学术研讨侧记"五个部分，收入这十年来他精心撰写的 45 篇论文与 8 篇学术会议侧记。总体看，裴智很有理论气度与文化视野，有一种大美学观念，他的思辨力好、逻辑性强，笔力雄健，有一种气势，昂然充填于字里行间。而且，往往在他的评论中能看出中国古典文论的深厚学养。也许是由于职业的敏感，他总是能在第一时间内，捕捉到文坛、艺苑新近发生的一些有价值的热点文化现象，提出自己的独立思考。如对刘心武续写《红楼梦》、学者李辉批评文怀沙造假、电影《色戒》与《太阳照常升起》之热播、粤语话剧《万历十五年》热演香港、电影《梅兰芳》引发争议等人们关注的热点文化事件，他都能依据美学的尺度，提出自己独到的有一定深度的见解，十分难得。

裴智身上有一种很正的个性气质。这决定了他的评论从不因人而誉，也不因人而废。他能坚守文学批评的原则，即鲁迅先生所说，"既要灌溉佳花，也要剪除恶草"，好处说好，坏处说坏，秉持一种公平的美学尺度。著名作家刘心武先生是安裴智 20 年副刊编辑生涯中最主要的作者之一。20 世纪 90 年代，安裴智执编《太原日报》"双塔·文学评论"版时，就曾经约请红学泰斗周汝昌、作家刘心武、红学家梁归智等人展开了一场如何开展红学研究的大讨论，在学界影响甚广。那时，他也经常跑到北京刘家约稿。裴智南下深圳后，刘心武的锦绣文章又随着转移到深圳特区报的副刊版面。就是这样一种君子之交淡如水的作者与编辑的关系，二人保持了 20 年整，个中情谊怎么能说没有？然而，在刘心武给他寄来一本《刘心武续＜红楼梦＞》的小说时，裴智一口气读完，却没有从"人情"出发，或是忌惮于心武先生之盛名，一味叫好，而是"就文本而论文本"，严格尊重自己的阅读感受，从维护曹雪芹原著《红楼梦》美学内涵的视角，对刘心武续作进行了中肯的批评，指出"雪芹才学富瞻，逸藻云翔，乃旷世奇杰，其大智慧、大才气、大思想、大境界，岂是心武先生所可步武一二的"。裴智毫不留情地指出："刘心武以一种写小说的作家思维，放任自己自由想象，天马行空，缺乏一种治学规范和科学依据，超越了'探佚'的底线和度的要求，实际上成为一种新索隐，反而给'探佚学'脸上抹了黑，成为一些人反对'探佚'研究的把柄和借口。所以，刘心武的红学研究兴趣始于探佚，但研究结果却最终归于索隐，又陷入了早在 20 世纪 20 年代就被新红学的代表人物胡适、俞平伯所彻底否定了的旧红学中'索隐派'的泥坑。"这就是安裴智在审美阅读之后的文化叩问与质疑，它是如此尖锐、如此锋利、如此犀利，却问得有板有眼、有理有据，令你不得不服。而《椽笔谁能写雪芹》这篇随笔，语言温润，字字珠玑，工雅隽永，也颇见裴智古典文学专业的文字功夫。

　　这种很有美学深度的文化叩问与反思，在这个集子中比比皆是，体现了裴智一贯的理性精神。如对 2009 年学者李辉质疑文怀沙在出生年龄、"文革"入狱原因及学术头衔"国学大师""楚辞泰斗"等方面造假的事件，裴智认为，质疑事件从实质上透露的，"正是真实与谎言的交锋，是理智与情感的对峙，是做人的伦理情感与尊重历史真相的社会良知的碰撞与抉择"。这样的认识无疑是入木三分的。再如，对姜文导演的《太阳照常升起》和李安导演的《色戒》两部电影进行比较后，安裴智分别用"隐喻"与"叙事"来归纳这两部电影的美学个性，也很能看出他的电影美学眼光。

　　关于电影《梅兰芳》，一般评论者只是从黎明、章子怡塑造的梅兰芳、孟小冬这两个人物形象并不成功的视角来议论。安裴智在观影后，则一针见血地批评电影《梅兰芳》以"戏说"的理念来对待梅兰芳这样一位在中国文化史上占有着举足轻重地位的历史人物，将中国近代戏曲史上的许多重大史实作了严重歪曲。他认为，该片丑化了齐如山这么一个重要的文化人的形象。齐如山的昆曲造诣和戏剧才华被电影删减得了无痕迹，把他塑造为一名纯粹的经纪人。该片还"捏造了一段力主革新的梅兰芳与非常保守的'十三燕'斗戏、'十三燕'终于败给梅兰芳的假事"。安裴智认为，"京剧旦角的崛起，形成了京剧舞台上生旦并茂、各胜其场的新局面，并不是像电影所虚构的那样，梅兰芳时代的到来，是以'十三燕'所代表的老生时代的失败和终结为前提的。这种罔顾史实、无原则地乱捧梅兰芳的虚构情节，是对中国戏曲史的歪曲。"没有博洽、深厚的学养与对戏曲的熟悉，是不会说出如此掷地有声的见解的。裴智的许多评论文章都可见他的深湛的理论素养，这是他的批评支点，也是他的批评特色。

　　20 年来，由于一直在报纸副刊编辑文艺评论文章，这种职业的属性决定了安裴智对中国当代文学的持久热情。裴智一直关注中国当代文学的新动态与新作品。这一部分文章是结合文学思潮和文学创作现状而展开的点评，有着强烈的现实针对性。《新时期文学：大写的三十年》对新时期 30 年中国文学现象进行了宏观的扫描与艺术哲学的思考，时时处处可见一个评论家的理性精神，与他本有的理论气质。比如，他从文化符号学的视角解读新时期的发轫之作《班主任》《伤痕》《于无声处》《人啊，人!》以及"星星画展"、朦胧诗、校园流行歌曲等文化现象的象征意义，让人眼前一亮。他对"伤痕文学""反思文学""改革文学""文化寻根文学"的纵向梳理，也言简意赅、精当妥帖，可谓眼力通透、一语中的。对"80 年代文学"与"90 年代文学"，他进行了比较分析，提出："如果说 80 年代是一个引车卖浆的贩夫走卒都非常关注文学，可谓全民皆谈文学的年代，那么，90 年代就是一个文学受到市场经济和电子文化、娱乐文化的冲击而逐渐边缘化的时期。相对于 80 年代，90 年代文学在精神内涵、价值取向、艺术选择、审美功能等方面都发生了嬗变，文学不再像 80 年代那样风光和处于潮流的中心。"这样的论述无疑是一种准确到位的社会学评论。对三十而立的打工文学的华丽转身，裴智这样描述："早期的打工文学由朴素的生活质感状态渐次进入今天圆润的文学状态，由被人嘲笑与讥讽的边缘地带而向中国当代文学的中心天空靠拢并优美地翱翔而去"。这样形象生动的比喻、鲜活灵妙的语言，正是裴智评论的特色。

　　裴智是一个很有激情而细腻的评论家。他评论作家作品往往带着很深的感情，他把"情"融入了评论的过程中，不是完全冷静的纯客观的评述，而是很注重对艺术形象的直观感受，注重体验的细致入微，注重评论语言的优美，是一种"有我"的情感化的评论，这正得益于他长久浸染于古典文论的经历。如对张锲散文集《寻梦录》的评论，就很能看出裴智的这种审美情趣："很久没读到这样的句子了。午夜时分，一道桂花飘香的江南风景仿佛在眼前徐徐展开，旖旎中透着灿洁舒畅的韵味；风景里，德高望重的文坛巨擘巴金老人正慈祥地坐在轮椅里，与目光同样慈和的中国作协副主席张锲先生亲切地交谈着。在当前种种时尚化写作在文坛快乐地'叫喊'、严肃文学一度转入沉寂的时候，读到如此清纯明净、足以提升人的心灵的美文，是何等的亲切，何等可贵。"可以看出，裴智论文，以情带理、以理托情，情理交融、相得益彰，非常有感染力。这种特点，在对张锲和丘树宏的诗歌、杨黎光的报告文学、香港作家蔡丽双的寓言作品的分析中均有不同程度的体现。

　　裴智论文，往往有一种大文化视野，在评述某一区域性文化现象时，他会从总体文化语境入手，如对广东文化评论界元老黄树森先生的《手记·叩问——经济文化时代猜想之子丑寅卯》的评述，裴智就能立足于 20 年岭南文化纵向嬗变的历史坐标，从岭南跨入经济文化时代的历史语境切入，分析了这本书出现的价值与意义，对黄先生为岭南在跨入经济文化时代后的文化新走向、文化新特点及其在中华大文化空间中的领头雁意义所作的理性梳理与历史盘点，给予了充分的肯定，指出这是国内研究岭南文化的一部有特色的力作。此外，对陕甘历史文化的深刻感悟，对 20 世纪 90 年代崛起于山西的"黄河派"戏剧的美学把握，对消费主义语境下都市文学美学嬗变的梳理，都体现了裴智的这种广阔的文化视野与独到的美学眼光。

20 世纪 90 年代在内地工作时，裴智就很关心深圳的文化现状，他很认真地阅读了关于余秋雨与深圳文化大讨论的相关文章。及至调入深圳，裴智实现了角色转换，从移民变成市民，从而成为深圳文化界的一员。因而，对活跃多变、一日一新的深圳文化，裴智始终情有独钟，保持着长久的热情关注。他认为，与北京西安等内地历史久远的大城市相比，深圳缺乏悠久的文化传统与深厚的历史积淀，但却不能由此而将深圳简单称作"文化沙漠"。每个城市的文化内涵与表现形态不同。对于深圳这座只有 30 年历史的年轻城市来说，她在全国文化舞台上可以立住脚、保持一点自尊的，不是历史积淀，不是文化传统，而是一种现实创造，是一种不断创新的观念文化、五彩斑斓的流行文化、引领潮流的时尚文化、快速发达的传媒文化、时有新意的城市文化、技术领先的电子文化、实力雄厚的科技文化、干净整洁的环境文化、绿意盎然的生态文化，这是深圳的文化优势，是它作为改革开放的领头羊可以领袖群伦的文化高地与独特之处。而学术文化、文学创作、艺术创作，则是深圳的文化短板，比较薄弱，表现稚嫩。裴智曾在深圳市特区文化研究中心从事文化研究，他对许多有代表性的深圳文化个案进行了深入的思考。如对全球化视野下的深圳城市文化建构、移民文化与深圳文博会、"妖魔化"深圳的网络事件、山海龙岗的文化构想、深圳第二代移民的心灵成长、深圳打工妹安子所喻示的文化意义等，都做了鞭辟入里的细致分析。不仅如此，裴智更对如何实现市民的文化权利、提升深圳文化软实力等文化发展的宏观问题兴趣颇浓。他长期关心深圳文化的发展，对深圳文化界一批文化学者的文化研究著作，如艺衡、任珺、杨立青新著《文化权利：回溯与解读》、段亚兵新著《文明纵横谈》、李小甘文化随笔集《红场白雪》、杨宏海新著《我与深圳文化——一个人与一座城市的文化史》都进行了独到的评点，颇见理论眼光。裴智还积极扶持深圳文学的成长，对第四届深圳青年文学奖获奖、候选作品作了仔细的文本点评，认为是深圳都市文学在审美领域的新拓展，值得关注。

裴智在新闻界工作了 20 年，因此，他也曾一度探讨新闻传媒的发展规律，比如，如何在新闻策划中提升报纸的文化品位、消费主义语境下报纸副刊如何抵拒低俗倾向、创办有全国影响的文化副刊、《深圳特区报》文化周刊创刊、《深圳特区报》综艺副刊版面改革、如何组约文化名人的稿件等等，都体现了他在探寻新闻发展新方向与办好文化副刊方面的积极思考。

裴智从事文学评论已经有 25 年了。他具有一个批评家的独立品格，具有一种理性精神，他的评点公正客观，同时也富有文学热情。他的生活评判力、艺术鉴赏力，都是卓尔不群的。裴智读研时浸润于古典文学的殷实滋养，培养了难得的旧学功底，毕业后长期从事报纸副刊文艺评论版的编辑与写作，20 年浸染于当代文学与文艺理论界，与全国文学界、学术界一批时彦名流交往频繁，耳濡目染，培养了广阔的人文学术视野，形成扎实而合理的知识结构。然而，这样一位有着 20 年新闻工龄的资深副刊编辑，却最终对新闻工作产生远去之心。这不奇怪，因为据我所知，裴智虽出生于晋中乡村，长大后却有着中国旧文人的"痴"与"情"。他说："顾曲度曲游泳读书写作授课，人生至乐也。"裴智闲暇酷爱昆曲大雅，会度曲，懂顾曲，是一名当代社会的雅士。裴智身上既有当代学人的探索精神，也有古代文人赏玩文化的那种气质。裴智始终秉有一腔学者之情怀，性嗜读书写作。他的兴趣与志向是在大学任教，做一名学富五车、满腹经纶的学人，于三尺讲台之上，华山论剑，激扬文字，纵论古今中外天下文学，对高等人文教育心向往之，主张以美育的手段执教杏坛，培养学生之人文视野、书香情怀与职业操守。于是，3 年前，他忽然顿悟了"舍弃的智慧"，告别长达 21 年的新闻职场，来到深圳一所大学的人文学院任教。我想，他的人生道路、学术道路也随之完成了一个华丽的转身。作为一名资深的副刊编辑，他舍弃了 20 多年的新闻职场，跨界而成为一名高校人文学者。这是裴智的智性选择。刘勰云："君子藏器，待时而动。"此之谓裴智也！

裴智骨子里是一个真正的读书人。有情怀，秉风骨，具良知，鞭挞时弊，极有穿透力。唐人刘知几提出"才、学、识"为史家三通。清学大儒章实斋云："学博者长于考索，才雄者健于属文。"南朝文艺理论家刘勰云："才有庸俊，气有刚柔，学有深浅，习有雅郑。"裴智常谦称"识第一，学第二，才第三"，颇见不凡气度。裴智的学术重心是昆曲文化学与《红楼梦》研究。我期待着他下一部厚重而有学识的大著早日面世。

2015 年 3 月 21 日

（作者系深圳大学原副校长、教授、博士生导师、文化评论家）（原载《南方文坛》2015 年第 5 期）

隐藏与诗意
——读蔡东小说随想

王　樽

　　好的小说，或者说好的文章，必定有着弦外之音、题外之趣、言外之意，即文字表面所未能完全呈现出来的意思。海明威的所谓"冰山理论"，老话里的"言有尽而意无穷"，皆是。这个"意"或"趣"的含义很多，其情态为——未见的丰赡。若非要再武断指出，不妨挑明一点——就是诗意。伟大的文学，本质上都是诗篇。在俄罗斯或中国众多少数民族语境里，所有的作家，无论写小说、写散文或写戏剧的，一概都被称为"诗人"。

　　弦外之音也罢，言外之意也罢，甚至是境外之境，都涉及个"外"字，这个字颇不简单，既然是"外"，就是没在文字表层，就是沉默或隐藏于未显的部分。爱尔兰诗人叶芝在中国闻名遐迩，很多人能背诵其短诗名篇《当你老了》，大家都在歌咏爱情的青春美丽时，叶芝的诗却表明——只有一个人爱你那朝圣者的灵魂，爱你衰老的脸上痛苦的皱纹。这就非同寻常，独辟蹊径、惊世骇俗。然而，这种宣示，仍属较为直白的部分。如果进一步揣摩叶芝这首诗，会发现其中另有埋藏，即使直抒胸臆的爱情，也悄然隐身——诗眼是岁月无情、爱的消逝与追怀。该诗第一段（当你老了，头发白了，睡意昏沉，炉火旁打盹，／请取下这部诗歌，慢慢地读……）中的最后两句是——"回想你往日眼神的柔和，／回想它们过去浓重的阴影"，这里的"浓重的阴影"，所指是年轻时长睫毛的映像，"回想""往日"以及眼神的"柔和"都是业已不再，都是当下所无，都是沉寂被隐藏的部分。到了诗的最后——"垂下头来，／在红光闪耀的炉子旁，／凄然地轻轻诉说那爱情的消逝"，那么，比黄金还要宝贵的爱情去了哪里呢？结尾揭示了去向——"在头顶的山上它缓缓踱着步子，／在一群星星中间隐藏着脸庞"。

　　通常，人们将蔡东的《天元》视为爱情小说，文中确实也有男女主人公始自校园、延伸至相处相居的耳鬓厮磨，也有些在天在地的此恨绵绵，但正如爱情并非生活的全部，此中的爱情也只是核心的线而已。更多的，还是对生活的延伸，比如闺蜜间不同命运的比照、职场竞争的虎狼文化、人至老境的衰颓，更以围棋术语、楼盘地铁广告、古诗书写等，观察和阐释社会急速发展中的人心裂变。小说不吝笔墨地展示了女主人公私下写的三首诗，一首涉及爱情，一首咏叹老年，最后一首名叫《瞄准，瞄准》——写成长中参加各种比赛，每次都目的昭彰，诗的落脚点是结尾一句：我活着最有意思的，就是这一次次的不瞄准。人生在世，难免要在特定的时期瞄准特定的目标，不论结果，不瞄准和瞄不准，是迥然不同的两种境界。联系女主人公的爱情与职场，此小说更让人铭记的并非爱情，而是人如何在熙来攘往中找到或活出最真的自己。

　　阅读蔡东的小说，我惊讶于其背后的文外之文，或者说，如影随形的隐藏。其中的诗意，亦是在或清晰或朦胧里，不疾不徐，锦衣夜行。篇中的人物，出现时似乎多有些猝不及防，其人其貌，全无交代，性别、年龄、职业、美丑，均需读者且看且识，抽丝剥茧，如同水墨浸染，渐现声色，渐出神韵，但仍处处有留白、时时有余音。比如《布衣之诗》，开端站着两个人物：一个有名孟九渊，一个无名曰老头，读时直觉是父子，又不确定，中间夹杂旧时冲突，阅读须迅即入巷、沉浸其间，才能厘清关系，体味那些平淡中的静水深流。此作的结尾是孟九渊抵达故乡海岸，他用贝壳在沙滩上写了首诗，又爬到山上看着诗行被海浪冲掉。具体诗句自然不必出现，且被冲刷得无影无踪，诗意由此漫溢出来。

　　从弈棋养花、逛街购物，到烹饪或餐桌上的菜品作料，每有涉及，蔡东总忍不住会列出其中的清单名目。她不描绘、不渲染，只是让这些司空见惯的日常实而具体，并于无言中衍生出生活的质感与诗意。可能与其中的人物情感相关，更多则是本身的内涵，就是说，物名连接着物语，却又不局限于此，无须过度诠释，而是疏影横斜、丰俭由人、冷暖自知。表面看，她的小说都没有戏剧性的大起大落，内里却管弦急切，满是张力，细碎里隐含着心潮，诗意里掺杂着哲思。在《朋霍费尔从五楼纵身一跃》里——患有痴呆症的丈夫本是哲学教授，从名叫朋霍费尔的白猫，到妻子要捆绑丈夫的"海德格尔行动"，到《林中路》的引语，以及不长篇幅里几次出现的月光描摹，哲理与诗意彼此多维渗透，彷如一曲林中月下的交响诗。

　　即使魔幻传奇的构架，也是对自然寻常的信守。比如《希波克拉底的礼物》，女主人公黛西一向反对或拒绝某种"科学的馈赠"，大难来临时，她却被副作用惊人的新药救活，成了自己最不想成为的——"再也不会有眼泪"的人。《伶仃》和《出入》，都涉及中老年夫妻关系的困惑纠结，前者是身心皆离，后者是身在心隔，彼此相互对望，无限的况味都在欲说还休的隐情里。除了偶有如夜光藻的飞扬寓意，习见的尽为实际琐碎，看似平淡若水，细思却可以动魄惊心。这让我想到阅读雷蒙德·卡佛或爱丽丝·门罗时的某些感受——绵密而舒朗，透气而不泄气，简约却绝不简单。

在蔡东小说集《星辰书》的分享会上，海报背景板上书写着——星河触手可及，生活中藏着通往诗性的道路。不知有心还是无意，我以为一个"藏"一个"诗性"，妥帖恰当，堪称点睛。

伟大的文学当然都是诗篇。具体表现时，或抒怀或纪实，或沉重残酷或轻逸恬淡，风格各自不同，若非要找共同点，就是都有隐藏，都有留白——有诗意，有缝隙，有沉默。

严格说来，20世纪最杰出的英语作家詹姆斯·乔伊斯是位隐藏大师，其代表作《尤利西斯》《芬尼根的守灵夜》都被称为"天书"，因为铺排里随处是隐藏。即使其手法最为传统的早期短篇小说集《都柏林人》，也是篇篇皆有藏匿。其匠心或幽微，都游弋在若隐若现之间。比如，压轴篇《死者》——都柏林的一对老姐妹举行年末聚会，一段歌声唤起女主人公的初恋回忆，丈夫由此进一步得知曾经有个少年为妻子殉情而死。审视和比较这段消逝已久的爱情，丈夫看到了自己可怜可悲甚至可耻不堪的情感和人生。小说中的殉情少年，只是死去多年的逝者，他是个过去式，是个沉默和隐蔽者，却如镜子或幽魂一样，照彻着活人们的当下生活。美国电影大师约翰·休斯顿将《死者》改编搬上了大银幕，成为其电影绝唱，如同乔伊斯原著一样，以死后的沉默回响，搅动着观众的内心波澜。

要有诗意，要有弦外之音，有冰山下面的巨大存在——甚至占据显现的八分之七。有欲罢不能，有欲语还休，有文字所不见处，最重要的是——要有沉默。如同死者，曾经是鲜活的存在，现在已消逝隐藏。

顺便说一句，爱尔兰还有首举世闻名的经典歌曲，或许可作为音乐作品的绝佳案例——《夏天最后一朵玫瑰》，也是在讲述隐藏、诗意、沉默和消逝的力量——夏天最后一朵玫瑰，还在孤独地开放/所有他可爱的伴侣，都已凋谢死亡……

薛忆沩：中国文学最迷人的异类

深圳特区报记者　王绍培

"垃圾论"的"证伪"

德国学者顾彬对中国文学和中国作家的激烈批评是近年中国文学界的一个热门话题。大多数中国学者为他的"垃圾论"感到激动：赞同者拍案叫绝，反对者义愤填膺。与危言耸听的"垃圾论"相比，顾彬对中国作家基本修养和生活方式的批评可以说是逆耳的忠言。但是，当这些批评刚出笼时，一些学者就注意到顾彬的结论（如中国作家不懂外语、不耐寂寞、妄自尊大等）很容易被"证伪"。薛忆沩如果不是唯一的例子，至少可以"证伪"顾彬对中国作家的结论的最明显的例子。

去年底，薛忆沩中断他将近 8 年离群索居的生活，重食人间烟火，受聘为香港城市大学中文、翻译与语言学系 2009—2010 年度访问学者。他的"回归"激起了批评界对他的写作新一轮的关注。批评家吴亮主编的、典雅的《上海文化》杂志在 2010 年第一期刊出了关于他的战争小说的长篇评论。同时与顾彬教授主持岭南大学"中国当代文学课程"的旅美学者刘再复教授偶尔读到了他的《通往天堂的最后那一段路程》（这部作品与《阿 Q 正传》等 11 种经典作品一起入选由林贤治、肖建国主编的《中篇小说金库》第一辑），兴奋之余，刘再复教授写下《阅读薛忆沩小说的狂喜》一文，称薛忆沩的小说用"金子般的文字"写成，似乎是故意与德国同行的"垃圾论"大唱反调。文章还为薛忆沩的"名"不副"实"鸣不平，称薛忆沩的写作有非凡的实力，却没有与之相称的超凡的大名。文章在香港《明报》月刊二月号发表后，又很快于《南方都市报》发表，引起了世界各地华文文学读者和学者的注意。接着，《明报》月刊又在五月号发表了《遗弃二十年：一份奇特的文学档案》一文。薛忆沩那部著名的"旧书"再一次成为"新闻"。而香港的哲学家李天命在读到薛忆沩的小说之后，直截了当称薛忆沩为"天才"，"他还有英式的幽默感，善于自我嘲讽和贬抑。这在当代中国作家中也非常罕见"。薛忆沩的德国朋友有一次跟他讨论起卡夫卡的幽默，说他是中国作家中少有的有幽默感的人。

中国文学的"博尔赫斯的高度"

事实上，正如刘再复教授在文章中提到，薛忆沩的作品在国内外早有"先觉者"。作家残雪 2006 年在北京《京华时报》上评论小说集《流动的房间》时这样写道："薛忆沩的作品从一开始就是与众不同的、内省的。他的感情真挚、细腻，具有很高的玄想的天分。读他的书，你会感到，这是一个永远生活在精神的前沿，对于世俗不屑一顾的真正的作家。"她不仅认为薛忆沩的一些短篇小说已经达到了"博尔赫斯的高度"，还认为中国官方文学界对薛忆沩作品的冷漠是"中国的羞耻。"

而批评家林贤治在去年接受深圳《晶报》采访时说："《通往天堂的最后那一段路程》是所见到的中国当代为数极少的最优秀的小说之一。个人认为至少是 10 年来极少数最好的小说……至少有两点它是非常优秀的，第一是在形式技巧上，它具备现代小说的许多优点，可以说它的形式和语言在当代文学中是上乘的。其二，这篇小说的主题是关于革命的，这是一个传统的主题，小说却开拓出了一个更新、更广阔的思考和想象的空间。"

北京大学哲学系教授何怀宏在 1997 年最后一期《南方周末》上的著名推荐将被遗弃的《遗弃》带进了中国知识界的视野之中。这部仍然在等待批评介入的作品为 20 年来的中国文学留下一份奇特的档案。（评论家张守义在《夜无虚席——与文学大师相爱》一书中将它列为现当代中国文学的 49 种"理想藏本"之一）。何怀宏教授去年又将《通往天堂的最后那一段路程》推荐为年度好书。他称这部小说可以让人"读懂革命……读懂革命中最有魅力的部分"。

而评论过薛忆沩所有著作的英文版《中国日报》认为薛忆沩的作品"着意于挖掘短暂的生命所承受的永恒的空虚"。在关于《通往天堂的最后那一段路程》的评论中，它称这部作品是当代中国文学中最优秀的作品之一。

薛忆沩又是德国学者彭吉蒂十多年来主要关注的中国作家之一。她在几次国际会议上宣读的论文试图从"疯狂"的角度探讨《狂人日记》与《遗弃》的联系。

频繁越界的"迷人异类"

一位批评家指出薛忆沩是中国文学界最"迷人的异类"。他的确有太多与众不同的地方。他应该是中国作家中最特立独行的人物。他从来没有加入过作家协会，也从来没有参加过任何集体的文学活动。他习惯于离群索居。在他的身上看不到为顾彬教授所不齿的"妄自尊大"。他的第一篇访谈的题目是《面对卑微的生命》。他相信卑微是生命的本质，而写作者比常人更加卑微，因为他受制于一个更神妙莫测的主人。写作者是语言的奴隶，对语言的敬畏和"愚忠"是写作者的基本美德。

薛忆沩还会弯腰去捡起别人随意扔在路边的包装盒，将它扔回垃圾桶里。他还会在汽车上请求年轻人给需要座位的人让座。他当年在深圳大学下课后会跑遍教学楼将空教室里的灯关掉。他还会兴致勃勃地倾听一个热爱文学的中学生对他的小说的批评。

应该没有一个中国作家能够像他一样有实力和兴趣在西方的大学里以每星期200页的速度啃读英语文学中的"天书"（《尤利西斯》以及《押沙龙！押沙龙！》），然后写出令洋教授赞不绝口的长篇论文。也应该没有一个中国作家会用演算数学难题来消除大脑的疲劳和生活的寂寞。

徒步和长跑是他著名的爱好。据说现在在深圳很时髦的"暴走瘦身运动"是源于他的不时从深圳大学走回罗湖区的经历。这次他回归香港的当天，早上7点钟在住地放下行李，马上就出发完成了第一次长跑。在随后的几个月里，他除了几乎每天长跑5公里外，每两星期都还有一次在大埔和沙田之间的12公里长跑。

德国学者彭吉蒂在一篇文章中写道薛忆沩大概是"越境"最频繁的中国作家。他的生活就是不断地跨越边境。他在长沙长大，在北京受高等教育。然后，又被分配到株洲的国有工厂工作。然后，又回到长沙，在政府机关工作。然后又脱离体制、南下深圳，在民办公司工作。然后，又折回广州，完成博士学位。然后，又回到深圳，在大学任教。然后，又离开中国，到地球的另一侧去做学生。他还跨越了学科的"边境"，20岁弃理从文。他还跨越了语言的"边境"，从用中文写作到开始尝试用双语写作。尽管有如此频繁的"跨越"，他的生活又从来不变，阅读和写作一直是他的不离之宗。他信奉"简单的生活"。他将奢侈留给想象和意念，留给情感和思想。

"人可以两次当处女"

自《遗弃》成为知识界的话题并于1999年再版之后，薛忆沩出版了两本书：他的第一部小说集《流动的房间》（2006年）以及被收入"中篇小说金库"的《通往天堂的最后那一段路程》（2009年）。在最近的几年，他的大部分时间被"英美文学"占用，每年只用中文发表一篇他的"深圳人系列短篇小说"。而每次发表都引起读者和评论家的注意。他刚刚在《花城》杂志上发表的《母亲》尤其好评如潮。

事实上，近年薛忆沩写作的重点在随笔。2007 年他为《南方周末》《随笔》及《深圳商报》撰写的专栏，引起了知识界的很大兴趣。他的随笔作品频繁入选各种"选本"。他是近年国内最引人注目的随笔作家。《中国随笔年选》2008 年卷没有选入他的作品，而主编者李静竟在该卷的序言中将他作为"文体意识和精神气质十分醒目的"作家突现出来，她这样写道："薛忆沩是低调而出色的小说家，近年在《随笔》《读书》等杂志发表了不少人物随笔和阅读随笔。他善于以小说家的敏感，抓住人物命运中脆弱易碎的部分，以之击中读者的良知；亦善于在读解文学作品时，高度精确地捕捉其诗学细节，彰显其哲学意味。他的文字饱蘸体恤慈悲，散发诗之光芒，对柔软灵魂的呵护凝视动人不已。"

"高度精确"其实是有识之士对薛忆沩写作风格的共识。在读完薛忆沩短篇小说《老兵》的英译后，他的美国文学教授卡罗琳·布朗称薛忆沩的作品"既贯穿着数学般的精确又洋溢着浓郁的诗意"。

除了文体的拓广之外，薛忆沩还试图完成他的语言的转向。他除了每年要完成近百页的"英美文学"论文之外，还开始尝试用英文创作。他已经发表两首英文诗（《北京》和《巴黎》），他还完成了一部英文长篇小说。写的是两个中国家庭中的三个孩子在 20 世纪七八十年代的奇特经历。他盼望着自己的这部英文处女作将来能够出版。他幽默地说人虽然不能两次进入同一条河流，却可以有机会当两次"处女"。

寻找文学的"最好的解法"

薛忆沩认为好的文学作品应该揭示灵魂的秘密，而要揭示灵魂的秘密必须有智力和情感的高度默契。没有对个人生存困境智慧的洞察和深切的同情，一部作品就没有价值。对语言的精细把握也是智力和感性的共同要求。薛忆沩不信任所谓情感的"自然流露"，在他看来，那不仅仅是陈词滥调，还是最不负责的行为。作家要用智力来节制情感和升华情感。

所以他很感激自己的数学训练。他在即将由《今天》杂志上刊出的关于 20 世纪 70 年代的回忆长文中总结了数学对他文学创作的影响。他这样写道："数学教给我节制和逻辑，我相信这是文学的根基。写作是对语言的苛求，进而也就是对写作者自己的苛求。我曾经在一篇文章中强调'我的一生将是这苛求的祭品'。这是 70 年代对我的宣判，是无法推翻的宣判；数学还告诉我'捷径'

的奥秘。我相信在一道数学难题的所有解法中，一定存在着一种最好的解法：它最简洁、最漂亮、最令人意想不到。科学的目的就是寻找问题和解决之间的这种捷径。同样，在文字的组合中，也一定存在着对生活最准确的捕捉和对语言最到位的操纵。这文学里的'捷径'是上帝的作品。不过，写作者可以而且应该怀着对语言的无限热爱和敬畏去努力接近那部作品。"

薛忆沩写得很慢，写得很精。他连写一张便条都要煞费苦心。他的每一部作品（甚至一篇短短的专栏文章）都是经过反复修改的结果。

来自深圳的"最不深圳的作家"

薛忆沩 20 世纪 90 年代初已经在《收获》《花城》《作家》以及台湾《联合文学》等杂志上发表作品，并已经获得台湾《联合报》的文学奖。但是，他的发表于 1992 年突然中断。当他于 1996 年"重返文坛"的时候，已经是深圳大学文学院的教师。深圳在他的创作道路上留下了深刻的影响。他的《遗弃》是何怀宏教授在深圳无意中发现的，而他的《出租车司机》（2000 年中国最有影响的短篇小说）的灵感直接来自深南东路上的车流。收集在《流动的房间》里的大部分作品（尤其是那几篇被学者推崇备至的战争小说）也都是在深圳写成的。他甚至承认他在海外完成、以 1938 年的中国为背景的《通往天堂的最后那一段路程》在很大程度上也与深圳有着神秘的联系。

薛忆沩走进深圳又走出深圳，而他的许多重要作品却永远见证着他与深圳的历史关系。他无疑是至今为止与深圳有关的在中国文坛上最活跃的作家。同时，他又是深圳出品的最"不"深圳的作家。他的作品关注的是"普遍人性"，甚至他的"深圳人系列小说"都有"放之四海而皆准"的味道。

一个"学生"的"别处的生活"

从 2002 年到 2009 年的八年间，薛忆沩主要在北美居住，他借用法国小说的题目称自己"生活在别处"。除了为国内写专栏的那一年多时间，他的身份是"学生"。最近的两年，他更是专注于"英美文学"，从"古英语文学"一直读到了《尤利西斯》。他以全优的成绩结束了他的学位课程。而且每年他的论文都被推荐为研究生最佳论文。他的现代派文学教授安德鲁·米勒在读完他关于庞德的一首小诗的论文后，称赞他具备"非凡的文学解释力"。他还称赞他关于福克纳《押沙龙！押沙龙！》的论文是自己在多年教学中读到的最好的论文。而他的文学理论教授艾里克·萨瓦伊对他以德里达"档案"理论为基准分析"白求恩文学档案"的超长论文赞不绝口，力促他将论文发表，让更多的学者读到。中国作家中能够出一个这样的"学生"无疑是一件很有意思的事情。

这次应邀在香港做访问学者给薛忆沩提供了一个重新体会祖国母亲的机会。我不知道他会不会有回归的想法。但是，他肯定拒绝不了"常回家看看"的诱惑。而且他意识到他应该争取在国内出版更多的作品。现在，《上海文化》开始连载他解读卡尔维诺名作的《与马可·波罗同行——读〈看不见的城市〉》，他盼望那一批作品能够尽快成书。同时，他盼望着他的"深圳人系列小说"能够结集出版。国内的出版社有意再版脱销多年的《遗弃》，而国内的杂志也在敦促他尽快将自己的英文小说翻译成中文。他的一位朋友提醒他，他已经是"饱学之士"，不应该再用"深造"来耽误时间。他准备结束他的"学生"生活，开始新一轮的创作和发表。这正是他不断壮大的读者群体所期待的。

诗歌的跨界传播实验与探索

从 容

深圳戏剧人对戏剧与诗歌的跨界传播的实验与探索可以追溯到 1999 年。那时恰逢深圳市成立 20 周年，要做一台以诗歌为主要形式的纪念晚会。为了做出深圳特色，市委宣传部安排深圳市戏剧家协会来主办这台晚会，由时任深圳剧协主席的诗人从容做艺术总监。她希望能够做出一点新意，尤其在诗歌与戏剧形式的结合上。从容邀请了国家话剧院的王晓鹰博士（现任中国戏剧家协会副主席）担任导演。从容和王导就这台诗歌晚会如何做出个性、如何在呈现方式上别开生面以区别于国内现有的诗歌晚会等问题，进行了多次讨论。当时中国诗歌晚会的呈现形式基本上就是朗诵配音乐。如果晚会仍采用这种旧套路，观众肯定不会有新鲜感。从容他们决定把晚会做成有一定的戏剧情节、有人物贯穿其中的诗歌朗诵，每一篇都有人物有主题，而且要运用多媒体，运用转台，以及各种艺术手段，比如民歌歌手，小提琴、二胡、钢琴演奏，还要有舞者，有戏剧场景，等等。也就是说，要把这台晚会办成一出多媒介联袂出演的艺术盛典。由于经费紧张，为节省道具花销，从容还说动深圳雕塑院的院长孙振华博士让他贡献了"深圳人的一天"的人物群雕。那是铜制的复制品，很重，她让工人拉到了深圳大剧院的舞台上。建设者、打工者、拍卖第一锤的人、教师等人物在雕塑中穿行，给人带来强烈的现场感。经过数月精心准备，从容策划的这场大型诗歌剧《在共和国的窗口》在深圳大剧院隆重上演，反响特别好。不久，中央电视台派专人到深圳把这个作品在深圳电视台演播厅录制成电视诗歌片《深圳人》上、下集，并于 1999 年"两会"期间在中央电视台的文艺频道多次播出，在全国产生了一种开创性的影响。许多观众惊呼：原来诗歌晚会还可以这样做。显而易见，这种晚会形式，对促进诗歌传播方式的探索以及诗歌舞台表现形式的多样化有重要的创新意义。而这也是国内最早的诗歌跨界传播的尝试。

后来，从容又为深圳导演了多部综合性的跨界诗歌晚会。比如读书月开幕式《百年中国》等。又过了 10 年，到深圳成立 30 周年，从容又想着把它更进一步向前推动，做得更前卫、更先锋，更具有探索性和综合性，在诗歌这种特殊文体的表现方式上作进一步探索。由此，推出了第一届、第二届"中国诗剧场"，做了"我听见深圳在歌唱"和"穿越百年"的主题诗剧。

"穿越百年"把中国历史百年来的风云人物，利用戏剧和诗歌结合的形式演绎出来。当时邀请了评论家霍俊明做文学顾问。从容作为艺术总监和总撰稿之一设置了一个主体性的戏剧结构，又请编剧王钢、何波，导演傅勇凡加盟。他们把当今"快男快女"对爱情的理解与当年知识分子和革命者怎么看待爱情、看待生活两条线索穿梭交织在一起，用"生命"的主题进行贯穿，由此构建成了《穿越百年》的整体艺术形态。还从全国邀请了将近 40 位诗人按照戏剧结构和故事的要求写出原创性的诗歌，最后统一风格。晚会在深圳大剧院演出，效果空前震撼。歌剧和古希腊合唱形式的运用恰到好处。借助多媒体的立体呈现，历史人物一个个如在眼前，撼人心魄。整台晚会，台前幕后的工作人员超过百人。作曲家还根据诗歌创作了许多具有代表性的原创歌曲，不少至今流传。这个表现形式在当时是一个创新，加上表现的主题具有突出的时代性和当下性意义，晚会取得巨大成功。《穿越百年》最终获得了首届广东省戏剧优秀剧目奖。但是，不可能年年都做一台《穿越百年》，这种大型诗剧的产生需要很长时间的积累、准备和各方面的合力打造。

后来，从容就想怎么把这样一种东西做得更普及，使它真正走近大众，而且用最少的钱做最有效、最新颖的诗歌推广。经过长时间的思考和准备，在诗论家吴思敬老师的鼓励下，2012 年从容开始策划做"第一朗读者"。"第一朗读者"的定位是诗歌的普及推广，因此咖啡馆、书城、广场成了舞台，从容力图在这样一种开放式的场所中让公众能够因朗读而听见诗歌、因戏剧而看见诗歌、因音乐而感受诗歌、因点评而领悟诗歌，最终达到让人们热爱诗歌的目的。通过演出者、诗人、批评家的唱诗、演诗、读诗、评诗等环节，拓展当代诗歌的先锋化、开放型的立体呈现方式，强化诗歌视听的艺术性、实验性，以诗现场的行为艺术等跨界方式延伸当代诗歌的传播空间，让公众在场体验、在场感受、在场参与，全方位领略当代诗歌的审美妙义。"第一朗读者"对每一期诗人的选择都很审慎，比如每一期推出最少两个、最多三个诗人。有来自全国的评选机构，包括十几位评论家和著名诗人做学术支持。每次活动之前都会邀请诗人、诗评家认真讨论哪些诗人进入当期的活动，既要考虑他们的诗歌在当下的代表性，能否体现独特的精神方向，还要考虑其进入公共空间的受众接受程度，等等。为了打造具有社会公信力和业界美誉的品牌，向国内文艺界发出独一无二的"声音"，让诗歌生态更为健康有序地发展，"第一朗读者"一直坚持选择这个时代最优秀、最有代表性的诗人。应该说这个时代很多诗歌作者都非常优秀，而每年只能从内地挑选10个左右的诗人，再加上10个广东地区和一两个港澳的，每年至多只能邀请20几位，数量有限，这也增加了遴选工作的难度。从容希望"第一朗读者"推出的诗歌不仅适合阅读，也有一部分适合朗读，还要有一部分适合音乐、戏剧演绎。这个时代的诗歌写作个人化倾向太重了，导致导演介入之后，常常为了挑选适合现场演绎的作品而大费周章。当一个诗人的20首诗拿出来之后，要综合考虑各种因素，从中挑选出七八首来，再由艺创人员据此进行音乐、戏剧创作。这个活动既有诗人自己朗诵，又有专业的演员和观众来朗诵，还有唱诗，还有表演。这是不断弥补和交叉的过程，也是不断碰撞和融合的过程。"第一朗读者"能够成功并在国内甚至海外产生重要的影响，说明所谓诗歌衰亡的说法，不是诗歌写作本身出了问题，而是诗歌传播和推广出了问题。进而言之，是诗歌教育和诗歌教养出了问题。

其实，"第一朗读者""我听见深圳在歌唱""穿越百年"和"在共和国的窗口"的诗、唱结合，诗、剧结合，从一方面讲可以说是探索和创新，从另一方面讲也是一种回归。因为在原初的艺术形式中诗歌本来就属于戏剧的一部分，属于面向大众的公共艺术。中国的诗歌其实也诞生于原始的巫术表演仪式。所以，"第一朗读者"将朗读的听觉联想和艺术行为的视觉呈现创造性地结合，就在这个时刻戏剧的作用产生了：观众由此走进了充满创意的艺术现场，他们在那里流连回味，感受到诗歌的魅力。

当然，在将诗歌的跨界传播在公共空间推广的时候，从容也切实感受到了很多一开始没有想到的难题。有些诗歌不适合大众，有些诗歌基本上还是精英化、散文化和口语化的，音乐性不明显，就是那种耳感丧失而更倾向于阅读的诗，还有些诗本身具有音乐性，但对谱曲有一种对抗性。这些只适合阅读的诗无论是对于朗读，还是歌诗，还是舞台的戏剧化表演，都提出了一些挑战。推广诗歌跨界传播的经历给从容的一个深切感受是，诗歌与音乐的结合会使得诗歌的传播和接受更为广泛。为什么在1989年之后一直到新世纪的20多年的时间里能够被读者记住的诗歌作品越来越少呢？因为越来越多的诗歌丧失了音乐性和耳感，丧失了诗歌精神，也因此失去了传播的广阔空间。从容对于诗歌与剧场结合方式的多年探索，正是源于她对诗歌精神以及诗歌传播的上述个人思考。

"诗剧场"和"第一朗读者"所尝试的诗歌和剧场的结合，也是基于从容对一般意义上的诗歌朗诵弊端的思考。当考察新诗的传播时,新诗的传播与朗诵的关系就显得非常重要了,而不同时期的新诗朗诵,其形式和特点都在变化。而 20 世纪 80 年代以来,当新诗逐渐走上了发展的正途和呈现多元化的趋向时,在相应的各种大型的诗歌朗诵会或是聚会、沙龙性质的小型读诗会中,诗歌朗诵的艺术特征反而弱化了,新诗朗诵的形式大同小异,对听众的吸引力也减少了。在商业化、物欲化的语境之下,随着新诗的边缘化,新诗朗诵所发挥的效用也是越来越小。能产生轰动效应的一场新诗朗诵会差不多成了这个时代的神话。说到诗歌和剧场的结合所体现的精神和正能量,从容觉得应该从更加广阔的层面上加以理解。这种精神和正能量既可以在关注国家和民族的大题材中体现,也可以在每个个体最为真实的个人情感体验与思索中体现。一些诗人的写作太功利了,同时把诗歌看得太轻了。20 世纪 80 年代的诗歌和戏剧实验还体现了知识分子的思考,体现了知识分子作为同时介入个体和现实公共生活的发现者和发问者的思考。知识分子是时代的普罗米修斯和西西弗斯,而当下的很多诗人似乎甘愿退出公共生活。对此,从容抱有疑虑。正是出于对精神方式的多样性和多元化的关注,出于对介入公共生活的知识分子精神的坚持,从容策划了"第一朗读者"。通过这一剧场和诗歌相结合的方式,想要做的不仅是在诗歌的传播、接受和教育上做出新的探索,而且希望它能够回应自身对于诗歌精神的思考。从容希望把诗歌的权利重新还给公众,同时也使得那些具有重要精神性、历史性和时代性的诗歌作品以大众更容易接受的方式得到更广泛的传播,产生更大的影响。

经过长期的实践探索,现在"第一朗读者"已经形成了自己的常规活动流程,一般是序、开场、诗歌环节、学术点评、颁奖仪式、诗对焦、合影留念几个环节。以"第一朗读者"第七季第二场为例,这期以"涟漪·实时路径"为主题,周公度、胡续冬为主题诗人,向卫国、西渡是学术主持,李信阳、唐辽为导演。"涟漪"是水面上最微弱的波动,"实时路径"指狂野台风行动的代名词,两者的融合便构成了强烈的反差,本次主题也力图表达一种跨界,一种突破现有传统艺术形式的存在。"序"为活动暖场,播放往期经典音乐、唱诗等,诗人、嘉宾、媒体等进行签到。"开场"环节,艺术总监从容对第一朗读者的初心与历程进行了深度的介绍,同时介绍本场的主题诗人,介绍本次到场的其他嘉宾与诗评人,将本场活动的专业性与权威性体现得恰如其分。"诗歌环节"选取两位主题诗人共计 16 首现代诗来进行呈现,活动地点是在一个非常具有特色的文化空间——字在空间。天顶上垂下来的笔画对整个空间氛围的调节起到了非常强大的作用。在演员的妆容与服装上采用了非常夸张的表现手法，服装以黑白为主色调，身上再加入各种配饰，以表现演员的风格化呈现，妆容上面用羽毛样式的睫毛来突显仪式感，整体演员表演状态偏向一种行为艺术的形态来进行呈现。两名主题诗人的诗歌分别被串为两个故事，一个名为"一出好戏"，一个名为"人生的直线"，音乐的选材偏向于仪式感强烈，或者感情色彩浓烈的配乐。演出开始的时候，演员冯小雨身穿一袭白衣缓缓地走向表演区域，将手中的笔记本放在其中一位观众的手上示意其打开，映射本场活动的主题，演员如同涟漪的起点，将一种对于诗歌的感受传递给观众，使观众在互动的过程当中逐步进入诗歌的氛围。笔记本上有相关的行动提示，通过演出当中的道具指引观众进入与演员一同表演的情景当中。此时此刻观众也是演员，演员也同时是观众了，舞台上的观众从中获取到了一次新的体验，而其余观众则观赏到了一种别样的表演形式。这便是一个打破常规的融合，打破了演员与观众的第四堵墙，使演员进入观众席中，在表演区域上与之产生互动，这在当下艺术作品中属于先锋创作。接下来六位演员依次入场，手拿淡蓝色纱布将观众的眼睛蒙上。表演区域诗歌的声音不断，甚至还包含着演员发出的其他效果拟声。与观众互动，通过演员将观众的视觉屏蔽而只剩下听觉与触觉的感官体验，这其实是一个非常冒险的方式，因为观众是不可控的。这可能会影响观众的体验，但是在演出的过程中观众却给了不一样的体验，有人会将手伸出去，有人会探头出去聆听，这些惊喜都是意想不到的。

　　舞台美术方面，从字在空间高高的天顶下垂落着汉字笔画，从各个角度上面去观赏都有不同的感受，表演区域使用麻绳编织的网来划分区域，从观众进场之后便会从场景当中感受到汉字的魅力。表演当中演员与垂落下的汉字笔画进行交流，有时伤感有时兴奋，在不同的诗歌当中垂落的笔画都蕴含着不同的含义，从场景布置当中体现出整场活动的先锋性。整体故事脉络依照"原动力"为核心来构建，讲述了人生在不同时间段的不同的"原动力"，主题诗人周公度的《我的命运》《削瘦者》《你在做什么》《小丑世家》《苹果花絮（选章）》《闭上眼睛看见你》和胡续冬的《五周年的五行诗》《如何举办一场云婚》《花蹦蹦》《绿豆冰棍》《五周年的五行诗——给马骅》《六周年的六行诗：给马雁》《七年》等16首风格迥异的诗歌串联起来便形成了一个全新的故事，中间穿插音乐人惠雷的唱诗环节，将整个氛围的仪式感体现得淋漓尽致。观众在一个美妙的下午得到了戏剧、诗歌、行为艺术、音乐、朗诵等多重艺术形式的洗礼，最终获得新知。"学术点评"环节由诗评家西渡先生与向卫国先生对两位诗人的诗歌做了详细的解读，从创作风格以及对于诗歌的贡献都做了详细的介绍。"颁奖仪式"授予胡续冬先生"第一朗读者·先锋诗歌",周公度先生"第一朗读者·最佳诗人"的称号。"诗对焦"是媒体及观众与诗人互动、送书环节,最后诗人、演员们进行合影留念。

除了常规流程的"第一朗读者"外,也有特别版的"第一朗读者",如《第一朗读者·爱》诗剧场。诗剧场《第一朗读者·爱》是中国首个当代戏剧双年展的邀请剧目,在深圳关山月美术馆登场。该剧是由从容和平面视觉艺术家、策展人孔森,导演唐华刚、唐辽组成核心导演团队,电子音乐家陆正,灯光设计崔鹏,书法家黄庆中,朗诵艺术家吴庆捷、苏洋、蔡印时、孙长盟、杨成成以及一批实力派演员和舞蹈编导张露云、于卉怡、李齐伟、刘露璐等人参与创作的融装置艺术、肢体艺术、声音艺术、行为艺术、戏剧表演艺术等于一体的剧目。为了营造出与主题相符的意境,《第一朗读者·爱》视觉总监孔森在空间设计上巧妙地把禅意空间与影像数码艺术融合于一体,营造出一个只有在美术馆里才具备的诗意空间。在各门类艺术家的表演中,起核心引导作用的除了"诗歌",还有动人心魄的"行为艺术",作品的感染力是由触动人心的诗歌作为精神引领,结合装置艺术、肢体艺术、声音艺术、戏剧表演等其他艺术元素所产生的一种综合效应,勾勒出爱悲喜舍的宏旨。在关山月美术馆三楼 D 展厅,不大的空间,被若明若透的纱幔分割成多重空间,柔柔地隔离开观众又缠绕着观众。纱幔上印着诗句,墙的四壁也印满了诗句和写上"爱""悲""喜""舍"四个大字。没有台上台下,演员与观众混在一起,观众不知道演员会从哪个方向"冒"出来。中心一圈直上天花板的帷幕无疑是舞台的中央,幕内有一张空椅子,随着灯光的明暗和色彩变幻,帷幕轻轻飘摇,空椅子若隐若现,具有象征性,让人不能一眼看穿,若有期待。这是创作者有意营造出来的充满禅意的氛围,朴素、简洁又充满灵性。

剧情并不复杂,以"爱悲喜舍"为主题,八位中国诗人黄灿然、从容、谢湘南、远洋、樊子、苇白、阿翔、一回的诗歌与八位外国诗人普希金、帕斯、叶芝、聂鲁达、辛波斯卡、达菲、扎加耶夫斯基、泰戈尔的诗歌,在从容、吴庆捷、苏洋、蔡印时等人的诵读中,伴随着音乐和伴舞的肢体扭动,徐徐地带领观众在诗歌与爱情的世界中神游。为了体现主题,以及现场达到最佳视觉的演出效果,《第一朗读者·爱》导演组还专程到深圳弘法寺请来香灰,作为现场肢体演员化妆的材料,并在剧情进入高潮时由舞蹈演员在外围空间抛撒,出现爱、悲、喜、舍四个大字,极力营造出浓浓的禅意。

普希金的诗让人想起青春时代爱过的那个人:"我曾经爱过你/爱情,也许/在我的心中/还没有完全消亡/但愿它不再打扰你/我一点也不想你难过悲伤……/愿上帝给你另一个人也像我爱你一样"。经典爱情诗《世界上最远的距离》的作者究竟是不是泰戈尔有人经考证后存疑，但那个"飞鸟与鱼的故事"，那句"世界上最遥远的距离/是飞鸟与鱼的距离/一个翱翔天际/一个却深潜海底"是那样的让人为"爱的距离"揪心。爱的多重奏就像一滴滴浓稠的墨汁，随着诵诗声，滴落、泅开、化作水，渲染整个舞台、整个空间……整场剧的高潮就在《世界上最远的距离》的铺垫中到来了。从容的诗《北京哭了》在从容的朗诵声中撩开了一直悬垂在舞台中央的帷幕。火焰在帷幔上跳跃着，熊熊火焰中，一个巨大的"爱"字明明灭灭。在"爱"和"火焰"的笼罩下，从容坐在椅子上，双手合十，她的声音在空中缭绕："北京哭了，哭得像个孩子……"从容也淌泪了："想起我们引颈交鸣的前世，一生又一生沉沦人间……"在反复吟诵的诗歌声和她眼眸里闪闪的泪光中，一位理发师为从容"剃度"。一绺、一绺、又一绺，最终，从容的头发在聚光灯下和所有在场人的注视中落尽。作家赵小燕写道：这一幕，未必永生难忘，却让观者的心在刹那间从契悟转而迷昧——需要多大的爱念、多执着的艺术追求，才会在一场无法复制的剧情中如此演绎？青丝落尽，俗世仍然痴缠；爱是修行，内省的心是否真正安宁？舞台旋即拆卸，人间烟火如何能够颠覆？毕竟，我们终还是"一生又一生沉沦人间"。

从容多年想实现的一个艺术理想是：在这样一个物欲横流的深圳，让艺术家的表达影响社会，让公众的精神在艺术家的表达之中得到一次纯粹的洗礼，这样艺术家才真正做到影响社会，而不是迷幻了社会。她一直在做诗剧场的实验，就是想把诗歌还原到戏剧当中，把戏剧还原到身体当中，把身体还原到生命场域当中。艺术评论家朱其在美术馆现场评价："艺术需要极致，需要第一次的创造。艺术家的作品只有给人们提供了前人没有创造过的审美经验，才是一个国家和民族的骄傲。"诗人沈浩波说："在网上看到从容在诗剧中突然剃去满头秀发时，有种过电般的感觉。因为这一剃，既有了行为，也有了诗！有的人搞行为艺术，往往做得太刻意，缺乏心灵环境。当从容在这部戏剧的心灵氛围中剃发时，是真爱她的头发的。因爱而舍弃，有一种发了狠的孤绝，特别走心。只有走心的身体感，才是真正的身体感，才是真正的行为艺术。"

《这是一个时代的窗口》剧照

也有人对从容在《第一朗读者·爱》中的表演有疑惑和不解：为什么要采用这样的表现手段？为什么要"去到那么尽、那么拼？剧情有这个必要吗？落发这一行为艺术隐喻什么？这一幕究竟想表达什么？"或许，从容的女儿和从容妈妈的话可以解惑。她女儿从异国发微信说："头发剪短了还能长，但你的艺术在别人心里的震撼，则是永久的。"她的妈妈著名演员、导演陆小雅说："我知道她的皈依是对诗歌的皈依，她是对艺术理念的皈依。"《第一朗读者·爱》的视觉总监、导演孔森则说："这一幕，不仅仅是从容的个人行为，更是深圳行为，在深圳这个充满物欲的城市，我们应该追求一些精神，这才是令人震撼的行为艺术的真正的价值，是当代戏剧双年展的价值，所有的形式，都是为了这一点。"

　　已经进行了八年探索的"第一朗读者"现已创作了80多部诗剧场，邀请了国内外众多诗人参加，如：北岛、吉狄马加、树才、潘维、王小妮、陈东东、郑小琼、樊子、路也、谢湘南、胡弦、西川、杨克、徐俊国、黄金明、靳晓静、苇白、雷平阳、卢卫平、江非、李少君、王家新、伊沙、西渡、多多、李亚伟、吕贵品、娜夜、姚风、李笠、潘洗尘、沈浩波、孙文波、廖伟棠、安琪、黄礼孩、于坚、宋琳、郑愁予、奥列霞、高兴、汪剑钊、尼基塔·丹尼诺夫、水田宗子等。惠雷为第一朗读者演唱并为近百位诗人的诗歌谱曲，成为知名的音乐创作人，被誉为音乐诗人。目前，已经出版CD《第一朗读者——中国第一唱诗精选》，里面收录了惠雷为西川、陈东东、王小妮、从容、臧棣、西渡、吉狄马加、李亚伟、路也、西风野渡等人的诗歌所作的唱诗作品。"第一朗读者"还培养了几十位新锐导演，如：赵睿、高旭、唐华刚、唐辽、张露云、李信阳等；几百位朗诵演员，如：苏洋、吴庆捷、赵英屏、龙小妹、伍宏涛、曾若明，肢体剧演员于卉怡等。现场观众过万，网络观众几十万人次，以"行走的诗歌，行走的戏剧"这种形式，成为全国最著名的诗歌、戏剧跨界品牌和综合性的当代艺术品牌，增强了深圳文化向国内外辐射的影响力。"第一朗读者"项目的影响力和推出频度在全国首屈一指，并已逐渐辐射到东南亚等华人文化圈。项目活动在综合性、空间安排、嘉宾参与以及观众互动等多方面都体现了首创性，打造了新世纪文化语境下"诵诗""唱诗""演诗"跨界艺术传播的新模式和标志性的文化品牌。"第一朗读者"诗剧场专门创作的近110首原创"唱诗"歌曲，也深受观众喜爱，多首歌曲成为深圳街头巷尾的流行歌曲，其中由惠雷创作的多首歌曲获971"鹏城歌飞扬"2012年、2013年十佳金曲。教育部人文社科重点研究基地中国诗歌研究中心向深圳市戏剧家协会授予了"跨界诗歌创作与传播基地"的称号。诗歌理论刊物《诗探索》授予了"诗歌传播贡献奖"。

　　"第一朗读者"对诗剧场的演绎和表达不仅让普通读者观众感到震惊，也让在场的诗人非常震惊，这真正体现出了传播的效果。"第一朗读者"现场有个普通的文员，一个女孩子，很年轻。她在现场激动得哭了，她说："我特别爱诗，但是我没有这样的机会，我今天终于可以在这个场合朗诵你的诗。"这样的场面确实令人感动。据不完全统计，深圳有千位诗人，各种职业的都有。有一位做保安的诗人，几乎每期都来现场。为了参加"第一朗读者"的活动，他把上班的时间都调整了。这些都说明了诗歌在人们心目中的重要位置，以及适当的传播手段在激发大众诗歌热情中所起到的极为关键的作用。"第一朗读者"在诗人、评论界也广受认可。《诗探索》主编、诗评家吴思敬认为："第一朗读者"第一次以主题的形式，集中展示了特定诗人在特定主题下具有代表性的创作；第一次以立体的方式集空间、朗读、互动等，面对公众，解读诗歌；第一次让诗歌的阅读者和聆听者成为朗读者，他们的演绎成为诠释诗歌最有个性、不可替代的版本。他认为，"第一朗读者"不仅是深圳的品牌，更是中国诗歌的品牌。"第一朗读者"有很多创意，首先是推出了国内一大批著名的中青年诗人，这些诗人基本上代表了国内诗歌的发展状况和创作水平；第二是"第一朗读者"创造性地把诗歌带到了群众面前，对当代诗歌的普及做出了重要贡献，深圳的市民也是幸运的，他们正是通过"第一朗读者"，才得以认识了当下中国最著名的几十位诗人；第三是"第一朗读者"开创了诗歌和其他艺术形式的结合，把诗歌插上了戏剧的翅膀、音乐的翅膀，使其更加深入人心，这对于诗歌的传播和推广具有重要意义。作为"第一朗读者"主题诗人之一的安琪在参加了第一朗读者活动后，撰文写道："如果你没亲临'第一朗读者'现场，你永远想象不出它会是什么样子的，或者说，'第一朗读者'永远比你想象的更精彩。'第一朗读者'有很严密的运行程序，组委会提前半年就会通知主题诗人提交30首诗及相片简介，于是你在到达深圳的当天就会收到一本印制讲究的朗诵册子……当你走进朗诵演出现场，你将发现，无论从哪个角度，舞美设计、招贴设计、灯光设计……'第一朗读者'都做到尽善尽美，诗歌就该享有这样的尊贵礼遇，你会不由得这么想。'第一朗读者'有自己的创作团队，艺术总监从容也是'第一朗读者'的发起人，同时也是深圳戏剧家协会主席，她充分调动整个深圳文艺队伍的能力真是超群，深圳文艺人才之丰富、全能，也真是超群。我们这期的导演于卉怡针对我们三人的作品而构想出的符合我们各自诗作的风格，令我们佩服不已……在如此丰盛的视觉、听觉盛宴面前，我感到我贫瘠的文字传递不了现场的冲击力。在'第一朗读者'现场，诗歌得到了尊严，诗人也得到了尊重。"

诗人潘洗尘认为："第一朗读者"是中国唯一一个杜绝了喝酒、旅游等非诗因素，并剔除了没完没了的"书摘"式的卖弄与空谈的诗歌活动。"第一朗读者"具有纯粹性，不仅让诗歌发出了真正的声音，更捍卫了汉语诗歌的尊严。因此，"第一朗读者"会和那些卓越的汉语诗歌文本一样，理所当然地成为当代汉语诗歌史上的一个亮点。最后一句：当下不是缺少好的诗歌活动，而是缺少好的活动策划和组织者。换言之，有什么样的策划和组织者，就有什么样的活动。

《第一朗读者》第八季·《窗口》诗剧场剧照

"第一朗读者"的成功，很大程度上有赖于深圳戏剧家协会很多具有实力的新锐导演和青年演员以及有全国性影响的音乐人的参与。每一场活动的导演不一样，演员也不一样。为什么大家每一场都愿意看？不仅是因为这一期来了某某名人，而是因为每一场呈现给大家的表达方式都不一样，场场有新意，有新看点。当然，这也带来一些问题，因为导演、演员都是做话剧和小品出身，之前对诗歌关注不多。要让他们解放思想，反叛自己过去的艺术习惯，首先要给他们灌输当代艺术观念，让他们感受到从未有过的新鲜感和创造力的解放。因此，从容每期都要和导演谈构想，参与演出风格样式设计。由于所有这些表达都非常有趣，因此观众就很喜欢看到这个当代艺术的现场，他们觉得有意思，觉得在这个现场自己跟诗歌发生了奇异的关系，诗歌也对他们思考自己的生活现状起到了引导作用。

在多年来的诗歌跨界传播活动中，从容融入了先锋戏剧和当代艺术。从容觉得"第一朗读者"做的工作就是回归和还原，把诗歌还原到戏剧中，把戏剧还原到身体的活动中，把身体还原到生命的场域中。先锋戏剧是关涉形式探索和艺术精神的一种小众的艺术，在传统"现实主义"表演方法之外寻找到一种完全不同的表演样式。从容要求每一场的执行导演必须在艺术上有当代意义上的创新，有自己的东西。在具体表现形式上，要具有现代精神和具备现代语言。当代的观念艺术之所以普遍用"当代艺术"的提法，是因为"现代艺术"的名称容易与已有过的"现代派艺术"混淆。同时，"当代艺术"所体现的不仅有"现代性"，还有艺术家基于当下社会生活现场的"当代性"。艺术家置身的是今天的文化环境，面对的是今天的现实，他们的作品就应当反映出今天的艺术特征。在诗歌跨界传播的一系列活动中，"演诗"环节所体现的就是与古典艺术和近代艺术不同面貌的现代艺术。它的突出特征是在艺术形式上不再以写实的话剧风格为主，而是体现艺术家个性的观念和形式语言，综合立体派、未来派、超现实主义、抽象主义、波普艺术等，成为一种后现代的表达。当然，无论何种艺术形式，反映和表现的都是今日社会给当下人们带来的心理特征，都是艺术家对艺术表现形式的探索。诗歌跨界传播活动现场的"演诗""唱诗"，丰富了人们的审美经验，开拓了诗歌艺术的视觉表现空间。

在诗歌的跨界传播上，表现形式的问题是很重要的，而诗与传播形式的有效结合就成为关键。从容觉得当代艺术不应该局限于精英，它应该是一种综合，就像戏剧是一种综合艺术一样，以便让各种各样的人进入。这种综合性如何在现场呈现，必须进行大胆的、综合性的探索。值得强调的是，当下做诗歌跨界传播的实验一定要利用新媒体和自媒体。"第一朗读者"官方微博的点击率相当高。此外，还和特区报、电台合作。迄今为止，在电台 FM898、971 收听"第一朗读者"的听众已经突破百万人次。

1999 年以来，进行一系列的诗歌跨界传播活动的实验和探索，还应归功于深圳这座城市开放的文化性格。深圳市委宣传部文化基金扶持有创意的文化品牌，让大家来申报项目，然后邀请来自全国的专家评选评审。"第一朗读者"这个项目提出来之后，很快就被市委宣传部基金办通过，这很让大家吃惊。为什么吃惊？因为很多诗人和专家告诉从容，这样的项目在上海那么包容先进文化的前沿阵地都不可能，在北京也不可能，而深圳市委宣传部竟然会支持这样一个跨界艺术项目，让人颇感意外，因为这样一个跨界项目，是一个纯艺术的东西。很多中国台湾的诗人来到现场，包括中国澳门的、中国香港的，他们听到、看到深圳政府做这样一种行为，就特别佩服深圳政府部门的眼光。从容回答他们，深圳正在推动"深圳学派"的建立，"第一朗读者"为"全球视野、时代精神、民族立场、深圳表达"的深圳创新文化的"深圳学派"添上了最浪漫最诗意最多元的一笔。因为深圳是一座新兴城市，人们来自五湖四海，很容易形成多元共生的文化格局。在这种多元的文化格局里，大家都能用开放和包容的心态面对各种文化和艺术。很多艺术家来到这座城市都创作出了很好的作品。深圳可以产生许多有意思的文化人和文艺作品，也正是源于这一多元而开放的文化格局，正因为有这样的大环境，"第一朗读者"在深圳应运而生。深圳是一个文化包容性极强的城市，也是移民性的现代性的前沿都市，这给各个艺术门类、各种人才以及活动都提供了很好的展示空间。比如 2013 年第二季的"第一朗读者"在中心书城能够成功举办，就有赖于这座城市和市民的特殊性。中心书城的听众基本上都是来休闲的市民，真正的市民。市民带着孩子到这里来吃饭、来买书、来喝茶，各种人都有，很多人偶然经过这里也会在此停留一会。与此同时，这 10 年广东正好是中国经济发展最快的省份，在这样一个大语境之下，广东是中国改革开放的代表。在这样的环境下，需要什么文学，需要什么诗歌，需要什么戏剧，需要什么传播形态，正好由广东深圳做了一个回答。

（原文载于《艺术广角》2020 年第 4 期，注释从略，详见原文。）

"文化深圳"的大众广场

——《深圳商报》文化广场周刊创刊百期述评

杨宏海

《深圳商报》文化广场周刊编者按：

杨宏海先生的长文《文化深圳的大众广场》，从"讨论""比较""争鸣""构建"四个层面对"文化广场"百期中的文化探讨与论争进行初步的梳理与述评。全文分上、中、下三部分，在"文化广场"陆续刊出。

当越来越多的文化亮点在这片神奇的土地上闪现的时候，深圳这座耀眼的城市所焕发的已不只是经济的荣光了。诸如为百万打工者喜闻乐见的"大家乐"，创国内旅游业奇迹的"锦绣中华""民俗村""世界之窗"，享有先进社区文化美誉的"莲花北村"，以企业文化著称于世的"康佳""华为"，以成功举办第七届全国书市而蜚声华夏的深圳书城……正是它们在慢慢地照亮我们这个城市的文化。而现在，一个新的文化亮点正出现在人们视野中——她，就是《深圳商报》所创办的《文化广场周刊》。从1995年9月创办之日算起，她已经走过近两个年头。时至今日，深圳人对这份"周刊"已耳熟能详，而来自北京、上海、香港甚至还有东京的文化界的朋友也争相传递这样一个消息："深圳有个'文化广场'"。于是，面对这丰盈、亮丽的100期"周刊"，打量着这片越来越热闹的园地，我想起"文化广场"倡导"凝聚文化目光，表达文化关怀"的宗旨。此刻我们不妨回转身来，同样以凝聚的目光，关怀一下"文化广场"。

讨论：改变昔日"只会生孩子，不会起名字"的窘状，开始为深圳的文化寻找"说法"

历史把我们带到了世纪之交的关头。在世界范围内，科技革命迅猛发展，国际经济联系日趋紧密，各国之间的文化交流也日趋频繁，独特的区域和民族文化的发展，已经对世界经济社会发展产生重大影响，于是，"文化"便成为全世界普遍关注的课题。1991 年召开的第二十六届教科文组织大会通过的决议指出，要"形成一种新的以人为中心、重视文化发展的战略"。正是在这样的背景下，作为中国改革开放最前沿的深圳经济特区，10 几年来伴随着经济腾飞和社会变革，逐渐形成既不同于内地，又区别于中国香港的"特区文化"。如何评估作为"特区文化"的深圳文化以及和同样创造经济奇迹的珠江三角洲以至整个广东的文化？这是转型期中的中国文化对深圳乃至广东提出的一个崭新课题。《文化广场周刊》创刊第一期，编发了北京学者杨东平的《广东文化：世纪末的"新北伐"》。文章称"广东文化作为当代中国最强势的地域文化，当之无愧地与北京、上海鼎足而立"。他在历数广东"文化北伐"的态势后认为，这"意味着一种全新的生活方式"。然而在文章的结尾，他亦不无担忧地指出，广东文化以香港为导向，广州、深圳等城市如果"不仅在城市景观、生活方式，而且在文化个性和文化价值上趋同于香港，那究竟是一种文化的福音，还是文化的悲哀？"

　　无疑，杨东平的观点代表了相当一部分内地文化人对深圳与广东文化的评价意见。在《周刊》创办初期，不少文章亦用类似的标准来审视深圳文化。对深圳文化虽有丰富的实践和创造，却只会生孩子不会起名字的状况，不少读者表示不满。有人认为，"深圳不要仅仅做'戏台'，请别人来唱戏。希望深圳的评论家来评判深圳，要提高自身的批评能力。"（董小明《周刊》2 期）有的读者更是尖锐地提出："这份周刊发出的不大像深圳的声音，倒更像是内地文化人发出的声音……像是《读书》杂志的普及版"，因而大声疾呼要发出"深圳人的声音"。（刘伟《周刊》11 期）更有人提出要"从深圳的视角评价各种文化现象"。（姜威《周刊》39 期）

　　市场经济使中国正经历着历史上最深刻的一次文化变迁。深圳作为市场经济"先行一步"的地方，究竟应选择何种文化价值取向，建设一种什么样的新文化？这首先就有个如何给"文化"定位的问题。我国古代《周礼》最早提出文化的功能是"观乎人文，以化成天下"，强调文化的教化作用。而荷兰当代哲学家冯·皮尔森则在《文化战略》一书中提出"'文化'不是一个名词，而是一个动词：换句话说，'文化'是我们自己的制作，是我们自己的责任"，强调要对我们思维和生活方式中正在发生的变化进行研究。因而有论者率先呼唤"共建文化深圳"，意指要用文化来化深圳，让深圳"文化"化。此说一出，在许多人心中引起共鸣！

　　《周刊》组织的热烈讨论，引发了人们对深圳文化"命名"的热情。于是，许多对深圳文化"定位"的说法应运而生：①是"既有岭南文化传承，又有海派文化品性"的"岭南新文化"(杨宏海《周刊》16 期);②是具有移民文化特征的"新都市文化"(王京生、尹昌龙《周刊》51 期);③是"不京派不海派不前卫不迂腐不应景不自怜的新鲜的新型城市文化"(张文华《周刊》31 期);④是"亦雅亦俗、不中不西、不土不洋、超界混杂的'咸淡水'交汇文化"(黄开林《周刊》52 期);⑤是"更开放的前沿性和实验性的'新南方文化'"(胡滨《周刊》56 期)。

对文化定位的讨论必然要联系到对文化发展内容、发展方式和发展历史的讨论。有论者认为,"在新时期,文化不仅仅是文史哲,应包含科学技术"(王增进《周刊》20 期),"没有科学革命就没有文化的进步,没有科学精神就没有文化的灵魂"(徐火辉《周刊》42 期),深圳文化要想后来居上,必须抓住发展"现代文化科技,通过它超前、超速地造出自己的新文化"(顾晓鸣《周刊》17 期)。对深圳这座新兴城市,有论者认为"发现"是目前深圳文化最迫切的建设,要求"以宽广的文化胸怀,以发现的眼光,去审视深圳这座年轻的城市丰富的文化创造"。(米鹏民《周刊》28 期)

作为新兴城市,深圳的城市性质、地理位置、经济水平、人口构成等各方面均具有自己的独特之处,因此,有论者认为,深圳文化也应该具有自己的特色。在深圳所倡导并实践的"新都市文学"和"城市山水画",是劈杀一片文化新天地的"双刃剑",是以现代意识对新兴城市所进行的审美观照。"因此,深圳人利用这把文化双刃剑来梳理城市文化,对城市进行审美建构,具有全国性的普遍意义和浓重的现代色彩"(曹宇《周刊》82 期)。

深圳长期被人认为"没有历史,没有童年",文化讨论自然也涉及了这一领域。而就是这种探求,通过一种回溯的方式,使一种地域性的、历史性的文化资源得以再生。有论者率先从"海洋文化"的视角,追溯深圳悠久的人文历史沿革,揭示深圳在宋、元之后曾经有过的辉煌:"作为新安县衙的南头古城,便由原来的'交通口岸'与'海防重地'发展成为'通商城镇'。其时经济、文化均得到空前发展"(杨宏海《周刊》83 期),这种"发现"无疑激发了人们对"寻找这座城市的历史"的兴趣。亦有论者对此作进一步探索,认为深圳文化实际上分成两种,"一种是早就存在的作为岭南文化一个组成部分的深圳本地文化,一种是'一夜城'内万千移民正努力实践的深圳特区文化",提醒人们在评估深圳文化时,应区分作为"过去的历史"与"行进中的历史"这两个不同阶段的文化(胡洪侠《周刊》95 期)。

文化讨论不仅引起深圳人的热情,也引来海内外文化人士的关注。北京学者张冠生认为,讨论深圳文化,应该从象牙塔里走出来,面对改革开放和文化变迁的现实。因此，"在反省和讨论文化问题时，要从形式上、概念上、书斋里、雅座中空泛议论和争辩的纠缠中解脱出来，真正进入实际内容和实质问题的梳理、分析，才更真切地把握和感知文化的脉搏"（《周刊》24 期）。他进而指出，深圳经济特区的建设是中国打向国际社会的文化大牌，深圳文化是在除旧布新、革故鼎新的大时代应运而生的一种新的文化形态，要解说今天的深圳文化，"需要寻找新的文化表达语言"（《周刊》61 期）。

由《周刊》所引发的"文化讨论"，涉及哲学、经济、历史、文学、旅游等各个领域，表现出讨论者对构造先进文化的一种强烈的自我意识，这是在此之前从未出现的文化景观，表明深圳人在二次创业征程中需要寻找新的精神动力和进行新的观念调整。而"命名"行为所显示的理论概括能力，又提高了这场文化讨论的质量。这场讨论，与 20 世纪 80 年代中国文化界的讨论相比，更具时代特征，无疑是在更高层次上的继续和深入。它揭示出深圳的文化变迁潜在市场经济的大潮中，切切实实地发生在每一个人身上。纵观创刊 100 期的文化讨论，广大读者热情参与，一个个新的文化研究领域被拓展，一种种新的文化视野被打开，一篇篇颇具新见的文章被引起关注，从而使《文化广场》成为深圳又一个引人注目的文化现象。

比较：将深圳放在广阔的文化视野中进行观察与分析

以文化的目光观察深圳、评估深圳，势必要引入比较的方法。事实上《文化周刊》的开篇之作即杨东平的《广东文化：世纪末的新"北伐"》，就是立足于文化比较的视野进行发言的。文章将广东文化放在与北京、上海"三足鼎立"的格局中进行比较、分析，认为广东文化已成为"当代中国最强势的地域文化"。诚然，杨东平是较早对包括深圳在内的广东文化予以较高评价的北方学者。然而，杨东平在行文中却表现出对"广东文化"的"悖论"。他一方面欣赏广州、深圳等城市"全新的生活方式"，一方面又担心经济现代化会使广州、深圳等城市"不仅在城市景观、生活方式，而且在文化个性和文化价值上趋同于香港"；一方面呼吁"在即将到来的新世纪中，源自三条大河流——黄河、长江、珠江流域文明的民族文化"，能"保持独特的文化个性，继续鼎足而立"；一方面又抨击源自珠江流域的广东文化"内在的封闭性，对自身小传统的刻意强调""具有一种疏离、排斥大陆文化的狭隘心态"，主要表现在"语言优越感"，认为说普通话才是"有文化、有教育的标志"。显然，杨东平的观点既有真知灼见，也有来自中原"正宗"文化的褊狭。然而，它毕竟提供了一种恢宏、广阔的文化视野，并把这一视野拉入对深圳文化的评说领域中。

黄中俊的《寻访城市象征：上海—北京—深圳，一位知识女性的文化之旅》也是较早从比较的视角，去探讨上海、北京、深圳三城市的文化象征的。黄中俊认为，上海的外滩和张爱玲，北京的筒子河和于是之，是京沪两地的城市象征。作者从居住过的京沪两地来到深圳，她想从"生活在此处"中寻找城市象征。这是一个颇有意味的话题，尽管要找到答案为时尚早，但她一系列的"文化之旅"的文章却都给人以耳目一新之感。

对深圳文化情有独钟的上海著名学者余秋雨，在对这座新兴城市作了"青春型文化""文化的松软地带"等精彩论述之后，又在《文化广场》的"独家访谈"中，对上海、广州、深圳的文化走向进行纵横捭阖的剖析。他在纵论上海、广州的历史文化变迁之后，话锋便转向深圳，"上海、广州、深圳，应当成为新的传播媒体、新的文化模式的重要基地。深圳既然没有什么文化积淀，有没有可能成为一个新的文化的试验场？如果深圳能够吸纳许许多多新兴的文化模式到那里去试验，这个文化角色也是很可爱的。"（侯军记录整理《周刊》15 期）

深圳学者正把视野拉得更开，他从纽约、上海、香港三城市的经济与文化发展来探讨深圳文化的模式选择。他认为 20 世纪初的纽约取代伦敦成为西方资本主义的经济中心，纽约文化也迅速从欧洲文化的模仿者变成改造者与征服者，成为世界级的商业中心与文化中心；上海从 1860 年起就成为中国最大的通商口岸，至 20 世纪初便成为近代中国新思想、新学术和新艺术的摇篮；香港进入 20 世纪六七十年代开始经济的高速起飞，很快亦迎来文化"升级换代"的新时期。论者从三个大城市的经济文化发展，去预见深圳文化发展的某种可能性，这种"比较"确能给人以启迪。（《周刊》39 期）

饶有趣味的是，这种文化比较不仅有空间的维度，也有时间的维度。张冠生在一篇《扬州昨夜、深圳今宵》的文章中，就从历史文化名城扬州跨越时空的文化变迁，来比较反思深圳这座现代新城的文化使命。他认为，经济活动历来是一种人文现象。任何时代，都会产生其经济中心和文化重镇，问题在于何时何地有条件产生这样的经济中心和文化重镇。明清之时，商人与文人之间的交往和流动日益密切，"弃儒经商"成为普遍现象。商人的社会地位上升，文人笔下渐生商业风云，以商言文，以文助商，蔚然成风。于是渐渐产生了"扬州八怪"，形成了"士农工商四民异业而同道""士商异术而同心"的现象，这是当时文化转型的标志。到了 20 世纪 80 年代，南中国的深圳"八方客商与各路文人齐聚热土，安营扎寨，人气渐旺，商气渐聚，文气日浓"，与当年扬州"经济社会繁荣、平民力量上升、文化广场开阔"颇有某种相似之处，其精神气质实属一脉相承。因而他断言，缭绕扬州千年的文化脉气，"如今旋到了深圳上空。虽未全面接地，却已隐约可见紫气祥云，从中能捉摸到几许天之将降大任于斯地的气息。"（《周刊》24 期）

将深圳与扬州相比较的还不止张冠生一人。有论者指出："深圳人是不是可以学学清代的扬州盐商？假如深圳人能加大对学术和教育的投入，容纳一批足可养廉的学者，善待那些'不切实际'的'精深远大之思'，让重视知识成为市民的普遍意识，那么，深圳的文化传统就会深厚起来。"（罗江南《周刊》26 期）

香港与深圳紧相毗邻，两地之间展开文化比较也是一个热门话题。王京生、尹昌龙认为，深圳、香港两地的移民文化与中国乃至亚太地区现代化运动有一种深刻的历史关系，这些地区经济腾飞的背后均有"移民文化"的因素，应引起充分关注；同样值得注意的是，两个城市在文化上的差异性也往往与移民主体的构成密切相关。（《周刊》40 期）

深港两地历史渊源密不可分，1997 年后如何妥善处理两地的关系和加强文化交流？杨宏海提出，两地关系的发展既不能"香港化"，也不能"化香港"，而应架设"一国两制"条件下的文化引桥。要以"一国"——爱国主义的旗帜，承认"两制"——不同社会制度下文化价值观的差异，通过文化交流和良性互动，求同存异，去劣存优，用中华优秀文化去促进香港同胞的文化认同。（《周刊》38 期）

著名作家王蒙近年来多次来深圳，对深圳文化颇为关注。他从与内地文化的比较中谈了自己的看法。他认为，"从现实上说，深圳在改革开放方面，确实走得很靠前，观念也更开放一些，这使深圳的文化带有一定的先锋的性质在内，不少文化人在市场经济迅猛发展的过程中，多少有一种失落感，认为经济发展了，道德却滑坡了，文化也不行了。但是，从深圳的情况看，文化倒显得更活跃了。当然这种活跃有时也会夹些杂七杂八的东西……但是从根本上讲，活跃总是比不活跃要好得多。"（侯军记录整理《周刊》23 期）

对将深圳与其他地域或城市的文化作比较参照，吴俊忠提出不同的看法。他认为，深圳作为中国的经济特区之一，创办的初衷是探索开放改革和市场经济的经验，承担着探索两个文明建设平衡发展的重要使命，"这些问题都与深圳文化建设密切相关，在一定程度上确定了深圳在中华文化大格局中的文化方位和文化角色，解决和回答这些问题，既没有先例，也不可能参照"，因此，他主

张"超越参照"，着眼深圳文化的自身发展，面向未来，面向世界，大胆地去进行"文化实验"。(《周刊》50 期)

这不失为一种见解独到的观点。诚然，有比较才能有鉴别，有参照才能开拓视野。正是在特区与内地的比较中，才观照出深圳肩负"排头兵"的历史使命。因此，"超越参照"也是一种比较。《文化广场》正是通过一系列跨越时空的比较与反思，将深圳文化的讨论大大推进了一步。

争鸣：探讨文化规律、磨砺思想火花、活跃学术氛围

文化需要讨论，学术需要争鸣。历史上，凡是学术文化与文艺的"百花齐放"时期，总是伴随着活跃的"百家争鸣"。古罗马哲人贺拉斯曾将文艺批评与争鸣比作"磨刀石"，认为它能磨砺思想火花，"使钢刀更锋利"。到了文化多元化的今天，不同思想、不同观念之间的碰撞与交流，更成为探讨文化规律、促进文化发展的必要机制。"文化广场"从创刊开始，就大兴学术争鸣之风，倡导"共同的园地，不同的声音"，激活了深圳思想文化界的创造热情，起到了磨砺思想火花、活跃学术氛围的作用。

如何评估深圳文化，是最早引起争鸣的热点问题。《文化广场》第 14 期，发表了郭继东《"文化深圳"，还是"物化深圳"》一文，观点鲜明地指出深圳文化"是一种畸重物态的文化""不是文化的而是物化的深圳"。还有论者认为，深圳"这个城市的氛围完全是陌生的，这个城市的语言完全是陌生的，这个城市判断人的价值观也完全是陌生的"，艺术家在深圳成了"荷戟独彷徨"的"困兽"，于是论者呼吁，不要让"大师湮灭在这座城市！"(《周刊》20 期)《周刊》21 期又发表了《深圳文化忧思录》一文，列出 10 个方面的问题，对深圳文化表现出难以掩饰的失望。上述观点归纳起来不外两点：其一是市场经济的发展，使深圳"物化"而没有"文化"；其二是深圳"太年轻"，没有文化积淀。

针对上述观点，杨宏海在《文化广场》第 22 期发表《深圳文化解忧录——与"文化广场"几篇文章的作者商榷》。文章认为，在市场经济条件下，应有新的评判文化的标准，既要看其历时性——即历史积淀，也要看其共时性——即现实创造。市场经济的超前试验给深圳文化带来"超常规发展"，无论在文化设施兴建还是在文化人才的积聚及文化氛围的形成方面，深圳均显示出"生机勃勃，充满希望和活力"。深圳不是扼杀文化人才、"湮灭大师"的城市，恰恰相反，"作为新兴的移民城市，深圳以海纳百川的胸怀，迎接来自中原塞外、西北江南的文化人，这也是一种双向的选择，文化人在选择深圳，深圳也在选择文

化人"。深圳与内地相比，恰恰是提供了更多提升个人潜能的文化机会和文化环境。许多在内地被认为是二流、三流的人才，到了深圳往往可以创造一流的业绩。文章列举事实表明，深圳在"物化"的同时也在加速"文化"的进程，要从深圳文化十五年的增量和创新之处出发，以"文化深圳"的眼光去考察与评判深圳文化。文章强调形成新的文化观念与文化精神，是深圳文化对中华文化的最大贡献；探索一条文化新路，是深圳人义不容辞的历史使命。

　　究竟如何看待深圳的"物化"与"文化"问题，乐正发表《物化与文化：能否良性互动?》一文，从纽约、上海、悉尼、香港等经济中心城市先后进入文化"起飞"的例证中指出，"物化"与"文化"并不是截然对立的，"以经济发展带动文化发展，以文化发展提高整个城市生活品质，并反过来促进经济增长，创造物化与文化的良性互动机制，这也许是未来深圳文化发展的基本模式选择。"（《周刊》39 期）至于谈及如何看待深圳文化"太年轻"、积淀较浅的问题，著名音乐家叶小钢认为，"虽然深圳文化基本上没有什么根基，并曾经因此被称作'文化沙漠'，但这并不一定是坏事，岂不知'一张白纸，能绘出最新最美的画图'，其优势是明显的，其劣势实际上也是一种优势。"（《周刊》16 期）著名学者余秋雨则认为，作为年轻的新兴城市，深圳文化容易进入创新状态，"它的比较轻松的文化负担，比较简洁的人际关系，比较广阔的创造余地，比较特殊的地域方位，有可能转化成内地无法比拟的创新优势。"（《周刊》42 期）

　　上述的观点，引发了进一步的论争。郭继东在《物化、文化、进化》一文中针对有关意见进行反批评。文章认为，文化现象千姿百态、类型各异，很难界定一个确切的标准，如果说有标准，那就是时间。所以评价文化的标准是看"历史的积淀"。至于说"现实的创造"，如何确定现实的分量？其所占的比重有多大？很难掌握。任何一个城市都能就现实创造罗列出一大堆数字和事实。"这个现实是当年，五年，还是十年？如果说是十五年，对城市和文化意义上的深圳来说，就已经应视为历史了。"深圳本土文化近乎空白，这是劣势而不是优势。"如果一种文化，既有遗产可继承，又勤于创造，那将是一派完全不同的景观……若是中国将来经济上强大到要与美国相抗衡时，既拥有现代文明，又保留五千年灿烂的文化传统，那么谁的文化更有魅力和更丰富多彩呢?"

　　诚然，文化是一个积淀的过程，但在市场经济和高科技迅猛发展的条件下，"文化积淀"的速度是否会出现新的变化呢？郭文强调指出，经济奇迹可以在短时间内创造，文化奇迹却非能一蹴而就，更不能"超前发展，超速积累"。但论者最后还是对究竟是"文化深圳"还是"物化深圳"的观点作了修正，认为"'物化'与'文化'是对立统一的，是相辅相成的，而非水火不相容的。'物化'是'文化'的基础和不断向前发展的前提，它也是衡量文化进步程度、划分文化进步阶段的一个标尺，不完全是贬义的"。（《周刊》第45、46期）至此，经过争鸣商讨，"物化"与"文化"的论争已使双方在新的层次上达成一致。

作为一场学术争鸣，它始终是在这样一些基本问题上展开。如果说第一个问题是对文化现状的评定，那么第二个问题就是对文化目标的定位。近年来深圳市政府文化部门开展了文化发展战略的讨论，提出了建设中国新兴的"现代文化名城"这一远景目标，并将此列入深圳市政府"九五"发展规划之中。对此，引起不少的争论。谢超美在《误区——"文化冒进主义"》一文中指出，急于将深圳建成"现代文化名城"是一种误区，"持这一观点的人，以为只要有了文化建筑这样的硬件，深圳便已是文化名城，或者至少成为文化名城已倚马可待，此等诸君又犯了'文化冒进主义'的错误"。（《周刊》28期）

杨宏海、王地久在《从"现代文化名城"谈文化的想象力——兼与谢超美先生商榷》一文中，提出文化是一首畅想曲，一首意境深远的抒情诗，离不开想象力。"现代文化名城"并不仅仅指文化设施这样的硬件，也包括文化观念、文化品种、文化管理等软件。这个目标模式经过与北京、上海、厦门的专家反复论证，认为这是深圳文化别无选择的目标定位。（《周刊》47期）

谢超美随即撰写《再谈"现代文化名城"——兼答杨宏海、王地久两位先生》一文，阐明深圳文化发展目标要脚踏实地，"不积跬步，无以至千里；不积小流，无以成江海"，文化建设需要假以时日，不能操之过急。要真心实意地把深圳往"现代文化名城"的方向引领，眼下最紧迫的任务是提高市民的文化素质（《周刊》49期）。作家王蒙虽然没有专门介入这次讨论，但他在一次访谈中涉及了这个问题。他说，"从历史上说，深圳恐怕没法儿向那些历史文化名城靠拢，因为那是靠时间、靠历史积淀而成的，深圳已经不可能重复那些城市的历史"，但深圳可以在走向市场经济的实践过程当中，"从经济学、社会学、文化学等角度进行一番总结和探讨，使之上升为一种理论"（《周刊23期》），那就不是其他城市所能做到的了。

对这一目标模式的讨论，持续时间较长。尽管文化目标已列入了政府部门的规划之中，但仍有一些论者在作进一步的探讨。他们认为规划是想象的产物，然而这种想象又是有可操作性的，"如果我们要设定未来的深圳是'现代文化名城'，那么我们首先就要考虑，我们在多大程度上走出了'文化沙漠'的困境。

未来的深圳要达到城以'文'名的境界，那么就必须考虑到，我们这座城市的文明程度和这座城市市民的文化素质，是否具备进入'现代文化名城'的可能性"。（尹昌龙《周刊》97 期）

"文化"在当今世界，尤如斯芬克斯之谜，众说纷纭，莫衷一是。在"文化广场"引起争鸣的问题中，如何理解"文化"及其功能是常谈常新的问题。有意思的是，当我们给所说的"文化"以位置时，所说的"文化"也给我们以位置。谈论文化本身也是在谈论论者的历史位置与文化立场，从中可以发现不同类型的"文化观"。

也许是编者的偏爱，在《文化广场》发表的文章中，常常引用钱钟书谈论做学问的一句名言："大抵学问是荒江野老屋中二三素心人细细商量培养之事"。学者王盾在《文化就是超越》一文中，强化这一观点，认为学术文化是文化的核心。（见《周刊》26 期）这实际上涉及文化的内涵及功能问题。有论者认为，"以宏观的视角论文化，不能仅仅指望在某一地区孕育一两个'高贵的灵魂'，也不能仅仅局限于'大抵学问是荒江野老屋中二三素心人细细商量培养之事'，文化应是'以文化人''移风易俗'的伟业，在于'唤醒民众'，提高国人的整体素质。"（杨宏海《周刊》22 期）

讨论也涉及什么是"文化人"的问题。《文化广场》第 56 期发表刘伟的文章，说到深圳中心城设计方案的完成，认为"这是一次高水平的文化操作"，"却没什么文化人去关怀。"亦有论者对此持不同看法："文化人"这个概念的内涵在深圳的文化实践中已经发生了深刻的变化，在这里经济与文化实际上是分离不开的，文化人与非文化人的界限并不是绝对的，不能简单地用职业划线法来确认是否是文化人。比如，"打工文化"在深圳已很有气候，百万打工大军便是打工文化的主体，"因为他们实实在在地为文化深圳做出了切实的贡献"。文化操作是个整体，各个层面上的操作者各司其职，文化操作才能有序。如深圳的父母官是文化工程的主持者、设计者，他们既是政治人，也是文化人。"在深圳，每个投身于特区建设的人都可以是文化人，都有机会也有条件做出一份文化贡献。"（张冠生《周刊》61 期）

尤为引人注目的是，第 87 期"文化广场"发表了一篇题为《中国文化要敢于在世界上亮相》的文章，说的是"千年古镇上的一场文化接触"。费孝通教授在苏南一个小镇上，遇到一位 60 岁上下的老太太，仪容整洁，装束颇具特色。一位工作助手便招手请她与费先生聊聊家常。未曾料到，不招呼还好，她直站在那里旁观，一招手，她反而退到里间，连面也不肯露了，越是请她，她越是坚持不出。于是费孝通说："我看到了一场文化的变化。这个老太太不肯出面，对我很有启发。我想了一个题目，叫作'文化的自卑感'。中国现在最怕的是文化的自卑感。老太太不肯见人，她要走了，文化要走了。"

对费老这位赫赫有名的大学者这一番议论，深圳一位读者朱世龙颇不以为然。他在《文化的"自卑"与"自傲"》中指出，老太太是一个平常人，她不是演员，她的打扮不是职业，如果她也代表一种什么文化的话，这是一种真切实在的文化，一种不依别人存在而存在的文化。"你招手请她过来，这是她的权利。她可以过来也可以不过来。她过来了，是她的宽容；她不过来，你说她是自卑，我说也可能是傲气。老太太不出来，这也显示出中国文化的多样性。否则，中国文化未免太单调，也太叫人丧气。"（《周刊》88 期）

看来，"文化广场"发表的学术论争文章，既有全国知名学者的论述，也有名不见经传的普通读者，态度比较平和，没有过于偏激的论点，体现出"学术面前人人平等"，重在"持之有故，言之成理"。诚如学者余秋雨在《深圳应有的文化态度》一文中所说，"可以有激烈的争论，但具有公认的游戏规则，具有绅士风度和君子风度，不能像前一时期中国文化界的各种'论战'，刚一开头就卷入情绪性的漩涡。要具备这些条件，毫无疑问，最重要的是人格准备。"（《周刊》42 期）

建构：形成年轻的文化学派，探索市场经济新文化之路

如前所言，深圳文化从一开始就走出了与"述而不作"的老传统迥然有异的新路子。当然，这并不是说"述"是不必要的，而是说"述"是为了"作"，"边说边做，亦说亦做"，是为了落实到一个建设的目的上来。"文化广场"创刊百期，使群众广泛参与到文化建设中来。它以清新的形式、多样的版面，引起读者广泛关注，从专家学者到普通市民，从政府官员到打工一族，不少均成为《文化广场》的热心读者和作者，表现出深圳人在二次创业的浪潮中建构一种新文化的强烈意识。

拥有百万打工一族的深圳，业已形成初具规模的"打工文化"。《文化广场》对此一直给予关注，发表了不少来自打工一族的文章。被广大打工者所欢迎的"大家乐"舞台创办十周年，"文化广场"开展了《"大家乐"现象面面观》专题版，当时的市委宣传部长邵汉青也亲自撰写文章参与讨论。文章指出，"大家乐"不仅仅是一个舞台，她是深圳群众文化发展的一种有效载体，一个显著特征，代表着一种精神，"大家乐"文化的内涵亦在不断扩大。她"同时也是一所大学校。她是群众特别是广大打工青年进行自我教育的一所大学校。这所学校，是大家乐于参与的，自愿以激情来参与的。因此，她有着强大的凝聚力

和影响力"。(《周刊》43 期)打工青年郭海鸿从深圳大众传媒对打工题材的重视，感受到社会各界对"打工文化"的关怀，他在《观察打工文化》中指出，谈"深圳文化"必须谈到"打工文化"。任打工者歌娱的"大家乐"等设施和活动，是政府、企业、社区等对打工一族的关怀，而"打工文学"的兴起则是打工文化的"自我关怀"之表现，"只有打工者的社会地位和文化角色被确立在良性的空间，打工文化才会成为健康的文化"。(《周刊》58 期)

　　"城"与"人"是深圳文化内容的重要命题。一个城市健康文化的构筑，必须增强"城"对"人"的凝聚力。特别是对这样一座移民汇聚的新城市来说，如何在"人"与"城"之间产生一种认同，更是一项必须承担的文化使命。打工者因参与文化建设而"别人的城市"的心态逐渐朝"自己的家园"的心态转变，而正式入户深圳的"移民"也逐步从"移民"进入"市民"的角色，漂泊的心态也融入了更多的"家园感"。王京生、尹昌龙《好在共一城风雨》便披露了南迁深圳"移民"文化变迁的心路历程。当这批移民把家安置在这里，把希望寄托在这里，把一生的命运维系在这里的时候，在"城"与"人"之间便开始传递着一种默默的温情，他们开始变得温和而文雅，甚至有些保守，然而，又正是他们成了这个城市的新市民，与这个城市患难与共，风雨同舟了。(《周刊》51 期)

　　城市是一个有生命的机体，城市形象的问题，既是一个艺术问题，同时也是城市功能的问题。当专业人士漫步在"文化广场"时，许多建设性的话题精彩纷呈。吴家骅、孙振华关于《深圳大地艺术在哪里》的对话，别开生面地提出要为深圳"做套城市 CI"，要求"站在城市设计环境艺术的立场，对城市建筑、城市环境景观、城市标识系统、城市雕塑、城市园林绿化等关涉城市形象、外观的方面进行综合性的控制和规划"。当然，这一切的形象设计的立足点是"人"，应该体现对人的关怀——"对市民的关怀，对外来打工者的关怀，对海外侨胞的关怀，对国内外客人的关怀"。(《周刊》67 期)

　　饶小军、朱振辉在《开拓新的城市人文空间》一文中，则重在探讨深圳未来城市文化的可持续发展战略。"这主要是指对历史及文化资源的保护管理，强调人与自然共生的新的文明形态。深圳是一个年轻的城市……更应该注意发掘观念意义上的文化特色，更应该注意保护一些新的具有人文价值的东西，在吸收外来文化和传统文化精髓的基础上，合理地发展自身的文化结构，建立自身的城市文化特色。"(《周刊》85 期)

　　在经济特区，市场经济这只"看不见的手"，曾经对文化发展起过革命性的作用，但是，人们逐步认识到，对文化事业发展战略而言，在资本行为之外，还存在着影响更为深远的政府行为。因此，尹昌龙在《看得见的文化之手》一文中，对在全市文化系统进行的文化规划活动，提出发挥政府这只"看得见的手"的重要作用的问题，希望将规划过程作为政府与民间、政府与个人之间的一次文化对话行为，加强规划的科学性和可操作性，以避免其"成了束之高阁的文化标本"。（《周刊》9 期）

随着香港回归和世纪之交的临近，深圳文化成为中华文化圈中倍受关注的一个"亮点"，时代呼唤深圳在创建新的文化学派方面开风气之先。对此，余秋雨寄予厚望，他认为深圳既然集中了那么多来自全国的高学历人才，也就具备了产生一些年轻学派的可能性。"这些年轻学派需要有独立的、学理性的高层次文化思维，需要良好的文化态度和群体性的文化人格。"只要有这样的群体的形成和存在，深圳文化的前景就十分乐观。（《周刊》第 42 期）

"文化广场"不仅营建了浓郁的文化氛围，产生了不少优秀佳作，坚持较高的文化品位，形成鲜明的特色，尤为可喜的是培养了一支虎虎有生气的文化队伍。这当中有政府公务员吴筠、贺承军、曹宇、倪鹤琴、钟海帆、胡滨，新闻工作者邓康延、王绍培、聂雄前、侯军、朱世龙、黄啸、王建明、徐选礼，企业界人士黄中俊、姜威、郭继东、谢超美、王闲、王永飚，教育工作者张文华、徐火辉、严凌君、关志钢、吴俊忠，打工青年郭海鸿、程争鸣、黄河、盛慧、唐伟，学者乐正、刘申宁、何清涟、孙振华、饶小军、尹昌龙、王地久，设计师陈绍华、韩加英、张达利、郦婷婷，画家李世南，美术工作者郁田……《周刊》就像一个强力磁场，将广大关注文化的热心人士凝聚在一起，为"文化深圳"培养出大批有生力量。内地许多知名学者，也把目光更多地投注深圳，并参与深圳文化建设的讨论与策划，使小小的"广场"发散出强大的辐射力。与 20 世纪 80 年代初全国"文化讨论"比较，深圳明显关注"共时性"，在"批判地继承"的同时，更突出"发展与创新"，突出将"文化"看作是一个动词。在这里，"文化"的概念被放大了，它不仅仅是"二三素心人"潜心钻研的"荒江野老屋"，还是"四民异业而同道"共建共享的"文化广场"。它在培养着一种海纳百川的胸怀，培植着一种适应改革开放的市场经济新文化。

"文化广场"的成功，还在于开辟了不少有特色的专栏。"读者说文化"不拘一格地将不同职业、不同阶层的人对深圳文化的切身感受表达出来，唤起民众的参与意识；"政府与文化"为政府与民间进行文化对话提供了一条渠道，促进了政府文化决策的科学性与民主化；"周刊"的插图别具一格，引人注目；另外还开辟了各具特色的个人专栏，如"老照片新观察""城市履痕""自说自话""书花小札""书海捞珍""百年梨园词话""广场书话""远眺巴黎""名家点评""文化讲演录"等。"生活在南方"针对深圳作为移民城市，城市群体形成的一种特殊的复杂体验的现象，让新移民倾诉南下深圳的心路历程，寻找一种"家园"的感觉，增强对深圳文化的认同感。该刊还积极报道深圳文化的重大事件。例如对第七届全国书市全力以赴大力支持，拿出了数个专版来发表文章，并提出创办"深圳读书节"的倡议，以大量的篇幅和深入的报道，把书市的气氛渲染得十分浓厚，对书市在深圳的成功举办做出了贡献。

创刊 100 期的《文化广场》，着力追求高品位的文化格调，形成清新流畅的文体，倡导"共同的园地、不同的声音"，将一块比较"冷"的学术文化园地办得热气腾腾，业已引起海内外传媒和文化学者的关注。当它以或远或近的辐射力来传播这个城市年轻的文化信号时，"广场"的意义已远远超出了一份小小的《周刊》的范围。它已经成为我们这个城市一个广义的文化现象，一个新鲜的文化象征。它在培植新文化的过程中，已经不知不觉地成为一种新的传媒文化，连同那些颇具深圳特色的新的文化形态，共同装点多姿多彩的南国"一夜之城"！

值得一提的是，《文化广场》周刊创办的成功，揭示了深圳在文化发展上的路径。即，深圳文化的发展既不是庙堂式的大包独揽，也不是沙龙式的曲高和寡，而是广场式的百家齐鸣、共建共享。它将在广大市民参与的过程中营造这个城市的"公共空间"；它将成为文化深圳的一种弥足珍贵的大众广场。

当然，也要看到《文化广场》存在的不足，主要是还没有正确处理好"雅"和"俗"的关系。一些文章的可读性较差，限制了更多的人的参与；一些文章喜欢堆砌一大堆名词术语，细读又觉空洞无物；一些创意不错的栏目，尚缺少相应的文章来支撑，显得栏目变换快而稳定性不足。组织的讨论有些缺乏价值，诸如关于"黄金书屋"的讨论、"荔枝公园"园名的征求等。读者所批评的将《文化广场》办成北京《读书》的翻版的现象，仍不同程度地存在。如何突出时代特征与深圳特色，《文化广场》仍然任重而道远。

一种文化的建立，总离不开这种文化赖于依附的客观历史进程。我们不能脱离深圳肩负两个文明"排头兵"的使命并朝国际性城市进发这个背景来讨论文化问题。《文化广场》最大的贡献，就在于站在改革开放与市场经济"先走一步"的潮头，去反映深圳文化变迁的历史进程，并为这个进程提供思想与智力的支持。诚如海涅所说，"思想走在行动之前，就像闪电走在雷鸣之前一样"，《文化广场》的创刊与发展，为深圳的思想解放运动与特区文化理论研究，做出了可贵的探索。她必将在"文化深圳"的进程中，在建构市场经济新文化道路上，留下闪光的足迹。

（写于1997年，原载《深圳商报》的《文化广场周刊》第100、101、102期）

深圳：从这里开始

——评杨宏海《我与深圳文化：一个人与一座城的文化史》

黄树森

在第 26 届世界大学生运动会即将拉开帷幕之际，深圳正以全新姿态向世界展示自身风采和文化影响力，深圳文化学者杨宏海适逢其时推出新著《我与深圳文化——一个人与一座城市的文化史》。该书由花城出版社出版，分上、下两册，约 130 万字，共九章：分别为《文化深圳》《都市百态》《打工文学》《阳光写作》《创意无限》《客邑人文》《月照围楼》《编外钩沉》《纪事珠链》，内容涵盖了杨宏海在深圳近 30 年的文化研究成果，亦可以说是广东本土学人献给"文化强省建设"及第 26 届大运会的一份珍贵礼物。

深圳是中国改革开放的窗口。她毗邻港澳，资讯发达，常得风气之先，在这里能清晰地触摸青春的脉搏、感受年轻的心跳；这里也是文化交流的广场、创意飞扬的乐土。如杨宏海在书中讲到，在深圳大运会广告词征集过程中，全国许多专家名流参与投标，最后中标的却是一位年轻打工妹的作品："深圳，与世界没有距离"。这个广告词后来改为："从这里开始，不一样的精彩"。这改动，具有丰富寓意，也是对大运会之于深圳意义的更新认知。深圳是一座年方30 岁的年轻城市，她拥有独特的文化气质：开放、阳光、青春、进取，所以"深圳与世界没有距离"；举办大运会，又让这座青春城市立足本土、走向世界，展示"不一样的精彩"，所以"深圳从这里开始"。我觉得，无论是"与世界没有距离"的全球视野，还是"从这里开始"的本土意识，既是对深圳城市定位和发展的阐释，也恰恰可以成为点评杨宏海此书的两个绝佳视角。

作为深圳文化建设的开拓者之一，杨宏海 1985 年从内地高校调入深圳后，就一直与文化结缘：他先在深圳市文化局工作 8 年，继而受命创办并主持特区文化研究中心工作 8 年，尔后调任至深圳市文联任专职副主席 10 年，几乎参与了深圳文化建设与发展的全过程，参与了影响深圳发展的绝大部分文化实践。他通过大量亲身参与的鲜活文化素材，梳理出一条薪火相传的历史脉线：从

"时间就是金钱，效率就是生命""敢为天下先"等新观念的传扬，到首次引进"比基尼"健美赛；从全国第一家主题公园的打造，到深圳国际"文博会"的诞生；从"打工文学"的横空出世，到"阳光写作"的意气风发；从首届"读书月"的文化盛宴，到"创意12月"的创意比拼；从联合国授予"设计之都"的称号，到迎来第26届大运会……深圳的这些发展轨迹都表明，她面向世界，"与世界没有距离"；她蓬勃自信，在各方面都有"不一样的精彩"。

深圳这座城市，物质诱惑无处不在，而杨宏海固守着文化这一相对寂寞和清贫的岗位，锲而不舍，扎扎实实做调查研究，将精英意识与大众情怀相结合，融政府立场与专家视野为一体，形成自己的研究特色。

杨宏海文化研究中最具有影响力的是打工文学。广东是拥有全国最多的外来劳务工（农民工）的地方，杨宏海率先把关注的目光投向这个庞大的群体。他最早扛起"打工文学"的旗帜，满腔热情地扶持大批有潜质的草根作者群；他主编打工文学丛书，在"深圳读书月"创办"全国打工文学论坛"，为打工群体的文化权益大声疾呼，引起全国文坛的关注。本书全面介绍了打工文学萌生发展的过程，例如其中披露了1988年杨宏海向《特区文学》总编辑推荐张伟明等打工作家作品的推荐信，以及2008年杨宏海率领广东打工作家代表赴京参加打工文学论坛，同时向中国现代文学馆赠送王十月等打工作家的作品，由此可见杨宏海为之做出的不懈努力。

深圳是一座青春的城市，深圳的青少年学生思想活跃，具有丰富的文学想象力，许多中学生在阅读中写作，在写作中阅读。为加强对中学生的人文教育，杨宏海倡导并参与创办全国第一家"中学生文联"；举办"全国校园文学论坛"，邀请英国创意大师霍金斯与深圳文学少年对话；扶持郁秀、张悉妮、袁博、赵荔等大批少年作家，促进了深圳的阅读文化与青春文学创作；培育出"阳光写作""创意文学""生态阅读"等校园文学品牌。

在新兴移民城市如何继承发展传统文化，也是杨宏海一直关注与实践的课题。身为客家人的他，立足深圳这座新老客家人聚居的城市，通过创办"深圳客家文化节"，提出"抢救原生态，精品留后代；创新原生态，吸引下一代"的口号，利用传统的文化资源，大胆进行客家文化创新的实践：他先后与深圳大学等单位合作，推出原创客家歌舞剧《月照围楼》，举办"客家山歌与流行音乐高峰论坛"；2005年，杨宏海发起并联合广州、梅州等地学者，共同编纂广东省第一部《客家文化研究》系列丛书。同时，本书选入了作者对黄遵宪、丘逢甲、叶剑英、李金发、张资平、曾宪梓、陈国凯等客家名流的研究文章，刊登了一批鲜为人知的历史资料。此外，他还成功策划了"两岸一家亲，共叙客家情"

深圳高雄客家文化交流活动，为海峡两岸的客家文化交流提供了一个优秀案例。

杨宏海对深圳文化的研究，涉猎甚广、厚积薄发，举凡文化学、文学、民俗学、客家学等人文领域，均具开新意义与探索经验，可称为深圳文化的"活字典"和"百科全书"。更重要的是，杨宏海此书还提供了"从这里开始"的本土文化研究范本。晚清爱国主义诗人、岭南先贤黄遵宪"吾粤人也，搜集文献、叙述风土，不敢以让人"的文化担当意识，对杨宏海影响极大。近代以来，南粤大地涌现出康有为、梁启超、黄遵宪、陈垣等学术巨擘，他们大多继承了乾嘉朴学的治学精神，以扎实的资料爬梳、严密的考证方法，擎起岭南学术研究之大旗。而杨宏海的深圳文化研究，既秉承南粤先贤治学之风范，又与改革开放的时代精神相结合，体现出"搜集文献、叙述风土"的学术取向以及"不敢以让人"的担当意识。在该书的《师友书简》中，读者可以通过他与钟敬文、杨成志、罗致平、吴宏聪、陈平原、黄子平、陈小奇等岭南学者的通信，窥见这一学术文脉的传承。

杨宏海深知，年轻的深圳文化要长足发展，就需要长期的学术沉淀。因此，他坚持"从这里开始"：以前辈为榜样，注重立足本土，采风问俗，通过田野调查，搜集整理并且在学术研究中活用资料；很多资料或近乎湮没，或鲜为人知，往往由他发现、整理而重现生机。另外，此书在编纂方面善用各种"资料"手段，通过"自叙""补注""链接""大事记"、图片说明与"口述史"视频等形式，进行一种多角度、全方位的历史叙事。全书以丰富多彩的创新实践，梳理出一个文化人与一座新兴城市的文化史，展示了一个文化深圳"不一样的精彩"。在深圳本土理论尚显匮乏、文化自觉逐渐增强的当前，《我与深圳文化》这部"从这里开始"的佳作，如丽日惠风，带给这个城市满心喜悦。我相信，这将是一部了解和研究深圳文化不可多得的宝贵读本。

（作者系广东省政府参事、广东省文艺批评家协会名誉主席、中山大学客座教授、编审）

（2011 年 7 月 31 日）
——羊城晚报《人文周刊》